Thomas Dähne / Jörg Schröder

Die Mordmühle

Ein Kriminalroman aus dem alten Ostfriesland

Thomas Dähne / Jörg Schröder

Die Mordmühle

Ein Kriminalroman aus dem alten Ostfriesland

Verlag Soltau-Kurier-Norden

BIBLIOTHEK OSTFRIESLAND
Thomas Dähne / Jörg Schröder:
Die Mordmühle

Band XV
der „Bibliothek Ostfriesland“
im Buchverlag des Hauses
Soltau-Kurier-Norden.

1. Auflage 1997
ISBN 3-928327-22-4

Verlagsanschrift: Stellmacherstraße 14, 26506 Norden.
Zeichnungen: Thomas Dähne und Jörg Schröder.
Titelbild: Martin Stromann.
Lektorat: Thomas Aldick.
Gesetzt aus der Garamond leicht.
Druck und Gesamtherstellung: Soltau-Kurier-Norden.
Printed in Germany.

Vorwort

Warum, mag mancher fragen, ein Buch, das in längst vergangener Zeit spielt? Ist das nicht langweilig?

Die Antwort ist einfach. Im Herbst 1992 erschien der erste Band des Buches *Aurich von C. B. Meyer bis auf unsere Tage* von Karl Gramberg, dem wir an dieser Stelle Dank für seine rastlose Arbeit sagen möchten. Die durch seine Zeichnungen zum Leben erweckten historischen Schauplätze brachten uns auf die Idee, eine kriminalistische Geschichte zu erzählen, die in der Mitte des vergangenen Jahrhunderts spielt. Warum sollte das langweilig sein? Die Menschen waren – von Äußerlichkeiten abgesehen – sicherlich die gleichen wie heute, vielleicht sogar noch etwas eigenwilliger, und der Zeitensprung versetzt den Schriftsteller zudem in die Lage, ungestraft allerlei Eigenheiten und Eitelkeiten seiner Mitmenschen zu verarbeiten, ohne daß sich diese vor den Kopf gestoßen fühlen müßten.

Die Kulisse des Geschehens entspricht den tatsächlichen Gegebenheiten um das Jahr 1855. Vieles hat sich bis in die heutige Zeit erhalten – etwa das Friedhofsportal, neben dem heutigen Gymnasium gelegen, das wir, gleich unseren Romanfiguren, vom Wall hinunter zeichnen mußten. Wo wir in erzählerischer Freiheit davon abgewichen sind oder etwas ergänzt haben, geschah dies unter Berücksichtigung des historischen Rahmens. Beispielsweise ist die Existenz der Tonerdekuhle in Plaggenburg mit ihren technischen Einrichtungen nicht verbürgt; es wurde aber zur damaligen Zeit in Middels und Plaggenburg die seltene weiße „Potterde“ abgegraben. Auch das Wirtshaus am Treckfahrtskanal oder das Bankhaus in der Ostervorstadt sind freie Erfindung. Allen Mühlenkennern, die eine andere als die ihnen vertraute Mühlensprache wiederfinden, sei gesagt, daß wir uns für die Variante entschieden haben, die wir auf einer Tafel in der Auricher Stiftsmühle vorfanden.

Gleichwohl hat keine Person der Handlung je gelebt, mit allerdings auch hier einer Ausnahme von der Regel: einem späteren Nobelpreisträger, der unserem Helden einmal philosophisch den Weg weist. Namentlich die unsympathischen Charaktere aber hat es – bewahre! – in dem schönen Städtchen Aurich nie gegeben.

Erstes Kapitel

„Ein strahlender Frühlingsmorgen, Lerchen steigen gen Himmel, über den die Schäfchenwolken traben, der Schwager stößt ins Horn, allenthalben freundlich winkendes Landvolk, die leuchtende Silhouette von Aurich mit Türmen und regen Mühlenflügeln – so habe ich mir meine Ankunft vorgestellt. Statt dessen ist es später Abend, kalt, der Nieselnebel dringt durch jede Ritze, und hätten Sie mich nicht in Ihrer Barmherzigkeit aufgelesen, hätte ich die Nacht in einem ziemlich unerfreulichen Dorfgasthaus zubringen müssen."

Der Sprecher, ein junger Mann mit Brille, seufzte und blickte müde durch die fast blinden Wagenfenster in die Dunkelheit. Plötzlich fiel ihm ein, daß sein Klagen von seinem Gegenüber auch als Unhöflichkeit gewertet werden könnte. Eigentlich hatte er seine Dankbarkeit ausdrücken wollen.

Der Herr, dem diese Dankbarkeit galt, reiste zusammen mit seiner Tochter, einem molligen, rotwangigen Geschöpf mit adrettem Hut. Sie hatte den Worten aufmerksam gelauscht.

„Sind Sie ein Dichter?" fragte sie bewundernd.

Der Angesprochene hob zu einer Antwort an, doch der Vater machte eine Schweigen gebietende Handbewegung.

„Nein, der Herr ist kein Dichter. Er ist ein Daguerreotypist."

„Ein ...?"

„Habe ich recht? Ich sah es gleich an dem Stativ in Ihrem Gepäck. Und natürlich an Ihren Fingern."

„An meinen Fingern?"

Er hielt sie ins Licht der schwankenden kleinen Öllampe.

„An Ihren Fingern, sehr richtig. Sie sind von Ihren Chemikalien schwarz verfärbt."

„Ich bitte um Verzeihung! Mit Wasser habe ich nicht viel ausrichten können ..."

„Wissen Sie, Herr ..."

„Franzius. Paul Franzius."

„Wissen Sie, Herr Franzius, in meiner Profession bekommt man einen scharfen Blick. Ich bin Justizrat, Justizrat Detmers, Norden. Sie kommen nicht zufällig mit Ihrem Apparat auch nach Norden? Ich möchte schon lange ein Bild von meinem Haus haben."

„Ich muß Sie leider enttäuschen. Ich bleibe in Aurich, und ich bin auch nur Zeichenlehrer. Die drei Beine, die aus meinem Gepäck herausragen, gehören zu einer Staffelei. Und was die Finger angeht ..."

„... haben Sie unterwegs etwas skizziert. Mit Zeichenkohle. Keine Frage."

„Nein. Es tut mir leid. Es ist ganz gewöhnlicher Schmutz."

Justizrat Detmers schüttelte angesichts seiner gleich zweifachen Niederlage den Kopf, während seine Tochter unverhohlene Schadenfreude zeigte. Er bot dem Zeichenlehrer eine Zigarre an.

Sie rauchten schweigend, während draußen in der Dunkelheit eine unsichtbare Landschaft vorüberzog. Nur die Geräusche des Wagens, das Schnauben der Pferde und ab und zu ein eintöniger Ruf des Kutschers waren zu hören, bis der Justizrat fragte: „Sie unterrichten am Lyceum?"

„Ich werde, ja."

„Ich bin ein Ehemaliger des Lyceums. Meine Eltern wohnten in Esens. Dort gibt es kein Gymnasium, darum haben sie mich nach Aurich geschickt. Ich könnte Ihnen etwas erzählen ... Aber das war vor dreißig Jahren, als die Jugend noch Geheimnisse hüten konnte. Wahrscheinlich gelten jetzt ganz andere Gesetze."

„Das hört sich ja beinahe so an, als spielten sich am Lyceum irgendwelche finsteren Dinge ab."

„Nun, das nicht gerade, eher abenteuerliche Dinge', für uns Jungen jedenfalls. Aber ich glaube, ich habe eben die erste Stadtlaterne gesehen. Haben Sie schon eine Unterkunft?"

„Man hat mir ein Gasthaus empfohlen, warten Sie ... den ‚Schwarzen Bären'."

„Da wohnen wir auch. Das erste Haus am Platze. Auch wenn seine Blütezeit vorbei ist, wie man sagt."

Der Wagen ratterte auf einen großen Platz, dessen nasses Kopfsteinpflaster im Schein der Straßenlaternen glänzte, und hielt vor einer weißen Fassade mit einem schwarzen Bären über der Tür.

* * *

Die Sonne schien durch ein freundlich aufgerissenes Wolkendach. So stellte man sich den April schon eher vor. Es wehte allerdings ein kalter Wind, der Paul Franzius seine Hände in die schützenden Manteltaschen stecken ließ.

Er stand vor einem großen Haus mit klar gegliederter, heller Vorderfront und zwei Eingängen darin. Seine künftige Wirkungsstätte. Alles war wie ausgestorben, denn noch waren Ferien. In ein paar Tagen aber, wenn das neue Schuljahr angefangen hatte, würde man ihn selbst hinter einem dieser hohen Fenster mit erhobenem Zeigefinger auf- und abschreiten sehen; mit dem Läuten der Pausenglocke würde sich die Szenerie in einen Bienenstock verwandeln; inmitten Lachens, Schreiens, Weinens, Rennens, Hüpfens und Springens stünde er im fadenscheinigen Schatten der noch kahlen Kirchbäumchen und unterhielte sich mit einem Kollegen. Seine Kollegen ... verstaubte alte Männer mit verstaubten alten Grundsätzen – oder vielleicht hier und da ein Mensch? Was er bisher von der Stadt und ihren Bewohnern gesehen hatte, schien ihm jedenfalls gegenüber dem Süden, aus dem er kam, um dreißig Jahre zurück zu sein.

An schulfreien Nachmittagen dann die Kurse für höhere Töchter und andere mit künstlerischem Ehrgeiz. Davor hatte er ein bißchen Angst. Er würde die Tochter des hochgestellten und angesehenen Herrn Sowieso loben müssen, auch wenn es wirklich nichts zu loben gab. Nach Feierabend würde er müde, aber zufrieden nach Hause schlendern, er würde noch für sich etwas arbeiten oder lesen, vielleicht einen Brief in die Heimat schreiben, sich dann über das liebevoll zubereitete Essen seiner zweifellos mütterlichen Wirtin freuen; später mit Freunden bei Wein, Gesang und zündenden Dichtungen beisammensitzen ... Hatte des Justizrats Tochter ihn nicht für einen Dichter gehalten?

Was waren das für Gedanken? Bisher hatte er nur ein viel zu teures Hotelzimmer im „Schwarzen Bären“. Mit einem Seufzer zog er seine Uhr aus der Tasche. Noch etwas zu früh für seinen Antrittsbesuch beim Direktor.

Der Schul- und Kirchplatz, auf dem er stand, gefiel ihm. Er lag ein wenig abseits vom Getriebe, und die Kirche in seiner Mitte machte der kleinen Stadt alle Ehre. Ihre Errichter hatten, im Gegensatz zu ihren Baumeisterkollegen in südlicheren Gefilden, auf Schmuck und Prunk weitgehend verzichtet. Er schritt um ihre Westseite herum und suchte nach einem günstigen Standpunkt für eine Zeichnung oder ein Aquarell. Der abseits stehende Glockenturm tauchte auf. Ungewohnt, aber um so malerischer.

Läden unter dem Lambertiturm

Eine Reihe aneinandergeschmiegter Häuser lehnte sich an seinen massigen Unterbau und schloß den Platz zur belebten Geschäftsstraße hin ab.

Paul blieb vor dem Portal an der Südseite der Kirche stehen und bewunderte den von zwei Säulen getragenen Dreiecksgiebel. Zwei hoch aufragende Pappeln flankierten den Eingang. Mit dem geübten Auge des Zeichners trat er langsam zurück, um das Bauwerk ganz erfassen zu können, aber die Häuserzeile stand so nah vor dem Gotteshaus, daß ein solcher fassender Blick nicht möglich war – nur eine schmale Gasse zwischen zweien der Häuser gewährte ihm im Rückwärtsschreiten Durchlaß. Jetzt erhob sich über dem gewaltigen Sims in ungefähr dreißig Fuß Höhe das schlichte, aber passende Dach mit seinen dunklen, blau schimmernden Ziegeln, doch schon ein paar Schritte weiter schoben sich die Häuschen links und rechts zwischen den Bau und seinen Betrachter. Schade, dachte Paul angesichts der schweren Faßbarkeit der Kirche für Auge und Pinsel. Andererseits besaß die beengte Bauweise mit ihrem Durchlaß zum Kirchplatz aber auch ihren Reiz.

Über ihm setzte der monotone Schlag der Kirchenglocken zur Verkündung der vollen Stunde ein. Diesen Klang in den Ohren, fiel in Pauls Vorstellung weiches Licht aus den hell erleuchteten Kirchenfenstern, und weihnachtlich gestimmte Menschen kehrten, herausgeputzt und in feinstem Zwirn, zum Gottesdienst in den festlich geschmückten Bau ein. Schnee fiel, ein Chor lobpries ... Erst im letzten Augenblick nahm er den plötzlich auftauchenden Fuhrwagen wahr, der klappernd auf ihn zuhielt, als er rückwärts auf die Hauptstraße hinaustrat.

Nachdem er sich von seinem Schrecken erholt und seine Hosen von den Spuren des rettenden Sprunges in den feuchten Schmutz notdürftig gereinigt hatte, ging Paul Franzius, diesmal zügig und viel weniger auf Sehenswürdigkeiten als auf die eigenen Schritte achtend, zur Schule zurück. Zu seiner ohnehin vorhandenen Unruhe angesichts des bevorstehenden Antrittsbesuches gesellte sich nun noch die entmutigende Frage, ob die Verärgerung seines Direktors gnädiger ausfiele, wenn er mit befleckter Hose oder, im Falle raschen Umziehens, zu spät käme. Wahrscheinlich genügte sowohl das eine als auch das andere, ihn sofort wieder hinauszuwerfen.

In diesem Augenblick drangen in einer kurzen Windstille gedämpfte Orgelklänge aus der Kirche ins Freie. Er erkannte das Stück, *Verzage nicht, du Häuflein klein*, und freute sich darüber. –

Die Wohnung des Direktors befand sich direkt hinter der Schule am nordwestlichen Stadtwall. Früher hatte der Wall sicher einmal als Bollwerk gegen den heranstürmenden Feind wertvolle Dienste geleistet, heute mochte er den Bürgern der Stadt, baumbepflanzt wie er war, nur noch für ergötzliche Spaziergänge von Nutzen sein – und den jenseitigen Bewohnern (denen des städtischen Friedhofes, wie Paul später belustigt feststellte) als Schutz vor jenem und ähnlichem Lärm, der sich jetzt seinen Ohren bemerkbar machte.

„Hab ich es doch gewußt! Croon und Janssen, natürlich! Na wartet, Burschen ..."

Noch bevor die schrille Stimme verklungen war, schossen hinter dem Direktorenhaus zwei schmächtige Jungen in schmutzigen Hemden und Jacken und (trotz des kühlen Windes) kurzen Hosen hervor, sausten über den Hof, machten vor dem jungen Zeichenlehrer, der ebenfalls gerade den Hof betreten hatte, erschrocken halt, um nur einen Wimpernschlag später unter einem hastig hervorgestoßenen *Da lang* einen neuen Fluchtweg einzuschlagen.

Gerade waren die Jungen verschwunden, als sich um dieselbe Ecke, um die sie gekommen waren, ein dürres, in schwarzem Anzug steckendes Männchen wand. Das spitze, vogelgleiche Gesicht zu einer drohenden Grimasse verzogen, stürzte es mit linkischen Bewegungen heran und brachte einige kreischende Laute hervor. Erst jetzt bemerkte es den etwas verwunderten jungen Mann im Schatten des Schulgebäudes, der sich bemühte, die peinliche Szene mit einem möglichst nichtssagenden Gesichtsausdruck (der ihm trefflich gelang) zu übergehen. Das Männchen bekam sich sogleich in den Griff und bemühte sich im Näherkommen seinerseits, ein freundliches Gesicht zu machen.

„Ah, diese Kinder, haha ... immer zu Streichen aufgelegt ... Ernst des Lebens noch vor sich ... mal mit den Eltern reden ...“ murmelte es verlegen vor sich hin und blieb vor Paul stehen. „Guten Tag, mein Herr. Ich hatte Sie gar nicht gesehen! Kann ich Ihnen irgendwie behilflich sein, wollen Sie vielleicht zu mir?“ Forschend fuhren seine kleinen Äuglein an Paul auf und ab. „Ich habe Sie in unserem Städtchen noch nie gesehen und vermute, Sie sind der neue Zeichenlehrer, den ich an meiner Schule erwarte.“

„Mein Name ist Paul Franzius. Ich habe schriftliche Order, mich hier beim Direktor des Lyceums zu melden. Sind Sie Herr Direktor Schnöter?“

„Der bin ich, der bin ich, ja. Guten Tag, Herr Franzius, bitte kommen Sie. Begleiten Sie mich doch in mein Arbeitszimmer.“ Mit kurzem, hektischem Schritt ging das Männchen voran und führte Paul in das stattliche Haus, das zu bewohnen es als Direktor des Auricher Gymnasiums Recht und Aufgabe hatte.

Das Arbeitszimmer, das sie betraten, war ein aufs praktischste, aber leider nicht geschmackvollste eingerichteter, lichter Raum mit großen, nach Süden und Osten hinaus gelegenen Fenstern. Der wuchtige Schreibtisch, hinter dem Direktor Schnöter Stellung bezog, war so plaziert, daß man durch die hellen Gardinen hindurch einen guten Blick über den Schulinnenhof hatte.

Herr Schnöter wies Paul mit steifer Geste einen unbequemen Stuhl mit hoher, gerader Rückenlehne zu und verschwand selbst in seinem lederbezogenen Schreibtischsessel.

„Ja, Herr Franzius; wie ich Ihrem Schreiben entnehme, haben Sie Ihr Handwerk in Nürnberg bei Herrn Professor Rotenfels erlernt und dort bereits zwei Jahre an einer kleineren Privatschule gelehrt? Ich freue mich, darin einen geraden und unbeirrten Weg zu erkennen, denn es ist wichtig, daß ein Mann in allen wichtigen Dingen des Lebens, gerade in denen des Berufes, eine klare

Linie verfolgt. Wer sich dabei in jungen Jahren der Leitung und Erfahrung des Alters anvertraut, wird seinen Weg gehen, ohne vom rechten Pfade abzuweichen. Ich selbst folgte stets dem Rat meines Vaters, der wie ich ein angesehener und bekannter Mann des Schulwesens war. So genieße ich heute als Direktor unserer Oberschule – wie ich sagen darf – den Respekt und die Achtung meiner Mitbürger. Darf ich fragen, welchen Beruf Ihr Vater ausübt?"

„Er ist Zahnarzt."

„Ah, ein sehr verdienter Berufszweig. Sicher wird auch Ihnen der Vater ein weiser Ratgeber gewesen sein. Ihr Vorgänger war übrigens ein allseits geschätzter und beliebter Kollege, der in diesem Jahr leider in den verdienten Ruhestand getreten ist. Für seine Schüler war er ein Vorbild an Tugendhaftigkeit und Fleiß, und auch außerhalb der Schulmauern genoß er einen tadellosen Ruf und führte einen einwandfreien Lebenswandel."

Paul nickte unverbindlich.

„Ich zweifle aber nicht daran", fuhr Herr Schnöter fort, „daß Sie sich in Bälde bei uns eingelebt haben und seine Arbeit in seinem Geiste weiterführen werden. Ihre fachlichen Beurteilungen sind ja ohnehin ganz hervorragend, und wenn Sie sich in pädagogischen Fragen ab und zu an einen älteren Kollegen oder an mich persönlich wenden, stehen wir Ihnen gerne mit Rat und Tat zur Seite."

Paul sagte, er sei sicher, man werde ihn mit vielen nützlichen Ratschlägen unterstützen. „Ich werde mich bemühen, zu keinerlei Klagen Anlaß zu geben."

„O ja, natürlich, davon bin ich überzeugt, ja. Wiewohl ich natürlich auch weiß – und das wäre eine Angelegenheit, die wir vielleicht, nur ganz nebenbei, äh, wenn Sie mich bitte nicht falsch verstehen wollen ... Angesichts Ihrer Verpflichtung, auch Zeichenkurse für ... insbesondere auch die Töchter unserer Stadt ... Nun, wie ich schon sagte, die jungen Damen sind da oft noch in einem Alter, in dem sie ... in dem es in ihrer unreifen, äh ... sprunghaften Natur liegen mag ... nun ja, und da könnte vielleicht ein junger Mann, wäre er nicht von ganz festem Charakter ... Also, die Leute könnten möglicherweise einen Eindruck von unserer Schule gewinnen, der ... – Aber ich nehme natürlich an, daß Sie in der Heimat eine, äh ... junge Dame Ihres Herzens zurückgelassen haben, die Ihrer Treue und Zuneigung auch über eine solche Entfernung gewiß sein kann, und der Ihr Schwur desgleiche ... äh ..." Er verhaspelte sich vollends.

Paul schaute Herrn Schnöter fragend an, und der wühlte fahrig in einem zuvor ordentlich aufgeschichteten Stapel Papier. „Ich habe Ihnen hier alle nötigen Unterlagen zusammengestellt, die Sie brauchen werden – wenn Sie bitte einmal schauen möchten ..."

Es dauerte einige Zeit, bis erste Details betreffs Lehr- und Stundenplänen, Nachmittagskursen, Aufsichtspflichten, Lehrerversammlungen, Materialbeschaffung und andere Fragen besprochen waren. Paul werde sich im einzelnen besser im stillen damit befassen und entsprechend vorbereiten können, und Herr Schnöter hegte auch überhaupt keinen Zweifel an seiner Gewissenhaftigkeit und seinem Verantwortungsbewußtsein. Manche Direktoren äußerten ja immer wieder Bedenken an der Einstellung junger, unerfahrener Lehrkräfte, die es naturgemäß noch nicht ganz so verstanden, sich ihrer Zöglinge behutsam und doch mit Strenge anzunehmen, aber er selbst war da durchaus moderner in seinen Ansichten und anderer Meinung. Es hatte sich auch niemand Älteres um den freien Posten als Zeichenlehrer beworben, und Herr Pöppelmann, ein verdientes Mitglied des Kollegiums, das in seiner Freizeit selbst begeisterter Maler war, war mit seinen eigenen Fächern schon zu stark belastet. Wie dem auch sei, nun hatte man ja in Herrn Franzius einen frischen, jungen Mann gefunden, der die Schule sicher würdig und angemessen vertreten würde.

„Haben Sie denn schon eine Bleibe in Aurich gefunden?"

„Noch nicht. Zur Zeit wohne ich im ‚Schwarzen Bären'. Aber ich hoffe, in den nächsten Tagen etwas Preiswerteres zu finden."

„Sehr vernünftig, sehr vernünftig; da kann ich Ihnen gleich eine passende Unterkunft empfehlen. Die Witwe Rosenbohm, eine sehr angenehme, freundliche Dame, vermietet zwei Zimmer im Obergeschoß ihres Hauses am Markt. Wie ich weiß, ist eines der Zimmer zur Zeit unbewohnt und zu einem anständigen Preise zu sofort bezugsbereit. Sicher wird Ihnen Frau Rosenbohm auch eine gute Ratgeberin in wichtigen Dingen des Lebens sein können. – Ich habe Sie schon für heute nachmittag bei der Dame angekündigt."

„Oh ..."

„Ja. – Und, Herr Franzius", Herr Schnöter machte eine Pause, „Sie sollten sich vielleicht eine andere Hose anziehen, denn... Nun, ein gepflegtes Erscheinungsbild ist gewissermaßen ein Grundsatz unserer Anstalt."

Mit dieser kurzen, aber wohlgesetzten Rüge erhob er sich, verzog das vogelartige Gesicht zu einem ausdruckslosen Lächeln und entließ seinen neuen Zeichenlehrer hinaus in den Strahl der inzwischen wärmenden Frühlingssonne.

* * *

Frau Rosenbohms Haus am Markt

Als Paul am Nachmittag den Türklopfer des Hauses Nr. 11 am Markt betätigte, verspürte er die leichte Gereiztheit der Erfüllung einer aufgedrängten Pflicht. Er ärgerte sich über den Direktor und stellte sich die Witwe Rosenbohm ungefähr als dessen weibliches Gegenstück vor. Hoffentlich zitiert sie nicht pausenlos ihren verstorbenen Ehegatten, dachte er.

Das Haus war nur klein. Es hatte zwei Stockwerke mit nach vorne hinaus je zwei Fenstern, nannte aber einen ebenso repräsentativen Eingang wie der „Schwarze Bär" gerade gegenüber sein eigen.

„Guten Tag!"

„Guten Tag – Frau Rosenbohm?"

Sie war es, und sie war eher rundlich und sah aus, als stünde sie mit beiden Beinen im Leben. Paul sagte sein Sprüchlein her und wurde nach einer kurzen Musterung, die scheinbar zufriedenstellend ausfiel, herein- und gleich weiter in ein winziges, überladenes Wohnzimmerchen gebeten.

Mit flinker Hand füllte Frau Rosenbohm dort seine schon bereitstehende Teetasse und rückte ihm eine buntgefüllte Gebäckschale näher.

„Trinken Sie erst einmal in Ruhe, das Geschäftliche kann warten. Mein Mann sagte immer ..." Sie verstummte plötzlich und biß sich auf die Lippe. Vielleicht hatte sie sich irgendeines guten Vorsatzes erinnert.

„Ist das Ihr Mann?" fragte Paul und wies mit seiner Tasse auf einen gelungenen Scherenschnitt in ovalem Rahmen, unter dem auf der Anrichte in strenger Symmetrie zwei frisch gepflückte Osterblumensträuße standen.

„Ja, das ist Arian Rosenbohm. Aber sein Haar war nicht so wuschelig." Sie stand auf und machte eine Bewegung, als wolle sie es ihm glattstreichen.

„Er hatte einen Kolonialwarenladen, nur ein paar Häuser weiter. Nach seinem Tode wurde es mir zuviel, und ich habe dieses Häuschen gekauft. Die beiden Zimmer oben vermiete ich eigentlich nur, um ein wenig Gesellschaft zu haben. Ihr Zimmernachbar ist leider ein ziemlicher Eigenbrötler, aber Sie sind nicht so, das habe ich gleich gemerkt."

Er hatte doch noch kaum etwas gesagt ...? Da war wohl der Wunsch der Vater des Gedankens.

„Spielen Sie Geige?"

„Nein ... sollte ich?"

„Ich dachte, weil Sie Lehrer sind, spielten Sie vielleicht Geige. Nicht, daß ich etwas dagegen hätte. Es ist nur ... Arian mochte es nicht gerne hören."

„Ah ..."

Noch während er über die Stichhaltigkeit ihrer Begründung nachdachte, wechselte sie das Thema.

„Sie sind nicht aus Ostfriesland? Ihre Aussprache hat so einen Akzent ..."

„Oh! – Mag sein. Man nennt es *Hochdeutsch*. Ganz recht, ich komme aus Nürnberg. Ich habe ein Atemwegsleiden, und die Luft hier soll mir guttun. Ideal wäre natürlich eine Insel oder wenigstens die unmittelbare Küste gewesen – aber da braucht man keinen Zeichenlehrer."

„Dann rauchen Sie sicher auch nicht. Das ist mir ganz lieb, nur wegen der Gardinen, wissen Sie. Aber wenn Sie es doch möchten, dann will ich es Ihnen natürlich nicht verbieten, und Ihr Zimmernachbar wird auch nichts dagegen haben."

„Nein, nein. Gerade gestern habe ich zwar eine Zigarre geraucht, aber nur aus Höflichkeit. Danke, keinen Tee mehr. Ach – man stellt den Löffel in die Tasse? Das muß ich mir merken."

Es klopfte, und ein junges Ding mit roten Händen erschien im Türrahmen.

„Ich wäre dann soweit, Frau Rosenbohm."

„Schön! Das ist Hermine, sie macht mir das Haus sauber. Ich nenne sie *Mientje*. Nicht wahr, Mientje? Nimm dir doch noch welche von den Kuchen mit – Herr Franzius scheint kräftig zu Mittag gegessen zu haben. So, und wir schauen uns nun Ihre zukünftigen Räumlichkeiten an."

Zu diesem Zweck wurde Paul voran eine steile Stiege hinaufgewiesen, die vom Hausflur nach oben führte.

„Vorsicht mit dem Geländer. Es ist schon ein bißchen altersschwach ... so, rechts herum. In die Kammer hinter dem Türchen dort drüben können Sie später Ihre Koffer und Kisten tun ... da wären wir. Die Klinke fest herunterdrücken. Sie haben die beiden Fenster nach vorne hinaus. Ist es nicht ein schönes, freundliches Zimmer? Und geräumig ist es auch. Hier der Ofen ... hoffentlich kommen Sie damit zurecht. Er ist klein, aber heizt sehr gut. Wo der Torf liegt, zeige ich Ihnen noch. Herr Groth – das ist Ihr Nachbar – kocht sich sogar Wasser darauf. Aber Sie werden Ihren Tee sicher lieber unten bei mir trinken. In diesem Ohrensessel hat Arian abends immer seine Pfeife geraucht, er ist sehr bequem. Oh – der Tisch wackelt noch. Ich habe Mientje doch gesagt, sie solle etwas druntertun. Wenn Sie eine Bettpfanne wollen ... oder erst zum Winter, das finde ich auch. Obwohl es auch jetzt noch sehr klamm sein kann. Ach ja – Sie können auch einmal unten ein Bad nehmen, aber bitte nur sonnabends, und sagen Sie es mir schon am Donnerstag. Oh, sehen Sie, da unten kommt Herr Groth!"

Paul spähte zusammen mit der Witwe Rosenbohm durch die Gardine.

„Er grinst vor sich hin! Ich habe ihn kaum je lachen sehen. Aber passen Sie auf, wenn er gleich heraufkommt, dann mit einem ganz ernsten Gesicht. – Wie ...? Die Miete, du meine Güte! Das hätte ich fast vergessen. Also, Herr Groth zahlt mir ..."

Sie nannte eine Zahl, mit der Paul gleich einverstanden war. Es fiel ihm schwer, es zuzugeben – aber er hatte es gut getroffen und war dem Herrn Direktor Schnöter für seine Vermittlung nun doch dankbar. Jedenfalls ein bißchen.

* * *

(Fortsetzung eines am Vormittag begonnenen Briefes, überschrieben mit „*Meine Lieben!*")

Ich sitze in meinem gemütlichen Domizil bei der Witwe Rosenbohm - Herrn Schnöters Einmischung hat sich doch als nützlich erwiesen. Wenn ich weiter soviel Glück habe, kann ich zufrieden sein: Meine bloße Anwesenheit ist meiner Wirtin schon die halbe Miete, und das Zimmer und seine Lage sind wirklich auf mich zugeschnitten. Gleich heute nachmittag habe ich mich eingerichtet und zum ersten Male in meinem Leben ein Torffeuer entzündet. An den Geruch muß ich mich allerdings noch gewöhnen. Ich habe auch einen Mitbewohner – er ist Sekretär der Städtischen Baukommission und scheint ein rechter Kauz zu sein. Als er nach Hause kam und Frau Rosenbohm mich mit ihm bekannt machen wollte, war er, ehe wir uns versahen, in seinem Zimmer verschwunden. Sie selbst (ihr Vorname ist übrigens ‚Rosine'!) ist eine Person, bei der ich mich ausweinen kann, falls einmal Bedarf besteht.
Von ihr und ihrem Haus später mehr, erst einmal will ich das Kapitel über Herrn Schnöter zu Ende bringen. Ihr habt sicher schon gemerkt, was für eine Figur er ist. Wenn er mir nur nicht in alles hineinredet! Neuerungen haben bei ihm sicher nicht die geringste Chance, und ohne seine Reglements ist er hilflos und nackt. Ich bin gespannt, wie die anderen Lehrer über ihn urteilen - man kann doch vor einem solchen Männchen keinen Respekt haben, auch als Schüler nicht! Er läuft bestimmt des öfteren mit einem Zettel auf dem Rücken herum.
Ich bin übrigens eben auf die Beschreibung gestoßen, die Du mir geschrieben hast, Mutter, wie man einen Knopf annäht. Ich habe sie nicht verstanden, aber im Ernstfall hilft mir sicher Frau Rosenbohm weiter.

Als sein Werk bis hierhin gediehen war, hatte sich sein Schreibarm so weit verlagert, daß ihn das Wackeln des Tisches ernstlich zu stören begann. Er stellte fest, daß seine Wirtin ein Papier unter ein Bein geschoben hatte, das aber viel zu dick gefaltet war. So faltete er es auseinander, strich es glatt und betrachtete es mit Neugier. Es war ein kreuz und quer beschriebenes und bezeichnetes Blatt. Da war ein Wasserlauf zu erkennen, einige Häuser, eine Windrose, ein dickes Kreuz, lange Buchstabenreihen und viel undefinierbares Gekrakel. Paul ordnete dies alles der Feder seines Nachbarn, des Baukommissions-Sekretärs, zu und faltete das Papier wieder zusammen, um schon bald wieder, nun an festem Tische, ganz in seinen Brief versunken zu sein.

* * *

Am Abend klopfte er gespannt an die Tür auf der gegenüberliegenden Seite des Flures. Er hatte gehofft, seinen Hausgenossen beim Abendbrot in Frau Rosenbohms Wohnstube kennenzulernen, doch hatte dieser sich bereits ein Tablett mit nach oben genommen, um dort über seiner Arbeit zu essen.

Ein gedämpftes „Herein" war zu hören. Paul kam der Aufforderung nach. Das Zimmer, das er betrat, ähnelte dem seinen. In der Mitte saß an einem Tisch ein feingliedriger, dunkelhaariger junger Mann, vielleicht ein, zwei Jahre älter als er selbst.

„Guten Abend", sagte Paul. „Ich möchte mich nur Ihnen vorstellen – wir teilen ja ab heute ein Stockwerk miteinander. Mein Name ist Paul Franzius."

Steif stand sein Gegenüber von seinem Stuhl auf und reichte ihm die Hand.

„Friedrich Groth."

„Wenn ich störe, dann sagen Sie es nur – Sie haben wohl viel zu tun?"

„Äh, ja tatsächlich, ich muß noch einige ... Ach, nein, setzen Sie sich bitte. Moment, die Papiere ... so."

Er schob seinem Besucher einen Stuhl hin, blieb aber selbst stehen. Weil er auch keine Anstalten machte, etwas zu sagen, ergriff Paul das Wort.

„Finden Sie nicht auch, daß alle unerledigte Arbeit am Abend zu einer festgesetzten Stunde eingesperrt und erst am nächsten Morgen wieder freigelassen gehörte?" fragte er mit Blick auf die hingekritzelten und wieder verworfenen Berechnungen und Skizzen vor sich auf dem Tisch.

Sein Zimmernachbar sah ihn mißtrauisch an, aber dann schien ihm die Gelegenheit, seine Arbeit für eine Weile ruhen zu lassen, doch willkommen zu sein.

„Seit Jahr und Tag landet immer wieder dieselbe leidige Angelegenheit auf meinem Schreibtisch", machte er einem offenbar aufgestauten Ärger Luft. „Aber nie können die Herren sich zu einer Entscheidung durchringen! – Verzeihen Sie, das interessiert Sie natürlich nicht."

„Oh, im Augenblick interessiert mich alles, was ich über Auricher Verhältnisse erfahren kann. Ich habe schon gehört, Sie haben mit baulichen Dingen zu tun ... es geht bestimmt um einen Neubau, für den zu wenig Geld im Stadtsäckel ist. Habe ich recht?"

„Das könnte sehr gut sein, ja", antwortete Friedrich Groth erstaunt. „Aber hier geht es ausnahmsweise um das Gegenteil, um einen Abbruch. Es gibt hier in der Hauptstraße einen Engpaß, der schon lange die Gemüter erhitzt und endlich beseitigt werden soll. Zwei entgegenkommende Wagen können dort kaum aneinander vorbeifahren. Am gefährlichsten ist es für die Fußgänger, die vom Bürgersteig hinunter auf die Straße müssen, und für die Schulkinder, die aus der Gasse vom Kirchplatz kommen."

„Ach – ich glaube, mit der Stelle habe ich schon Bekanntschaft gemacht. Mich hätte dort heute morgen fast ein Wagen überrollt. Aber ich war wohl gerade etwas unaufmerksam, und so habe ich mich ziemlich schmutzig gemacht."

„Selbst dort landen sonst eigentlich nur Betrunkene im Staube, die zur Nachtzeit unterwegs sind", meinte Friedrich Groth mit unvermutetem Humor, biß sich aber gleich auf die Lippen in der Befürchtung, unverschämt gewesen zu sein. Doch Paul, der froh war, auf so einfache Weise Zugang zu seinem verschlossenen Nachbarn gefunden zu haben, legte die Hand aufs Herz und beteuerte in gleichem Ton feierlich, den ganzen Tag noch keinen Tropfen Alkohol getrunken zu haben.

„Da können wir Abhilfe schaffen", sagte Friedrich Groth und ging an ein Schränkchen, aus dem er zwei Stielgläser und eine Flasche nahm. „Ich habe hier noch einen Genever, der steht schon seit Jahren da."

Er stellte die Gläser auf den Tisch und räumte seine Papiere und ein leergegessenes Tablett auf das Bett an der Wand. Das Zimmer war spärlich eingerichtet; ein bißchen Leben ging nur von einem Regal aus, auf dem sich Bücher und Akten stapelten und einige persönliche Dinge standen. Ansonsten war es sehr schmucklos, kein Bild hing an der Wand, keine Blumen standen am Fenster, gerade so, als sei es nur für ein paar Tage bezogen.

Der klare Genever gluckerte aus der Flasche. Paul nahm sein Glas entgegen, und sie stießen an.

„Wollen wir diese Förmlichkeiten mit dem ‚Sie' nicht beiseitelassen?" schlug er vor. „Sie sind unter gleichaltrigen Stubennachbarn doch überflüssig."

Die Antwort kam erst nach kurzem Zögern.

„Also ... Warum nicht?"

Sie leerten die Gläser, und während der Gastgeber nachschenkte, ging Paul zu dem Bücherregal hinüber und nahm ein Buch heraus, auf das sein Auge gefallen war.

„Jonas Stadtpfeifer", las er den Titel. „Großartig geschrieben. Hast du es gelesen? Ich war begeistert."

„Ja. Ich glaube, ich hatte es in drei Tagen durchgelesen. Ich konnte mich nur schwer damit abfinden, daß er zum Schluß ums Leben kommt."

Paul blätterte ein wenig, stellte es dann zurück und setzte sich wieder.

„Das ging mir auch so. Aber andererseits ist es schöner, wenn ein Buch einen traurigen Schluß hat. Stell dir vor, Jonas Stadtpfeifer hätte die Liese geheiratet und sie hätten sieben Kinder gehabt! Nein, ein tragisches Ende ist viel ergreifender, finde ich."

„So gesehen ... wahrscheinlich hast du recht, ja."

„Ich möchte mich gleich schon anmelden, alles auszuleihen, was du sonst noch Lesenswertes besitzt. In meinen Koffern war nicht Platz genug, viel mitzunehmen. Ich denke doch, daß ich Zeit genug haben werde, mich hin und wieder in Ruhe in ein Buch zu vertiefen."

„Frau Rosenbohm erzählte, du seiest Zeichenlehrer? Das muß ein schöner Beruf sein. Im Zeichenraum des Lyceums herrscht mehr Leben als in meiner Schreibstube. Ich war zwar nie besonders künstlerisch begabt, aber trotzdem waren die Stunden dort immer sehr gemütlich – man war nicht in Gefahr, aufgerufen zu werden, sondern brauchte nur etwas auf sein Papier zu zeichnen."

„Bist du gern zur Schule gegangen?"

„Nun ja, eigentlich nicht. Aber die Pausen, die waren immer herrlich."

„Ich muß gestehen, auf den Zeichenunterricht habe ich mich immer schon gefreut. Geographie und Geschichte waren auch erträglich, aber ansonsten ging es mir wie dir. Und dafür muß man der Schule eigentlich doch dankbar sein: Erst durch sie wußte man überhaupt, was Pausen, freie Nachmittage, Feiertage und Ferien überhaupt wert waren!"

„Du hast recht." Sie hatten ausgetrunken, und Friedrich füllte die Gläser aufs neue. „Aber der Preis dafür war hoch."

„Trotzdem: Auf die Schulzeit! Ach, wie frei der Geist gewesen ist, als man noch, fern der Welt der Erwachsenen, unbeschwert in den Tag hineinlebte!"

„Und wie wichtig die Frage, wo es die feinsten Kiesel und die größten Kastanien gab."

„Und die höchsten Kletterbäume."

„Die besten Verstecke!"

„Und Plätze für Hütten. Habt ihr auch Hütten gebaut?"

„Aber ja! Hütten waren immer das Beste. Da konnte einen keiner finden, und man hatte alles da, was man brauchte."

„Die Schätze. Vor allen Dingen seine Schätze hob man dort auf. Die Knicker, um die gespielt wurde, zum Beispiel ..."

„... die Sammlung von Eichelhäher- und Bussardfedern ..."

„... und Vogeleiern."

„Und heimlich geraucht haben wir. Eichenlaub."

„Ja! Das nicht richtig brennen wollte, stimmt's? Genau wie bei uns. Merkwürdig, das ist überall so."

„Und dann haben wir Quittenmarmelade stibitzt und mit den Fingern gegessen. Zu dritt ein ganzes Glas."

„Und grüne Pflaumen ..."

„... von denen man Bauchweh kriegte."

„Aber wenn es dann Herbst wurde, dann wurde es naß in der Hütte und kalt, und es machte keinen Spaß mehr."

„Und wenn überall die Blätter fielen, konnte man sie sowieso weithin sehen!"

Friedrich seufzte.

In ferne Zeiten entrückt, wanderten ihre Blicke gedankenverloren in die Glut, die durch die Ritzen der Ofentür strahlte. Die Dämmerung war so weit fortgeschritten, daß Friedrich schließlich aufstand und die Lampe über dem Tisch entzündete.

Paul rückte seinen unbequemen Stuhl zurecht und reckte sich. In Friedrichs kahlem Zimmer war es tatsächlich ganz gemütlich geworden, nun, da die Schatten in die Winkel eingezogen waren.

„Hier also ist nun meine Heimat", sagte er pathetisch und breitete die Arme aus. „Ein Städtchen hoch oben im Norden, fernab von den Wirren einer sich immer rasanter verändernden Zeit, umgeben von grünen Weiden, karger Heide, grundlosen Mooren und ewig weitem, von Kanälen und Gräben durchfurchtem Land ...!"

„Ganz so provinziell, wie du glaubst, ist es hier auch wieder nicht", entgegnete Friedrich und gab sich den Anschein verletzten Stolzes. „Sicher sind die Häuser anders gebaut als im Süden und sicher sprechen die Menschen anders, aber es bewegen sie genau die gleichen Dinge."

Paul überlegte.

„Das stimmt. Direktoren vom Schlage Herrn Schnöters und Witwen wie Frau Rosenbohm gibt es wahrscheinlich überall, so schwer ich es mir im Augenblick auch vorstellen kann. Sie heißen nur anders."

„Und denk an den Schiffbau und die ausgereifte Mühlentechnik."

„Ich dachte, es werden nur noch Windmühlen nach holländischer Art gebaut", stichelte Paul und freute sich, sich ausgiebig unterrichtet zu haben.

Friedrich nahm einen Schluck und runzelte die Stirn. Dann sagte er triumphierend: „Da siehst du, wie aufgeschlossen man hierzulande Neuem gegenüber ist!"

* * *

Es war spät geworden, als Paul den Weg über den dunklen Flur zurück in sein Zimmer ertastete. Er hatte völlig vergessen, auf die Uhr zu schauen, zu spannend war der Bericht gewesen, den Friedrich auf sein Drängen hin von der Geschichte und den Traditionen der Stadt und der Provinz geliefert hatte. Er hatte von Stammeskriegen, Häuptlingen und Fürsten gehört, von Seeräubern und Seuchen, die das Land heimsuchten, von Wattfischern, Moorbrennern und Deichstickern, von Fluch und Segen erfahren, den Wind und Meer den Bewohnern dieses Landstrichs bescherten. Besonders die lebendigen Schilderungen vom Deichbau und von den verheerenden Sturmfluten, die immer wieder Haus und Hof und das Leben von Mensch und Tier als Tribut für die Bewirtschaftung des fruchtbaren Marschbodens an der Küste forderten, hatten ihn, unterstützt von der Wirkung des Genevers, ergriffen.

Am Ende war die Flasche zu drei Vierteln geleert gewesen und ihr es wohl vornehmlich zu verdanken, daß sein zurückhaltender Mitbewohner so schnell zugänglich geworden war.

Paul entfaltete noch einmal den Brief an sein Elternhaus und tauchte die Feder ein. *Du wirst dich freuen, Mutter. Ich glaube, ich habe bereits einen Freund gefunden,* schrieb er und ging müde ans Fenster. Der Marktplatz lag ruhig und friedlich da; nur unter einer Laterne salutierte der letzte Gast eines Wirtshauses seinem nicht anwesenden Vorgesetzten und marschierte dann mühsamen Schrittes davon, um seinen Rausch auszuschlafen. Paul zog die

Gardinen vor und löschte die Lampe. Wie es seine Gewohnheit war, schleuderte er seine Pantoffeln mit soviel Schwung vom Fuß, daß sie über die glatten Holzdielen hinweg weit unter das Bett sausten. Dann kroch er unter die angenehm kühle Bettdecke und fiel mit dem eigenartig gespannten Gefühl, das ihn in der ersten Nacht in fremdem Bett und Zimmer immer befiel, in einen tiefen und ruhigen Schlaf.

Zweites Kapitel

„Guten Morgen!"

„Guten Morgen, Herr Franzius! Setzen Sie sich, der Tee ist jeden Moment fertig. Ich habe gleich Wasser aufgesetzt, als ich Sie oben hörte. Sie haben recht getan, ordentlich auszuschlafen, jetzt, wo Sie noch nicht zur Schule müssen – allerdings müssen Sie nun mit meiner Gesellschaft vorliebnehmen, Herr Groth ist schon lange aus dem Haus. Er nimmt sich immer kaum Zeit, seine Spiegeleier ordentlich zu essen. Ah, das Wasser kocht."

Frau Rosenbohm verschwand in der Küche, während Paul seine Beine unter dem Wohnzimmertisch ausstreckte. Wenn er in Zukunft mit Friedrich zusammen hier säße, würde er das nicht tun können, denn der Tisch maß nicht einmal drei Fuß im Quadrat.

„Aber stellen Sie sich vor, sein Abendbrot möchte er heute abend mit Ihnen hier essen. Sonst ißt er meist auswärts oder oben bei seiner Arbeit einen Happen. Wie haben Sie das bloß geschafft?"

Paul hatte schon begriffen, daß sie auf derlei Fragen keine Antwort erwartete.

„Langen Sie nur tüchtig zu. Was haben Sie heute für den Tag vor? Für das Mittagessen kann ich Ihnen übrigens den ‚Weißen Bären' empfehlen. – Ganz recht, den ‚Weißen', nicht zu verwechseln mit dem ‚Schwarzen'. Herr Groth ißt auch meist dort, glaube ich. Man kriegt ja nichts aus ihm heraus. Das Essen soll dort gut und nicht zu teuer sein, und außerdem ist es nahe bei der Schule, gleich gegenüber in der Hafenstraße. Aber essen Sie nicht zuviel, ich backe heute nämlich einen Teekuchen. Hoffentlich geht es nicht wieder so wie neulich, als eine ganze Bande von Bengeln irgendwas für Herrn Groth zu besorgen hatte und ihm nichts Besseres einfiel, als sie zu mir zu schicken – es sei gewiß noch etwas von meinem Teekuchen für sie übrig! Ein ganzes Blech haben sie mir aufgegessen!"

In Erinnerung an diesen Schock schlug sie die Hände zusammen. Ihr Ärger war indes nur zur Hälfte echt.

Paul ahnte, daß dies ein Racheakt von seiten Friedrichs gewesen war, vielleicht auch eine vorbeugende Maßnahme gegen tagelange Nötigung zum Teekuchenessen. Überhaupt verstand er mehr und mehr, was der Grund war für den tiefen Graben zwischen Rosine Rosenbohm und ihrem ersten Mieter, und beschloß, sich Friedrich nie in irgendeiner Weise aufzudrängen.

„Er hatte nun schon zum dritten Mal Besuch von der Bande. Die meisten von den Lausbuben kenne ich ja, sie gehen alle auf Ihre Schule. Der kleine Croon war auch dabei. Und als ich Herrn Groth einmal danach fragte, was denn das alles zu bedeuten habe, antwortete er: *Wer weiß – vielleicht suchen sie einen Schatz? – In meinem Hause?* fragte ich. Eine vernünftige Antwort ist er mir schuldig geblieben. Ach – er bringt mich noch so weit, daß ich eines Tages am Schlüsselloch lausche."

„Vielleicht haben Sie das mit dem Schatz nur falsch verstanden. Ich an Ihrer Stelle würde das silberne Teestövchen ab jetzt immer gut wegschließen, wenn Sie Kindergetrappel vor Ihrer Haustür hören!"

Frau Rosenbohm blickte erschrocken drein, dann aber sah sie Pauls Gesicht und gluckste vergnügt: „Herr Franzius, Sie sind mir ja ein Witzbold!"

Nach dem Frühstück brach Paul zu einem Rundgang um den Marktplatz auf, um die dort ansässigen Kaufleute auszukundschaften. Nachdem er ihn um zwei Abstecher in die Oster- und die Lange Straße hinein ausgedehnt hatte, kehrte er mit einer Handvoll kleiner Nägel und einer großen Tüte Kaffee in die Nr. 11 zurück.

„Sagen Sie, Frau Rosenbohm – wozu stehen eigentlich an allen Ecken diese großen Fässer? Werden damit die Gehsteige besprengt oder die Stadtbäume bewässert?"

„O nein – die müssen immer an ihrem Platz stehen und immer gefüllt sein. Falls einmal irgendwo in der Stadt Feuer ausbricht, ist überall gleich Wasser für die Spritze da."

„Ah! Da kann man ja beruhigt schlafen gehen. Und das, was da so brenzlig riecht, ist auch sicher nur ..."

„... mein Teekuchen! Du meine Güte!"

Mit geübten Griffen hatte sie schnell den Kuchen aus der Röhre und das Küchenfenster zum Hof geöffnet.

„Sehen Sie sich das an! Der schöne Kuchen! Sie haben es genau gewußt, als Sie nach den Fässern fragten. Aber machen Sie nur Ihre Späße mit einer alten Frau! Zur Strafe müssen Sie den Kuchen essen."

Paul beteuerte seine Unschuld, und Frau Rosenbohm verzieh ihm gnädig. Außerdem ließ er in der Küche den Kaffee zurück, den er in Zukunft des Morgens trinken wollte. Denn, so wußte er zu begründen, der starke Tee sei so vorzüglich, daß er am Nachmittag etwas Besonderes bleiben solle.

Oben klopfte er ein paar von den Nägeln in die große Wand über dem Bett, um die Bilder, die noch auf dem Bücherbord standen, aufzuhängen. Frau Rosenbohms Osterblumen gemahnten ihn dabei an den Grundsatz, der da sagte, Symmetrie sei die Ästhetik der Primitiven. Den besten Platz bekam nach einiger Überlegung die Zeichnung eines heimatlichen Birnbaumes, die er für sehr gelungen hielt und die ihn an glückliche Tage in seiner Baumhütte erinnerte.

Anschließend breitete er die Unterlagen, die ihm Direktor Schnöter mitgegeben hatte, auf dem Tisch aus. Er entdeckte, daß an diesem Vormittag, am vorletzten Ferientage, rechnete man den Sonntag nicht mit, die Examina für die neu aufzunehmenden Schüler stattfanden. Wenn er jetzt zur Schule ginge, bestünde vielleicht Gelegenheit, sich mit dem einen oder anderen Kollegen bekannt zu machen.

Diese Überlegung in die Tat umsetzend, sah ihn Frau Rosenbohm kurze Zeit später zur Haustür eilen.

* * *

Als Paul auf den rechten Eingang des Schulgebäudes zuhielt, stand dort im Türrahmen ein alter Mann an die Mauer gelehnt. Er war hager, trug einen dünnen Schnurr- und Spitzbart, auf dem unbedeckten Haupte spärliches, aber recht langes graues Haar, schmauchte genüßlich und friedlich ein Pfeifchen und ließ sich dabei von der Sonne bescheinen. Bei alledem bot er ein Bild, von dem eine solch ansteckende Ruhe ausging, daß Paul unwillkürlich in einen langsameren Schritt fiel.

„Guten Tag! Die Sonne wärmt schon ordentlich, nicht wahr?"

Der Angesprochene ließ sich mit seiner Antwort ein wenig Zeit, als müsse er erst aufwachen.

„Das tut sie, und ein alter Mann weiß das zu schätzen, junger Freund. – Wenn man so in der Sonne steht, erscheint einem alles unwichtig – außer, daß man so in der Sonne steht."

„Mein Name ist Paul Franzius. Ich bin der neue Zeichenlehrer."

„Angenehm. Claude Bourrée. Wissen Sie, woran man einen alten Menschen erkennt?"

„Hm. Die einfachsten Fragen sind oft die schwersten. Woran?"

„Er redet in seiner Muttersprache, nur die Kinder hören ihm zu, und die verstehen ihn nicht. Nun, ich verdiene mein Geld damit. Ich unterrichte Französisch."

Die Schule hinter der Kirche

„Oh, Französisch. Mein Französisch ist eher mangelhaft, wie ich leider gestehen muß. Aber ich bin ja nicht als Schüler hier."

„Wenn Sie sich da mal nicht irren, mon ami." Er senkte seine Stimme. „Es gibt Leute an dieser Schule, die Ihnen gewiß gerne die eine oder andere Lektion erteilen werden. Am besten, Sie tun dann einfach, als hörten Sie zu. Aber ich rede Unsinn. Äh ... ach ja, wenn Sie hineingehen, finden Sie im Kollegiumszimmer unseren Pöppelmann. Musik und deutsche Sprache. Jedenfalls war er vor zehn Minuten noch dort. Er ist sehr gespannt auf Sie." –

Tatsächlich befand sich der Kollege Pöppelmann noch immer dort, wo er zuletzt gesehen worden war. Er war allerdings nicht allein, sondern in einer Unterredung mit einem sehr aufgebrachten Herrn mit Schnauzbart, der einen kleinen Jungen an der Hand hielt. Da man ihn nicht sofort bemerkte, blieb Paul einstweilen im Rahmen der geöffneten Türe stehen und wartete geduldig, daß man seiner gewahr würde.

„Mein Sohn ist also nicht gut genug für Ihre Schule?“ fragte der erboste Herr gerade, bei dem es sich augenscheinlich um einen Vater handelte, dessen Sohn soeben durch die Aufnahmeprüfung gefallen war. Vollkommen hilflos hing der unglückliche Tropf an der mächtigen Pranke des Herrn Papa und rieb sich angstvoll das Hinterteil. Ihm schwante wohl schon, wie sich die väterliche Enttäuschung im heimischen Wohnzimmer äußern würde.

Doch der Zorn des Vaters richtete sich zunächst allein gegen den Lehrkörper der Schule. Mit einer deutlichen Gebärde schob er die Erläuterungen Herrn Pöppelmanns beiseite und erklärte die mathematischen und grammatikalischen Schwächen des Sohnes für nichtig. Andere Tugenden wie Höflichkeit, Ehrlichkeit und Sauberkeit waren doch wohl weit wichtigere Dinge im Leben – besonders im Leben eines Gastwirtes! Er selbst hatte es jedenfalls immer so gehalten, und schließlich führte er nun schon seit fast dreißig Jahren einen gutgehenden Gasthof, und immer waren seine Preise angemessen und anständig gewesen – nicht zu hoch, aber auch nicht zu niedrig, genau in der Mitte, wie es sich gehörte. Oder hatte der Herr Lehrer jemals einen seiner Gäste klagen gehört? Hatte sich je ein Mann über seine Preise oder gar die Güte seines Angebotes beschwert? Vielleicht über den Rotwein, den er für teures Geld vom Rhein und von der Mosel bezog? Oder über den Fisch, den er selbst sorgsam auf dem Markt aussuchte, oder die Soßen, die er noch immer höchsteigen abschmeckte? Wüßte der Herr Lehrer einen solchen Mann zu nennen, der nicht mit großer Achtung von ihm und seiner Familie sprach?

Herr Pöppelmann wußte nicht.

Dann, fuhr der Schnauzbart leidenschaftlich fort, wisse er auch nicht, wie man ihm, einem ehrlichen Mann, solche Unterstellungen an den Kopf werfen könne. Aber er war froh, daß es soweit gekommen war und ihm der Herr Lehrer die Augen darüber geöffnet hatte, daß ein einfacher Mann, der leider keine höhere Schule hatte besuchen können, weil seine armen Eltern nicht über entsprechende Reichtümer verfügt hatten, daß solch ein einfacher Mann in diesem Lande auch keine Rechte hatte.

„Mein Sohn wird Ihre Schule jedenfalls nicht besuchen – und wenn Sie sich auf den Kopf stellen!“ schloß er den Bogen seiner Ausführungen, richtete sich stolz zu ganzer Größe auf und verließ grußlos, den still in sein Schicksal ergebenen Sprößling hinter sich herziehend, den Raum.

Kopfschüttelnd blickte ihnen Lehrer Pöppelmann durch das Fenster nach.

„Nie sehen die Leute es ein, wenn man sie auf Mängel aufmerksam macht. Selbst wenn man es ihnen als Sachverständiger erklärt, fühlen Sie sich beleidigt", murmelte er und drehte seinen runden, fast kahlen Kopf zu Paul herum.

„Sie sind Herr Franzius, nehme ich an? Ha – ich habe Sie gleich erkannt!"

Herzlich drückte der wohlbeleibte, kleine Mann mit seinen dicken Fingern Pauls Hand.

„Ich habe Sie bereits erwartet, mein lieber Herr Franzius, hmhm! Ich freue mich sehr, Sie hier am Ulricianum willkommen heißen zu können. Hinrich hat Sie mir als sehr höflichen und anständigen jungen Mann beschrieben."

„Hinrich?"

„Ja – Herr Direktor Schnöter. Er ist sich sicher, daß Ihnen das Ansehen unserer Schule sehr am Herzen liegt und Sie alles Nötige tun werden, sie als verantwortungsbewußter Lehrer würdig zu vertreten."

Paul machte eine Verbeugung. Mit Sicherheit würde sich irgendwann einmal in illustrem Kreise die Gelegenheit ergeben, der Frau Bürgermeister versehentlich einen Fuß auf das Abendkleid zu setzen oder dem Herrn Landdrosten ein bereits benutztes Schnupftuch zu reichen.

„Haben Sie sich denn schon in unserem Hause umgesehen?" fragte Herr Pöppelmann.

„Nein, noch nicht. Ich dachte mir, ich könnte es vielleicht jetzt kurz besichtigen."

„Äh ... jetzt?" Herr Pöppelmann überlegte einen Augenblick. Sein Gesichtsausdruck verriet, daß er eigentlich etwas anderes mit dem Zeichenlehrer vorgehabt hatte, aber die Höflichkeit gegenüber dem neuen Kollegen verlangte von ihm, auf dessen Wünsche einzugehen.

„Natürlich, schauen Sie sich nur um", faßte er sich daher in Geduld, hatte aber gleich darauf einen besseren Einfall und fügte freudig hinzu: „Ich werde Sie führen!"

Schon zog Lehrer Pöppelmann Paul auf den Flur hinaus und, ohne links und rechts zu schauen, zielstrebig eine Treppe hinauf.

„Mein Name ist übrigens Pöppelmann, deutsche Sprache und Musik", sagte Herr Pöppelmann, als er schnaufend den oberen Absatz erreicht hatte. „Sie fragen sich natürlich, weshalb ich Sie schon gespannt erwartet habe, nicht wahr?"

„Äh, ja, das fragte ich mich gerade."

„Hmhm – das habe ich mir gedacht, daß Sie kaum erwarten können, was für eine kleine Überraschung ich für Sie parat habe!"

Paul hob die Augenbrauen.

„Sie haben eine Überraschung für mich?" fragte er verwundert.

Der kleine Mann wippte fröhlich auf den Zehenspitzen. Sein vollmondförmiges Gesicht strahlte vor Freude. „Ganz recht, ganz recht – für Sie!" jubilierte er. „Sie müssen nämlich wissen, Herr Franzius, daß mein Interesse nicht allein der Musik und der Literatur gilt, wie Sie vielleicht angenommen haben, sondern daß ich mir Fertigkeiten auch auf einem anderen Gebiet angeeignet habe – und wie ich meinen möchte, nicht ohne einen gewissen Erfolg." Wieder ergriff der Lehrer Pauls Arm, und seine Ohren waren vor Erregung ganz rot. „Und nun versuchen Sie einmal zu erraten, welcher wunderbaren Kunst ich einen Großteil meiner freien Zeit widme. Ich wette, Sie werden nicht darauf kommen."

„Ich nehme an, der Malerei", sagte Paul, hatte gleich mit dem ersten Versuch richtig geraten und Herrn Pöppelmann seine Überraschung verdorben.

„Äh, ja tatsächlich – der Malerei", bestätigte der Lehrer fast ein wenig gekränkt, doch schnell überwand er seine Enttäuschung und schrieb Pauls sparsame Freudensbekundung seinem jugendlichen Alter zu. Fröhlich steckte er die Daumen in die Taschen seiner straff gespannten Weste und nahm den Faden wieder auf: „Tja, hier gleich einem Kollegen zu begegnen, haben Sie sicher nicht erwartet, was? Jedoch: Er steht vor Ihnen, hm. Ich habe mich seit gewisser Zeit der Landschaftsmalerei, natürlich besonders der Darstellung heimatlicher Motive verschrieben. Mein Stil orientiert sich dabei vornehmlich an den französischen und holländischen Meistern. Sicher werden wir in Zukunft oft die Gelegenheit haben, uns auszutauschen und einander weiterzuführen! Aber ... was halten Sie davon, wenn ich Ihnen gleich einmal eines meiner Werke zeige? Mir fällt nämlich eben ein, daß ich hier oben im Zeichenraum eines zum Trocknen stehen habe. Meine Frau mag den Farbgeruch nicht im Hause haben, und deshalb male ich, wenn es meine Zeit zuläßt, hier in der Schule. Kommen Sie, Herr Franzius!"

Herr Pöppelmann ging eilig voran den schmalen, hellgestrichenen Flur entlang, von dem aus zu beiden Seiten die spartanisch eingerichteten Klassenräume lagen. Sie wurden für die Aufnahmeexamina offenbar nicht benötigt, denn ihre Türen standen weit offen, und ein kühler Luftzug wehte heraus auf den kahlen Gang.

„Hier hinein", rief Herr Pöppelmann und winkte Paul in ein Zimmer, das sich am Ende des Flures befand. Paul folgte ihm und trat ein.

Dies war also der Zeichenraum! Ein kleines, fast quadratisches Zimmerchen nur, aber angenehm hell und freundlich. An den Wänden hingen Bilder von Kinderhand, und wärmend fiel die Sonne durch die Scheiben der beiden großen Fenster. Mit Freude nahm Paul zur Kenntnis, daß der Raum zum offenen Kirchplatz und nicht zum Hinterhof hinaus lag. Gleich vorn bei der Türe stand etwas erhöht ein großes, altes Katheder – der Platz, an dem er zukünftig sitzen würde –, und nach hinten erstreckten sich zwei Reihen von je vier Pulten, an denen jeweils zwei Schüler Platz finden konnten. An der rückwärtigen Wand befand sich eine zweite Tür, die eben von Herrn Pöppelmann mit einem Schlüssel geöffnet wurde.

„Hier herinnen befindet sich alles Zeichenmaterial, das Sie benötigen", sagte der dickliche Lehrer und verschwand in dem düsteren, fensterlosen Räumchen. Zweifellos befand sich dort auch alles Utensil, das Herr Pöppelmann benötigte, dachte Paul. Er stellte sich ans Fenster und sah hinaus auf den Platz und die Kirche, hinter der sich die Spitze des Glockenturms erhob. Zwei kleine Hunde tollten kläffend umher, und aus einem der schmucken Häuser an der Westseite des Platzes rief eine Frau geduldig einen Namen.

Paul riß seinen Blick von der friedlichen Szenerie los und wandte sich wieder dem mondgesichtigen Künstler zu, der pustend und stöhnend eine Staffelei ans Licht trug, auf der er vorsichtig ein tuchverhülltes Bild balancierte.

„Einen Moment noch, bitte ...", beschwichtigte er die erwartungsfrohe Ungeduld, die er bei seinem Publikum auszumachen glaubte, „ich will die Staffelei nur schnell hierhin stellen, damit die Sonne darauffällt. Sie gibt dem Bild immer erst die richtige Wirkung, finden Sie nicht auch?"

Paul erwiderte nichts. Er schaute zu, wie die Staffelei hingebungsvoll zurechtgerückt, die Beine des Gestells gleichmäßig ausgerichtet und das Bild sorgfältig in die richtige Positur gebracht wurde. Noch ein wenig mehr nach links, daß auch kein Schatten darauffiele, und vielleicht noch etwas nach vorn – so. Zufrieden klatschte Herr Pöppelmann in die Hände. Er sagte noch einmal Hmhm, ließ eine letzte, spannungsgeladene Pause folgen, ergriff das Tuch und zog es mit einem eleganten Schwung ab.

„Es ist noch nicht ganz fertig", hörte Paul eine andächtig gedämpfte Stimme neben sich. „Was meinen Sie, Herr Franzius?"

* * *

Als Paul wieder aus der Schule trat, stand Monsieur Bourrée noch immer am Türpfosten. Es schien, als hätte er sich die ganze Zeit über nicht bewegt. Nun aber nahm er seine Pfeife aus dem Mund und fragte, ohne dabei die Augen zu öffnen: „Haben Sie unseren Pöppelmann gefunden?"

„Ja", antwortete Paul. „Ich fürchte allerdings, ich habe ihn ein wenig gekränkt."

„Haben Sie ihm, was seine Kunst anbelangt, die Augen geöffnet?" fragte der Franzose. „Dann haben Sie ihn sogar sehr gekränkt."

„Eigentlich habe ich mich sehr vorsichtig und wohlwollend auszudrücken versucht. Aber Herr Pöppelmann hat einen furchtbar roten Kopf bekommen und ohne weiteres das Bild weggeschlossen, das er mir gezeigt hatte."

„Die meisten Leute reagieren nun einmal beleidigt, wenn man sie auf ihre Mängel aufmerksam macht. Aber seien Sie froh darüber. Ihr Vorgänger hat sich nie etwas zu sagen getraut und wurde regelmäßig zur ‚Künstlerischen Ressource' zu Herrn Pöppelmann eingeladen!"

Vergnügt schmunzelnd steckte Monsieur Bourrée seine Pfeife wieder in den Mund und signalisierte damit das Ende seiner Gesprächigkeit. Paul verabschiedete sich und ließ den höflich zurücknickenden Franzosen wieder mit sich und seinen Gedanken allein. Nach dem unglücklich verlaufenen Zusammentreffen mit Herrn Pöppelmann verspürte Paul nicht mehr die geringste Lust, noch weitere Kollegen kennenzulernen. Es genügte ihm, zunächst nur einen Lehrer gegen sich eingenommen zu wissen, und außerdem schienen alle anderen, sofern sie überhaupt anwesend waren, mit der Prüfung der Aspiranten beschäftigt.

Unschlüssig, was er als nächstes tun sollte, schlenderte er in Richtung des „Weißen Bären", den ihm Frau Rosenbohm empfohlen hatte. Es war noch nicht Zeit für das Mittagessen, und er hatte auch noch gar keinen Appetit, doch ein anderes Ziel, dem er sich zuwenden konnte, fiel ihm augenblicklich nicht ein.

Das änderte sich, als er, vor dem gesuchten Gasthof angelangt, am Ende der Straße zwei große Häuser und zwischen ihnen hindurch einen aufragenden Bootsmast erkannte. Paul entsann sich, daß seine Vermieterin von der „Hafenstraße" gesprochen hatte, und schloß folgerichtig, daß ihn das Kopfsteinpflaster zum städtischen Hafen führen würde. Er hatte schon gehört, daß trotz der großen Entfernung zur Küste über einen sogenannten Treckfahrtskanal bis Aurich Schiffahrt betrieben werden konnte. Neugierig schritt er voran und bemerkte im Näherkommen eine kleine Gruppe Menschen, die sich am Hafen versammelt hatte und augenscheinlich in einigem Aufruhr war.

Eben kam ein triefend nasser, zehn- oder elfjähriger Junge die kleine Treppe herauf, die zu einem hölzernen Bootsanleger hinunterführte. Er versteckte sich dabei hinter seinen beiden Kameraden, und alle drei hätten sich zweifellos im nächsten Augenblick aus dem Staube gemacht, wenn nicht ein pflichtbewußter Bürger den nassen Tropf am Ärmel gepackt und eisern festgehalten hätte.

Schon kam aus einem nahen Häuschen, in dem Paul wegen des Glockentürmchens auf dem Dach so etwas wie eine Hafenmeisterei vermutete, mit rotem Kopf ein Mann hervorgeschossen. Wurde sein Gebaren auch im Augenblick vom Zorn bestimmt, so konnte doch kein Zweifel bestehen: Hier kam eine Amtsperson von großer Wichtigkeit.

„Ihr habt da nichts zu suchen!" war seine erste Äußerung, vor der alles andere Gespräch ehrfurchtsvoll verstummte.

„Der Hafen ist kein Spielplatz! Habe ich das nicht tausendmal gesagt? Ist das hier der Hafen oder ein Spielplatz? Na? Na?" Er zog den Nassen am Ohr.

„... der Hafen!"

„Und was habt ihr da zu suchen? Nichts! Überhaupt nichts! Der Anleger ist für Reisende da, nicht für kleine Rotzbengel! Wem gibt man nachher die Schuld? Na? Mir! Aber so geht das nicht, Freundchen. Ihr kommt alle drei mit, und das wird gemeldet."

Paul hörte um sich herum zustimmendes Gemurmel. Der kleine Pechvogel wurde in Richtung des Häuschens abgeführt, und seine Kameraden wollten ihn nicht im Stich lassen und folgten, doch sichtlich ohne große Begeisterung.

Da geschah es. Zuerst hörte man nur ein leises Rumpeln. Es wurde lauter, und aller Blicke wandten sich zwei großen Fässern zu, die nicht weit entfernt lagen – oder vielmehr gelegen hatten. Das erste hatte schon ein gutes Stück Weges zurückgelegt, und auch das zweite begann langsam, aber stetig auf die Hafenkante zuzurollen. Nur Paul sah im Augenwinkel eine kleine blaue Jacke um die Hausecke verschwinden.

Ein Verladearbeiter, der auf einer nahen Kiste gerade sein Mittagsbrot verzehrte, war schnell zur Stelle, aber da war nichts mehr aufzuhalten. Kurz nacheinander schlugen die Fässer donnernd ins Hafenbecken.

Vom Lärm angelockt, hatten sich noch einmal so viele Neugierige eingefunden wie zuvor. Die Gegenstände des Interesses dümpelten ruhig im grünen Wasser und sahen ganz in Ordnung aus. Aber die drei kleinen Häftlinge waren, als sich die Aufregung gelegt hatte, wie vom Erdboden verschluckt. Ihr erfolgloser Häscher stand dort, wo die Fässer gelegen hatten. Sein Blick fiel auf den Keil, der diese an ihrem Platz gehalten hatte, und plötzlich lief sein vor Schreck erblaßtes Gesicht dunkelrot an.

Zwei Fässer dümpeln im Hafenbecken

Als Paul in den „Weißen Bären" kam und sich in dem erst spärlich besetzten Gastraum umsah, entdeckte er gleich zwei Bekannte. Der eine stand hinter dem Schanktisch, trug einen Schnauzbart und außerdem eine finstere Miene zur Schau, als sei er von irgend etwas ganz furchtbar enttäuscht. Der andere war Friedrich. Er saß an einem Tisch am Fenster und ließ es sich bereits schmecken.

„Guten Appetit! Iß nicht zuviel, Frau Rosenbohm hat Teekuchen gebacken. Du magst ihn doch, wenn er ein bißchen dunkler geraten ist?"

Friedrich glaubte zuerst, Paul wolle sich über ihn lustig machen, und machte ein abwehrendes Gesicht, bis ihm aufging, daß es natürlich als Scherz gemeint war.

„Oh, ich bin zur Teezeit wohl noch nicht zurück. Ich werde dir also nichts wegessen."

Kaum hatte Paul sich gesetzt, kam auch schon der Wirt und fragte, was er dem Herrn bringen dürfe. Er könne den Tagesbraten empfehlen, den Herr Groth auch gerade äße. Ob Herr Groth zufrieden sei? Das freue ihn. – Also noch einmal Tagesbraten.

„Und ... äh ... ich hätte da noch eine Frage. Haben Sie ... war Ihr Sohn auch in der Prüfung heute vormittag?"

„Ob ...? Oh, ich verstehe! Sie meinen, weil ich in der Schule war? Nein, ich habe gar keinen Sohn. Ich bin Lehrer."

„Sie sind Lehrer?" Der Wirt wurde mit einem Male sehr distanziert. „Ich bitte um Entschuldigung. Ihr Essen kommt sofort."

Der „Weiße Bär" in der Hafenstraße

Das Wörtchen *sofort* war indes allem Anschein nach nicht wörtlich gemeint, und so erzählte Paul, während er wartete, was am Hafen passiert war. Friedrich zeigte sich belustigt, aber auch betroffen.

„Ich glaube, ich bin daran nicht ganz unschuldig. Aber ich konnte doch nicht ahnen ..."

„Sag nicht, daß du der Junge mit der blauen Jacke warst, der die Fässer ins Rollen gebracht hat!"

„Das nicht, aber wie es aussieht, habe ich einen Stein ins Rollen gebracht. Es ist eine ziemlich lange Geschichte ..."

„Ich liebe ziemlich lange Geschichten. Da kommt mein Braten. Während ich esse, kannst du erzählen."

„Nun, wenn du willst ... du behältst es ja für dich. – Ich muß wohl ganz vorne anfangen. Es dreht sich um das Lyceum und seine Schüler. Irgendwann, als das jetzige Schulgebäude noch nicht stand – also vor 1822 – gründeten ein paar Jungen eine Art Geheimbund. Sie nannten sich die *Schulplatzkosaken* – sie waren nämlich fasziniert gewesen von den Kosaken, die bei der Vertreibung der Franzosen anno dreizehn auf ihren kleinen Pferdchen mit ihren Krummsäbeln in die Stadt kamen und im Freien auf Stroh lagerten. Auf ihre Fahnen schrieben sie es sich, tolle Sachen zu machen, Träume zu verwirklichen, Abenteuer zu erleben – in viel größerem Stile, als das je eine Kinderbande getan hatte. An diesem Ziel ist sicher nichts besonders Ungewöhnliches, und es wurde auch wohl nie ganz verwirklicht. Aber erstaunlich ist, daß sich der kleine Verein binnen kurzer Zeit auf die gesamten unteren Jahrgänge ausweitete. Eine richtige Organisation, auch wenn die Schülerzahlen noch klein waren. Da konnte man schon mal durch kollektives Falschsingen den Pastor und den Organisten aus der Fassung bringen oder im Sommer ein richtig großes Floß bauen, wenn jeder einen Nagel mitbrachte. An diese Blütezeit denkt wohl mancher Mittvierziger heute wehmütig zurück."

„Ich glaube, ich kann das bestätigen. Der Justizrat Detmers, bei dem ich mitfuhr, machte so eine Bemerkung, als wir von der Schule sprachen."

„Das ist gut möglich – wenn auch die ersten Jahrgänge eigentlich ja noch nicht so alt sind, daß sie oft an ihre Kindheit denken. Aber laß noch zwanzig Jahre vergehen, dann werden die Herren, die sich abends im ‚Schwarzen Bären' treffen, sicher nicht selten gemeinschaftlich die goldenen Tage bei den Schulplatzkosaken wieder aufleben lassen. Darauf will ich wetten. – Nun denn, kurz vor dem Umzug in die neue Schule müssen ganz besonders kluge und weitsichtige Köpfe dabeigewesen sein: Man erkannte die Gefahr, die von den bevorstehenden Veränderungen und noch viel mehr von dem ständigen Ausscheiden der Älteren und Nachrücken der Jüngeren ausging. So fand man sich eines Tages im November 1821 zusammen, um die Statuten zu schreiben, die einen Fortbestand der Kosaken garantieren sollten. Ich kann es mir genau vorstellen, wie alle bei Kerzenschein dicht zusammengedrängt in einem versteckten Hauptquartier saßen und die Augen vor glühender Begeisterung für das wichtige Vorhaben leuchteten." Ein später Abglanz dieser Begeisterung war jedenfalls in Friedrichs Augen zu finden.

„Ich kenne die Statuten genau, denn ich habe oft genug gehört, wie sie verlesen wurden. Ich glaube, wir kannten sie alle auswendig. Die Kernpunkte waren, daß jeder Sextaner, der Lust hatte – und das waren eigentlich alle – mit feierlicher Taufe und Treueschwur aufgenommen wurde, und dafür jeder, der in die Untersekunda kam, automatisch ausschied, was natürlich mit einem großen Abschiedsfest verbunden war. In der Regel fühlten sich die Sekundaner mit ihren dreizehn oder vierzehn Jahren wohl auch schon zu erwachsen für die Schulplatzkosaken, aber in Einzelfällen soll es dazu gekommen sein, daß einer absichtlich durch die Prüfungen fiel. Außerdem wurden jährliche Wahlen eines Anführers festgelegt, mit dessen Fähigkeiten und Charaktereigenschaften das Wohl des Vereins natürlich stand und fiel, weswegen er auch ganz schnell wieder abgesetzt werden konnte. – Oh, ich sehe, du bist schon bei der letzten Kartoffel, und ich bin noch gar nicht beim Wesentlichen angekommen."

„Es interessiert mich aber ganz ungemein, was du erzählst. So was gab es an meiner Schule nicht. Eigenartig – wir waren lauter Einzelkämpfer und außerdem viel zu sprunghaft ... Komm, wir trinken noch einen Kaffee. Eine solche Geschichte erzählt man nicht zwischen leergegessenem Teller und Rechnung."

Friedrich war sichtlich erfreut über die Resonanz, die sein Bericht hervorrief. „Gute Idee. – Also", fuhr er fort, „trotz aller Vorsorge konnten die Schulplatzkosaken über die Jahrzehnte natürlich nicht unverändert fortbestehen. Die Ideale der Gründerzeit gerieten nach und nach in Vergessenheit, und das einzige gemeinsame Tun war, daß man sich Mittel und Wege zum möglichst wirksamen Austausch von Schulaufgaben ausdachte, so ungefähr jedenfalls.

Aber dann erlebten die Kosaken eine Renaissance. Ich bin stolz, das sagen zu können – es war vor allem mein Jahrgang, der dem traurigen Verfall ein Ende setzte. Wenn wir in den Pausen unsere Pläne für die freien Nachmittage schmiedeten, wuchs mancher durch Einsatzfreude und Geistesblitze über sich hinaus. Einer, er war ein Jahr über mir und hieß Otto, war zum Beispiel ein Genie, wenn es darum ging, Verpflegung zu besorgen. Was haben wir alles angestellt – eine Brücke gebaut, nur um auszuprobieren, ob es wirklich stimmt, daß sie zusammenbricht, wenn man im Gleichschritt hinübermarschiert – und es stimmte, oder im Herbst den Platz vor der Kirche ein paarmal nacheinander unter großer Mühe mit Laub bestreut, nur um fasziniert zuzusehen, wie der Friedhofswärter es jedesmal seelenruhig zusammenharkte, ohne sich zu wundern. Dabei gab es damals noch nicht einmal Bäume auf dem Kirchhof!" Friedrich lachte erinnerungsselig.

„Unseren größten Triumph aber haben wir gefeiert, als wir einem alten Säufer halfen, den wir Kinder gerne mochten. Das war so: Der Mann war gerade in polizeilichem Gewahrsam, als eine Kommission das alte verwahrloste Haus in der Kirchstraße, in dem er wohnte, besichtigen kam. Es sollte der Abriß beschlossen werden, damit die Straße manierlicher aussähe. Wir aber hatten kurzerhand vorher die Wohnung blitzblank geputzt und wohlanständig eingerichtet, so daß die Gutachter ihre Meinung änderten und beeindruckt von dannen zogen. Einer der Herren hatte sich nur gewundert, genau den gleichen Stich von Hamburg an der Wand zu finden, den er zu Hause auf dem Dachboden liegen hatte. Das Haus steht heute noch."

Mit einem versonnenen Lächeln schaute er in seinen Kaffee.

„Und der Junge, der vorhin in den Hafen fiel?" fragte Paul nach einer Weile. „Laß mich raten. Er und seine Kameraden sind Schulplatzkosaken, und du hast sie spaßeshalber auf eine Schatzsuche geschickt, bei der sie den Schatz am Boden des Hafens vermuteten, oder eher im Gebälk des Bootsanlegers. Obwohl er ganz woanders ist."

„Du kannst gut raten", meinte Friedrich verblüfft.

„Sagen wir lieber, du kannst nicht lügen. Als dich Frau Rosenbohm neulich fragte, was die Bande von Schuljungen bei dir wollte, sagtest du die Wahrheit – sie suchten einen Schatz. Außerdem habe ich in meinem Zimmer eine vollgekritzelte Kartenskizze gefunden, auf der ein dickes Kreuz prangte, genauso, wie man es sich auf einem Schatzplan vorstellt. Allerdings war kein Hafen darauf zu sehen."

„Na, ein Schatz ist es auch gar nicht. Ich weiß noch nicht einmal, was ich sie zum Schluß finden lassen soll. – Vielleicht kommt es dir albern vor, aber ich bin in meinen Vorlieben und Abneigungen schon immer sehr hartnäckig gewesen, und so stand es seit dem Tag, an dem ich aus dem Bund der Kosaken entlassen wurde, für mich fest, daß ich mir eines Tages wieder Zugang verschaffen würde. Natürlich ist es jetzt nur noch ein Spaß. Vor ein paar Wochen, rechtzeitig vor den Osterferien, steckte ich, als ich ein paar von den Jungen auf den Wallbäumen klettern sah, einen Brief zwischen ihre Sachen am Boden. Es war die Bitte eines anonymen Verfassers an die Kosaken, ihm aus seiner Not zu helfen. Etwas sehr Wertvolles sei ihm gestohlen worden, und der Dieb mache sich einen Spaß daraus, es zu verstecken und ihm den Ort in Form von kleinen Rätseln mitzuteilen, mit denen er aber gar nichts anfangen könne, weil er fremd in der Stadt sei. Seine einzige Rettung seien die Schulplatzkosaken, von denen er viel Rühmliches gehört habe. Die verschlüsselten Hinweise habe er bei einer Vertrauensperson hinterlegt – bei mir natürlich. Als Sekretär der Baukommission könne ich ihnen sicher auch in der einen oder anderen Frage weiterhelfen."

„Was sind das denn für Rätsel?" fragte Paul interessiert.

„Die sind im Prinzip ganz einfach. Jedes Rätsel besteht aus ein paar Fragen, die jeweils auf einen Buchstaben führen, so daß man zum Schluß eine Silbe erhält. Und aus den Silben ergibt sich dann irgendwann einmal der Lösungssatz. Den mußte ich mir natürlich schon zu Anfang überlegt haben. Er lautet:

Ins Wasser hinab gesenkt an der Ecke, wo einstmals eine Wassermühle gewesen.

Das *I* von *Ins* ist zum Beispiel der zweite Buchstabe von *Ritterschaft*, und die Frage danach hieß: *Wofür steht die erste der drei Ständeeichen im Landschaftsgarten?"*

„Ganz schön schwierig! Ich hätte das nicht gewußt."

„Du bist ja auch, wie der hilfesuchende Briefschreiber, nicht von hier. Aber wo früher mal eine Wassermühle gewesen ist, wissen sie sicher nicht. Das ist so eine Sache, mit der sie dann zu mir kommen müssen. Der Stadtgraben macht dort einen scharfen Knick, so daß das Ufer eine *Ecke* bildet. – Sie haben jetzt die ersten drei Silben: Ins Wasser. Und schon fangen sie an, am Hafen herumzusuchen. Aber das hätte ich mir denken können, zu meiner Zeit wäre es nicht anders gewesen. Wahrscheinlich sind sie auch schon durch die Rohre gekrochen, da, wo der Stadtgraben am Ostertorplatz unter die Erde gelegt ist. – So, jetzt weißt du Bescheid. Wahrscheinlich kommt dir das alles ziemlich albern vor", sagte er noch einmal. „Aber ich habe lange nicht mehr soviel Freude an etwas gehabt."

„Ich finde die Idee großartig", entgegnete Paul ehrlich. „Was wünscht sich ein zehnjähriger Junge mehr, als mit Hilfe von verschlüsselten Botschaften nach verstecktem Diebesgut zu suchen?"

* * *

Nachdem die beiden Hausgenossen ihren Kaffee ausgetrunken und anschließend ihren Obolus entrichtet hatten, traten sie gesättigt und zufrieden wieder auf die Straße hinaus. Paul fühlte sich vom Sonnenschein und von den abenteuerlichen Bandengeschichten seines Freundes zu frohen Taten aufgelegt und gedachte, seinen Spaziergang durch die Stadt fortzusetzen. Friedrich mußte ihm, auch aufgrund seines Berufes, doch eine Menge interessanter Gebäude und reizvoller Ecken nennen können, die sich vielleicht auch für seinen Zeichenunterricht anbieten würden.

„Sicher! Zunächst einmal die Kirche und den Turm und natürlich unser Schloß. Das war zwar vor ein paar Jahrzehnten noch viel malerischer und rundum mit Wall und Graben umgeben, aber der Neubau ist auch sehr schön. Er ist jetzt endlich so gut wie fertig."

„Wer residiert denn darin?"

„Die Verwaltung. Das Ober- und Amtsgericht und verschiedene Kammern. Auch ich habe dort mein Arbeitszimmer. – Dann sind da die großen Häuser am Markt und am Hafen – aber die kennst du ja schon – und die idyllischen Winkel in den kleinen Straßen und an den Wällen. Es lohnt sich auch, die Mühlen aus der Nähe anzuschauen, und den Friedhof. Den gibt es erst seit fünfzig Jahren, vorher wurden die Toten um die Kirche herum und sogar in ihr begraben. Jetzt haben sie außerhalb der Stadtwälle mehr Platz. Vom Wall an der Schule läßt er sich sehr gut überblicken und zeichnen, denke ich – er hat ein interessantes Torgebäude."

„Hm, das hört sich alles sehr gut an. Und wie sieht es mit der Umgegend aus? Findest du nicht, daß einen die laue Frühlingsluft geradezu hinausruft?"

„Ja ... du kannst natürlich einfach über die Felder spazieren und den Vögeln lauschen ... Aber ich weiß was Besseres. Unternimm doch eine Fahrt auf dem Kanal nach Emden! Die Treckschuiten fahren jeden Tag und können auch von Ausflüglern benutzt werden. Ich glaube allerdings nicht, daß du heute noch hin und zurück kommst."

Paul fand die Idee dennoch großartig und beschloß, die Fahrt, wenn nicht heute, dann doch am nächsten Tag zu unternehmen. Schließlich hatte er auch für die restlichen freien Tage noch keine Pläne.

Von Vorfreude beseelt, entließ er Friedrich an seinen Arbeitsplatz und ging selbst noch einmal zum Hafen zurück, um sich beim Hafenmeister nach den An- und Ablegezeiten der Schuiten zu erkundigen.

Den Rest des Tages und den Abend nutzte er dazu, sich – von Friedrichs in der Eile gemachten Vorschlägen geleitet – nach möglichen Motiven für seinen Unterricht umzusehen, sich Notizen zu machen und später einen groben Plan zu fertigen, nach dem er seine Lektionen gestalten konnte. Für alle Mal- und Zeichenstile galt es sinnvolle Einführungen und Übungen zusammenzustellen und schließlich entsprechende Motive festzulegen, an denen die jeweilige Technik erprobt und verbessert werden konnte. Der Lehrplan des Direktors ließ ihm dabei gewisse Freiheiten, wenn auch die Lehrziele klar abgesteckt waren. Was die Nachmittagskurse für die privaten Interessenten anging, wollte Paul keine größeren Vorbereitungen treffen; es schien ihm angebracht, sich zunächst nach den Wünschen seiner Schüler zu erkundigen.

Schließlich war er mit seinem Plan soweit zufrieden, daß er sich guten Gewissens auf die bevorstehende Treckfahrt freuen konnte. Frau Rosenbohm hatte ihm am Nachmittag, als er zwischen zwei Stücken Teekuchen seine Absicht für den nächsten Tag kundgetan hatte, sogleich wichtige Mahnungen und Ratschläge mit auf den Weg gegeben und versprochen, ihm für den langen Ausflug genügend Proviant einzupacken. Es war ja auch noch von dem Teekuchen übrig – oder schmeckte er Paul etwa gar nicht? Vielleicht war es auch gar kein schlechter Einfall, selbst wieder einmal eine Treckschuitenfahrt mitzumachen, wie sie es mit ihrem Mann früher des öfteren getan hatte ...

Ob es an dem plötzlichen Hustenanfall ihres Mieters gelegen hatte oder ob ihr tatsächlich selbst Gründe gegen einen Ausflug eingefallen waren – zu Pauls Erleichterung hatte die Witwe festgestellt, daß sie ja am morgigen Tage gar keine Zeit und viel zu viel zu tun hatte.

An diesem Abend ging er früh zu Bett. Und mit der Feststellung, sich in der friedlichen kleinen Stadt pudelwohl zu fühlen, schlief er schnell ein.

* * *

Einen prall gefüllten Beutel mit Nahrung für eine knappe Woche, Skizzenheft und Zeichengerät über die Schulter geworfen, stand Paul Franzius am Anleger des Hafens und sah zu, wie der Schuitenführer und seine Knechte ihr Boot klar machten. Während der Kapitän noch mit der Beweglichkeit des gewaltigen Ruderblattes haderte, führte einer der Helfer ein langes Seil, das am Heck des Schiffes befestigt war, über einen kurzen Mast und warf es dem anderen zu. Der machte es am Rande des Hafenbeckens vorschriftsmäßig am Geschirr eines kräftigen Rappen fest. Wie Paul bereits von Frau Rosenbohm erfahren hatte, wurde die Treckschuite von einem Pferd gezogen, welches der Jaager – der nichts mit einem Jäger gemein hatte – in stetem Tempo den Kanal entlangführte oder -ritt, je nachdem, wie schwer die zu ziehende Schuite beladen war.

Heute sollte sie neben vier großen Säcken und zwei Kisten – dem Postgut, wie Paul vermutete – mehr als ein Dutzend Passagiere aufnehmen, die, nachdem die Fracht verstaut war und der erste Knecht ein Zeichen gegeben hatte, vom Schuitenführer an Bord gebeten wurden. Zwei sehr vornehm aussehende Herren bestiegen als erste das Boot und halfen dann den dazugehörigen Damen beim Hineinklettern in die niedrige Kajüte, die sich über die gesamte Bootsbreite erstreckte. Scheinbar handelte es sich bei den Herrschaften um privilegiertere Passagiere, denn als Paul nach ihnen durch die seitliche Einstiegsluke trat, schloß sich gerade eine Tür, die den hinteren vom mittleren Kajütenteil abtrennte. Der vordere Teil wurde als Frachtraum benutzt.

Es dauerte ein ganzes Weilchen, bis endlich alle im Boot untergebracht und besonders zwei ältere Damen eine bequeme Sitzposition auf den harten Holzbänken gefunden hatten. Dann hörte man von draußen das Kommando des Kapitäns, und mit leichtem Anstoßen setzte sich die Schuite in Bewegung.

Außer Paul und den beiden Damen, die durch den Stoß ihre bequeme Haltung wieder verloren hatten, saßen in der Kajüte noch zwei etwas tumb aussehende Handwerksgesellen mit ledernen Schürzen um den Bauch, ein Ehepaar mit seinen zwei Kindern (Junge und Mädchen), ein graubärtiger, alter Mann, der sich mit dem Ehemann aufs höflichste unterhielt, und ein alleinreisender, ziemlich dicker Herr, der trotz der niedrigen Kajütendecke seinen

Treckschuitenfahrt in Richtung Emden

Zylinderhut auf dem Kopf behielt. Schon bald gesellte sich zu dem gedämpften Gespräch der Herren die lautstarke Unterhaltung der alten Damen, von denen die eine nicht mehr die besten Ohren hatte, wie sie der anderen erklärte. Die Handwerksgesellen kicherten still in sich hinein, schauten ansonsten aber nur stur auf den Schiffsboden unter sich, der hier und da dumpfe Geräusche von sich gab.

Paul ärgerte sich ein wenig darüber, daß er sich so ungünstig hingesetzt hatte, daß er nicht durch die offene Einstiegsluke nach draußen spähen konnte; und da dieser Kajütenteil nur zwei kleine Fenster besaß, die von den Köpfen der Mitreisenden verdeckt wurden, konnte Paul nichts von der sicher reizvollen Gegend entlang des Treckfahrtskanals sehen. Doch er durfte sich beglückwünschen, die Fahrt nur ein Stück aufs Land hinaus, nämlich bis zur dritten Station, bezahlt zu haben, so daß er wenigstens dort etwas von Land und Natur zu Gesicht bekommen würde. Es reizte ihn weniger, die Hafenstadt Emden zu besichtigen, als vielmehr über Wiesen und Weiden zu marschieren und den Zeichenstift zu führen.

Während die beiden alten Damen weiter lautstark aufeinander einredeten und dadurch Paul, der von der einen, und den dicken Herrn mit Zylinder, der von der anderen an die Wand gedrängt wurde, von den Gesprächen der übrigen Passagiere abgrenzten, saßen auch die Ehefrau, die sicher zwanzig Jahre jünger war als ihr Gatte, und die beiden Kinder stumm auf ihren Plätzen.

In Pauls Augen war es immer völlig widernatürlich und gar nicht ins Bild passend, wenn Kinder in so jungen Jahren nicht neugierig umherliefen. Und diese beiden Exemplare saßen auf ihrer Bank, die Hände in den Schoß vergraben, und sagten keinen Ton.

„Ihre Kleinen sind ja schon ganz schön gewachsen“, hörte Paul den graubärtigen Herrn sagen, „und so artig!“

Der Vater nickte höflich und schielte aus den Augenwinkeln prüfend zu den Kindern hinüber, während die Mutter dem Mädchen flüchtig lächelnd über das Haar strich.

„Es freut mich immer“, sprach der Herr weiter, „wenn ich Sie und Ihre Familie an meinem Hause vorbeispazieren sehe. Es erinnert mich immer daran, wie ich selbst noch mit meiner Frau und unserem Sohn über den Markt ging oder wir einen Sonntagsausflug unternahmen.“

Paul überlegte, ob der Junge, der vielleicht sieben oder acht Jahre alt war, wohl auch schon den Schulplatzkosaken angehörte. Schließlich verstanden es kleine Jungen besonders gut, sich offenbar gehörig zu benehmen, wenn sie es in Wirklichkeit faustdick hinter den Ohren hatten; und die meisten Eltern fielen nur allzu leicht auf diesen äußeren Eindruck herein. Aufmerksamere Mütter und Väter wurden hingegen eher mißtrauisch, wenn sich ihre Kinder vernünftig verhielten, aber auch sie waren schnell beruhigt, wenn die Kleinen scheinbar irgendeinem harmlosen Spiel nachgingen. Es war von jeher ein riesiger Vorteil aller Kinder, daß sie, sobald sie mit etwas Vernünftigem beschäftigt schienen, einfach übersehen wurden. In ihrer Gegenwart wurden die tiefsten Geheimnisse weitererzählt, weil man ihnen nicht zutraute, daß sie gleichzeitig spielen und die Ohren spitzen konnten; waren sie zu Besuch, so brauchten sie sich nur am Teetisch still und artig zu betragen, um später völlig unbeachtet den Gastgeberkindern schlimme Dinge beibringen zu können; gaben sie sich den Anschein, mit einer Besorgung betraut zu sein, wurden sie überall hindurchgelassen.

Die beiden Würmchen gegenüber wirkten allerdings wahrhaftig nicht, als brüteten sie gerade eine Schandtat aus.

Ohne daß ansonsten Auffälliges oder Bedeutsames geschah, setzte sich die ruhige Fahrt des Bootes fort. Paul ärgerte sich weiterhin über den verwehrten Ausblick auf die vorüberziehende Landschaft, der zylinderbehutete Mann saß ebenso wortlos und abwesend auf seinem Platz wie die Kinder, die Handwerksgesellen bemühten sich qualvoll, aber vergeblich, ihr Amüsement über die beiden alten Damen zu unterdrücken, die in ungebrochener Lautstärke verschiedene Kochrezepte, Allheilmittel und die gute alte Zeit priesen. Der Graubart und der Ehemann ergingen sich weiter im Austausch von Höflichkeiten, und die junge Frau lächelte als Antwort auf die eine oder andere Bemerkung mechanisch.

Nach einer geraumen Zeit machte das Boot an seiner ersten Zwischenstation halt. Die Tür des hinteren Kajütenteils öffnete sich, und eine der feinen Damen und ihr Begleiter kamen hervor. Durch die geöffnete Tür erkannte Paul, daß jene Kabine nicht nur gepolsterte Bänke besaß, sondern auch einen Austritt an Deck ermöglichte, wo der Schuitenführer sein Ruder bediente. Erst jetzt leuchtete ihm ein, weshalb am Hafenhäuschen zwei unterschiedliche Preislisten gehangen hatten. Weshalb ihm der Hafenwärter ohne zu fragen eine Karte für die billigeren Plätze verkauft hatte, wollte er indes nicht begreifen.

Die beiden Herrschaften verabschiedeten sich freundlich von dem zweiten Paar, dann von den anderen Passagieren und kletterten an Land. Gerade wollte sich die Zwischentür wieder schließen, als der zurückgebliebene Herr noch einmal seinen Kopf hindurchsteckte.

„Herr Steuerinspecteur! Na, das ist doch ... Lieber, verehrter Freund, da hätte ich Sie doch fast übersehen. Sind Sie schon in Aurich an Bord gekommen? Jaja, die Augen ... Guten Tag, die Dame; wirklich ein wunderschöner Tag für einen Familienausflug, nicht wahr? Ach, kommen Sie doch kurz mit mir hinüber, mein Lieber, ich habe da einige Fragen an Sie. – Sie entschuldigen uns doch, Frau Scharnhorst ...?“ Schon zog er den Ehemann zu sich hinein.

Nach weiteren knapp zwanzig Minuten drangen erneut kurze Kommandos in das Bootsinnere und bedeuteten den Reisenden, daß die zweite Haltestation erreicht war. Die Fahrt wurde langsamer, und sanft legte die Schuite am Ufer an. Gleich darauf sprang mit einem freundlichen „Guten Tag, die Herrschaften!“ ein junger Bursche an Bord. Von seinem Auftreten und wohl auch von der Verwegenheit seiner Kleidung, insbesondere der schiefsitzenden Mütze, abgestoßen, rümpften die beiden älteren Damen die Nasen und fällten wohl in stiller Übereinkunft sogleich ein einstimmiges Urteil über seinen Charakter. Des Burschen flinker Blick fiel unterdessen zielsicher auf den Platz in der Kajüte, der ihm die erfreulichste Gesellschaft versprach, nämlich auf den neben der jungen Ehefrau.

„Darf ich?“ fragte er, lüftete keck seine Mütze und setzte sich auf die verwaiste Bank. Die bis dahin sprachlose Frau zuckte irritiert zusammen und machte Anstalten, erstmals das Wort zu ergreifen, doch der graubärtige Herr kam ihr zuvor.

„Junger Mann, dieser Platz ist leider schon besetzt. Die Dame reist in Begleitung ihres Herrn Gemahl, der sich nur für einen Augenblick nach nebenan begeben hat.“

„Na, sowas“, stutzte der Angesprochene gespielt, „eine so hübsche Frau einfach alleine sitzen zu lassen ...“ Widerwillig setzte er sich zwischen einen der Gesellen und den brüskierten Graubart, der die Bemerkung keinesfalls als Scherz, sondern als ungebührlich empfand. Auch die beiden Damen wandten sich rasch ab, als der neue Mitreisende sie, ihrer tadelnden Blicke gewahr geworden, spitzbübisch anlächelte. Die schlechte Einführung konnte seine Fröhlichkeit jedoch nicht trüben, und so pfiff er munter eine kleine Melodie vor sich hin. Längst hatte die Schuite ihre Fahrt fortgesetzt.

Sie waren bereits wieder ein gutes Stück Weges vorangekommen, da, wie vorher schon Paul, auch dem Burschen die Reglosigkeit der beiden Kleinen auffiel. Nun war es so, daß selbst die trübsinnigsten Kinder aufmerksam wurden, sobald ein Erwachsener begann, komische oder besondere Sachen zu machen oder sich wie Ihresgleichen zu benehmen. Sofort wurde dann der viel größere Mensch, den sie sonst nur mit erhobenem Zeigefinger kannten, ein Vertrauter, der in ihrer einfachen Welt herzlich willkommen war. So auch diesmal.

Aus irgendeiner Tasche holte der Bursche mit der schiefsitzenden Mütze ein zwei Finger dickes, kreisrundes Stück Holz hervor, in dessen Kante rundherum eine tiefe Kerbe geschnitzt war. In dieser Kerbe war ein langer Bindfaden befestigt und aufgewickelt, dessen freies Ende sich sein Besitzer um den Finger band. Dann ließ er das Holz los, und rasant kreisend rollte es den Faden hinab. Unten angekommen, gab er dem Band einen kurzen Ruck, und schon rollte es an der anderen Seite wieder aufwärts. Auf diese Weise tanzte das Spielgerät immer wieder auf und ab.

Paul beobachtete, wie die Kinder zunächst nur aus den Augenwinkeln, dann aber immer gebannter auf die sich drehende Scheibe schauten. Fasziniert von der Leichtigkeit des Spiels rollten ihre Augen hoch und runter, ohne das Holz auch nur für einen Moment außer acht zu lassen. Einmal hielt der Bursche es geschickt versteckt mit dem Daumen fest und gab einen verblüfften Laut von sich. Mit offenen Mündern starrten sie auf das regungslose Gerät und dann auf den überraschten Spieler, stumm flehend, er möge das Ding doch wieder reparieren. Und tatsächlich: schwupp – schon rollte es wieder abwärts, und freudige Begeisterung machte sich auf den Gesichtern breit.

Dieses Bild kindlicher Freude mußte jedes Herz erweichen, und so schauten sogar die beiden alten Damen, für einen Augenblick von ihrer Unterhaltung abgelenkt, mit verzückten Mündern und schiefgelegten Köpfen zu.

„Allerliebst, Ihre beiden", versicherte die eine lächelnd und unter heftigem Kopfnicken der Mutter.

„Willst du es auch mal versuchen?" bot der Fingerkünstler nach einer Weile dem Jungen an. Noch größere Augen und ein zaghaftes Nicken waren die Antwort.

„Hier – ich zeige es dir. Es ist ganz einfach. Du steckst den Finger durch diese Schlinge – so – und ziehst sie fest. Dann läßt du das Holz los – und genau in dem Moment, wo es unten angekommen ist, machst du einen kleinen Ruck nach oben. Dann rollt es sich wieder auf, und das Ganze geht von vorne los. Siehst du? Hopp ... Hopp ... Hopp ..." Zur Anschauung ließ er die Holzscheibe noch einmal tanzen.

Mitten in den Zauber dieser Szene hinein kam der Steuerinspecteur aus dem hinteren Kajütenteil zurück und setzte sich wortlos neben seine Frau. Er war von der Unterredung mit dem Vertreter der Lokalprominenz im Geiste noch so gefangen, daß er den neu Hinzugestiegenen gar nicht wahrnahm.

Dieser gab dem Sohn jetzt den wundersamen Gegenstand. Der Junge stand auf und tat, wie ihm geheißen: Das Band um den Finger ... dann einfach das Holz loslassen ... und wenn es unten ist, ein Ruck nach oben ... jetzt!

Klack! Die Scheibe flog wie ein Geschoß an die Decke, dann hinunter auf den Boden, wo sie, die Schnur in sich aufrollend, über die Planken sauste und unter den Röcken einer der alten Damen verschwand.

„Huuh! Unverschämter Bengel! Und Sie, Sie Flegel, was geben Sie ihm auch noch Ihr teuflisches Spielzeug!"

Der Vater sprang auf.

„Konrad, du setzt dich sofort hin. Entschuldigen Sie, meine Dame ..."

„Wie soll man denn auch eine anständige und ruhige Fahrt haben, wenn Kerle wie der da und solche kleinen Bengel auf das Schiff gelassen werden?"

Die Bezeichnung „allerliebst" hatte sie nämlich in dem festen Glauben vergeben, die Kinder besäßen nicht mehr Eigenleben als die Porzellanpüppchen in der heimischen Vitrine. Sie erhob sich, und nach ein paar Schritten kam das Corpus delicti auf dem Fußboden wieder ans Tageslicht.

„Ich hätte große Lust, mich beim Kapitän zu beschweren."

„Oh, das ist wohl nicht nötig. Konrad, steh auf. Du wirst die Dame jetzt um Verzeihung bitten."

„...'schuldigung ..."

„Sprich laut und deutlich, und schau der Dame ins Gesicht!"

Diese tat nichts, um dem kleinen Sünder seine Abbitte zu erleichtern.

„Entschuldigen Sie bitte!" klang es weinerlich.

„So. Du setzt dich jetzt auf deinen Platz. Und dieses Ding ..."

Er bückte sich danach.

„He!" rief der Schiefbemützte, aber schon war sein kostbares Spielgerät aus der offenen Luke geflogen. Alles hielt den Atem an.

„Platsch!“ sagte dann der Dicke mit dem Zylinder, es war das erste Wort, das er sprach, und ließ ein kurzes, schnaufendes Lachen hören.

„Kaum lasse ich meine Familie einmal einen Augenblick allein, wird mein Sohn auch schon von einem dummen Bauernlümmel zu irgendwelchem Unsinn verleitet“, empörte sich der Steuerinspecteur.

„Recht haben Sie!“ unterstützte ihn die eine Dame; sie war schließlich die Hauptbetroffene.

„Bravo!“ stimmte die andere ein.

„Ich mußte ihn schon davon abhalten, sich neben Ihre Gattin auf Ihren Platz zu setzen!“ trug der Graubart sein Scherflein bei.

„Hö!“ äußerte der aufgewecktere der beiden Handwerksburschen in Erinnerung an jene Szene.

„Armer Junge!“ tröstete die Mutter flüsternd ihren ungerecht behandelten Sprößling und strich ihm liebevoll übers Haar.

„Mit dem Bauernlümmel meinte ich Sie!“ versetzte der Vater, weil der Angesprochene alle Anklagen gleichmütig und schweigend über sich ergehen ließ.

„Barbarus hic ego sum, quia non intellegor ulli“, antwortete dieser nun philosophisch (Hier gelte ich als Barbar, weil niemand mich versteht). Der Steuerinspecteur war überrascht und sah sich an einer verwundbaren Stelle getroffen. Er murmelte unwillig etwas, aus dem Paul so etwas wie „Wenn er glaubt, ich verstehe nichts ...“ herauszuhören glaubte.

Damit hatte das unerfreuliche Zwischenspiel sein Ende. Die Atmosphäre entspannte sich langsam, man nahm wieder eine bequemere Haltung ein, aber eine Unterhaltung kam nicht einmal zwischen den alten Damen wieder in Gang. Nur der so bezeichnete Bauernlümmel pfiff bald wieder eine lustige Weise vor sich hin und zog unbekümmert ein kreisrundes, zwei Finger dickes Stück Holz aus den Tiefen seiner bunten Jacke, von dem er ein wenig Schnur abwickelte und sie sich um den Finger band. –

Als der Schuitenführer die nächste Station ausrief, war Paul der einzige, der aufstand und sein Bündel schnürte. Fast war er traurig, die so interessant gegensätzliche Reisegesellschaft zu verlassen. Er verabschiedete sich und mußte dann, in der seitlichen Luke stehend, den richtigen Moment abpassen, um auf den nur sehr kurzen hölzernen Anleger zu springen, denn die Besatzung schien nicht willens zu sein, für einen vitalen jungen Menschen mit gesunden Beinen wertvolle Fahrt zu verschenken. Vielleicht hatte man bereits Verspätung. Vom grasbewachsenen Ufer aus schaute Paul der Schuite und ihrem Jaagpferd noch eine Weile nach. Nicht weit entfernt machte der Kanal eine Biegung, so daß vom Schiff bald nur noch der kurze Mast zu sehen war.

* * *

Ein paar Stunden waren vergangen, als Paul von seinem Fußmarsch zurückkehrte. Müde, aber voll von Eindrücken ließ er sich auf die Bank vor dem kleinen Wirtshaus fallen, von dem aus er den Kanal im Blick hatte. Er kramte in seinem Beutel und legte auf den Tisch vor sich ein Blatt, auf dem er eine Pappelreihe und ein kleines Gehöft an einem endlos langen Graben, vor allem aber den ewig weiten Himmel mit majestätisch aufgetürmten Wolken, wie er sie aus seiner Heimat gar nicht kannte, in einer Bleistiftzeichnung festgehalten hatte.

„Haben Sie das gezeichnet?" fragte ein Mädchen, das unbemerkt aus dem Haus getreten war, um den Gast zu bedienen.

„Ja", antwortete Paul. „Gefällt es dir?"

„Ja, sehr! Ich wohne in dem Haus da." Es zeigte mit dem Finger auf das Blatt.

„Oh! – Ich fand, es liegt sehr malerisch dort. Überhaupt ist es eine schöne Gegend hier."

„Ja ..." Der Gedanke, daß dies eine schöne Gegend sei, war offenbar neu für sie.

„Wir haben frischen Teekuchen heute."

„O nein, danke! Wenn ich aber ein Glas Milch bekommen könnte?"

Das Mädchen nickte und ging hinein. Paul lehnte sich zurück. Hoch droben am Himmel zogen zwei Bussarde weite Kreise und priesen mit stolzen Schreien ihre Freiheit. Vor seinen Füßen scharrten Nachbars Hühner nach Würmern, und vom nahen Dunghaufen wehte ein süßlicher Duft herüber.

„Hier ist die Milch."

Er bezahlte gleich, da die Treckschuite auf ihrer Rückfahrt von der Umsteigestation auf halber Strecke nach Emden schon bald auftauchen mußte. Dann stellte er auf ein neues fest, welch ein Genuß es ist, zu trinken, wenn man durstig ist. Nach seinem reichlichen Rosenbohmschen Picknick hatte er sich nämlich im Windschatten eines Birkenwäldchens im braun getrockneten und von der Sonne angewärmten Gras des Vorjahres ausgestreckt und war vom Durst geweckt worden. Ein alter Bauer, der nur des Plattdeutschen mächtig, dem das Vorbeikommen dieses jungen Städters aber ein willkommener Grund für eine längere Unterbrechung seiner Arbeit gewesen war, hatte ihm zwar aus seiner Flasche angeboten, doch hatte der hygienische Zustand dieses Gefäßes ein Annehmen unmöglich gemacht.

Paul nahm den letzten Zug, legte die Zeichnung mitten auf den Tisch und beschwerte sie mit dem leeren Glas. Eine plötzliche Eingebung ließ ihn noch schnell zwei Stücke Teekuchen aus seinem Beutel nehmen, sie zu Krümeln zerbröseln und den Hühnern hinwerfen.

Dann schlenderte er hinunter zum Anleger und fragte sich, was für Reisegenossen er wohl diesmal haben würde.

* * *

Das Geläut der Kirchenglocken, das die Bürger Aurichs den ganzen Tag über begleitete, tönte am Sonntagmorgen weithin über die Dächer der Stadt.

Von überall her strömten die Menschen herbei und zogen mit ihren Familien in die Kirche ein. Die Herren in wohlgeschneiderten Anzügen mit Zylinder und blankpoliertem Gehstock, einige in Uniform mit großen, blinkenden Orden oder zumindest großen, blinkenden Knöpfen daran; die Damen so elegant, wie es der ehrwürdige Ort eben zuließ; die Mädchen mit weißem Kragen und zu Zöpfen geflochtenem Haar und die Jungen, sich sichtbar unwohl fühlend, in ihren saubersten Sonntagshosen und -jacken.

Auch Paul hatte – wie es sich gehörte – seine beste Hose heraussuchen müssen. Er zwängte sich gerade, von zwei sehr dicken Herrschaften eingefaßt, durch die Tür ins Kircheninnere.

Als er tags zuvor am späten Nachmittag von seinem Ausflug zurückgekehrt war, hatte ihn Frau Rosenbohm schon mit einer Nachricht von Direktor Schnöter erwartet. Dieser hatte sie im Verlauf des Tages persönlich aufgesucht und gebeten, Herrn Franzius doch bitte auszurichten, daß im Sonntagsgottesdienst der Pastor den Schülern der Stadt den Segen für das kommende Schuljahr geben würde. Herr Franzius möge sich doch zu diesem Anlaß, wie die übrigen Kollegen auch, in der Kirche einfinden. Natürlich zweifele er nicht daran, daß der Zeichenlehrer den Gottesdienst sowieso besuchen wollte, doch könne es dem Ansehen der Schule in den Augen vieler frommer Bürger schaden, wenn der Lehrkörper nicht vollzählig und gerade ohne den neuen, jungen Kollegen anträte. Herrn Franzius dieses mitzuteilen, habe er bei ihrem Einführungsgespräch schlicht vergessen. Der Tee sei übrigens vorzüglich, er nehme gern noch eine Tasse und bestehe darauf, Frau Rosenbohm einmal in seinem Hause bewirten zu dürfen.

An die Vergeßlichkeit seines Vorgesetzten wollte Paul jedoch gar nicht glauben. Wahrscheinlich hatte er sich nur die Gelegenheit verschaffen wollen, bei der Zimmerwirtin Erkundigungen über das Betragen seines neuen Zeichenlehrers einzuholen. Oder, fiel ihm plötzlich ein, verfolgte der Junggeselle Hinrich Schnöter gar eine ganz andere Absicht? Die dralle Witwe war sicher nicht die schlechteste Partie!

„Nun bleiben Sie doch nicht hier stehen!" sagte ein komischer kleiner Mann hinter Paul und stach ihm auffordernd seinen Spazierstock in die Seite.

„Kommen Sie", flüsterte Rosine Rosenbohm. „Sie versperren ja den ganzen Eingang."

Durch die gut besetzten Reihen des ungewöhnlicherweise quer ausgerichteten Kircheninneren zog sie ihn den Gang entlang in Richtung des Altars. Im Gegensatz zur Treckschuitenfahrt war Frau Rosenbohm dieses Mal natürlich nicht davon abzuhalten gewesen, ihn zu begleiten. Was Paul nun sogar ganz recht war, hoffte er doch, durch sie von seinen Repräsentationspflichten freigestellt zu sein. Doch zu seinem Erstaunen führte die Witwe ihn zielstrebig zu den ersten Bänken, die sich rechts vom Altar wiederum quer zu den übrigen Reihen erstreckten. Es waren diejenigen, in denen, bei Direktor Schnöter und Herrn Pöppelmann angefangen, steif und mit ernsten Mienen die Herren Lehrer saßen.

Die Miene Herrn Schnöters hellte sich jedoch beim Anblick Frau Rosenbohms sichtlich auf. Linkisch, doch gleich wieder um ein möglichst ausdrucksloses Gesicht bemüht, verbeugte er sich und bedeutete seinem Zeichenlehrer stumm, sich unter die Kollegen zu mischen. Zu seiner Freude sah der am Ende der zweiten Bank Monsieur Bourée sitzen, der ihn freundlich lächelnd wiedererkannte. Unter den spürbaren Blicken der Umsitzenden bahnte er sich den Weg und ließ sich auf dem knarrenden Holz nieder.

Warum mußten diese grauenhaften Kirchengestühle nur immer so unbequem sein, fragte er sich. Eingeengt zwischen dem Franzosen und einem stark nach Pfeifentabak riechenden Herrn mit spitzen Ellenbogen, zwackten ihn schon nach kurzer Zeit die Knie. Wenn die Predigten noch länger dauerten, als sie es ohnehin schon taten, müßten die Alten wahrscheinlich sämtlichst aus ihren Bänken befreit werden, wollten sie die Kirche noch einmal verlassen. Aber vielleicht mußte man sich deshalb immer zum Gebet erheben, damit die Gelenke funktionstüchtig blieben, dachte er.

Inzwischen hatten auch alle anderen Besucher einen Platz gefunden, und das Rascheln und Füßescharren ebbte langsam zu ehrfürchtiger Stille ab. Die Kirche hatte sich so weit gefüllt, daß die Menschen nicht nur über die gesamte Breite der unteren Ebene und der darübergelegenen ersten Empore verteilt saßen, sondern auch über den Rand der zweiten noch Köpfe schauten.

Den Lehrerbänken gegenüber sah Paul die trübsinnige Gruppe der jüngsten Schüler, die, der stolzen und vor allem strengen Blicke der Eltern gewärtig, sich nicht zu rühren getrauten, und hinter ihnen die ebenso gelangweilten Primaner, deren Interesse höchstens den jüngeren Vertreterinnen der Damenwelt galt. Über den Köpfen der Schüler wuchs mit langen, kurzen, dicken und dünnen Pfeifen die Orgel empor, reich verziert und bereit, den großen Raum mit ihrem Klang zu erfüllen.

Das Beeindruckendste an der Auricher Kirche aber waren ihr Altar und die prächtige Kanzel an der Nordwand. Hinter dem massiven, steinernen Altartisch prangte ein großer, zweiflügeliger Altarschrein, dessen Inneres ein schönes goldenes Schnitzwerk zeigte. Paul saß zwar schräg davor, dafür aber so nahe, daß er die feinen Schnitzereien gut ausmachen konnte. Der Altarschrein hing vor dem verkleideten Unterbau einer kleinen Empore, aus deren Balustrade in aller Wichtigkeit die Kanzel hervorragte. Darüber schwebte, mit kleinen Schnitzfiguren besetzt, der hölzerne Schalldeckel.

Wie ein Heiligenschein – oder doch eher wie eine Krone, dachte Paul. Ob man von einer solchen Kanzel dem Pastor seine Worte eher abnahm als von einem Verschlag mit morscher Stiege? Sie schien ihm im Gegenteil dazu angetan, von der Andacht abzulenken. Kirchen wurden allein dazu gebaut, den guten Geschmack der Gemeinde zu beweisen, und bezeugten doch bloß die Eitelkeit dieser, erinnerte er sich an einen beliebten Ausspruch seines Vaters.

Ein heller Strahl schoß plötzlich durch das Dunkel der Bankreihen. Im Gegenlicht des sich öffnenden Ostportals wurde ein wallender Talar sichtbar. Den Blick in stillem Gebet zu Boden gerichtet, trat der Pastor in die Kirche, und die Orgel verkündete verzückt sein Erscheinen. –

Abgesehen von dem eindrucksvollen Auftritt des Pastors, der um die Wirkung des Sonnenlichtes gewußt und deswegen nicht einfach aus der Sakristei hereingekommen sein mochte, nahm der Gottesdienst den traditionell langweiligen Verlauf aller Gottesdienste, die Paul bis dahin besucht hatte. Aufgelockert wurde er allein durch das Geschrei eines Kleinkindes, dem sich ein zweites anschloß. Viel mehr als diese Geräusche störte ihn allerdings der ungebrochen laute und falsche Gesang seines linken Banknachbarn, der den Musiklehrer Pöppelmann ab und zu einen bösen Blick auf Paul werfen ließ.

Es dauerte nicht lange, da hatte er bereits alle Konzentration auf des Pastors Wort verloren und sah sich, um irgend etwas zu tun, nach Frau Rosenbohm um. Sie hatte sich natürlich nicht zu den Lehrern gesetzt, wenngleich Herr Schnöter sicher nichts dagegen gehabt und in diesem Falle vielleicht sogar auf seinen Ruf und den der Schule gepfiffen hätte, sondern war irgendwo, wahrscheinlich auf einer der Emporen, verschwunden. Er entdeckte sie nirgends, erblickte aber statt dessen eine andere ihm bekannte Person. Es war die junge Frau von der Treckschuite, die mit ihrem Gatten vorne auf der ersten Empore saß und in diesem Augenblick von einem jungen Ding neben sich auf Pauls Blick aufmerksam gemacht wurde. Auch sie schien ihn wiederzuerkennen, denn sie antwortete auf seine Geste mit einem kurzen Kopfnicken. Dann schaute sie wieder starr zur Kanzel.

„Eine hübsche Frau – vielleicht ein wenig blaß um die Nase; aber sonst ...“ Das war Monsieur Bourrée, den Paul bereits eingeschlafen gewähnt hatte.

„Leider verheiratet“, gab er leise zurück. „Sie fuhr gestern mit ihrer Familie auf demselben Boot mit wie ich.“

„Für einen Franzosen kein Grund, sich zurückzuziehen, mon ami. Wenn ich da an unsere früheren Hahnenkämpfe zurückdenke ...“

Mit einem ärgerlichen Räuspern mahnte der Falschsinger neben Paul seine Kollegen zur Ruhe und warf Paul einen tadelnden Blick zu. Er schien das scherzhafte Gespräch nicht nur als störend zu empfinden, sondern auch ernst zu nehmen.

Paul fügte sich, und der Franzose entschwand in längst vergangene Zeiten.

Auch die Schüler gegenüber waren mit ihren Gedanken augenscheinlich nicht mehr bei der Sache. Mit zunehmender Dauer des Gottesdienstes rutschten besonders die jüngeren immer unruhiger auf ihren Sitzen hin und her und mußten von gestrengen

Blicken der Lehrerschaft immer wieder zur Ordnung angehalten werden. Wahrscheinlich wurden in den Bänken Murmeln und Steine, geheime Botschaften und Fußtritte ausgetauscht.

Ein weiteres Gebet wurde gesprochen, ein weiterer Psalm gesungen. Dann endlich wandte sich der Pastor an die Schüler und Lehrer. Erstgenannte ermahnte er eindringlich und mit aller ihm zur Verfügung stehenden Autorität, sich im kommenden Schuljahr fleißig und strebsam zu mühen, den Ausführungen der Lehrer zu folgen und ihnen mit Gehorsam und Respekt zu begegnen. Die Lehrer erinnerte er der Vollständigkeit halber an die ihnen übertragene Verantwortung und das Vertrauen der Eltern in ihre Arbeit. Mochten sie den Zöglingen strenge, aber gerechte Behandlung widerfahren lassen.

Das war alles. Es wurde ein letzter Gesang angestimmt, und dann waren der Gottesdienst und die Einsegnung der Schülerschaft beendet. Die Eltern erhoben sich mit ob ihres prächtigen Nachwuchses stolzgeschwellter Brust von ihren Plätzen und winkten ihn aus dem Getümmel herbei, um ihm übers Haar zu streichen. Und direkt vor dem Altar stand würdevoll Direktor Schnöter und sonnte sich in der Aufmerksamkeit und Achtung, die ihm und seiner Schule entgegengebracht wurden.

Paul wurde von der unter den Klängen der Orgel hinausströmenden Menge erfaßt und fand sich auf dem Kirchhof wieder.

Der Frühling zeigte sich auch heute von seiner allerbesten Seite. Belebend strahlte die Sonne vom Himmel herunter, und ein laues Lüftchen umwehte seine Nase.

Plötzlich trat ein junges Mädchen vor ihn und fragte mit leicht geröteten Wangen: „Sind Sie der neue Zeichenlehrer Herr Franzius?"

Er erkannte das Fräulein, das in der Kirche neben der Frau des Steuerinspecteurs gesessen und sie auf ihn aufmerksam gemacht hatte.

„Ja, das bin ich. Und wer sind Sie?"

„Ich bin Nanni. Ich bin in Ihrem Zeichenkurs."

Sprach es und lief kichernd davon.

Paul hob die Augenbrauen und seufzte. Dann machte er sich mit Frau Rosenbohm auf den Heimweg, denn er wollte Friedrich zu einem Frühschoppen abholen.

* * *

Rosine Rosenbohm kochte am Sonntag für ihre Mieter. Das ließ sie sich nicht nehmen, und zusammen mit dem Kirchgang war das gemeinsame Mittagessen für sie der Höhepunkt einer jeden Woche.

Während die Mittagsstunde unaufhaltsam näherrückte, saßen Paul und Friedrich im „Blauen Haus" vor den Wällen der Stadt und tranken sich Mut an. Friedrich erzählte, was er sich schon alles hatte einfallen lassen, um dem Sonntagmittagsritual zu entgehen, und begründete sein häufiges Fernbleiben vom Gottesdienst damit, nicht auch noch seinen Gesang von Frau Rosenbohm überwacht wissen zu wollen.

Die Neuigkeit, daß der achtbare Direktor Schnöter um eben jene zu werben und dabei alle Bedenken hinsichtlich des Standesunterschiedes in den Wind zu schlagen schien, versetzte ihn in Erstaunen. Es tat ihm wohl, so mit jemandem über Belanglosigkeiten und Alltagssorgen zu reden. Er hatte kaum Freunde, denn viele von den ehemaligen Schulplatzkosaken waren nicht mehr in der Stadt, während er sich mit den Verbliebenen ganz einfach auseinandergelebt hatte, zumal einige von denen ihre Nase heute auch recht hoch trugen. Um so mehr freute es ihn, daß er sich mit seinem Zimmernachbarn so gut verstand.

Sie tauschten weiter nach Herzenslust ihre Meinungen über Auricher Persönlichkeiten aus, soweit Paul sie schon kennengelernt hatte, und bei einem Spaziergang um die große Fläche des Pferdemarktes herum fachsimpelten sie wie die kleinen Jungen über den Bau von Drachen, die man hier im Herbst sehr gut steigen lassen konnte. Dann war es Zeit, all dem Guten entgegenzutreten, das Frau Rosenbohm für sie aufgetischt haben mochte.

Drittes Kapitel

Am nächsten Morgen klopfte es aufgeregt an des Zeichenlehrers Tür.

„Aufstehen! Es ist schon zehn nach acht! Ich habe verschlafen! Stehen Sie schnell auf!" drang die Stimme seiner Wirtin durch das massive Holz der Tür und durch Pauls Träume. Augenblicklich war er hellwach und warf die Decke von sich. Mit langem Arm angelte er seine Pantoffeln unter dem Bett hervor, und kaum war in der Küche sein Kaffee aufgebrüht, da saß er auch schon rasiert und gekämmt am Frühstückstisch. Friedrich steckte nur kurz den Kopf zur Tür herein, denn er mußte um halb neun im Schloß sein.

Frau Rosenbohm war untröstlich.

„Es tut mir ja so leid! Ich weiß gar nicht, wie mir das passieren konnte. Sonst wache ich immer um sieben Uhr auf. Und das an Ihrem ersten Schultag!"

„Ach, das ist nicht so schlimm. Meine Stunden liegen sowieso erst später. Ich wollte nur gerade heute schon früh erscheinen, sozusagen aus Solidarität mit den Kollegen. Na, daraus wird eben nichts. Aber warten Sie ... wenn Sie mir vielleicht eine Entschuldigung schrieben für Herrn Schnöter?"

Sie blickte ihn prüfend an, unsicher, ob das ein Witz hatte sein sollen.

„Seien Sie nicht albern!" sagte sie errötend und verschwand, plötzlich sehr geschäftig, in der Küche.

„Ich würde mir übrigens wünschen, daß Sie in der Kirche den Damen auf der Empore ein bißchen weniger Aufmerksamkeit widmeten!" versuchte sie, scheinbar ohne Zusammenhang, den Schwarzen Peter zurückzuschieben.

„Versprochen!" erwiderte Paul. Als sie wieder hereinkam, fügte er hinzu: „Die Damen zu ebener Erde sind sicher auch ganz nett. Ach ... Ihr Kaffee wird übrigens von Tag zu Tag besser." –

Mit einem freundlichen Guten-Morgen-Gruß betrat Paul das Kollegiumszimmer. Anwesend waren nur Herr Schnöter, der gerade aus einem Lateinbuch eine Auswahl ungebräuchlicher Vokabeln zusammenstellte, um seinen Schülern vor Augen zu führen, wieviel sie über die kurzen Ferien vergessen hatten, und der für Naturwissenschaften und Mathematik zuständige Herr Winterfeld, den Paul flüchtig vom Gottesdienst her kannte. Dieser Mann war von imposanter Statur, hatte es aufgegeben, gegen seinen wilden Bartwuchs anzukämpfen, und schien auch sonst ein freundlicher Zeitgenosse zu sein. Im Augenblick hielt er in seinen großen Händen eine Tasse heißen Getränkes, in die er geduldig hineinblies.

„Entschuldigen Sie, Herr Direktor, ich wollte heute morgen eigentlich früh zur Stelle sein, aber die gute Luft hier hat mir einen ungewohnt festen Schlaf beschert ..."

Herr Schnöter schaute von seiner Arbeit auf und runzelte die Stirn.

„Nun, wenigstens geben Sie nicht Ihrer Wirtin die Schuld. Schade, Sie haben die kleine Ansprache versäumt, die ich in der Aula gehalten habe."

„Oh – das ist wirklich bedauerlich."

„Merken Sie sich bitte für die Zukunft: Pünktlichkeit ist einer der Grundsätze unserer Anstalt, die Sie bitte achten wollen."

Paul erkundigte sich, ob der Zeichenraum zur Zeit belegt sei, doch der Direktor blickte nachdenklich aus dem Fenster und fragte sich wohl, ob so etwas im Haushalt der Frau Rosenbohm passieren dürfe. Es blieb Herrn Winterfeld überlassen, dem Kollegen Franzius mitzuteilen, der Zeichenraum sei frei. Paul dankte und ging hinauf, um an Ort und Stelle seinen Unterricht vorzubereiten.

Er würde es mit der Ober- und Untertertia zu tun haben, also mit ungefähr elf- bis zwölfjährigen Jungen. Um überhaupt erst einmal einen Überblick über ihre Fähigkeiten zu bekommen, hatte er sich überlegt, sie irgendeinen Gegenstand zeichnen zu lassen. Nachdem er links oben auf die Wandtafel schon einmal säuberlich seinen Namen geschrieben hatte, machte er sich auf die Suche nach einem geeigneten Objekt. In der dunklen Nebenkammer, die er mit seinem Schlüssel öffnete, fand er, nachdem er sich an des Pöppelmannes Staffelei vorbeigezwängt hatte, zwei Gipsbüsten (Homer und Beethoven) und eine große Vase mit abgebrochenem Henkel. Da diese Gegenstände aber sicher schon alte Bekannte der Schüler waren, wollte er etwas Besseres finden. Vielleicht gab es etwas in der Aula, oder konnte er eines der Musikinstrumente heraufholen, die sich in der Bibliothek befinden sollten?

Die Pausenglocke ertönte. Paul gesellte sich zu Monsieur Bourrée und Herrn Pöppelmann, die auf dem Schulplatz die Aufsicht führten. Von ihnen erhielt er den Ratschlag, den Pedell Reimers doch nach einem Eimer oder einem Strauchbesen zu fragen. Er dankte für diesen großartigen Gedanken, hatte mittlerweile aber an einer ganz anderen Idee Gefallen gefunden.

„Sie haben doch die Kammer oben wieder abgeschlossen?“ erkundigte sich Herr Pöppelmann besorgt.

„Oh – ich glaube nicht. Ist das denn erforderlich?“

Während Herr Pöppelmann wortlos ins Haus eilte, machte der Franzose Paul auf eine interessante Szene unter den Schülern aufmerksam. Auf die Neulinge, die sich nahe bei der Tür herumdrückten und denen die Pause viel zu lang war, bewegte sich eine Abordnung von älteren Schülern zu.

„Das alte Spiel. Die Großen treiben ihre Späße mit den Kleinen. So war es bei uns in Frankreich, und so ist es wohl an allen Schulen der Welt.“

Paul aber konnte sich einen besseren Reim darauf machen. Er versuchte, sich das Gesicht eines großen und sehnigen Jungen zu merken, der der Anführer zu sein schien. Widerstrebend ließen sich die Sextaner in einen abgelegenen Winkel unter den Kirchfenstern führen, aus dem keine verständlichen Worte zu den Lehrern herüberdringen konnten. Das Gespräch schien sich um ernste Dinge zu drehen, und wäre Monsieur Bourrée ein aufmerksamerer Mann gewesen, dann hätte er sich darüber wundern müssen, daß die Gesichter der Kleinen, als sie nach der Pause ihrem Klassenraum zustrebten, einen viel freieren Ausdruck besaßen als zuvor.

* * *

Paul schloß die Tür hinter sich und ging zu seinem Katheder hinüber.

„Guten Morgen. Setzt euch. Mein Name ist ...“ Er hielt in seiner zur Tafel weisenden Bewegung inne.

„Wer von euch hat die Tafel gewischt?“

Sein Blick schweifte über die Reihen. Alles guckte starr nach vorn. In der letzten Reihe entdeckte er den Jungen, den er für den Anführer der Kosaken hielt.

Niemand schien eine Antwort geben zu wollen.

„Tja ... dann war es wohl keiner von euch. Schade. Gleich als ich hereinkam, ist mir die schön geputzte Wandtafel aufgefallen. Nun – mein Name ist Paul Franzius.“

Zum zweiten Male schrieb er die Worte in die obere linke Ecke der Tafel.

„Ich komme aus Nürnberg, das ist in Mittelfranken im Süden Deutschlands, und soll euch in die geheimnisvolle Welt des Zeichnens und Malens einführen. Von Gewürzkuchen und Spielzeug und der Eisenbahn erzähle ich vielleicht später einmal. Habt ihr alle ein großes weißes Blatt dabei?"

Für die, die keines hatten, holte er welche aus dem Nebenraum, den er dazu erst aufschließen mußte. Dann setzte er sich auf sein Katheder, machte eine Kunstpause, um die Spannung zu erhöhen, und sagte:

„Nehmt jetzt euren Bleistift und zeichnet – mich." –

Die Überraschung war vollkommen. Es wurde so still im Raum, daß man die Spatzen draußen auf der Regenrinne tschilpen hörte. Hatten sie richtig verstanden? Sie sollten eine Respektsperson zeichnen, die noch lebte? Im Unterricht? Sicher war das ein Trick des neuen Lehrers, und wenn sie anfingen zu zeichnen, setzte es etwas mit dem Rohrstock. Keiner wagte, die blütenweißen Blätter anzurühren; statt dessen drehte man sich vorsichtig zu dem großen und sehnigen Jungen um, der genauso ratlos wie alle anderen in seiner Bank saß.

Auch Paul sah zu ihm hinüber. Wie es schien, erwarteten die Kameraden einen Vorstoß ihres Anführers, der ganz offenbar einen schweren inneren Kampf ausfocht. Anführer sein – das war schon eine feine Sache! Man konnte Befehle erteilen, bekam den größten Apfel aus Nachbars Garten, und man ließ ihn hochleben, wenn er ihn mit den anderen teilte. Aber man war eben auch der erste, wenn es darum ging, dem Feind gegenüberzutreten oder ähnliche unangenehme Aufgaben auszuführen. So saß er also mit krausgezogener Stirn und zusammengepreßten Lippen da und versuchte, im Geiste klar und mit aller gebotenen Diplomatie vorzuformulieren, was ihn und seine Schar bewegte. Dann gab er sich einen Ruck und hob den Finger in die Höhe.

„Ja?" fragte Paul.

„Verzeihung, aber als neulich ..."

„Sag mir erst einmal deinen Namen."

„Wrobel. Aber als der Gramberg neulich den Pastor gemalt hat, hat er ihm eine Ohrfeige gegeben", verlieh er den Bedenken auf einleuchtende Weise Ausdruck.

„Gramberg hat den Pastor geohrfeigt? Warum denn das?"

„Nein, der Pastor hat Gramberg eine gegeben, weil er ihn doch gemalt hat, mit Ohren und so ..."

„Hat der Pastor denn keine Ohren?"

„Nicht so große, glaube ich."

„Und mein Vater hat noch gleich eine Ohrfeige draufgegeben", schaltete sich ein schmales Kerlchen aus der zweiten Reihe ein, das wie Wrobel aufgestanden und wohl Gramberg war. „Und er hat gesagt, wenn ich sowas noch einmal mache, dann gibt's einen ganzen Satz Ohrfeigen und er muß sich überlegen, ob ich überhaupt je wieder malen darf."

„Genauso war's", sagte Wrobel. „Und das können wir uns nicht leisten, daß Gramberg nicht mehr malen darf – er ist nämlich unser bester Maler."

Paul deutete diese Worte so, daß der kleine Gramberg dafür zuständig war, der Bande Abzeichen, Banner und Schatzkarten zu zeichnen, und erkannte die Wichtigkeit seiner Aufgabe.

„Ich verspreche euch", beruhigte er die Jungen daher in aller Ernsthaftigkeit, „daß ihr keinerlei Prügel oder Strafe zu befürchten habt, solange ihr eure Zeichnungen in meinem Unterricht macht und sie nicht auf die Wände der Kirche oder des Schulgebäudes übertragt."

„Und wenn sie gar nicht wie Sie aussehen?"

„Auch dann nicht."

Tatsächlich ließen sie sich durch seine Worte, vielleicht auch durch seinen freundlichen Ton, von der Ungefährlichkeit der Sache überzeugen, und schon bald, nachdem Gramberg angeführt hatte, seine Zeichnung habe sehr wohl Ähnlichkeit mit dem Herrn Pastor gehabt und er sei trotzdem geohrfeigt worden, waren selbst die letzten Zauderer in die ungewöhnliche Aufgabe vertieft.

Paul saß in starrer Haltung auf seinem Pult und beobachtete seine Schüler, wie sie sich mit der Zungenspitze angestrengt über die Lippen fuhren, wie sie ihn mit ausgestrecktem Daumen fachmännisch vermaßen, sich grinsend auf ihre Werke aufmerksam machten oder unschlüssig zu Gramberg hinüberlugten. Der Anblick der wachen Gesichter und blitzenden Augen erfreute ihn. Tollkühn standen die morgens glatt gekämmten Haare jetzt schon wieder von den Köpfen ab, schauten verschrammte Knie unter den Bänken hervor – Zeugen von Übermut und Freiheit.

Die Stunde war noch nicht sehr weit fortgeschritten und Paul empfand seine Sitzposition bereits als ungemütlich, als er plötzlich eines Lichtreflexes gewahr wurde. Der helle, runde Fleck huschte flink über die Zimmerdecke, tastete sich dann schon ruhiger über die Rückwand des Raumes und verfing sich endlich im Gesicht eines Jungen, der sich mit seiner Zeichnung auf die hintere Fensterbank gesetzt hatte.

Vom Licht erfaßt, sah dieser zunächst vorsichtig nach vorne zu Paul, der seinen Blick rechtzeitig abgewandt hatte, und dann zum Fenster hinaus auf den Kirchhof. Nach einer Weile gab er durch ein Kopfnicken nach unten ein Zeichen, verstanden zu haben, und trennte in Ermangelung sonstigen Papiers kurzerhand eine Ecke seines Zeichenblattes ab und schrieb eine kurze Botschaft darauf. Diese wanderte unauffällig zum nächsten Nachbarn des Geblendeten, einem langen Jungen mit besonders langen Beinen, und von jenem aus unter den Bänken versteckt, jedoch unter den Augen des aufmerksamen Lehrers, weiter zum Anführer Wrobel. Ein kurzer Blick auf das Papier, ein beredter Augenkontakt mit dem Verfasser der Botschaft, ein Zeichen an den Langen, und schon fuhr in der letzten Reihe ein Finger in die Höhe.

„Dürfte ich bitte austreten, Herr Franzius?"

„Natürlich." –

Es waren bereits zehn Minuten verstrichen, seit der Lange den Klassenraum verlassen hatte, und der Beobachtungsposten am Fenster, der immer wieder nach draußen schielte, zuckte ratlos mit den Schultern.

„Na, euer Kamerad bleibt aber lange weg", stellte Paul erstaunt fest.

„Jan hat eine Blasenschwäche", kam die prompte Antwort. „Er ist als kleines Kind mal in den Schloßgraben gefallen."

Weitere Minuten verrannen, ohne daß der Vermißte wieder auftauchte. Doch auf einmal entfuhr dem Beobachter ein mühsam erstickter Schreckenslaut. Mit vor Entsetzen geweiteten Augen starrte er aus dem Fenster: Irgendeine große Gefahr mußte dort unten im Schatten der Kirche lauern! Mit verzerrtem Gesicht und wilden, undeutbaren Zeichen und Gesten machte er den verzweifelten Versuch, ein offenbar furchtbares Unglück abzuwenden. Doch seine Warnung blieb ungesehen ...

Kurz darauf klopfte es kräftig an die Klassentür.

„Entschuldigen Sie die Störung, Herr Kollege, aber ich glaube, dieser Bengel hier ist einer von Ihren. Na, komm schon!" Ungeduldig zog Lehrer Pöppelmann den lang vermißten Schüler herein, den er mit festem Griff an der Jacke gepackt hielt. „Sie werden nicht erraten, wo ich ihn gerade eben erwischt habe", sagte er und schüttelte seinen Gefangenen, „auf dem Kirchhof hat er sich herumgetrieben! Ich vertrat mir zufällig gerade die Beine, als dieser Lauser um die Ecke der Kantorschule geschlichen kommt. – Wolltest wohl den Unterricht schwänzen und dich davonmachen, was? Wäre ja nicht das erste Mal, daß ich dich erwische!

Aber diesmal werde ich dem Herrn Direktor Bescheid geben, hmhm."

Wieder wurde der Junge, der sich zu seinem Vergehen scheinbar nicht äußern wollte, durchgeschüttelt.

„Vielen Dank, Herr Pöppelmann", ergriff an seiner Stelle Paul das Wort, „aber ich denke, ich kann die Situation erklären."

„So ...?"

„Ich selbst habe ihn nämlich nach draußen geschickt. Wie Sie sehen, sitze ich meinen Schülern gerade Modell und darf deshalb meinen Platz nicht verlassen. Und weil mir vorhin einfiel, daß ich für meine Wirtin ein paar Besorgungen machen sollte, ich ihre Einkaufsliste aber in der morgendlichen Eile vergessen hatte, bat ich den Jungen, sie für mich zu holen. Herr Schnöter wird das sicher verstehen."

„Ja, wenn das so ist ...", sagte Herr Pöppelmann, und zum Glück entging ihm der verblüffte Ausdruck auf den Gesichtern der gesamten Schülerschaft, „dann will ich die Sache auf sich beruhen lassen. Bitte entschuldigen Sie nochmals, Herr Kollege."

„Aber nicht doch. Es war schließlich eine sehr ungewöhnliche Maßnahme, doch in meiner Not ..."

Herr Pöppelmann nickte noch einmal nachdenklich und zog von dannen.

„Und du? Willst du dich nicht wieder hinsetzen?" –

Für den Rest der Stunde blieb es im Zeichenraum ungewöhnlich still. Nur das Kratzen der Bleistifte war zu hören. Die Jungen saßen strebsam und fleißig über ihren Blättern und waren bemüht, ganz besonders schöne Zeichnungen zu Papier zu bringen. Bei anderen Lehrern war Disziplin eine Frage des Rohrstockes und des elterlichen Zorns, und man hatte keine Skrupel, die kleinste etwaige Schwäche auszunutzen. Aber diesem neuen Zeichenlehrer gegenüber, der ihren Boten herausgehauen hatte und nicht einmal Fragen stellte, wurde sie plötzlich zur Ehrensache.

Mitte der zweiten Stunde begannen Paul allmählich das Sitzfleisch und der Rücken zu schmerzen, und er mußte sich eingestehen, die Anstrengungen eines Modells bisher unterschätzt zu haben. Doch nach und nach wandten sich mehr und mehr Köpfe vergleichend von der eigenen Zeichnung der des Nachbarn zu, wurden verkrampfte Hände ausgeschüttelt, zufrieden abschließende Seufzer ausgestoßen oder verträumte Blicke aus dem Fenster geworfen.

„Wer fertig ist, schreibt seinen Namen auf die Rückseite und bringt mir sein Blatt nach vorne", sagte er, gab seine Position auf und streckte sich. Sogleich wurden überall Blätter umgedreht und Namen geschrieben. Wenn er jedoch dachte, ihm würden im Anschluß daran die ersten Bildnisse seiner Person ausgehändigt, so hatte er sich geirrt. Jeder fand plötzlich noch etwas zu verbessern. Hier waren die Ohren vielleicht denen des Pastors zu ähnlich, dort das Haar zu schütter, dieser fuhr mit dem Stift auf dem Gehrock herum, damit er auch richtig schwarz wurde, jener bemerkte erst jetzt, daß der Lehrer eine Brille trug. Auch manche Ähnlichkeit wurde in diesen Minuten leider Gottes wieder zunichte gemacht. Aber was sollten sie auch anderes machen, als geschäftig zu tun und immer weiterzuzeichnen? Gramberg war als erster dran mit Abgeben, das war mal klar. Schließlich war sein Bild sowieso das beste. Warum wurde er bloß nicht fertig? Wartete etwa auch er nur auf die andern? Ah, jetzt richtete er sich auf.

„Gramberg, deine Kameraden scheinen von dir zu erwarten ..."

„Ja, Moment ..." fiel der Angesprochene dem Lehrer ins Wort. Seine Wangen waren gerötet, und er hatte beim Zeichnen alles um sich herum vergessen – den Tag, die Stunde, seine Kameraden und den nötigen Respekt vor dem Lehrkörper.

„Sofort ... ich muß nur noch signieren ... so."

„Dann komm mal nach vorne und halte es hoch. Ja ... so, daß alle es sehen können. Oh! – Wer ist denn das alles?"

„Das große da ganz vorn, das sind Sie", beschrieb der Urheber aufgeregt und ein wenig zitternd sein Werk. „Nur bis zum Bauch, damit der Kopf nicht so klein wird. Sie gucken gerade zum Fenster. Und als ich fertig war, habe ich in den Hintergrund noch die anderen Lehrer gemalt."

Tatsächlich – Paul erkannte unter ihnen die Kollegen Bourrée, Winterfeld und Pöppelmann an Spitz-, Rauschebart und Körperfülle. Auch wer der ganz kleine Mann dort war, stand außer Frage.

„Ha! Und was ist das für ein Hund?"

„Der kläfft da nur so."

„Den malt er immer!" rief jemand aus den hinteren Reihen.

„Ich muß sagen, du hast dir wahrhaftig schon ganz Erstaunliches angeeignet. Jetzt verstehe ich auch, warum sich der Pastor so erhitzt hat."

Denn wenn Grambergs Zeichenkunst auch natürlich von Proportionen oder Licht und Schatten nicht viel wußte, so war ihre

Treffsicherheit doch geradezu bedrückend. Paul gestand es der Klasse ein.

„Genau den gleichen Gesichtsausdruck hat morgens immer mein Spiegel. So, jetzt laßt ihr anderen mal sehen."

* * *

Paul Franzius fand sich schnell in seine Tätigkeit als Zeichenlehrer am Auricher Gymnasium ein. Zwar versuchte nach ein paar Tagen ein vorlauter Sekundaner, ihm auf der Nase herumzutanzen, doch verstand es Paul, die Lacher auf seine Seite zu bringen. Er lernte das neunköpfige Kollegium schon in der ersten Woche recht gut kennen und stellte fest, daß hier – wie überall – sich die angenehmen und die anstrengenden Charaktere ungefähr die Waage hielten.

An Dienstagen und Donnerstagen fand nachmittags der Zeichenkurs statt. Der Kreis war nur klein, aber das war Paul recht, und so konnte man sich bei Gebäck und Tee in den Häusern der Teilnehmer zusammenfinden statt auf den harten Bänken in der Schule. Mit von der Partie waren drei junge Mädchen, unter ihnen das Fräulein Uphoff, das sich nach der Kirche schon als „Nanni" vorgestellt hatte; die junge Frau Scharnhorst, der er auf der Treckschuite begegnet war und neben der Fräulein Uphoff auf der Empore gesessen hatte; ein schüchterner Jüngling, dem seine Rolle als Hahn im Korb gar nicht behagte; und ein schon etwas älteres Fräulein, das überhaupt kein Talent besaß und auch nur beim ersten Mal erschien.

Als er in dem im Abstand von ein paar Tagen erscheinenden Amtsblatt für die Provinz Ostfriesland bekanntgab, Zeichnungen, Aquarelle und Gemälde jeglicher Art für private Interessenten anzufertigen, sprach gleich am nächsten Tage ein schneidiger Offizier des Dragoner-Regiments vor, der ein großes Bild von sich zu Pferde wünschte. Leider kam das Geschäft wegen sehr naiver Preisvorstellungen nicht zustande.

Doch je mehr Paul Stadt und Menschen kennenlernte, desto weniger erschienen sie ihm provinziell, und vieles begann er schon bald gerade wegen der gewissen zufriedenen Beschränktheit zu schätzen und liebenswert zu finden. Er ertappte sich immer öfter dabei, daß er die Geschichten über den Kaufmann Blohm oder die Frau des Schneidermeisters Mügge nicht länger als kuriosen

Kleinstadttratsch belächelte, sondern interessiert an ihnen Anteil nahm. Dafür verlor manches, was ihm früher wichtig gewesen wäre, seine Dringlichkeit. Überhaupt verlief das Leben hier in einem langsameren Rhythmus; in einem Brief nach Hause pries er es als „wohltuend einschläfernde Atmosphäre".

Ungefähr zwei Wochen lang geschah auch tatsächlich kaum etwas, über das sich zu berichten lohnte. Die Witwe Rosenbohm machte ihren Besuch bei Herrn Schnöter, die Schwalben waren da, die ersten Obstbäume begannen zu blühen ... Erst am späten Abend eines kühlen und verregneten Tages, eines der letzten im April, fuhr Paul plötzlich aus dem Schlaf hoch.

Viertes Kapitel

„Guten Tag, Frau Scharnhorst, entsetzliches Schmuddelwetter heute, nicht wahr?"

Aus ihren Gedanken gerissen, schaute die angesprochene junge Frau unter ihrem aufgespannten Schirmchen hervor, gab dem Apotheker, der gerade im Rahmen seiner Ladentür erschienen war, eine unverbindliche Antwort und setzte ihren zügigen Gang über den Marktplatz fort.

Ein feiner Nieselregen ging in den Straßen und Gassen nieder. Entfernt stehende Bäume und Häuser waren nur schemenhaft zu erkennen, und selbst die Sonne vermochte seit dem Morgen nicht mehr durch das Grau zu dringen. Verschlafen saßen die Menschen hinter den Fenstern ihrer Stuben, und keiner, der nicht einen besonderen Grund hatte, setzte seinen Fuß vor die Tür. Somit wirkte der sonst so belebte große Platz, auf dem an Markttagen ein reges Gedränge von Mensch und Tier herrschte und an Sonntagen elegante Damen und Herren mit ihren Familien auf und ab promenierten, jetzt nur trostlos, kahl und viel zu groß.

Die junge Frau, die inzwischen das Nordende des Platzes erreicht hatte, bog westwärts in eine kleine, dichtbebaute Straße ein und gelangte an ein schlankes, von den Nachbarhäusern fast erdrücktes Haus mit freundlich-hellen Gardinen und hübschen Blumen in den Fenstern. Verdutzt bemerkte sie, daß die Tür nicht verschlossen war und ließ ihren Schlüssel zurück in einen mitgeführten Beutel gleiten.

Leise öffnete sie die Tür und trat in einen kleinen Vorflur, wo sie ihr Schirmchen in einen kupfernen Schirmhalter steckte. Eine zweite Tür führte in eine dunkel eingerichtete Diele, von der eine schmale Treppe in das obere Geschoß emporstieg und die geradeaus in ein Wohnzimmer führte. Hastig entledigte sich die Frau ihres Jäckchens und ließ den Beutel in einer Kammer unter der Treppe verschwinden.

Auch das Wohnzimmer, das von einem robusten, eichenhölzernen Wandschrank und dazu passenden Polstermöbeln beherrscht wurde, wirkte schon von sich aus düster und mochte selbst an helleren Tagen wegen seiner Nordlage kaum freundlicher erscheinen. Alles Licht ging so von einer kleinen Öllampe aus, die in einer Ecke des Raumes entzündet worden war und deren Flamme gerade einmal den wuchtigen Sekretär, auf dem sie stand, ausreichend beleuchtete.

Als die Frau den Raum betrat, entfuhr ihr ein erschreckter Laut. „Du bist schon da?“ fragte sie überrascht, obwohl es ihr seit Betreten des Hauses klar war. „Sitzt hier im Dunkeln und gibst keinen Laut von dir. – Du ... du hättest doch schon einmal die anderen Lampen anzünden können.“

Der Mann, dessen Umriß sich tiefschwarz und fast reglos von dem erhellten Sekretär abhob und dessen Schreibfeder leise über ein Papier schabte, antwortete nicht.

„Es ist noch von der Kartoffelsuppe übrig – wenn du möchtest, mache ich sie dir heiß“, sprach die junge Frau weiter und versuchte, mit nervösen Fingern die übrigen Lampen zu entzünden. „Wie war dein Tag heute – hattest du wieder mit der Hafenangelegenheit zu tun? Ach, wenn das Wetter doch nur wieder besser würde ... Guck nur, wie trist der Garten aussieht. Die Beete sind ganz verwildert, dabei wollte ich doch endlich alles in Ordnung bringen ... Ich ... Soll ich dir dann die Suppe heiß machen?“

„Wo sind die Kinder?“ erklang die sonore Stimme des Mannes, ohne daß das Schaben der Feder eine Unterbrechung erfuhr.

„Ich habe sie nach nebenan zu Marie gebracht. Sie haben mir auch versprochen, keinen Unfug anzustellen.“

„Habe ich nicht schon oft genug gesagt, daß ich die Kinder zu Hause haben möchte, wenn ich heimkomme?“

„Doch, natürlich. Aber ich war doch den ganzen Nachmittag nicht da ...“

„Aha, und wo bist du gewesen?“

„Du weißt doch, daß ich dienstags den Zeichenunterricht besuche. Heute hat es ein wenig länger gedauert, weil wir mit unserer Lektion fertig werden wollten.“

Es entstand eine kurze Pause.

„Und was habt ihr gelernt?“ fragte der Mann schließlich, während ein weiteres Schwefelhölzchen krachend zwischen den fahrigen Fingern seiner Frau zerbrach.

„Wir haben uns bisher nur an Stilleben versucht. Es ist gar nicht so einfach, die Gegenstände in der richtigen Größe zueinander zu zeichnen.“

„Kannst du denn einen Zeichenstift überhaupt richtig halten, wenn du nicht einmal eine Lampe anzünden kannst?“

„Ich ... ich weiß nicht ... es ist nur ... Wenn ich zeichne, sind meine Hände ganz ruhig, und unser Lehrer hat uns gezeigt, wie man einen Stift oder Pinsel richtig hält, damit er nicht so hart aufliegt und locker geführt werden kann.“

„Muß ja ein sehr interessanter junger Mann sein, dein Zeichenlehrer, wenn er es schafft, so beruhigend auf dich einzuwirken!"

Erst jetzt legte der Mann sein Schreibgerät beiseite und richtete sich auf. Das scharfkantige Gesicht des gut fünfzigjährigen Mannes wurde vom Licht der endlich entzündeten Lampen getroffen, während sich der Ton seiner Stimme verfinsterte: „Und hier zu Hause bist du nicht fähig, die einfachsten Handgriffe zu tun?"

Er ging an seiner Frau vorbei in die Diele und holte aus dem Treppenkämmerlein den kleinen Beutel hervor. Doch außer dem Hausschlüssel, einigem Malgerät und einem reich bezeichneten Skizzenheft brachte er nichts zum Vorschein.

„Vielleicht sollte ich den Herrn Zeichenlehrer einmal zu mir einladen, damit er meiner Frau auch bei ihren Haushaltsangelegenheiten die Hand hält!"

„Fang doch bitte nicht wieder so an ..." Mit dünner Stimme und flehendem Ton ließ sich die junge Frau auf die Sofakante sinken.

„Ich soll nicht wieder so anfangen, sagst du? Soll ich zusehen, wie du uns in der ganzen Stadt ins Gerede bringst? Soll ich ruhig bleiben, wenn mich die Leute ansprechen und mir erzählen, daß meine Frau jeden Dorfjungen anschaut?"

„Das ist doch nicht wahr ..."

„Ach, nein? Was war denn auf dem Treckschiff, als sich dieser Bauerntölpel zu dir auf die Bank setzte, während dein Ehemann sich im Nebenraum mit einem wichtigen Geschäftsmann unterhält? Hast du dich über sein Verhalten empört und ihm deutlich gemacht, in welcher Position du stehst? Hast du mich gerufen, damit ich das Bürschchen zurechtweise? Oh, nein – dein Mann wird der Lächerlichkeit preisgegeben, bis sich ein anderer Herr für dich einsetzen muß. Aber nicht genug, daß du dich von einem dahergelaufenen Lümmel ansprechen läßt – du läßt es auch noch zu, daß er die Kinder zu Albernheiten und Frechheiten anstiftet."

„Er hat doch nur mit ihnen gespielt – ist denn das schon unrecht?"

„Widersprich mir nicht auch noch. Ich weiß sehr gut, wie man seinen Nachwuchs erzieht – besser als du, wie mir scheint!"

Der Mann ging zurück zu seinem Sekretär und sortierte ein Weilchen die zuvor bearbeiteten Blätter. Dann sagte er, ohne seine Frau dabei eines Blickes zu würdigen: „Ich wünsche, daß du den Zeichenkurs nicht weiter besuchst."

„Aber ... ich gehe doch gerne dorthin und ..."

„Das spielt gar keine Rolle. Ich habe dich für den Zeichenunterricht angemeldet, weil ich glaubte, als Frau eines Steuerinspecteurs müßtest du ein bißchen mehr am gesellschaftlichen Leben teilnehmen. Ich konnte ja nicht ahnen, daß der Zeichenlehrer so ein grüner Junge ist. Außerdem gefällt es mir nicht, daß man dich dort ständig mit deiner Kusine Nanni zusammen sieht – sie ist ordinär, und ihr Vater ist ein Luftikus. Und jetzt will ich nichts mehr davon hören."

Als die Kinder nach Hause kamen, gab es nach einer Schelte wegen des langen Ausbleibens das Abendbrot. Die Stimmung bei Tisch war wie an den meisten Abenden trostlos. Doch die strenge Kontrolle der Schulaufgaben, der der Sohn sonst immer nach dem Essen unterzogen wurde, fiel für diesen Tag aus, weil der Vater ein Treffen mit irgendeinem wichtigen Manne einhalten wollte.

Während die Kinder die ungewohnte Freiheit damit ausfüllten, Mutters neue Zeichnungen aus dem Beutel zu kramen und das Schlafengehen zu vergessen, saß ihre Mutter in der Küche. Sie hatte das Gesicht in den Händen vergraben. Aber ihr Schluchzen war nicht zu hören, denn ein böiger Wind, der aufgekommen war, rüttelte an den Läden. Hin und wieder gingen dazu heftige Schauer nieder.

Es war, als würde an diesem Abend noch irgend etwas passieren.

* * *

Paul Franzius saß kerzengerade in seinem Bett.

Was war denn? Wo war er? Hatte er nicht eben noch im sonnigen Garten der Eltern gesessen und zugesehen, wie sich seine Schwestern um ihre Puppen zankten? Aber nein, es war ja alles dunkel, und das unverkennbare Geräusch prasselnder Regentropfen, die, vom Wind getrieben, gegen eine Fensterscheibe schlugen, drang allmählich in sein Bewußtsein. Natürlich – er war in seinem Zimmer im Hause der Witwe Rosenbohm und hatte lediglich geträumt: von dem großen Garten seiner Eltern, von den vielen Obstbäumen darin und den kleinen Schwestern, die so schön spielen und so herrlich streiten konnten ...

Doch Moment! Die beiden Hände, die ihn gepackt und kräftig geschüttelt hatten, hatte er nicht erträumt.

„He, nun wach schon auf!"

Das war die Stimme von Friedrich Groth, und endlich erkannte Paul das weißlich schimmernde Gesicht seines Zimmernachbarn, der neben ihm auf der Bettkante saß.

„Friedrich?"

„Schnell, steh auf und zieh dich an! Du mußt mitkommen."
„Mitkommen? Jetzt? Wohin denn? Brennt das Haus ...?"
„Zieh dich an. Ich erkläre es dir draußen – wir wollen Frau Rosenbohm nicht wecken."

Keine drei Minuten waren vergangen, als Paul die Treppe hinunterschlich. Der ernste Ton in Friedrichs Stimme hatte ihn schnell munter gemacht und ihn nur hastig die Kleider von gestern überwerfen und mit den Fingern das Haar glätten lassen. Mit noch weniger Sorgfalt war Friedrich selbst verfahren, der mit einer Sturmlaterne am Fuß der Treppe wartete und ein abenteuerliches Bild bot. Erst draußen erklärte er, worum es ging.

„Ein Schuljunge hat eben Steinchen an mein Fenster geworfen. Er und seine Freunde haben bei der Wallmühle einen Toten gefunden."

Er schritt so schnell aus, daß Paul, der das Gesagte erst einmal verarbeiten mußte, kaum mitkam.

„He!" rief er. „Was tun Schuljungen in einer stürmischen Nacht bei der Wallmühle? Und was haben wir damit zu tun?"

„Sie gehören zu den Schulplatzkosaken."

In der Tat, das erklärte alles. Paul jedenfalls schien die Begründung zu genügen, und manch einem erscheinen, wird er aus tiefem Schlaf geweckt, noch viel unzureichendere Zusammenhänge als vollkommen einleuchtend.

Wind und Regen trieben sie an der Ostseite des Marktplatzes entlang. Sie bogen in die Marktstraße ein, an deren Ende sie die Wallstraße weiter auf den Mühlenwall im Nordosten der Stadt zuführte. Die dort rauschenden und sich gespenstisch wiegenden Wallbäume wichen nach einem kurzen Stück restlichen Weges einer kleinen Fläche auf halbem Wallniveau. Im unteren Teil von Friedrichs Laterne beleuchtet, erhob sich darauf die Wallmühle. Da der Rest im Dunkel verschwand, wirkte sie unheimlich und viel größer als bei Tageslicht.

Als sie die letzten Schritte der Auffahrt nahmen, kamen aus dem Schutz der Mühle drei Jungen hervor.

„Herr Groth? Hier liegt er!"

Paul hatte eigentlich damit gerechnet, Opfer einer Übertreibung oder eines Streiches zu sein – aber da lag, nicht weit vom Tor der Mühle entfernt, eine völlig durchnäßte dunkle Gestalt reglos auf dem Kopfsteinpflaster. Obwohl die unnatürliche Lage schon eine deutliche Sprache sprach, beugte sich Friedrich nieder und schüttelte vorsichtig die obenliegende Schulter. Der Körper machte zäh und leblos die Bewegungen mit.

Der Tote bei der Mühle

„Es sieht so aus, als wäre er wirklich tot", stellte er fest und richtete sich ratlos wieder auf.

„Wir wußten nicht, was wir machen sollen", sagte einer der drei, enttäuscht von der nüchternen Aufnahme.

„Auf jeden Fall muß ein Arzt her", bestimmte Paul. „Croon – weißt du, wo der nächste wohnt?" Alle drei Jungen hatten schon bei ihm im Unterricht gesessen, und wegen der abstehenden Ohren hatte er sich den Namen des einen merken können.

„Ja – Doktor Goldberg. Soll ich ihn holen?"

„Ja", sagte Friedrich. „Und ihr beiden weckt Wachtmeister de Buhr und sagt dem Müller Bescheid!"

„In Ordnung. – Du den Müller!"

Sie rannten los, doch einer drehte sich noch einmal um und zeigte auf die Mühle. „Da drinnen ist ein Hund angebunden!"

Paul nahm die Laterne. Der linke Torflügel der Mühlendurchfahrt stand weit offen und schlug im Winde. Er trat ein und hielt die Lampe hoch. In der Durchfahrt stand ein Leiterwagen, neben dem ein Schäferhund saß und Paul aus großen Augen anschaute.

„Der tut uns nichts", rief Paul. „Hier liegen ein paar Säcke, da können wir den Mann drauflegen."

„Meinst du, wir dürfen ihn hier wegnehmen?"

„Wir können ihn doch nicht so liegenlassen. Wenn er nun doch noch lebt?"

Friedrich fand nicht weit entfernt den tropfnassen Hut des Toten und legte ihn zur Markierung neben ihn. Dann nahm er beherzt die Schultern, Paul die Füße, und sie trugen ihn hinein und legten ihn auf die Säcke. Der Hund starrte nur wie gebannt.

„Einen Puls kann ich nicht finden", erklärte Friedrich nach einer Weile. „Ich kenne den Mann übrigens. Er ist Steuerbeamter. Der Hund ist seiner."

Ein, zwei Minuten lang sagte keiner etwas. Nur der um die oberen Stockwerke heulende Wind und der Regen waren zu hören.

„Ich glaube, ich weiß, warum sich die drei nachts hier herumtreiben", brach Friedrich das Schweigen. „Erinnerst du dich daran, daß ich dir von der Rätselfrage erzählt habe, die etwas mit Mühlen zu tun hat?"

„Ja. Es ging um die *Sackpfeife*, durch die das Mehl in die Säcke geleitet wird, richtig?"

„Genau. Und weißt du, wie ich die Frage formuliert habe? *Welches Musikinstrument hat der Wallmüller auf seinem Mehlboden?* Ich hatte natürlich gedacht, sie fragen einfach den Müller, anstatt hier bei Dunkelheit herumzuforschen."

Von draußen waren schnelle Schritte zu hören, und der Junge, der nebenan beim Müller gewesen war, kam atemlos herein.

„Er kommt gleich!" meldete er.

„Gut. Du bist der kleine Willms, stimmt's?" fragte Friedrich.

„Ja. Aber ... eigentlich ..."

„Er ist doch nicht mehr klein!" sprach Paul es aus.

„Richtig. Natürlich nicht. – Ihr seid doch wegen einer der Aufgaben hier, die mir der Mann schickt, der seinen wertvollen Gegenstand sucht. Habe ich recht? Wir können vor Herrn Franzius ruhig darüber sprechen. Ich habe ihn eingeweiht und zu Schweigen verpflichtet."

„Ja ..."

„Und? Habt ihr die Antwort?"

„Nein ... Wir haben erst den Müller gefragt", kam es zunächst zögernd, dann aber immer lebhafter. „Er hat geschimpft und gesagt, er hat kein Musikinstrument in seiner Mühle und wir sollen machen, daß wir wegkommen."

„Sogar zu schwierig für Erwachsene", sagte Paul grinsend leise zu Friedrich.

„Dann haben wir dem Kobus, das ist der Mühlenknecht, eine Tonpfeife dafür versprochen, daß er heute abend das Tor für uns offenläßt. Aber als wir kamen, lag da der Tote. – Sollen wir dem Wachtmeister und allen anderen erzählen, wir waren nur wegen einer Wette hier? Ob wir uns bei Dunkelheit zur Mühle trauen oder so?" Sein Ton wurde vertraulicher. „Das glauben die alle!"

„Hm ...", machte Friedrich und sah zu Paul hinüber. „Das müßt ihr selber wissen. Ihr habt ja mit dem Mann wirklich nichts zu tun, oder?"

„Nein! Ehrenwort!"

„Und alles war schon so wie jetzt, als ihr kamt?"

Der kleine Willms überlegte.

„Ja – außer, daß der Tote draußen lag."

„Aber das Tor stand offen und der Hund war dort am Wagen angebunden?" hakte Paul nach.

„Bestimmt! – Ist der Mann von der Galerie gefallen?"

Friedrich und Paul tauschten einen verdutzten Blick.

„Nun, ja, man kann die Zeichen durchaus so deuten. Wir wollen aber keine voreiligen Schlüsse ziehen."

Eine kurze Pause entstand, in der alle unwillkürlich den Blick auf den Toten richteten, der durch die am Boden stehende Laterne einen großen, unförmigen Schatten an die Mauersteine der Wand warf.

„Guck doch mal, wo die anderen bleiben!" schlug Paul vor. Als der Junge nach draußen entschwunden war, fragte er: „Meinst du, es ist was dran? Daß er von der Galerie gestürzt ist?"

„Was sollte er dort gewollt haben?"

„Er hat seinen Hund hier unten angebunden." Der Genannte hatte sich hingelegt, hob aber jetzt aufmerksam den Kopf. „Vielleicht tatsächlich, weil er die Stiegen nach oben gehen wollte. – Ah, es kommt jemand."

„Ha, da ist ja noch einer von euch!" hörte man eine Stimme von draußen. „Dachtest wohl, ich sehe dich nicht, was? Wenn ihr mir einen Bären aufbinden wollt, Halunken, dann setzt es was. Ich weiß genau, wer ihr seid, und eure Väter werden sich freuen, wenn sie erfahren, daß sich ihre Brut nachts in der Stadt herumtreibt und friedliche Bürger um ihren wohlverdienten Schlaf bringt. – Na, wo ist nun euer Toter, hm?"

„In der Mühle."

„In der Mühle? Ich denke, er hat *davor* gelegen? War ihm wohl zu naß hier draußen, was? Wartet, wenn ihr mir einen Bären aufbinden wollt ..."

Ein Gesicht mit Schnurrbart erschien im offenen Tor der Mühlendurchfahrt.

„Guten Abend, Herr de Buhr", begrüßte Friedrich den Mann, den eine große Dienstmütze als hiesigen Wachtmeister auswies, und an dem vorbei sich die beiden schon zurückgekehrten Jungen hereindrängten. Sichtlich überrascht und ohne den Gruß zu erwidern, verharrte er an seinem Platz. Starr war sein Blick auf den leblosen Körper gerichtet, der auf seinem Lager wie auf einer Totenbahre lag.

„Was ist denn hier los?" murmelte der Wachtmeister halblaut vor sich hin, um sich gleich darauf einen der Jungen zu packen und seine Frage – diesmal entschiedener – noch einmal zu stellen: „Was ist hier los, frage ich!"

„Hab ich doch gesagt: Der da ist tot. Wir haben ihn draußen gefunden", antwortete der Junge, verwundert über die langsame Auffassungsgabe des Gesetzeshüters.

„Und warum liegt er dann hier drinnen?"

„Wir haben ihn hereingebracht", schaltete sich Paul ein, „weil wir nicht ganz sicher waren, ob er nicht doch noch lebt ..."

Mißtrauisch schaute der Wachtmeister Paul an. Dann kam er vorsichtig näher und stieß die Leiche unsanft in die Seite, wobei ein Arm des Toten von dessen Bauch rutschte. Unangenehm berührt sprang er einen Schritt zurück und spürte im nächsten

Augenblick, wie sich ihm eine kräftige Pranke auf die Schulter legte.

Als sein Schrecken verflogen war und er sich die Mütze wieder zurechtgerückt hatte, schlug er ein kleines Notizbuch auf, das er bereits die ganze Zeit in den Händen hielt.

„Jetzt mal schön der Reihe nach. Zunächst will ich von allen Anwesenden den Namen haben. Ihren zuerst ..." sagte er und wandte sich grimmig dem Müller zu, einem groben Kerl mit ausgeprägten Zügen und riesigen Ohren, der gerade zuvor in die Mühle gekommen war und den Gesetzeshüter durch seine im unpassendsten Moment erfolgte Berührung fast aus der Ruhe gebracht hatte.

„Ich bin hier der Müller und hier hat keiner was zu suchen", brummte der Angesprochene.

„Das bestimme ich, wer hier was zu suchen hat", versetzte Herr de Buhr. „Wann sind Sie am Fundort eingetroffen?"

„Was?"

„Wann Sie hier angekommen sind ..."

„Wieso? Gerade – haben Sie doch gesehen."

„Ich habe Sie nicht gesehen, Sie sind ja hereingeschlichen."

„Das ist meine Mühle, da kann ich schleichen, wie ich will."

„Hat der Tote schon hier gelegen, als Sie das letzte Mal da waren?"

„Nee. Wenn der sich hier herumgetrieben hätte, hätte ich ihn rausgeworfen. Hier hat nämlich keiner was zu suchen, und das weiß der Knecht auch!"

„Halt! Der Knecht? Wie heißt er?"

„Kobus."

„Wann ist er hier weggegangen?"

„Nach der Arbeit natürlich."

„Was heißt das?"

„Das heißt nach'm Verfüllen."

Nachdem der Wachtmeister endlich die genaue Uhrzeit von Kobus' Abgang erfahren und so ziemlich alle unwichtigen Details aus dessen Leben in sein Notizbuch eingetragen hatte, ließ ihn eine Eingebung sich endlich Paul und Friedrich zuwenden, die das Verhör des Müllers bisher schweigend verfolgt hatten.

„Wie sind Ihre Namen?" fragte er und schlug dabei denselben Ton an, mit dem er vorher zu den Kindern gesprochen hatte – schließlich waren die beiden Männer ein ganzes Stück jünger als er selbst.

Paul ergriff das Wort und erzählte, wie sich das Auffinden des Toten zugetragen hatte. Dabei verfälschte er die Wahrheit unbedeutend, indem er erklärte, man habe die Jungen zufällig auf der Straße abgefangen und ihre abenteuerliche Geschichte erst einmal überprüfen wollen, bevor der Wachtmeister oder andere friedliche Bürger der Stadt geweckt und um ihren wohlverdienten Schlaf gebracht würden. Es brauchte ja nicht unbedingt herauszukommen, daß Friedrich die Jungen auf nächtliche Schatzsuche schickte. Friedrich schloß den Bericht mit der bereits angestellten Vermutung eines tödlichen Sturzes von der Mühlengalerie, auf den die Lage des Toten und der angebundene Hund (den der Wachtmeister noch gar nicht bemerkt hatte) offensichtlich hindeuteten.

Nach kurzem Überlegen leuchtete dem Wachtmeister die Theorie ein, wenngleich mit einiger Enttäuschung, hatte er sich doch schon eine viel spektakulärere Aufklärung der Dinge erhofft. So fügte er bloß an, daß die Schlußfolgerungen über das Wie und Warum doch bitte ihm, dessen täglich Brot Arbeit wie diese sei, überlassen bleiben sollten.

Nach einer guten Weile erneuten Nachdenkens und Pauls schließlich geäußertem Vorschlag, sich doch einmal oben auf der Galerie umzuschauen, bestimmte Wachtmeister de Buhr ihn dazu, mit der Laterne voranzugehen und zu leuchten.

„Da oben kommt mir niemand hin, da hat keiner was zu suchen", machte sich daraufhin der Müller wieder bemerkbar, der sich ohne Interesse für die weiteren Untersuchungen längst die Frage des offenen Mühlentores gestellt hatte und eingehend den großen Sperriegel begutachtete.

„Dieses ist eine polizeiliche Untersuchung", antwortete ihm der Wachtmeister mit zunehmender Ungeduld, „hier bestimme ich, wer wo hingeht. Also los!"

Die Laterne am ausgestreckten Arm vor sich hertragend, tat Paul wie ihm geheißen und erklomm neugierig die ersten Stufen der schmalen und steilen hölzernen Stiege. Ihm folgten der Wachtmeister und nacheinander Friedrich und die beiden Jungen, Willms und Weberknecht, dessen Name Paul inzwischen auch eingefallen war. Lediglich der große Schäferhund, der sich nach einem vergeblichen Versuch, sich der Prozession anzuschließen, ergeben wieder auf den Bauch legte, und der mißmutig grunzende Müller, der sich, wo er nun schon einmal da war, ungeachtet des Toten an die Vorbereitung des kommenden Arbeitstages machte, blieben zurück.

Paul erreichte den ersten Boden. Im Schein der pendelnden Lampe strichen geisterhafte Schatten über Boden und Wände. Feiner Mehlstaub bedeckte alles mit einer dünnen, weißen Schicht und wirbelte in der Luft. Sofort kribbelte es Paul in der Nase, und nur mühsam unterdrückte er ein Niesen.

„Passen Sie auf die Kette auf!" mahnte er und wies auf eine solche, die sich von oben nach unten durch den Raum spannte und wohl zum Auf- und Abfahren der vollgefüllten, schweren Säcke durch eine jetzt geschlossene Bodenluke benutzt wurde. Auch das „Musikinstrument" des Müllers, die Sackpfeife, ragte aus der Decke heraus. Paul überlegte, ob er den Jungen einen Wink geben sollte, ließ es dann aber bleiben, um den Wachtmeister nicht an ihre Anwesenheit zu erinnern und daran, daß sie längst nach Hause gehörten. Er ging also an einem Stapel weiterer leerer Säcke vorbei zur nächsten Stiege. Vorsichtig achtete er auf jeden seiner Schritte, denn in der Dunkelheit klang das Knarren und Ächzen der Stufen noch bedrohlicher, als es schon bei Tage der Fall sein mußte. Plötzlich blieb er stehen und deutete mit dem Finger auf den Treppenabsatz vor sich.

„Sehen Sie?" sagte er zu dem Wachtmeister und hielt die Laterne nahe an den Boden. „Der Staub ist hier viel klarer verwischt als sonst überall – in den letzten Stunden muß jemand hinaufgegangen sein."

„Hm ...", brummte der Wachtmeister und notierte die Beobachtung in seinem Büchlein. Wieder eine Entdeckung, die er nicht selbst gemacht hatte. Verärgert ließ er sich von Paul die Laterne geben und ging nun selbst voran.

Sie passierten die beiden Mahlgänge, deren Mühlsteine jetzt stillstanden und deren Trichter an die weit aufgerissenen Schnäbel gieriger Jungvögel erinnerten.

„Ganz schön unheimlich hier oben", hörte Paul hinter sich Friedrich sagen. Er nickte stumm. Ihm fiel der Tote ein, der da unten in der Mühle lag und vielleicht doch gar nicht so tot war, wie alle glaubten ... Vielleicht wartete er ja inzwischen auf der Galerie auf sie, um sie selbst dort hinunterzustoßen. War das, was dort oben so schrecklich seufzte, wirklich nur der Wind ...?

Jedenfalls war es hier tatsächlich etwas unheimlich, dachte er und merkte, wie er rot wurde, als er sah, daß im Gegensatz zu ihm die beiden Jungen ihre Phantasie im Griff hatten. Neugierig und mit leuchtenden Augen drängten sie hinter Friedrich die letzte Treppe hinauf.

„Aha, da haben wir es ja – die Tür steht offen!“ rief Wachtmeister de Buhr, oben angelangt, aus und deutete sichtlich zufrieden ob seiner Entdeckung auf den weit geöffneten Austritt zur Galerie, durch den kräftig der Wind wehte.

„Das ist eine wichtige Beobachtung, meine Herren, die sofort eingetragen werden muß. Halten Sie mal die Laterne.“ Er gab sie Paul zurück, der an einem Pfosten eine Lampe entdeckte und sie entzündete. Er setzte die Laterne ab und blickte empor zu den Streben und Balken, die sich bis unter die Mühlenkappe zogen und die ganze Last des Daches und der Flügel aufnahmen. Von hier oben wurde die Kraft des Windes über mächtige Räder und Wellen hinabgeleitet und an die Mühlsteine weitergegeben. Welche Gewalt mußten die Flügelarme ausüben, daß sie die Steine so mühelos kreisen lassen konnten!

Paul folgte Friedrich hinaus auf die Galerie und bat die beiden Kosaken, für die er sich zu einem Teil verantwortlich fühlte, drinnen zu bleiben.

„Sei vorsichtig, die Bretter sind sehr glatt“, empfing ihn auch gleich sein Freund, und ein heftiger Windstoß erfaßte seine Kleider. Langsam gewöhnten sich seine Augen wieder an die Dunkelheit, und er erkannte Friedrich einige Schritte neben sich. Er hockte am äußeren Rand der Galerie und blickte durch das niedrige, vorstehende Geländer.

„Hier muß es gewesen sein“, sagte er.

„Beug dich nicht so weit vor“, ermahnte ihn Paul.

Friedrich trat zu ihm zurück. Schweigend standen sie nebeneinander und schauten über die schwarzen Schatten der Häuser hinweg, über die ungehemmt der Wind blies. In einiger Entfernung ragte im schwachen, durch die zerrissene Wolkendecke dringenden Mondlicht der spitze Kirchturm gen Himmel.

„Hast du gesehen, wie eigenartig der Staub drinnen verwischt war?“ fragte Friedrich. „Bloße Fußspuren können das nicht gewesen sein ...“

„Ja? Hm“, sagte Paul nur. Dann begann es wieder zu regnen, und sie schlüpften ins Trockene zurück. Es dauerte noch einige Zeit, bis auch Wachtmeister de Buhr von der Galerie zurückkehrte und seine diesbezüglichen Untersuchungen für beendet erklärte. Der Müller tauchte auf und knurrte, der Doktor sei unten und mit ihm noch so ein Bürschchen, und man habe hier oben nichts mehr zu suchen und solle gefälligst den Toten da unten wegschaffen.

Sie waren schon auf dem Steinboden angelangt, als mit einem Male ein dumpfes Rumpeln ertönte und sich im selben Moment einer der Läufersteine knirschend bewegte. Dann war es wieder still, und nur die knarrenden Tritte der kleinen Gruppe, die wortlos die Stufen hinabstieg, waren zu hören.

Doktor Goldberg war ein wortkarger, nichtsdestotrotz aber freundlicher älterer Mann. Er war gerade erst von der Behandlung eines heiklen Huftritts nach Hause gekommen und machte einen müden, übernächtigten Eindruck. Dennoch sah er mit scharfem, aufmerksamem Blick durch seine Brille in die Runde, als er sich von dem Toten erhob und der Wachtmeister und sein Gefolge ihn umringten.

„Nun, meine Herren – ich konnte leider nichts mehr tun. Der Steuerinspecteur ist schon seit einer ganzen Weile tot."

Er hatte den alten Wettermantel des Mannes und die Weste darunter geöffnet, und es war sichtbar, daß der Regen bis auf die Haut gedrungen war.

„Der Steuerinspecteur?" fragte der Wachtmeister und blickte erschrocken auf den Toten. „Sie meinen, *das* ist Steuerinspecteur Scharnhorst?"

„Haben Sie ihn nicht erkannt?"

„Nun, ich glaubte, es müsse ein Fremder sein ..."

Er hatte in der Tat nicht damit gerechnet, einen ehrbaren Bürger seiner Stadt in einer so entwürdigenden Lage zu sehen, noch dazu einen so ordentlichen und disziplinierten Mann wie den Steuerinspecteur.

„Diese Herren stimmen mit mir darin überein", sagte er, um von seinem Versäumnis abzulenken, „daß er von der Galerie gestürzt sein muß. Darauf deutet vor allem die offenstehende Galerietür hin. Haben Sie irgendwelche Verletzungen gefunden?"

„Sehen Sie die Stelle dort links am Kopf? Es sieht so aus, als sei er dort aufgeschlagen ... Allem Anschein nach hat er einen Schädelbruch erlitten. Genaueres kann ich erst morgen nach der Untersuchung sagen."

Dem Arzt stand nicht der Sinn nach langen Diskussionen. Er machte darauf aufmerksam, daß noch der Transport des Toten zur Leichenhalle zu veranlassen sei und man mit der unvermeidlichen Schreibarbeit am besten gleich beginne. Wachtmeister de Buhr, der bei der Aussicht auf solche dem Alltäglichen viel näheren Aufgaben wieder festen Boden unter den Füßen verspürte, stimmte zu und gab Paul und Friedrich dem Sinne nach zu verstehen, daß nun die eigentliche Arbeit beginne und Zivilisten nur im Weg seien und am besten das Feld räumten. So machten sich die beiden, nachdem sie strenge Weisung erhalten hatten, die

Stadt nicht zu verlassen und sich zur Verfügung zu halten, auf den Heimweg. Die drei Jungen hatte der Wachtmeister ganz vergessen, so daß sie sich nach der aufregendsten Nacht ihres Lebens ungeschoren nach Hause stehlen konnten. Paul und Friedrich drückten beide Augen zu, als sie dabei unter Croons Jacke den mühsam verborgenen Hut des Steuerinspecteurs hervorschauen sahen. Außer als Trophäe der Kosaken konnte das ramponierte Stück kaum noch eine große Bedeutung haben.

* * *

„Da sind Sie ja! Was treiben Sie bloß mitten in der Nacht draußen? Und noch dazu bei dem Wetter! Ich habe mir schon Sorgen gemacht!"

Frau Rosenbohm hatte im Morgenrock bei Kerzenschein in der Küche gesessen und auf sie gewartet. Sie war ganz frisch und munter und ließ es natürlich nicht zu, daß ihre Mieter nun wieder zurück in die Federn krochen, ohne sie über den Grund ihres Ausganges aufzuklären.

„Kommen Sie, ich mache uns einen heißen Tee. Den können wir jetzt alle gebrauchen. Und wenn er fertig ist, dann können Sie erzählen."

Friedrich machte hinter ihrem Rücken ein säuerliches Gesicht, aber auch er, da war sich Paul sicher, hatte das Bedürfnis, noch ein wenig über das Erlebte zu reden. So setzte man sich um den kleinen Küchentisch. Ein Luftzug fand als Abgesandter des Sturmes seinen Weg durch die Waschküche und die undichten Türen bis in die Küche, aber im eisernen Ofen knisterte ein gemütliches Feuer, und ein gleiches tat bald auch der Kluntje in den Tassen. Paul ergriff das Wort, aber er kam nur bis zu der Stelle, an der sie die Haustür hinter sich geschlossen hatten.

„Sehen Sie, und *das* habe ich gehört. Die Haustür geht zwar sonst nie in der Nacht, aber ich bin mir sicher, *wenn* sie geht, dann höre ich es. Man kann sie nämlich nur mit einem kleinen Ruck" – Frau Rosenbohm führte diesen Ruck vor – „zumachen, weil sie ein bißchen schiefhängt. Das tut sie, seit der Maler sie damals neu gestrichen hat. Ich hatte das immer machen lassen wollen, aber wie das eben so ist ... Und jetzt komme ich auch nicht mehr dazu. – Aber Sie wollten erzählen, wie Sie dann zur Mühle gegangen sind."

Paul fuhr fort, und seine Wirtin war vom ersten Augenblick an, da ein leibhaftiger Toter ins Spiel kam, vollkommen überwältigt. Sie vergaß völlig, sich aus gegebenem Anlaß das Jahr ins Gedächtnis zu rufen, in dem der Müller die Mühle von seinem Vater übernommen hatte, oder alle Geschichten hervorzukramen, die sich in irgendeiner Weise mit der Figur des Wachtmeisters verbanden. Bei anderer Gelegenheit wäre ihr dies sicher ein Bedürfnis gewesen, aber jetzt spürte sie, daß es sich um eine ernste, bedeutungsschwere Angelegenheit handelte, bei der solche sonst so belebenden Beigaben fehl am Platze waren. Mit einem wonnevollen Schaudergefühl folgte sie in gebanntem Schweigen den Ausführungen. Vor lauter Anspannung vermißte sie auch gar nicht die Erklärung für die Umtriebe der Jungen, die Paul auch hier elegant unter den Tisch fallen ließ.

Teezeremonie

Als er seine Erzählung mit dem warmen Empfang durch die Wirtin, Witwe Rosenbohm, abgeschlossen hatte, schwiegen alle drei ein paar Augenblicke lang. Ein Seufzer Frau Rosenbohms durchbrach schließlich die Stille.

„Ach ja ... der Steuerinspecteur Scharnhorst. Ich kannte ihn nicht näher. Alles, was ich weiß, ist, daß er eine ganz junge Frau und, ich glaube, zwei Kinder hat und in einem ordentlichen, sauberen Haus in der Kleinen Kirchstraße wohnt – wohnte. Man sprach von ihm mit Respekt als von einem achtbaren, wohlanständigen Bürger, der seine Pflichten gewissenhaft tat – er war bei der besseren Gesellschaft nicht einmal unbeliebt, trotz seines Berufes, weil er immer sehr korrekt war und es nie an der nötigen Ehrerbietung fehlen ließ. Wenn er mit seinem klugen Hund spazierenging, dann zog jeder vor ihm den Hut, das weiß ich noch. Seit Arian nicht mehr ist, komme ich nicht mehr soviel hinaus ... aber er war mit seinem Hund oder seiner Familie auf der Wallpromenade ein bekanntes Bild. Jetzt steht die Familie alleine da ..."

„Es gibt Frauen, die froh darüber wären, von ihrem Mann befreit zu sein."

„Herr Groth! Wie können Sie so etwas Geschmackloses sagen! Wenn man sie zusammen in der Stadt sah ... anständigere Leute kann man sich gar nicht vorstellen."

„Ich habe sie gesehen", sagte Paul. „Sogar die ganze Familie, als ich den Ausflug auf dem Kanal gemacht habe – sie waren mit auf dem Treckschiff. Mein Eindruck war, daß Herr Scharnhorst mit ziemlicher Strenge über die Seinen wachte. Das bekam auch ein lustiger Bursche zu spüren, der mit den Kindern spielen wollte."

„Hast du den Toten denn erkannt?" fragte Friedrich.

„Nein. Zumindest nicht gleich, sondern im nachhinein. Seine Frau ist in meinem Zeichenkurs, und als der Arzt den Namen nannte, wußte ich Bescheid."

„Jetzt ist mir mein Tee kalt geworden", klagte Frau Rosenbohm. Sie stand auf, schüttete ihre Tasse aus und goß sich und den anderen frischen ein.

„Laß uns doch mal rekonstruieren, was bis zu seinem Sturz seine Schritte gewesen sein könnten", schlug Friedrich vor.

„Gut", stimmte Paul zu. „Der Steuerinspecteur verließ – sagen wir um zehn – sein Haus, um den Hund auszuführen. Vielleicht war das so seine Gewohnheit. Viel früher kann es nicht gewesen sein, weil ihn dann sicher noch ein später Passant gefunden hätte."

„Und später als elf auch nicht, weil dann schon bald die Jungen kamen und weil der Arzt sagte, er sei schon eine Weile tot."

„Richtig. Und weiter müssen wir annehmen, daß er das Tor offen fand, hineinging, den Hund an den Leiterwagen band, zur Galerie hinaufstieg, sich dort über das Geländer beugte und hinüberfiel – was durchaus möglich ist, weil es ziemlich niedrig ist und schräg nach außen ragt."

„Halt, halt, nicht so schnell. Da stellen sich noch hundert Fragen. Wußte er, daß das Tor an diesem Abend offen stand? Ging er zielstrebig zur Mühle? Hatte er dort irgend etwas vor? – Selbst der Müller konnte sich nicht erklären, warum das Tor nicht verschlossen war. Und daß es einen Verräter gab, der mit seinem Wissen zum Steuerinspecteur ging, können wir wohl ausschließen." (Frau Rosenbohm verstand diesen letzten Satz nicht, was ihr aber gar nicht weiter auffiel.) „Gehen wir also davon aus, daß er das Tor der Mühle unverhofft und ohne damit gerechnet zu haben offen fand."

„Gut. Und warum ging er hinein? Weil er Schutz vor einem neuen Regenguß suchte. Das wäre naheliegend."

„Oder ihm kam plötzlich irgendeine Idee."

„Ich kann mir nicht vorstellen, was für eine. Er wollte wohl kaum Mehl stehlen, damit seine Frau ihm daraus Pfannkuchen mit Sirup backte, oder im Regen von oben den Blick in die schwarze Nacht genießen."

„Jedenfalls band er seinen Hund unten an. Das ist einfach: Er konnte ihn nicht mit hinaufnehmen, und weglaufen sollte er auch nicht. Dann kletterte er hinauf und öffnete die Tür zur Galerie. Hatte die ein Schloß? Ich habe nicht darauf geachtet, aber ich glaube nicht. Ein Schloß dort oben hätte ja auch gar keinen Sinn."

„Er spazierte dann also auf der Galerie herum, beugte sich über das Geländer und verlor den Halt ... Oder er ist ausgerutscht und dann gefallen, denn eigentlich beugt man sich nicht über ein Geländer, das so weit nach außen ragt. Es war ja sehr glatt dort oben, da ist das doch naheliegend."

„Ich weiß nicht ... wenn man ausrutscht, fällt man doch eher nach unten. Und wenn man erst einmal am Boden ist, bietet das Geländer ja doch einen ganz guten Schutz."

„Hm. Stimmt. Eigentlich ist beides ziemlich unwahrscheinlich. Vielleicht sprang er mit Absicht?"

„Selbstmord, daran dachte ich auch schon."

„Huuh!" (Das war Frau Rosenbohm.)

„Aber ich glaube es eigentlich nicht. Er war Beamter, kann also nicht ruiniert gewesen sein wie zum Beispiel ein Geschäftsmann, und seine Frau machte heute nachmittag beim Zeichnen nicht den Eindruck, als gäbe es zu Hause irgendwelche Existenzsorgen oder einen anderen Grund für ihren Mann, sich umzubringen. Allerdings ist sie auch ziemlich verschlossen. Ganz im Gegensatz zu ihrer Kusine, Nanni Uphoff, die lieber plappert, anstatt zu zeichnen."

„Ein Mann wie Herr Scharnhorst würde seiner Familie nie so etwas antun", sagte Rosine Rosenbohm mit Überzeugung in der Stimme.

„Ich glaube, Frau Rosenbohm hat recht", meinte Friedrich. „Schon allein der Gedanke an die Schande und das Aufsehen läßt Leute wie ihn vor einer solchen Tat zurückschrecken. Es wäre ihnen sozusagen viel zu peinlich."

„Sie drehen einem das Wort im Munde herum. So habe ich es gar nicht gemeint."

„Zumindest haben Sie es viel schöner ausgedrückt, Frau Rosenbohm", griff Paul besänftigend ein. „Und es wird wohl doch ein Unfall gewesen sein. Wer geht schon nachts mit seinem Hund spazieren, sieht eine offenstehende Mühle und entschließt sich vom einen auf den anderen Augenblick, sein Leben zu beenden?"

„Und wer steigt bei Regen und Sturm ohne ersichtlichen Grund auf eine Mühlengalerie und geht dort unbekümmert spazieren? Moment! Da fällt mir etwas ein. Vielleicht war er betrunken?"

„Betrunken? Hm ... nein, das glaube ich nicht. Ein Betrunkener unternimmt keine langen Spaziergänge mit seinem Hund. Als ich neulich bei meiner Abschiedsfeier ein bißchen zuviel getrunken habe, da wurde ich zumindest ganz träge, und keine zehn Pferde hätten mich in die Nacht hinaus und auf eine Mühle gebracht."

„Vielleicht hast du recht ... und wenn er doch ein Säufer war, dann wird man das ja feststellen." Friedrich gähnte. „Hast du gerade das schöne Wort *träge* verwendet?"

„Ja", sagte Paul. „Im Augenblick bin ich allerdings eher aufgekratzt. Ich bin es nicht gewöhnt, nachts Tee zu trinken. Wahrscheinlich liege ich gleich noch zwei Stunden wach. – Hat es eben im Wohnzimmer halb zwei geschlagen?"

„Herr Scharnhorst ein Säufer? Das glaube ich einfach nicht." Bei Frau Rosenbohm äußerte sich die Müdigkeit im Nachlassen der Aufmerksamkeit.

„Halb drei hat es geschlagen, nicht halb zwei. Wir sollten jetzt alle zu Bett gehen."

„Richtig. Soll sich doch Herr de Buhr mit den Problemen herumschlagen." –

Das Problem, mit dem sich der Wachtmeister in genau diesem Augenblick herumschlug, war indes ganz anderer Natur. Ein kläffender kleiner Spitz, der irgendwo ausgebüxt war, tanzte wild um ihn und den Hund des Steuerinspecteurs herum.

„Pscht! Bist du wohl ruhig! Ruhig, sage ich! Du weckst noch die ganze Stadt auf!"

Ein wohlgezielter Fußtritt ging daneben und traf den Schäferhund, der fügsam und mit eingekniffenem Schwanz bei Fuß ging.

Doch dann füllte eine andere Sorge die Gedanken des Wachtmeisters. Er kam an ein schmales, von den Nachbargebäuden eingekeiltes Haus. Vor der Türe blieb er stehen, rückte seine Mütze zurecht und nahm seine amtlichste Haltung ein. Er räusperte sich einige Male und konnte sich erst dann dazu überwinden, den Klopfer zu betätigen.

Fünftes Kapitel

„Und das ...", sagte Paul Franzius und schaute in die kleine Runde, die mit geweiteten Augen und gespitzten Ohren neugierig an seinen Lippen hing, „... ist alles."

Mit staunenden „Uhs" und „Ohs" ließen sich die drei jungen Damen, die den Zuhörerkreis bildeten, in ihre Sessel zurückfallen. Umsichtig nutzte Paul die günstige Gelegenheit, seinen noch dampfenden Tee auszutrinken und sich zu erheben. Er wollte endlich nach Hause und in sein Bett kriechen. Den ganzen Tag über hatte man nichts anderes von ihm erwartet, als wieder und wieder von den Ereignissen der vorangegangenen Nacht zu erzählen. Noch während er die wenigen Stunden bis zum Morgen zu schlafen versucht hatte, mußte sich die Nachricht vom Tod des Steuerinspecteurs irgendwie, in Windeseile, in der ganzen Stadt herumgesprochen haben. Daß seine Schüler an diesem Vormittag besonders unruhig in ihren Bänken hin- und herrutschten und gespannt darauf warteten, daß er ihnen irgendwelche mysteriösen Neuigkeiten anvertraute, damit hatte er gerechnet. Daß aber seine Lehrerkollegen bereits sämtliche Details der nächtlichen Vorkommnisse kennen und ihn zum Mittelpunkt einer jeden Pause machen würden, hatte er nicht vorausgeahnt. Sogar beim Mittagessen, das er mit Friedrich im „Weißen Bären" eingenommen hatte, hatten sich unter fadenscheinigem Vorwand zwei ihm völlig unbekannte ältere Damen an ihren Tisch gesetzt, um ihr ungewöhnliches Erlebnis aus erster Hand geschildert zu bekommen. Bei dieser Gelegenheit hatte sich allerdings Friedrichs manchmal unnahbare, kurz angebundene Art als sehr nützlich erwiesen, so daß die beiden Alten binnen weniger Minuten zutiefst beleidigt von dannen gezogen waren.

Am frühen Nachmittag war Paul dann zu Wachtmeister de Buhr zitiert worden, dem er seine und Friedrichs Aussage noch einmal hatte bestätigen müssen, und zu guter Letzt hatten ihm auf dem Nachhauseweg seine drei Zeichenschülerinnen aufgelauert und ihn in das Haus des Regierungsrats van Vossen entführt.

„Das ist alles, sagen Sie?" stieß eines der Mädchen, ein pummeliges Wesen mit Namen Friederike hervor, während ihn die Tochter des Hauses bestimmt in sein Sofa zurückdrückte. „Aber das war doch schrecklich aufregend, Herr Franzius."

Schon war seine Teetasse wieder gefüllt und die Gebäckschale zu ihm herübergewandert.

„Haben Sie sich denn gar nicht gefürchtet?" fragte das Mädchen wieder und sah ihn bewundernd an.
„Aber warum?" fragte Paul.
„Na ja – es war doch so dunkel und ... der Tote und so ... Also ich hätte mich bestimmt gefürchtet."
„Und dann noch da oben hochzuklettern ..."
„Da war doch nichts Besonderes. Oder hätte etwa der Geist des Steuerinspecteurs auf der Galerie herumspuken sollen? Haha ..."
„Iiieh!"
„Also, mein Vetter Jakob hat mir mal eine Geschichte erzählt, da ist ein Mann, der vier Tage vorher wegen Mordes geköpft worden war, mitten in der Nacht im Schlafzimmer des Richters aufgetaucht, der ihn zum Tode verurteilt hatte – ohne Kopf!"
„Hör auf, Clasina! Bestimmt kann ich heute nacht nicht schlafen, wenn du solche Sachen erzählst."
„Das kann ich sicher sowieso nicht. Und Sie, Herr Franzius? Können Sie nach dem Schrecken nachts überhaupt schlafen – so ganz alleine im Dunkeln?"
„Äh ... ich ... äh ... hoffe doch. Aber damit ich erst gar keine Probleme damit bekomme, gehe ich am besten jetzt schon nach Hause und lege mich hin, bevor es dunkel wird. Ich bin wirklich ziemlich müde."
„Aber Sie haben ja noch nicht einmal Ihren Tee ausgetrunken."
Tatsächlich stieg schon wieder Dampf aus Pauls Teetasse. Schmerzlich erinnerte er sich an die Sache mit dem Teelöffel, den man in die Tasse stellte.
„Wenn ich mir das so vorstelle, wie Sie da so ganz alleine ..." sinnierte Fräulein van Vossen weiter.
„Äh ... wie, bitte?"
„Wie Sie da so ganz alleine die Mühlentreppen hinaufsteigen, meine ich."
„Ach so ... aber ich bin doch gar nicht ..."
Kichernd wandten sich die Mädchen ab, und Paul ärgerte sich, daß er den Albernheiten der drei auch noch auf den Leim ging. Doch gleich hatte er die Überlegenheit, mit der er die neckischen Bemerkungen der jungen Damen für gewöhnlich zu überhören pflegte, wiedererlangt und begann, indem er sich ein zweites Mal den Mund verbrannte, einen erneuten Versuch, sich aus den Klauen seiner Wächterinnen zu befreien.
„Nun will ich aber wirklich aufbrechen – wir sehen uns ja morgen nachmittag wie gewohnt wieder. Ach, ja – wo denn überhaupt? Wir hatten uns ja bei Frau Scharnhorst verabredet ... ich

schlage statt dessen vor, wir treffen uns an der Schule, und ich überlege mir bis dahin, wo sich für uns ein schönes Motiv im Freien finden läßt. Es wird Zeit, daß wir uns einmal an den Proportionen der Natur versuchen."

„Meinen Sie etwa Aktzeichnungen, Herr Franzius?"

„Soweit sind wir noch nicht, Fräulein Heeren. Aber wenn Sie Interesse haben, verweise ich Sie gerne an Herrn Pöppelmann und seine Freunde von der ‚Künstlerischen Ressource'. Soviel ich weiß, suchen sie noch nach einem geeigneten Modell ..."

Dieses Mal errötete die Pummelige.

„Herr Franzius, ich soll Ihnen von meiner Kusine ausrichten, daß sie die nächsten Wochen nicht zum Unterricht kommen möchte. An ihrer Stelle würde gerne Marie Wilken, ihre Nachbarin, an dem Kurs teilnehmen. Sie hat mich gebeten, Sie zu fragen."

Das war Nanni Uphoff, und erst jetzt fiel Paul wieder ein, daß sie und Frau Scharnhorst ja miteinander verwandt waren.

„Oh, ja, natürlich kann Fräulein Wilken noch bei uns mitmachen – geben Sie ihr bitte Bescheid", antwortete er und überlegte, ob er nicht im Beisein eines betroffenen Familienmitgliedes etwas zu respektlos von den Ereignissen berichtet hatte. Nanni Uphoff machte jedoch nicht den Eindruck, als berühre sie der Tod des Steuerinspecteurs mehr als etwa ihre Freundinnen.

„Wie hat Ihre Kusine die Nachricht denn aufgenommen? War nicht der Wachtmeister heute nacht noch bei ihr?"

„Ja, heute nacht. Aber ich glaube, sie hat gar nicht viel geredet oder geweint, und als ich am Morgen bei ihr war, um sie zu trösten, da hat sie nur gemeint, *Nanni, du brauchst dir um mich keine Sorgen zu machen.* Und wenn sie mir das sagt, dann brauche ich mir doch auch keine zu machen, oder?"

„Nein, nein – sicher nicht. Aber ist denn sonst irgend jemand da, der sich ein wenig um sie kümmern kann?"

„Ja, Marie. Sie wohnt ja gleich nebenan und schaut immer nach ihr und den Kleinen."

„Hm. Das ist gut."

Paul erinnerte sich an die beiden Kinder, die zu Beginn der kleinen Schiffsreise so ungewöhnlich ruhig auf ihren Plätzen gesessen hatten. Ob sie wohl begriffen, daß der Vater nicht mehr wiederkehren würde? Sicherlich verstanden sie es nicht so, wie es ältere Kinder oder Erwachsene verstehen würden. Wie konnten schwermütige Gedanken bestehen bleiben, wenn der Blick erst auf einen Ball oder eine Puppe fiel?

Auch Paul wischte sie beiseite.

„Nun denn", sagte er wieder in heiterem Tonfall, „bringen Sie sich also morgen zusätzlich eine stabile Zeichenunterlage mit und vielleicht ein Deckchen, damit Sie Ihre hübschen Kleider nicht beschmutzen, wenn Sie sich ins Gras setzen. Und Fräulein Uphoff – vergessen Sie dieses Mal nicht wieder Ihre Stifte. Auf Wiedersehen, die Damen."

Schnell sprang Clasina van Vossen auf und drängte sich geschickt an Pauls Seite.

„Ich bringe Herrn Franzius noch nach draußen", sagte sie mit mokantem Lächeln zu ihren beiden Freundinnen. Doch genauso schnell waren auch diese auf den Füßen, um den Zeichenlehrer zur Tür zu geleiten und ihm nachzuschauen, bis er ihren Blicken auf dem Marktplatz entschwunden war.

Diesem gefiel der Gedanke, sich jetzt gleich ins Bett zu legen und ein wenig Schlaf nachzuholen, mehr und mehr. So wäre die Stunde bis zum Abendbrot sinnvoll und angenehm ausgefüllt, und vor allem wäre er damit aller Neugier und Sensationssucht entflohen. Als sich dann auch die äußeren Umstände als günstig erwiesen – Friedrich war noch nicht zu Hause und Frau Rosenbohm scheinbar ebenfalls von wissensdurstigen Elementen entführt –, konnte er nicht widerstehen. Er streckte sich genießerisch in den Federn aus, legte die Hände hinter dem Kopf zusammen und schloß die Augen. Eine Weile hörte er noch gedämpft Stimmen und rumpelnde Räder vom Marktplatz heraufdringen, die ihm aber schon bald zu leise rumpelnden Mühlsteinen wurden.

* * *

„He, nun wach schon auf!"

„Hm ...?" brummte Paul im Halbschlaf. Unter Aufbietung aller Konzentration gelang es ihm, ein Auge zu öffnen, und er sah Friedrich auf seiner Bettkante sitzen.

„Nein, nicht schon wieder! Geh du alleine!" murmelte er und drehte sich um, so daß Friedrich nur noch einen großen, weißen Hügel sah.

„Aber nein! Das war doch gestern. Nun komm endlich zu dir, das Essen ist gleich fertig. Die Bratkartoffeln schmurgeln schon in der Pfanne. Außerdem habe ich ein Bild von einer Mühle mitgebracht."

Paul setzte sich auf und rieb sich die Augen.

„Ein Bild von einer Mühle? Von der Wallmühle?"

„Nein, es ist eine andere. Warte mal – hier steht es. *Aurich – Die Außenmühle.* Aber das spielt gar keine Rolle. Es geht mir nur um die Mühlenflügel. Fällt dir daran etwas auf?"

Paul nahm das Blatt. Es war ein ziemlich wertloser Stich von einer Bockwindmühle mit in seinen Augen ganz gewöhnlichen Flügeln. Er sagte das.

„Dann sieh dir mal die Stellung der Flügel an. Du fragtest mich doch heute morgen beim Frühstück, ob es mir nicht auch aufgefallen sei, daß der Müller kurz die Mühle in Gang setzte, während wir die Treppen hinunterstiegen. Ich fand das bei genauerer Überlegung auch ziemlich merkwürdig, und als ich dann in meiner Schreibstube zwischen all den anderen Zeichnungen diesen Stich hängen sah, hatte ich plötzlich die Erklärung. So glaube ich jedenfalls."

„Ich bin gespannt."

„Hast du schon mal etwas von der *Mühlensprache* gehört? Jede Stellung der ruhenden Mühlenflügel hat ihre bestimmte Bedeutung. Eine zeigt zum Beispiel einen Trauerfall an. Meistens steht aber eine Mühle nach Feierabend bis zum nächsten Mahleinsatz in der *Ruhestellung*. Das ist, glaube ich, die, die auf dem Bild zu sehen ist, also sozusagen fünf Minuten nach der Viertelstunde."

„Ich weiß, worauf du hinaus willst! Heute nacht standen die Flügel anders. Einer befand sich links von uns, als wir auf die Galerie kamen. Das wäre, von vorne gesehen, fünf Minuten *vor.*"

„Genau. Der Müller wird diese falsche Stellung bemerkt haben und ließ die Flügel einfach sich ein Stückchen drehen, so daß alles seine Richtigkeit hatte. Das Knirschen des Steines und das Rumpeln, das wir gehört haben, war ja auch nur von kurzer Dauer."

„Ja, doch, so muß es gewesen sein. Wir sollten den Müller mal danach fragen, falls er in seiner Griesgrämigkeit Lust hat, zu antworten. Ich kann mir nur nicht recht vorstellen, was da für eine Verbindung zu dem Tod des Steuerinspecteurs bestehen sollte."

„Darüber habe ich auch schon nachgedacht: Es ist wohl anzunehmen, daß die Flügel sich schon in der falschen Stellung befanden, als Herr Scharnhorst zur Mühle kam, sei es aus Nachlässigkeit des Müllers oder aus einem anderen Grund, zum Beispiel, weil die Mechanik nicht gut genug festgestellt war und die Flügel sich im Sturm ein wenig drehen konnten. Könnte das nicht der Grund für ihn gewesen sein, in die Mühle zu steigen? – Nun, ich gebe zu, er wird wohl kaum vorgehabt haben, sie selbst zu bedienen. Schließlich ist die Flügelstellung ja auch gar nicht so wichtig, daß ein Passant wie er sich darum kümmern würde."

„Aber vielleicht war es ein Zeichen für ihn?"

„Du meinst, daß er in der Mühle zu einem Rendezvous mit der Frau des Müllers verabredet war und sie ihm signalisieren wollte, *die Luft ist rein*?"

„In der Richtung, ja. Allerdings dachte ich eher an ein Treffen mit irgend jemandem in dunkler, verschwörerischer Absicht ... die Übergabe von Steuergeheimnissen oder so ..."

„Still! Rief da nicht gerade Frau Rosenbohm?"

„Hallo da oben! Wo bleibt denn nun Herr Franzius? Das Essen wird kalt. Man könnte meinen, er hat sich ins Bett gelegt und Sie müßten ihn erst wecken." –

Nach dem Abendessen kamen sie überein, daß es geschickter sei, wenn nur einer zum Müller ginge, um ihn zu befragen. Sie zogen Hölzchen, und die Wahl fiel auf Friedrich. Da dieser aber im Gegensatz zu Paul gar keine rechte Lust auf einen solchen Ausflug hatte, zogen sie noch einmal, und dieses Mal gewann Paul. Er beschloß, jetzt gleich zu gehen, solange die Erinnerung des Müllers noch frisch war.

* * *

Schon von weitem sah Paul die Mühle tatsächlich in jener Stellung, die Friedrich die *Ruhestellung* genannt hatte: Das Flügelkreuz war, dachte man im Uhrzeigersinn, etwas über die Senk– und Waagerechte hinausgedreht. Das Tor war geschlossen und niemand zu sehen, so daß Paul gleich zu dem nahegelegenen Müllerhaus ging und an die Tür klopfte.

Der Müller war zu Hause. Er hatte gerade gut gegessen und trank noch an seinem Bier. Schon aus diesem Grunde war er in viel umgänglicherer Stimmung als in der Nacht, als man ihn aus dem Bett geholt und er in seiner Mühle einen sich dort unbefugt bewegenden Menschenauflauf angetroffen hatte. Paul entschuldigte sich förmlich in seinem und in Friedrichs Namen dafür. Niemand habe schließlich in der Mühle etwas zu suchen, und er sei der Müller. Da war der Müller vollends besänftigt, und er wurde geradezu freundlich, als Paul sich lebhaft am Müllerhandwerk interessiert zeigte. Seine Frau mußte ein Blatt Papier bringen, auf das er die vier verschiedenen Zeichen der Mühlensprache zeichnen wollte.

„Bei einer Pause während der Arbeit muß ich die Flügel so stellen – wie ein Kreuz." Er zeichnete angestrengt und präsentierte schließlich einen großen Turm mit einem kleinen, eindeutig senkrecht ausgerichteten Kreuz daran.

„So. – Und wenn nicht gemahlen wird oder nach Feierabend, also so wie jetzt draußen ..." Wieder beugte er sich tief über das Blatt und zeichnete sorgfältig. Endlich lehnte er sich zurück, entschied aber: „Nein. Falsch", machte die Zeichnung unkenntlich und begann von neuem auf der Rückseite.

Die Minuten vergingen. Paul dachte schon daran, seine Hilfe anzubieten, als der Müller die Beherrschung verlor und das Blatt ganz klein zerknüllte.

„Das kann doch kein Mensch, das aufmalen. Soll ich Ihnen das an der Mühle zeigen?"

„Oh, ich will Ihnen keine Umstände machen. Und, um Himmels willen", fügte er erschrocken hinzu, als er die Müllersfrau die gute Teekanne aus der Vitrine nehmen sah, „machen Sie wegen mir keinen Tee!"

Vollkommen unbeeindruckt trug sie jedoch die Kanne in die Küche. Auf diese Weise vor die Wahl gestellt, mußte Paul nicht lange überlegen.

„Wenn es Ihnen wirklich nichts ausmacht – es war schon immer mein Wunsch, einmal von einem Fachmann eine Mühle erklärt zu bekommen. Und seit letzter Nacht ist meine Neugier noch größer geworden."

„Das mach ich gern." Der Müller stand auf und ging voran in den Hausflur. „Hätten Sie es mir vorher gesagt, dann hätte ich noch das eine oder andere in Ordnung gebracht."

Seine Frau steckte den Kopf durch die Küchentür und starrte ihm ungläubig nach.

Vom Haus des Müllers aus gesehen war das andere der beiden Mühlentore, nicht das, durch das sie letzte Nacht ein- und ausgegangen waren, das vordere Tor. Während sie darauf zugingen und er es aufschloß, beantwortete der Müller Pauls Frage nach dem Rumpeln, das sie beim Hinuntersteigen der Treppen gehört hatten.

„Da habe ich die Flügel ein Stück gedreht. Die standen nämlich falsch. Kobus hat schon was zu hören gekriegt. – Das hier ist die Durchfahrt. Hier fahren die Bauern ihre Wagen rein. Well toerst kummt, mahlt toerst. Oben steh ich und zieh mit der Sackwinde da die Säcke hoch ..."

Indem Paul aufmerksam den langwierigen Erklärungen von Dingen zuhörte, die er sich zum großen Teil schon selbst zusammengereimt hatte, kamen sie langsam bis auf den dritten Boden. Hier stellte er eine Frage.

„Was passiert eigentlich, wenn der Wind mal von hinten gegen die Flügel weht und sie nicht festgestellt sind? Können dann nicht die Steine Schaden nehmen?"

„Wenn der Wind von hinten weht, dann drehe ich die Mühle in den Wind."

„Ja, aber wenn Sie es mal nicht tun. Dann drehen sich doch die Steine falsch herum."

„Nein. Die Steine drehen immer gleich herum."

„Normalerweise, ja. Aber wenn der Wind nun einmal doch von hinten weht, drehen sich die Flügel doch anders herum als sonst und also auch die Steine."

Der Müller machte ein störrisches Gesicht. Seine Phantasie reichte nicht dazu aus, um vom Bekannten auf das Unbekannte zu schließen.

„Warum sollen sich denn die Flügel andersherum drehen? Das gibt es nicht. Die Mühle dreht immer gleich herum – immer."

Paul gab es auf.

„Das ist althergebrachte Mühlentechnik", wurde er in nachsichtigem Ton belehrt.

Sie kamen auf die Galerie. Von unten sah sie nicht besonders hoch aus, und bei Nacht hatte Paul in der Dunkelheit gestanden, so daß er erst jetzt die schwindelnde Höhe empfand, zu der das Niveau des abgeflachten Walles, auf dem die Mühle stand, noch hinzukam. Obwohl noch gerade innerhalb des Stadtgrabens gelegen, schien die Mühle doch eher auf dem Land als in der Stadt zu stehen. Die Gärten hinter dem Wall waren nichts weiter als bessere Äcker, und in einem grasten sogar zwei Kühe.

Der Müller kurbelte am *Steert* der Mühle, der stadtauswärts nach Osten zeigte. Als sie hinter diesem ein paar Schritte hergelaufen waren, wiesen die Flügel auf der anderen Seite genau in den Wind.

„Das ist also jetzt die Ruhestellung. Wenn ich die Bremse kurz löse, kommt als nächstes das Zeichen für *Freude*."

Er ergriff eine Kette, die hoch hinauf zur Mühlenkappe lief, zog kräftig an ihr und gab ihr einen Schwung zur Seite. Die Flügel drehten sich träge, bis die *Freude*-Stellung, bei der sie ein „X" bildeten, erreicht war und der Müller die Bremse wieder greifen ließ.

„Dann das Zeichen für einen Trauerfall. Das war letzte Nacht eingestellt, weil der Kobus es wieder falsch gemacht hat."

Paul fiel plötzlich etwas ein. Ob es ein Zufall gewesen war, daß die Mühle ausgerechnet *Trauer* anzeigte, während unten der tote Steuerinspecteur lag? Zumindest ein ziemlich makabrer Zufall, sagte er sich.

Nach der Vorführung dieses Zeichens ließ der Müller stolz seine Mühle ein wenig frei kreisen. Paul ging vorsichtig ein Stückchen nach vorne herum und sah die Flügelenden langsam, aber unaufhaltsam und gespenstisch–lautlos tief über die Galerie hinwegwandern. Er sah jetzt auch, daß das Geländer deshalb so weit nach außen ragte, damit sie nicht dagegenstießen – so knapp war der Raum bemessen. Erschrocken trat er ein paar Schritte zurück und starrte erst die Flügel an, dann durch das Geländer in die Tiefe hinunter.

„Ganz recht, da vorne kann man jetzt nicht hin!" rief der Müller. „Und jetzt das letzte Zeichen: *Arbeitspause!*"

* * *

Vielstimmiges Gelächter ertönte aus dem Raum zu Pauls Rechten, als er den schmalen Flur des „Blauen Hauses" betrat, und ein ungeduldiger Ruf nach dem Gastwirt drang durch die halb offene Tür.

„Ja, ja – verhalt dich ruhig, Janssen!" war die nicht weniger ungeduldige Antwort aus dem Schankraum auf der anderen Seite des Flures. Paul folgte der zweiten Stimme und stellte erfreut fest, daß das kleine Schankstübchen an diesem Abend fast unbesucht war. Anders als an den Markttagen, wenn, wie er schon erlebt hatte, Hundertschaften die große Freifläche vor der nördlichen Stadteinfahrt bevölkerten und die Bauern eines weiten Umlandes zusammenkamen, um bestes Vieh feilzubieten oder zu erhandeln (und vielleicht auch die beim letzten Mal erstandene magere Kuh oder steifbeinige Mähre wieder loszuwerden). Dann herrschte in sämtlichen Gasthäusern, besonders aber im anliegenden „Blauen Haus", höchste Betriebsamkeit, und es wurde gesungen und getrunken, gestritten und wieder getrunken, bis die Bauersfrauen ihre Männer nach Hause prügelten oder trugen. Zwar hatte auch Paul an diesen Handelstagen, die ihn als Auswärtigen ganz besonders faszinierten, viel Spaß, doch an diesem Abend war es ihm wesentlich lieber, keine Menschen um sich herum zu haben, die ihn und Friedrich neugierig umlagerten.

So war er also froh, daß außer dem Wirt nur ein Gast im Schankraum anwesend war: Am letzten von drei Tischen saß Friedrich.

„Da bist du ja endlich", rief er Paul zu und drängte, als kurz darauf zwei gut gezapfte Biere vor ihnen standen und der Wirt mit schwer beladenem Tablett nach draußen verschwunden war: „Nun erzähl schon – hatte ich recht mit den Flügeln?"

„Ja", bestätigte Paul. „Der Müller hat die falsche Stellung tatsächlich gestern nacht bemerkt. Er hat natürlich den Knecht dafür verantwortlich gemacht."

„Du scheinst das aber nicht zu glauben, stimmt's?"

„Ich weiß nicht. Der Müller ist sehr eigen und genau mit seiner Mühle – da muß alles in Ordnung und an seinem Platz sein. Der Knecht weiß ganz genau, daß er sich Scherereien einhandelt, wenn er nicht gut auf alles achtet. Und wenn er sich schon von den Jungen überreden läßt, heimlich das Mühlentor aufzulassen, dann wird er doch erst recht aufpassen, daß sonst alles zur Zufriedenheit des Müllers ist und der nicht wegen einer falschen Flügelstellung noch einmal zur Mühle herüberkommt. Und ich bin mir ziemlich sicher, daß der Müller es bemerkt hätte, wenn die Flügel schon am Abend nicht richtig gestanden hätten."

„Hm ... da könntest du recht haben. Dann war es am Ende vielleicht doch der Sturm, der sie verstellt hat – das heißt, eigentlich kann ich mir das nicht vorstellen, schließlich gibt es hier im Herbst und im Frühjahr ganz andere Stürme. Vielleicht waren sie einfach nicht richtig festgestellt."

„Das glaube ich noch weniger. Ich habe mir die Bremse angesehen. Sie wird mittels einer Kette von der Galerie aus betätigt. Will man sie lösen, muß man an der Kette ziehen und mit ihr den Hebel, an dem sie befestigt ist, zur Seite bewegen. Dann können sich die Flügel drehen. Will man sie anhalten, schlägt man den Hebel auf gleiche Weise wieder zurück, und die Bremse greift vollkommen selbsttätig, wenn man die Kette losläßt. Wahrscheinlich geschieht das durch ein Gewicht oben in der Mühle. Man kann sie gar nicht aus Versehen nicht richtig feststellen."

„Wer hat denn dann die Flügel verstellt ...? Und warum?"

„Tja ...", sagte Paul nachdenklich, „die Flügel. Man hört sie gar nicht, wenn sie kreisen – nicht einmal, wenn sie direkt an einem vorbeisausen. Ich habe es gerade selbst erlebt."

„Was willst du damit sagen?"

„Daß ich die Flügel gesehen, aber nicht gehört habe."

„Na, und?"

„Na, und daß man es im Dunkeln überhaupt nicht merken würde, wenn so ein schweres Ding auf einen zuschnellt, und ehe man sich versieht ..."

„... wird man von der Galerie befördert!" beendete Friedrich den Satz. Er begriff.

„So könnte es gewesen sein. Daß der Mann betrunken oder lebensmüde war oder sich weit nach draußen über das Geländer beugt und runterfällt – kaum vorstellbar, darauf hatten wir uns ja schon geeinigt. Aber daß die Flügel ihn erfassen und hinunterschleudern ..."

Einige Minuten saßen sie still da und nippten an ihren Gläsern.

„Keine besonders angenehme Art, das Zeitliche zu segnen", brach Friedrich schließlich das Schweigen und schüttelte den Kopf.

„Aber Moment mal", rief er gleich danach aus, „so kann es ja gar nicht gewesen sein! Dann hätten sich die Flügel doch noch drehen müssen, als die Jungen ihn gefunden haben."

„Nicht, wenn sie in der Zwischenzeit jemand angehalten hätte", sagte Paul.

Friedrich starrte ihn an.

„Du meinst, nachdem der Steuerinspecteur hinuntergestürzt war?" fragte er.

Paul nickte.

„Aber weshalb sollte sich dann derjenige nicht gemeldet haben? Er hätte den Toten doch unten liegen sehen müssen – beim Tor."

„Dafür gäbe es zwei mögliche Gründe, denke ich. Stell dir vor, der Steuerinspecteur kommt über den Wall spaziert und sieht, daß jemand – wahrscheinlich zum Spaß – die Mühle in Bewegung gesetzt hat. Er geht hinein und steigt die Stufen empor, um die Flügel wieder abzubremsen oder den Spaßvogel vielleicht sogar zur Rede zu stellen. Die Anwesenheit einer zweiten Person erklärt übrigens auch, wie Herr Scharnhorst überhaupt in der Mühle den Weg nach oben finden konnte. Eine Lampe, die ihm gehörte, wurde ja nirgends gefunden. Entweder gab ihm eine Laterne des Unbekannten genügend Licht, oder die Lampen in der Mühle brannten und wurden nach dem Anhalten der Flügel gelöscht. – Er tritt auf die Galerie hinaus, wird dort von einem Flügel getroffen und in die Tiefe gestoßen. Der Übeltäter erkennt, was er angerichtet hat, stellt die Bremse wieder fest, wobei die Flügel in einer falschen Stellung stehen bleiben, und macht sich eilends davon."

„Dann hätte er fahrlässig einen Tod verschuldet."

„Richtig. Und aus Furcht, dafür belangt zu werden, meldet er sich natürlich nicht. – Ich kann mir aber irgendwie nicht recht vorstellen, daß ein Mensch wie der Steuerinspecteur aus einem so nichtigen Grund auf eine Mühlengalerie klettert – nachts, bei lausigem Wetter und noch dazu allein. Wenn ihm von unten irgendwas aufgefallen wäre, hätte er doch eher den Müller aus den Federn geholt."

„Aber er ist nun einmal da oben gewesen."

„Ja. Die Frage ist nur, warum?"

„Wie es aussieht, läßt sich das wohl nicht mehr rekonstruieren."

„Gut – aber wenn wir einmal ausschließen, daß der Steuerinspecteur zur Galerie hinaufgestiegen ist, um einem Witzbold das Handwerk zu legen, dann wären wir schon ein ganzes Stück weiter. Denn dann stellte sich die Frage, weshalb jemand die Flügel in Gang gesetzt haben soll, wenn ... wenn dieser jemand nicht genau das erreichen wollte, was ihm am Ende auch gelang. Und das würde bedeuten: Es war *Mord!*"

Kaum war das Wort ausgesprochen, da landete mit lautem Klirren ein Glas auf dem Boden der Schankstube und sprang entzwei. Paul und Friedrich schauten überrascht auf und sahen im Türrahmen einen kleinen, dicken, weißgesichtigen Mann stehen. Schnell bückte er sich und las hektisch die Scherben auf, die sich um ihn herum verteilt hatten. Dabei sprach er mit dünnem und unnatürlich hohem Stimmchen leise vor sich hin.

„Huhu ... so was. Also so was", war alles, was Paul und Friedrich verstanden.

„Was wollen wir denn jetzt unternehmen?" fragte Friedrich, als der Weißgesichtige endlich verschwunden war.

„Keine Ahnung", sagte Paul. „Erstmal hier weggehen – wer weiß, wie lange der uns schon belauscht hat."

Sie erhoben sich und legten das Geld für die Biere auf den Tisch.

Im Flur kamen sie an der nur angelehnten Tür zum anderen Gastraum vorbei und vernahmen ein gedämpftes, unnatürlich hohes Stimmchen: „... und ob ihr es glaubt oder nicht: Der mit der Brille hat sich am Ende ganz vorsichtig umgeschaut und dem anderen irgendwas von – *Mord* zugeflüstert!" –

Die Abendluft wehte Paul und Friedrich erfrischend um die Nase. Es wurde schon dunkel, aber es war noch nicht zu kalt draußen, und so machte Friedrich da, wo einst ein Torgebäude Einfahrt in die Stadt gewährt hatte und wo heute nur noch die Straße den Wall teilte, den Vorschlag, doch einen kleinen Umweg nach Hause zu nehmen.

Langsam und nachdenklich schlenderten sie unter den Wallbäumen hindurch die Promenade entlang, auf der Frau Rosenbohm und ihr Arian das Ehepaar Scharnhorst mit seinen Kindern so oft hatten gehen sehen und auf der der Steuerinspecteur vermutlich auch in seiner letzten Nacht mit dem Hund spazieren gegangen war.

„Hast du nicht heute beim Abendessen gesagt, du suchtest ein einfaches Motiv für deine Nachmittagsschüler?" fragte Friedrich, als sie an einem erneuten Walldurchbruch anlangten. „Das Friedhofsgebäude dürfte genau das sein, was du suchst."

Er wies auf ein kleines, streng symmetrisch angelegtes Torgebäude mit einer gewölbten Durchfahrt, das in der Dunkelheit kaum noch zu erkennen war.

„Wenn du willst, gehen wir kurz hinüber – dann kannst du es dir genauer ansehen."

„Das habe ich schon. Außerdem ist mein Bedarf an Leichen für die nächste Zeit vollkommen gedeckt. Vielleicht werfe ich morgen nach der Schule nochmal einen Blick darauf."

Sie stiegen den Wall hinab und folgten der vom Friedhof kommenden Straße, die sie wieder in Richtung des Marktplatzes führte. Zu beiden Seiten standen dicht an dicht kleinere und größere Häuser mit einfachen Fassaden.

Der Gasthof „Blaues Haus"

Plötzlich blieb Paul stehen.
„He, das ist doch das Haus des Steuerinspecteurs“, sagte er und deutete auf das linke von zwei aneinandergekauert stehenden, schlanken Häusern auf der anderen Straßenseite. Auch Friedrich schaute hinüber.
„Sie ist noch wach“, murmelte er leise.
Im oberen Geschoß gegenüber erlosch ein letztes Licht.
„Du hast dich geirrt; das war nebenan“, antwortete Paul.
„Wie ...?“ fragte Friedrich abwesend. „Ach so, ja. Komm, wir gehen nach Hause.“

* * *

Am nächsten Tag trat Paul nach der einzigen Zeichenstunde des Donnerstags aus der Schultüre, atmete tief durch und blinzelte in die Sonne. Die Vögel sangen, und ein schwaches, laues Frühlingslüftchen hatte den kalten, regenbringenden Sturm nun vollends abgelöst – ideale Bedingungen für die Exkursion mit seinem Zeichenkurs, freute er sich.
Der Eindruck der unerbittlich kreisenden Mühlenflügel hatte ihn nicht mehr losgelassen. Zu Wachtmeister de Buhr aber mochte er mit seiner vagen Theorie doch nicht gehen, denn er fühlte, daß das zu nichts führen würde. Statt dessen lenkte er seine Schritte nun am Marktplatz vorbei in die Osterstraße, wo er sich unschlüssig umschaute und schließlich vor einem stattlichen, erst vor kurzem neu angestrichenen Haus stehenblieb. Vergeblich suchte er nach einem Türschild, das man nach den Malerarbeiten wohl noch nicht wieder angebracht hatte.
„Ist dies das Haus Doktor Goldbergs?“ fragte er einen acht- oder neunjährigen Jungen, der trödelnd und träumend mit seiner Büchermappe hinter ihm hergekommen war.
„Ja. Oder ... nein. Eigentlich nicht mehr.“
„Ach – wohnt er nicht mehr hier?“
„Doch, aber das Haus ist ja anders geworden. Es ist jetzt nicht mehr das Haus von Doktor Goldberg ... das sah anders aus. Es muß es erst wieder werden.“ Der Junge schaute nachdenklich auf die frisch gestrichene Fassade.
„Das ist ein interessanter Gedanke“, sagte Paul.
„Ja, das ist genauso, wie ... wie wenn man eine Lieblingshose hat und die Mutter näht daran rum, genau. Dann dauert es ganz lange, bis es wieder die Lieblingshose ist. Oder wie ein Lieb-

lingsbaum auch nicht gleich beim ersten Mal Draufklettern einer sein kann. Oder die Stelle, wo die Katze immer hinmacht. Oder..."

Im ersten Stock des Nachbarhauses ging ein Fenster auf.

„Rudolf, komm rein und belästige die Leute nicht. Redet er wieder solchen Unsinn?"

„Nein, ganz und gar nicht. Aus ihm wird sicher noch einmal ein großer Philosoph!"

Der Junge folgte dem Ruf seiner Mutter, und Paul wandte sich kopfschüttelnd der noch feuchten und nach Farbe riechenden Haustür zu und drehte an der Klingel. Da die Tür nur angelehnt war, nahm er sich die Freiheit, einfach einzutreten. Eine Frau mit Häubchen steckte ihren Kopf aus einem angrenzenden Zimmer in den Hausflur und sagte mechanisch: „Kommen Sie bitte erst am Nachmittag."

„Ist der Doktor nicht zu Hause? Ich möchte nur privat mit ihm sprechen. Heute nachmittag habe ich leider keine Zeit."

Die Frau blickte ihn skeptisch an, und erst nach seiner Versicherung, er sei wirklich ganz gesund, führte sie ihn zwischen den Wartestühlen des Flures hindurch in den hinteren Teil des Hauses.

„Der Doktor ist im Garten", sagte sie kurz und wies auf eine Tür. Paul öffnete sie.

Er betrat einen großen Garten und sah darin einen kleinen Jungen, der noch nicht zur Schule gehen mußte und gerade unter großer Anstrengung mit einer Schwengelpumpe einen alten Zuber füllte. Nicht weit davon saß auf einer Bank in der wärmenden Sonne der Großvater. Auf dem Tischchen vor ihm stand eine leere Teetasse, um die die Blätter des letzten „Amtsblattes" ausgebreitet lagen. Ein Teil von ihnen war zu Schiffchen gefaltet.

„Guten Tag, Doktor Goldberg. Entschuldigen Sie, daß ich hier so zu Ihnen vordringe – Sie erinnern sich vielleicht noch, ich bin einer von denen, die den Steuerinspecteur gefunden haben. Mein Name ist Paul Franzius."

Der Doktor nickte freundlich und machte eine einladende Bewegung auf die Bank neben sich. Paul dankte und setzte sich.

„Es geht um folgendes: Der Tote geht mir einfach nicht mehr aus dem Kopf, und mir ist da auch eine Idee gekommen. Außerdem würde ich sehr gerne wissen, was die Untersuchung ergeben hat – wenn Sie mir das sagen dürfen und möchten."

„Natürlich. Es ist kein Geheimnis, und selbst wenn es eines wäre, wäre schnell genug die ganze Stadt eingeweiht."

Paul erfuhr, daß der Tote genau die Verletzungen aufgewiesen hatte, die man nach einem Sturz aus über dreißig Fuß Höhe auf ein Kopfsteinpflaster auch erwarten würde: Quetschungen entlang einer ganzen Körperseite, einen gebrochenen Arm und zwei gebrochene Rippen. Unmittelbare Todesursache sei der beim Aufschlagen eingedrückte Schädel gewesen.

„Irgendwelche auffälligen Besonderheiten kann ich Ihnen leider nicht bieten. Obwohl natürlich auch ich mir schon Gedanken darüber gemacht habe, was er dort oben wollte. Sie glauben doch nicht etwa an einen Selbstmord?"

„Nein, eigentlich nicht ... Gestern war ich noch einmal bei der Mühle, und da kam mir ein ganz anderer Gedanke. Ich sah die Flügel kreisen, vollkommen lautlos und gleichmäßig. Selbst bei Tageslicht ist es lebensgefährlich, in ihre Nähe zu geraten – es drängte sich mir einfach das Bild auf, wie der Steuerinspecteur in ihre Bahn lief und ohne jede Vorwarnung über das Geländer gestoßen wurde."

„Sie haben recht! Es war ja stockdunkel. Keine schöne Vorstellung ... Ja, möglich ist es, natürlich. Wahrscheinlich wollten Sie von mir hören, daß die Verletzungen in irgendeiner Weise auf einen solchen Unfall hindeuten, nicht wahr?"

„Richtig, daran hatte ich gedacht."

„Hm ... wo wir jetzt davon sprechen ... Ich hatte es schon ganz vergessen, aber eine kleine Auffälligkeit gab es doch, die auch durchaus in Ihr Bild passen würde. Wie ich schon sagte, befanden sich die Quetschmale alle an der linken vorderen Körperseite, mit der er also aufgeschlagen sein muß. Da waren aber auch ein paar kleinere Prellungen an anderen Stellen, die man kaum als Verletzungen bezeichnen kann. An ihrem Zustand war deutlich zu erkennen, daß er sie erst kurz vor seinem Tod empfing. Sie könnten ohne weiteres von dem Schlag eines Flügels und dem Kontakt mit dem Geländer herrühren."

Paul lehnte sich zurück. Der Grund für diese blauen Flecken konnte natürlich auch eine Handgreiflichkeit mit einem Gegner sein, der den Steuerinspecteur dann schließlich über das Geländer gestoßen hatte – dabei blieben aber die Flügel unberücksichtigt, die in Gang gesetzt und wieder angehalten worden sein mußten und einen Mörder überhaupt erst ins Spiel brachten. Nein, der Mord per Mühlenflügel war die einzig mögliche Erklärung für alles.

„Opa, die Schiffe!" drang eine sorglose Kinderstimme durch Pauls düstere Gedanken. „Ich hab ihn voll!"

Sechstes Kapitel

Gutgelaunt und gestärkt von einem kräftigen Rosenbohmschen Gemüseeintopf, zu dem er und Friedrich hatten erscheinen müssen, da er nur in größerer Menge gekocht schmeckte, und einem anschließenden Nickerchen ging Paul am Nachmittag die Lange Straße hinunter. Es herrschte geschäftiges Treiben. Ein vielfältiges Angebot war in den Auslagen der Häuser entlang der Straße zu sehen, in deren Untergeschossen Kaufleute, Uhrmacher, Konditormeister, Apotheker, Porzellan-, Glas-, Wein- und sonstige Händler ihr Geschäft betrieben und die Passanten zum Kaufe lockten. Die Menschen schienen Paul an diesem ersten sonnigen Tag viel lebendiger und zufriedener als an den regnerisch-grauen Tagen zuvor. Mit sichtlich aufgehellten Mienen betraten und verließen sie die Läden und gingen die Gehsteige hinauf und hinunter, zwischen denen klappernd und knarrend die Fuhrwerke über das Pflaster rollten. Hier und da blieb man stehen, grüßte oder unterhielt sich kurz, überquerte vollbepackt die Straße oder rief laut nach dem Nachwuchs.

Paul erreichte den massigen Kirchturm, dessen hochaufragende Spitze alles Leben um sich herum zu überwachen schien. Hier bog er in die Kirchstraße ein, gelangte auf den Kirchplatz und steuerte die kleine Gruppe an, die vor dem Schulgebäude bereits auf ihn wartete.

Schon aus der Entfernung zählte Paul fünf Personen: die Fräuleins van Vossen, Uphoff und Heeren, den dürren, wortkargen Jüngling und eine vierte Dame, von der er annahm, daß sie die angekündigte neue Kursteilnehmerin war. So verspürte er einige Enttäuschung, als sich die Dame, seiner Schritte gewahr werdend, zu ihm herumdrehte. Das Gesicht, das sich ihm streng musternd zuwandte, war – leider alles andere als das einer Dame. Die Züge der Frau waren eher männlich-grob zu nennen; ihre Lippen waren schmal, die Nase wie die Kinnpartie viel zu klobig, und auf der linken Wange wuchsen ihr aus einem Mal einige borstige Härchen heraus. Außerdem war sie von äußerst kräftiger Gestalt und fast so groß wie er selbst.

Noch bevor Paul ihr die Hand entgegengestreckt hatte, begann sie auch schon zu sprechen: „Hören Sie mal, junger Mann“, sagte sie, stemmte die Hände in die Hüften und schob ihm ihre immense Oberweite bedrohlich entgegen. „Ich möchte Ihre Fähigkeiten als Künstler keinesfalls in Frage stellen – obwohl ich mich wundern muß, daß einem so jungen und unerfahrenen Mann wie

Ihnen die Ausbildung von Schülern übertragen wird. Dennoch will ich Ihnen sagen, daß ich mit Ihrer Absicht, den heutigen Nachmittag im Freien zu verbringen, ganz und gar nicht einverstanden bin."

Paul öffnete überrascht den Mund, wußte aber auf die ungewöhnliche Begrüßung nichts zu erwidern.

„Wenn Sie es auch für sich für richtig halten mögen, sich bei diesem Wetter auf eine nasse Wiese oder einen kalten Stein zu setzen", fuhr die Frau unbeirrt fort, „dann ist das durchaus Ihre Sache. Ich kann es aber auf keinen Fall gutheißen, wenn Sie dasselbe auch von Ihren Schülern verlangen."

Jetzt hob Paul den Kopf, blickte zum Himmel und blinzelte in die Sonne.

„Äh ... ich finde eigentlich, daß es heute recht warm und freundlich ist", sagte er.

„So, so ... finden Sie. Junger Mann, haben Sie vielleicht einmal bedacht, daß einer Ihrer Schüler nicht die gesunde Konstitution haben könnte, die Ihnen allem Anschein nach beschieden ist?"

„Ehrlich gesagt, nicht."

„Das habe ich mir gedacht. Ein Erzieher mit mehr Erfahrung und von gewissem Alter hätte sich zuvor nach dem Befinden und der gesundheitlichen Verfassung der Kinder erkundigt."

Paul schaute sich um. Kinder? Hier handelte es sich doch um Siebzehn- oder Achtzehnjährige!

„Mein Sohn jedenfalls ist kränkelnd, und es behagt ihm überhaupt nicht, lange Zeit an der rauhen Luft zu verbringen", sprach die Dame weiter.

„Ihr Sohn?" wiederholte Paul überrascht. Allmählich ging ihm ein Licht auf ...

„Jawohl, mein Sohn. Albrecht hatte schon als Säugling ständig Erkältungen und Fieberanfälle und Schwierigkeiten mit der Verdauung. Die hat er heute noch, darum ist er auch so schmal und schwächlich. Aber das liegt wohl auch am Erbgut meines Mannes – mit dem ist es genauso. In meiner Familie ist so was dagegen nie vorgekommen. Soweit ich weiß, sind meine Vorfahren immer kräftig und von großer Statur gewesen. Na ja ... auf alle Fälle ist Albrecht sehr empfindlich und anfällig für alle Arten von Krankheiten. Halsweh und Ohrensausen hast du immer, nicht wahr, Junge?"

„Laß doch, Mama ..."

„Er ist uns bisher schon vierzehnmal umgefallen, was sagen Sie dazu?"

Paul blies ratlos die Backen auf und schielte zu dem Jüngling hinüber, um den es hier ganz offensichtlich ging und der sich hinter dem breiten Rücken seiner Mutter leicht zweimal hätte verstecken können.

„Sehen Sie, dazu fällt Ihnen nichts ein. Aber danach erkundigt man sich vorher – lassen Sie sich das eine Lehre sein! Und Sie, meine Damen, brauchen gar nicht so zu kichern. Seien Sie lieber froh, daß es Ihnen so gut geht."

Damit war die Dame am Ende ihrer Zurechtweisung angelangt. Sie gab ihrem Sohn noch ein paar Ratschläge, wie er sich gegen die leichte Frühlingsbrise schützen sollte, und einen Kuß auf die Stirn. Anschließend wandte sie sich noch einmal an Paul, erteilte ihm Anweisungen für den Fall, daß sich beim Sohn Unwohlsein oder Schwindelgefühle einstellen sollten, und stapfte dann auf stämmigen Beinen davon.

Paul sah ihr ungläubig nach, bis sie um die Kirche herum verschwunden war. Eine Stimme hinter ihm riß ihn aus seinen Gedanken.

„Guten Tag, Herr Franzius. Bitte entschuldigen Sie mein Zuspätkommen", hörte er jemanden sagen. „Gleich am ersten Tag als Letzte zu erscheinen – Sie müssen mich für ausgesprochen unhöflich halten."

Die junge Frau, die diese Worte sprach, senkte beschämt den Blick, während Paul sie ansah. In Erinnerung der sich entfernenden Dame kam ihm der Anblick dieses Wesens mit dem weißen Kleid und dem weißen, mit zwei hellblauen Bändchen verzierten Sommerhut wie eine himmlische Erscheinung vor. Ihr Gesicht prägten sanfteste Formen; die vollen Lippen, die kleine Nase, die hohen Wangenknochen schienen von Künstlerhand modelliert, das Dunkelblond des hochgesteckten Haares und der Brauen passend zur Farbe der Haut gewählt. Keck fielen einige Strähnen unter dem Hut hervor in die Stirn. Die Anmut ihres Gesichtes stand im Einklang mit ihrer Figur.

Was an ihr aber am meisten fesselte, waren – als sie den Blick wieder hob – die Augen, die rätselhaft und ohne Fixpunkt durch ihn hindurchzuschauen schienen.

„Wenn Sie mir meine erste Verfehlung jedoch verzeihen wollen, werde ich mich zukünftig sicher als folgsame Schülerin erweisen", sagte sie noch einmal, als sie merkte, daß Paul ihre Worte überhört hatte.

„Oh, ja, natürlich. Es ist Ihnen verziehen – wir waren ohnehin noch nicht so weit. Äh ... Sie sind ..."

„Marie Wilken. Fräulein Uphoff gab mir heute morgen Bescheid, daß Sie noch Teilnehmer für Ihren Unterricht annehmen."

„Ja, ganz recht. Wie Sie sehen, sind wir nur ein kleines Häufchen. Fräulein Uphoff hat Ihnen mitgeteilt, daß wir heute im Freien arbeiten wollen? Haben Sie die nötige Ausrüstung mitgebracht?"

„Eine kleine Decke, einen festen Karton, Papier, Bleistift, Kohle, ein Tuch – alles da!"

„Gut, dann können wir ja losziehen. Wir gehen nämlich jetzt – bitte erschrecken Sie nicht, meine Damen – zum Friedhof!"

* * *

Eine halbe Stunde später, nachdem sie sich das Friedhofsgebäude aus der Nähe betrachtet und Paul die verschiedenen Stilmerkmale des kleinen Baus, der das Tor zum Gottesacker bildete, erläutert hatte, kehrten die Teilnehmer des Zeichenkurses über den Stadtgraben zurück und erklommen den gegenüberliegenden Wall. Von hier aus waren über Graben, Gärten und Weg hinweg das Torgebäude und der dahinterliegende Friedhof mit seinen hochaufragenden Baumreihen am besten zu überblicken.

„Du kannst dich ruhig zu uns setzen", riefen die drei geschwätzigen jungen Mädchen dem Jüngling zu und deuteten lachend auf ihre große, wollene Decke, die sie direkt unter den Wallbäumen ausgebreitet hatten. Der Angesprochene hatte sich jedoch sicherheitshalber ein ganzes Stück abseits gesetzt und tat, als sei er bereits ganz in seine Aufgabe vertieft.

Paul kletterte vorsichtig die recht steile äußere Wallseite hinunter, an deren Fuß, dicht am Wasser, Marie Wilken ihren Standort gewählt hatte. Ein Weilchen lang schaute er ihr unbemerkt über die Schulter. Wie alt sie wohl war, fragte er sich. Sie wirkte sehr gewandt und sicher in ihrem Auftreten und bei weitem nicht so kindisch wie die drei anderen Mädchen, obwohl sie gar nicht sehr viel älter aussah als diese. Er schätzte sie ungefähr so alt wie sich selbst – vielleicht etwas älter. Mit sicherem Blick und Strich legte sie schnell Perspektive und Proportionen des einfachen Gebäudes fest und deutete mit wenigen feinen Linien den Verlauf von Wegeführung und Baumreihen an.

„Man sieht, daß Sie nicht zum ersten Mal zeichnen", sagte Paul, als sie ihn bemerkte.

„Mein Vater hat mir früher einiges beigebracht", bestätigte sie. „Aber er starb schon vor 14 Jahren, und seitdem habe ich die Malerei ein wenig vernachlässigt."

„Was Sie einmal gekonnt haben, werden Sie sich schnell wieder aneignen."

„Ich hoffe. Zumal ich auch Cornelia über Ihre Lektionen auf dem laufenden halten möchte. Sie werden sicher Verständnis dafür haben, daß sie in den nächsten Wochen lieber nicht zu den Stunden kommen möchte – obwohl ich ihr dazu geraten habe. Ich finde es nicht richtig, wenn sich jemand vom gesellschaftlichen Leben ausgrenzt, nur weil es die Leute in der Trauerzeit von einem verlangen, und unter Umständen erst dadurch aus der Bahn geworfen wird."

„Nun, es ist ja nur für die ersten Wochen. Außerdem glaube ich doch, daß die Ausgrenzung nicht ganz so aufgezwungen ist, wie Sie sagen. In erster Linie ist es doch wohl die eigene Trauer, die einen zunächst vor allem anderen die Augen verschließen läßt, oder nicht?"

„Ja, sicher, Sie haben recht. Es ist nur ... ich weiß, wie gern Cornelia Ihren Unterricht besucht hat und daß es ihr sicher Freude machen würde, hier bei uns zu sitzen. Statt dessen verbringt sie jetzt den ganzen Tag in ihrem dunklen Haus und macht sich Gedanken."

„Ich verstehe. Sie müssen sehr mit Frau Scharnhorst befreundet sein."

„Ja, wir mögen uns sehr. Als Mädchen waren wir zusammen in der Schule, und als sie heiratete, zog sie sogar in unser Nachbarhaus – in der Kleinen Kirchstraße. Außerdem bin ich die Patin der kleinen Antje, ihrer Tochter."

Ein Weilchen sah die junge Frau versonnen ins Leere, während ein leichter Wind mit den Bändchen an ihrem Hut spielte.

„Haben Sie Herrn Scharnhorst auch gut gekannt?" fragte Paul schließlich vorsichtig. Marie Wilken überlegte.

„Ich denke schon ... das heißt: eigentlich nicht. Herr Scharnhorst war irgendwie ... ein schwieriger Mensch. Er sah es nicht gern, wenn Cornelia und ich miteinander schwatzten, und wenn er zu Hause war, besuchte ich sie auch nur selten. Aber das lag wohl daran, daß er soviel älter war als sie und mit unserem dummen Gerede nichts anzufangen wußte."

„Von meiner Wirtin und meinen Kollegen wurde er mir als ein sehr angesehener und sympathischer Mann beschrieben ..."

„Oh, sicher. Die Leute sprachen immer gut von ihm. Er war mit seiner Familie ein gerngesehener Bürger der Stadt."

„Sie würden also nicht glauben, daß ihm irgend jemand beruflich oder so Schwierigkeiten machte?"

„Das kann ich mir nicht vorstellen. Er war mit den Menschen gewöhnlich immer in bestem Einvernehmen – soviel ich weiß. Obwohl natürlich jedermann glaubt, es würde ihm zuviel Geld aus der Tasche gezogen; vornehmlich die, die viel darin haben! Aber weshalb ..."

„Oh, bitte entschuldigen Sie; Sie fragen sich natürlich, weshalb ich Sie so aushorche – natürlich, so muß es ja aussehen. Nun, Sie haben sicher davon gehört, daß ich zugegen war, als Herr Scharnhorst gefunden wurde. Und in jener Nacht wurde die Frage aufgeworfen, ob es sich bei dem Tod des Herrn Steuerinspecteurs nicht um Selbstmord handeln könnte."

Marie Wilken erschauderte sichtbar. „Selbstmord?" fragte sie ungläubig. „Aber nein, niemals! Man sagte uns, es handele sich um einen Unfall."

„Sehen Sie, jetzt habe ich Sie auch noch erschreckt. Das kommt davon, wenn man seine Neugierde nicht zu zügeln weiß – bitte entschuldigen Sie nochmals. Es gibt natürlich auch keinerlei Hinweise, die auf einen Selbstmord hindeuten würden. Ich dachte nur, weil davon gesprochen wurde, ob Herr Scharnhorst vielleicht Kummer in seinem Beruf gehabt haben könnte."

„Aber wegen so was würde man sich doch nicht umbringen. Herr Scharnhorst verließ – das hat mir Cornelia erzählt – später als gewöhnlich, irgendwann nach zehn Uhr, als es zu regnen aufgehört hatte, das Haus, um den Hund auszuführen. Er machte seine Runden immer auf dem Wall. Aber wenn man sich umbringen will, dann wartet man doch nicht, bis der Regen nachläßt, und nimmt seinen Hund mit!"

„Nein, sicher nicht. Zu dumm von mir. Aber wissen Sie: Als Maler malt man sich eben nur allzu gern Sachen aus, die jeder Logik entbehren."

„Schon gut – es war ja nicht böse gemeint, was Sie sagten."

Es trat eine kurze Pause ein, in der der Wind an Fräulein Wilkens Zeichenblatt zerrte und so die Aufmerksamkeit des Lehrers und seiner Schülerin wieder auf die Arbeit lenkte.

„Meinen Sie, ich soll die Striche zum Blattrand hin auslaufen lassen? Oder soll ich das ganze Papier ausnutzen?"

„Wenn Sie die Bedeutung des Gebäudes in der Zeichnung betonen wollen, lassen Sie die Flächen zu den Rändern hin blasser werden, das wirkt immer sehr schön."

„Ich werde es versuchen."

Paul erhob sich. „Gut, dann werde ich mal nachschauen, was Ihre Kolleginnen vorzuweisen haben."

Er kletterte den Wall wieder hinauf und gesellte sich zu den drei Mädchen, die gerade in größtem Einvernehmen die Pingeligkeit und den Geiz der Eltern beim Besuch des Schneiders beklagten. Immer, wenn sie für ein Fest ein neues Kleid brauche, erklärte die eine, halte ihr der Vater vor, sie habe doch gerade eines bekommen – dabei war das dann schon eine Ewigkeit her und das Kleid längst zu eng und zu altmodisch. Aber es war dem Vater eben egal, ob sie sich zum Gespött machte, wenn sie immer in denselben Sachen herumlief.

„Aber wenn man so adrett aussieht wie Sie drei, braucht man doch keine neuen Kleider", warf Paul mit gespieltem Ernst ein.

„Ach, davon verstehen Sie nichts", gaben die Mädchen herablassend zurück und machten keinen Hehl daraus, was sie von der Meinung eines Mannes in Modefragen hielten.

Paul zuckte mit den Schultern und schnitt das Thema an, in dem er kompetenter war.

„So, dann zeigen Sie einmal her, wie weit Sie schon gekommen sind ...", sagte er. „Nanu! Sie haben ja noch gar nicht angefangen, Fräulein Uphoff! Sie haben doch Ihre Utensilien dabei?"

„Ja – aber ich bringe es nicht zustande. Ich weiß gar nicht, wie ich anfangen soll."

Zornig warf Nanni Uphoff ihren Kohlestift ins Gras und stützte schmollend den Kopf in die Hände.

„Du mußt eben besser aufpassen, was Herr Franzius erklärt", warf die pummelige Friederike schnippisch ein und reichte Paul ihr eigenes dürftiges Werk.

„Gib bloß nicht so an", fuhr die andere sie an. „Du willst ja nur, daß Herr Franzius glaubt, mich interessiert das alles nicht."

„Das hat er sicher schon selbst gemerkt", war die Antwort.

„Und er hat sicher auch schon gemerkt, wie du dich bei ihm einschmeichelst, du Ziege."

„Das ist nicht wahr, das tue ich nicht. Du läufst doch ständig um ihn herum!"

„Du gemeines Biest!"

„Ach, ihr seid beide zu albern", schaltete sich nun die dritte ein und bedachte die beiden Streitlustigen mit verächtlichem Blick.

„Glaubt ihr, Herr Franzius findet das damenhaft? Bitte entschuldigen Sie meine Freundinnen, Herr Franzius; sie sind noch ein wenig unreif."

Die beiden so Bezeichneten schäumten vor Wut. Doch bevor sie explodieren konnten, griff Paul ein: „Ich glaube, Sie sind alle drei noch nicht ganz erwachsen", sagte er in möglichst hochmütigem Tonfall, und schon war es ihm gelungen, die Freundinnen wieder miteinander zu versöhnen, indem er sich selbst zum Angriffspunkt ihrer Proteste machte.

„Fangen Sie doch erst einmal mit der Vorderseite des Friedhofsgebäudes an", riet Paul, als sich die Mädchen wieder beruhigt hatten. „Die linke Seite setzen Sie danach dran – das mit der Perspektive hatte ich Ihnen ja erklärt. Und dann können Sie die Büsche und Bäume hinzufügen. Aber zeichnen Sie erst alles mit möglichst dünnen Linien vor – es braucht ja nicht heute fertig zu werden."

Er stand auf, schüttelte sich die Beine aus und sog mit tiefem Atemzug die herrliche Luft ein. Dann – gerade wollte er sich in Bewegung setzen, um nach seinem fünften Schüler zu sehen – hörte er plötzlich ein leises Knacken in den Wallbäumen über sich. Er blickte hinauf und nahm im dichten Geäst eine Bewegung wahr. Einen Moment lang erwog Paul, etwas zu sagen, besann sich dann allerdings eines Besseren und ging los.

Er war noch nicht ganz an dem Platz angelangt, an dem sich der Jüngling niedergelassen hatte, als die grellen Schreie dreier Mädchen zu ihm herüberhallten:

„Iiiieh – Käfer!"

„Huuuh – in die Haare, Hilfe!"

„Igitt – wie ekelig, wie ekelig!"

Quiekend und mit den Armen fuchtelnd sprangen die Zeichenschülerinnen auf und hüpften um ihre Decke herum.

„Die sind aus den Bäumen gefallen!"

„Genau auf meinen Kopf. Diese gräßlichen Dinger – huuuh!"

„He, da oben ist doch jemand ...!"

„Die Jungen, das waren die Jungen!"

Schon sprangen aus den Bäumen unmittelbar über ihnen drei, vier kleine Gestalten hervor und verschwanden – kaum, daß sie unten waren – im nächsten Garten.

„Na wartet, wenn wir euch erwischen ...!" – „Ihr Quälgeister!" – „Das sag ich Papa nachher, wenn er nach Hause kommt – dann kriegst du was!" riefen ihnen die Opfer hinterher.

Paul setzte seinen Weg fort und erkannte im Näherkommen das erste Mal so etwas wie ein Lächeln auf dem Gesicht des Jünglings.

„Des einen Leid, des anderen Freud“, sagte er und ging neben Albrecht in die Hocke.

„Ja ...!“ antwortete dieser, immer noch lächelnd, und nickte. Im nächsten Augenblick schon winkte er jedoch hastig ab: „Nein, nein! Ich mußte nur gerade an was denken, an was Lustiges.“ Er wurde rot und blickte starr und mit gesenktem Kopf auf seine Zeichnung.

„Darf ich mal sehen?“ fragte Paul.

Zögernd gaben die mageren Hände den Blick auf das bisher Gezeichnete frei. Was er sah, war gar nicht übel. Bereits in der ersten Zeichenstunde hatte er gemerkt, daß dieser Schüler schon oft für sich selbst gezeichnet haben mußte – obwohl er schon bereuen mochte, je den Wunsch nach der Kursteilnahme geäußert zu haben. Paul konnte sich lebhaft vorstellen, welche Ängste er ausstehen mußte in der Erwartung, daß seine drei Kolleginnen nun seine Mutter zum Gegenstand ihrer Späße und ihres Spotts machten.

„Das sieht schon sehr ordentlich aus – da werden Ihre Mitschülerinnen Augen machen. Hm ... Sie sollten aber doch nicht gleich mit den Feinheiten anfangen, sondern besser zuerst immer alles grob vorzeichnen. Sonst ist es fast unmöglich, die Größenverhältnisse richtig aufs Papier zu kriegen. Sehen Sie doch einmal Ihre Fenster an ...“

Dem Zeichner der zu kleinen Fenster schien jedoch etwas anderes auf der Seele zu brennen. Ohne recht zuzuhören, wartete er ab, bis sein Lehrer am Ende seiner Ratschläge angekommen war; dann stellte er eine Frage.

„Wo treffen wir uns eigentlich beim nächsten Mal?“

„Nun – bei Ihnen, denke ich.“

Albrecht, dem die Antwort natürlich genau bekannt gewesen war, machte ein bedenkliches Gesicht.

„Bei mir, das paßt nicht besonders gut am Dienstag. Eigentlich ... äh ... sogar überhaupt nicht. Meine Mutter ... Ich möchte nicht, daß ...“ Er verlor den Faden.

„Sie meinen, weil Ihre Mutter nicht unbedingt erbaut davon ist, den ganzen Zeichenkurs in ihrem Hause zu haben?“ half Paul ihm, obwohl er wußte, daß es sich genau andersherum verhielt: Der arme Kerl wollte seine Mutter vor dem Zeichenkurs verstecken.

„Sprechen Sie doch noch einmal mit ihr darüber. Bestellen Sie ihr einen schönen Gruß von mir und sagen Sie, wir seien sehr anspruchslos und sie brauche ja gar nicht einmal in Erscheinung zu treten."

„Hm ...", machte der Jüngling. Die letzte Bemerkung schien ihm zu gefallen. „Ja, ich richte es ihr aus."

Paul stand auf. Um die Bedenken vollends zu zerstreuen – denn er trug die Verantwortung dafür, daß Pflichten gerecht verteilt wurden, und schließlich war es dem Regierungsrat van Vossen nicht zuzumuten, daß der Zeichenkurs seiner Tochter jede Woche seine Wohnstube besetzte –, wollte er noch versuchen, das Geschwätz der Mutter zu verharmlosen, so gut es ging. Überdies hatte er es auch wirklich als gefühl- und taktlos empfunden.

„Übrigens – daß Sie gar nicht so krank und schwächlich sind, wie Ihre Mutter sagt, das wissen wir alle. Mit meiner Mutter ist es genauso: Was sich einmal in ihrem Kopf festgesetzt hat, das geht nie mehr heraus. Wahrscheinlich hatten Sie nur einmal im Sommer einen Schnupfen, und schon sind Sie für alle Ewigkeit ein empfindliches Kind – nicht wahr?"

Der Jüngling zuckte verlegen mit den Schultern und murmelte etwas. Als Paul sich dann entfernte, hörte er hinter sich ein dreifaches, heftiges Niesen. –

Paul legte die Hände hinter dem Rücken zusammen und genoß die friedliche Szenerie, die ihn umgab. Der laue Wind spielte in den sich eben zögerlich begrünenden Wipfeln über ihm, aus dem nun keine Käfer mehr fielen, der Buchfink sang sein Lied, und einige dicke Hummeln summten rastlos zwischen den Osterblumen umher, die den Wall inselartig gelb befleckten. Seine fünf Schützlinge waren alle eifrig mit ihrer Arbeit beschäftigt – ja, sogar das Fräulein Uphoff schien in fruchtbares Schweigen vertieft. Da er ihnen nicht pausenlos über die Schulter gucken wollte und auch wußte, wie sehr das bloße Gefühl dessen das künstlerische Schaffen beeinträchtigen konnte, beschloß er, seinen Schülern für ein Weilchen ganz freie Hand zu lassen. Er stieg wieder den Wall hinab und sagte zu Marie, als er an ihr vorbeikam:

„Entschuldigen Sie, wenn ich Ihnen gleich ein wenig im Bild herumlaufe. Ich möchte mir den Friedhof ansehen und muß dazu wohl durch das Torgebäude gehen."

„Nehmen Sie sich in acht. Ich zeichne alles, was ich sehe."

Auf dem Friedhof stieß Paul, kaum, daß er das Portal durchschritten hatte, auf eine einladend aussehende Bank. Einem spontanen Gefühl nachgebend, ließ er sich auf den von der Sonne er-

Auf dem Auricher Friedhof

wärmten Latten nieder, streckte die Beine aus und atmete genießerisch tief durch. Nach einer kurzen Besinnungspause griff er in die Tasche und nahm ein gefaltetes, bedrucktes Blatt heraus, das ihm Friedrich am Mittag mitgebracht und zur ergötzlichen Lektüre vor Ort empfohlen hatte. Es war ein Bericht, den ein holländischer Besucher vor bald fünfzig Jahren über den Auricher Friedhof verfaßt hatte, und der aus einem Grunde, den Paul nun herausfinden wollte, in deutscher Sprache in der Stadt veröffentlicht worden war.

„... und was zeigte sich denn dort wohl?, höre ich Dich, dünkt mich, neugierig fragen! – Ein Kirchhof, mein Freund, nichts anderes. Aber ein Kirchhof, wie unser ganzes Land noch keinen, weder in den Städten noch außerhalb angelegt, aufweisen kann, und welcher vielleicht durch keinen einzigen in irgend einem christlichen Kulturstaat übertroffen wird, der von dem stinken-

den Morast, in den man bei Euch die Toten wirft, und von dem Amsterdam'schen Misthaufen, auf dem man dasselbe tut, soviel verschieden ist, wie der schmutzigste Schweinestall von dem ansehnlichsten königlichen Palast.
Stell Dir inmitten stattlicher Gebüsche ein ausgedehntes längliches Viereck vor, ringsum durch einen schmalen Graben von dem übrigen Lande getrennt. An der Vorderseite erhebt sich ein einfaches, doch ausnehmend hübsches Gebäude, welches in drei Teile abgeteilt. An der einen Seite ist ein Zimmer bewohnt von Leuten, welche die Aufsicht über den Friedhof führen; an der anderen Seite ein geräumiges Gemach, in dem bei Gelegenheit einer Beerdigung die Leichen niedergesetzt, und nach der Sitte der Lutheraner eine Art Leichenrede gehalten wird. Der mittlere Teil ist ein rundgewölbter, durch eine Gitterpforte zu verschließender Torweg, welcher den Zugang zu dem bemeldeten Kirchhof bildet. Von dem Torweg aus geht ein fast unabsehbarer, gerader Pfad, in der Mitte durch einen ebensolchen Pfad durchschnitten, wie auch ein solcher die ganze Außenseite umgibt. Zwischen den Gräbern hindurch verlaufen weitere krumme oder gerade Pfade. Die Hauptwege sind mit hochwachsenden Bäumen bepflanzt; zwischen diesen Rosen, Jasmin und anderes Gesträuch.
Die ganze Anpflanzung ist noch jung, doch, wenn herangewachsen, wird dieser Kirchhof den angenehmsten Spaziergang abgeben.
Außerdem war er mit einer großen Menge mehr oder weniger prächtigen Grabmälern oder aufrechtstehenden Grabsteinen geschmückt, die zwischen den Bäumen dem Ganzen die gefälligste Abwechslung gaben.
Besonders fiel mir auf, daß auf einigen Gräbern auf dem oberen und unteren Teil junge Rosen und andere Bäumchen gepflanzt waren. Ein Beweis, dünkt mich, mein Freund, von dem guten Geschmack der Auricher, die in dieser Hinsicht eine hohe Stufe der Erleuchtung scheinen erstiegen und uns, ihren jetzigen Landsleuten, ein nachahmungswürdiges Vorbild gegeben zu haben."

Amüsiert über dieses kuriose Schriftwerk, merkwürdigerweise aber auch mit einem Gefühl von Stolz, sah Paul sich um. Die Anpflanzung war nun herangewachsen, und er erhob sich von seiner Bank, um zu erproben, ob sie, wie prophezeit, nun den angenehmsten Spaziergang abgab. Er schritt die Allee bis an ihr fast unabsehbares Ende hinunter, wozu er eine ganze Weile brauchte, und verlor sich dann seitwärts auf den krummen oder geraden

Pfaden. Vor einigen besonders markanten Grabstellen blieb er stehen – interessanter aber waren oft gerade die einfachen Steine. Er las von einem Mädchen, das in einen Brunnen gestürzt und ertrunken war, von zwei Eheleuten, die in hohem Alter einträchtig am selben Tage verschieden waren, und notierte sich ein paar besonders ulkige ostfriesische Namen. Als er einen der vielen immergrünen Sträucher umrundete, stand er plötzlich vor einem tiefen, frisch ausgehobenen Loch.

Unvermittelt erinnerte es ihn daran, daß auf diesem friedlichen Platz Menschen vergraben wurden, Menschen, die gestern noch zufrieden ihren Tee getrunken und über einen Witz gelacht hatten. Als besonders kraß empfand er das hohnlachende Bild der Schaufel, die schief in dem aufgehäuften Aushub steckte.

Das mußte das Grab des Steuerinspecteurs sein. Was würde wohl über seinen Tod auf dem Grabstein stehen? Schon waren Pauls Gedanken wieder bei den merkwürdigen Umständen des Todesfalles, mit dem er durch Zufall in Berührung geraten war.

Welche Schlüsse konnte er aus der kleinen Unterhaltung mit Marie Wilken ziehen? Ihre Angaben bestätigten ihn vornehmlich in der Annahme, daß der Steuerinspecteur am Dienstag abend ohne jeden Gedanken daran, es könne sein letzter Spaziergang werden, sein Haus verlassen hatte. Paul zweifelte nicht, daß Herr Scharnhorst tatsächlich nur seinen Hund hatte ausführen wollen und nicht etwa eine Verabredung an der Mühle getroffen hatte. Das belegte die Anwesenheit des Hundes zwar nicht mit letzter Sicherheit – er hätte ihn auch zur Tarnung mitnehmen können, um seine wahren nächtlichen Aktivitäten vor seiner Frau zu verbergen, oder zu seinem eigenen Schutz, weil er ahnte, daß es zu Handgreiflichkeiten kommen konnte, oder auch nur, um zwei Pflichten miteinander zu verbinden. Gegen ein Treffen an der Wallmühle sprach vielmehr die unscheinbare Aussage, daß der Steuerinspecteur zunächst auf das Ende des Regens gewartet hatte, bis er aufgebrochen war. Wäre er für einen bestimmten Zeitpunkt verabredet gewesen, hätte er kaum eine Besserung abgewartet und den anderen im Regen stehen lassen. Schließlich war es den ganzen Tag über nie länger als fünf Minuten trocken gewesen, so daß nicht abzusehen gewesen war, ob es überhaupt noch aufhören würde. Der Steuerinspecteur, da war er sich seiner Sache ziemlich sicher, hatte in jener Nacht einen ganz normalen Spaziergang gemacht – bis ihn an der Mühle sein schlimmes Schicksal ereilte.

Paul stand noch immer am offenen Grab und starrte auf den schwarzen Erdhügel vor sich. Ein dicker, rosaroter Wurm bohrte sich aus einer der feuchten Soden ans Tageslicht, um gleich darauf wieder im Erdreich zu verschwinden. Bei dem Gedanken, daß sich die Bewohner der Unterwelt auch durch das bald morsche Holz eines Sarges fressen würden, lief ihm ein kalter Schauer den Rücken hinunter.

Wem war das spätere Opfer also auf seinem Spaziergang begegnet, versuchte er, seine Aufmerksamkeit wieder zurückzulenken. Daß es keinen Selbstmord begangen hatte, war ihm natürlich nach wie vor klar. Die Frage nach möglichen beruflichen Schwierigkeiten des Steuerinspecteurs hatte er Marie Wilken auch nicht wie vorgegeben deshalb gestellt, weil er einen Grund für einen Freitod des Mannes suchte; er hatte gehofft, von ihr den Namen irgendeines Steuerzahlers zu erfahren, der mit dem Inspecteur im Streit gelegen und vielleicht ein ausreichendes Motiv für einen Mord gehabt hätte. Doch auch von ihr hatte er nur gehört, wie gut er mit jedem Bürger der Stadt auszukommen wußte.

Paul kratzte sich am Kinn und schüttelte resignierend den Kopf. Wenn er ehrlich war, hatte er eigentlich gar nichts erfahren; höchstens, daß alle an einen Unfall glaubten.

Die Hände in den Taschen vergraben, schlenderte er zum Hauptpfad zurück und spazierte unter den Alleebäumen hindurch wieder dem Eingang entgegen. Er trat, noch immer in Gedanken vertieft, einen Kiesel vor sich her. Ob Fräulein Wilken seine Fragerei wohl als wichtigtuerisch oder dümmlich abtat? Er hoffte es zumindest, denn sonst stand zu befürchten, daß sie seinen laut gewordenen Verdacht an ihre Freundin weitergab. Dann hätte er es auf diesem Umweg doch fertiggebracht, die junge Witwe zu beunruhigen – und nichts lag ihm eigentlich ferner als dies.

Marie Wilken machte allerdings nicht den Eindruck einer geschwätzigen, gefühllosen Frau, die eine labile Seele, wie sie die Frau des Steuerinspecteurs zu sein schien, mit bloßen Verdächtigungen ängstigte. Sie war dem Anschein nach klug und recht gewandt , wenngleich Paul an ihr eine gewisse Undurchdringlichkeit ausgemacht hatte. Sie wahrte jederzeit einen Abstand, der sich gar nicht einmal in ihren Worten äußerte, sondern in ihrem Gesicht und ihren Bewegungen ... vielleicht lag es auch nur an ihrem rätselhaften Blick.

Seine Sorgen waren jedenfalls bei reiflicher Überlegung ziemlich unbegründet. Um ganz sicher zu gehen, beschloß er, seine Schülerin hinsichtlich seines Geredes um Diskretion zu bitten.

Er war jedoch noch nicht ganz am Friedhofsgebäude angelangt, als ihn ein verhaltener Ruf von seinem Vorhaben ablenkte.

„Hallo! Herr Franzius – hier, na hier!“

Verwundert schaute Paul in die Richtung, die ihm da so eindeutig beschrieben wurde, und entdeckte zwischen den Büschen und Gräbern auch gleich einen zylinderlüftenden Herrn.

„Äh, Herr Detmers! Jetzt erkenne ich Sie“, rief er zurück, da er den freundlichen Justizrat aus Norden ausmachte, der ihn bei seiner Ankunft in Aurich in seinem Wagen mitgenommen hatte.

„Was machen Sie denn bei uns in Aurich?“ fragte er und lief dem honetten Manne entgegen.

Freudig und kräftig schüttelte der Justizrat ihm die Hand.

„Eine unangenehme, höchst brisante Streitsache um ein Stück Pachtland treibt mich von meinem gemütlichen Schreibtischplätzchen hierher – und natürlich der Besuch meiner lieben, verstorbenen Frau. Sie war eine gebürtige Auricherin, müssen Sie wissen, und liegt daher hier begraben. – Aber wie geht es Ihnen, junger Freund? Haben Sie sich schon eingelebt in Ihrer neuen Umgebung?“

„O ja. Ich habe ein schönes Zimmer direkt am Markt, ich finde herrliche Motive für meine Zeichenarbeiten, und die Ideen für den Unterricht sind mir auch noch nicht ausgegangen. Sogar das Wetter war bisher überwiegend gut!“

„Na, dann warten Sie einmal ab. Sie werden noch oft genug Gelegenheit bekommen, unser ostfriesisches Wetter zu verfluchen.“

„Ach – ich finde, auch dunkle und verregnete Tage haben ihren Reiz; gerade hier oben. Und solange es zwischendurch Tage wie diesen gibt ... Wir haben den heutigen gleich dazu genutzt, uns im Freien zu beschäftigen.“

„Dann sind das Ihre Schüler, die da drüben auf dem Wall sitzen?“

„Richtig. Das Friedhofsportal ist unser Motiv. Deshalb treibe ich mich auch hier herum.“

„Ach so. Ich dachte schon, es wäre wegen dieser Sache mit Herrn Scharnhorst. Man hört ja bis nach Norden von Ihnen und Ihren Abenteuern!“

„Von mir und meinen ...?“

„Ja. Sie haben doch den Herrn Steuerinspecteur von der Wallmühle fallen sehen, oder?“

„Nein! Um Himmels willen! Ein Freund und ich haben ihn lediglich vor der Mühle aufgefunden – das heißt, einige Jungen haben ihn entdeckt und uns dazugerufen. Aber weshalb weiß man denn in Norden, daß ich ..."

„Junger Freund, ich sehe, Sie haben das Kleinstadtleben noch nicht vollkommen verinnerlicht! – Ein angesehener Bürger dieser Stadt stürzt in stürmischer Nacht von einer Mühle, bricht sich den Hals und wird ausgerechnet von einem fremden jungen Mann gefunden – eine solche Sensation wandert wie ein Lauffeuer von Dorf zu Dorf; so ist das hier bei uns. In den größeren Städten passieren wahrscheinlich jeden Tag viel ungewöhnlichere Dinge, vielleicht mehrere in wenigen Stunden. Dort wird nicht lange von ein und derselben Sache gesprochen und von den Menschen, die damit zu tun hatten, sowieso nicht, weil keiner den anderen kennt. Aber hier, mein Lieber, ist der Fund eines Toten, der nicht in hohem Alter im eigenen Bett verstorben ist, vielleicht das Aufregendste, was im ganzen Jahr passiert."

Der Justizrat klopfte dem jungen Lehrer freundlich auf die Schulter. „Und jeder, der diese Geschichte hört, fügt beim Weitererzählen sein Scherflein hinzu. Mir wurde sie so zugetragen, daß Ihnen der arme Mann fast auf den Kopf gefallen ist!"

Paul lächelte höflich. Natürlich wußte er, daß jedermann über den ungewöhnlichen Tod des Steuerinspecteurs sprach und nachdachte. Er hatte ja selbst erlebt, wie schnell sich die Nachricht verbreitet hatte und wie ihn hernach die Leute mit Fragen bestürmt hatten (und dabei schon besser Bescheid zu wissen glaubten als er, der dabeigewesen war). Daß man aber seine eigene Person, die an sich ja völlig unwichtig war, in die Spekulationen und Geschichten mit einband, darüber hatte er noch nicht nachgedacht, und jetzt, da er davon hörte, beschlich ihn ein unangenehmes Gefühl.

„Was machen Sie denn plötzlich für ein Gesicht?" forschte der Justizrat. Als aufmerksamem Beobachter war ihm Pauls Gemütsänderung nicht entgangen.

„Sie werden sich das Geschwätz der Leute doch wohl nicht zu Herzen nehmen, was? Ja – wenn Herr Scharnhorst gewußt hätte, daß ausgerechnet er zum Stadtgespräch werden würde, er hätte es sich gewiß noch einmal überlegt, nachts auf eine Mühle zu klettern."

„Das hört sich so an, als hätten Sie den Steuerinspecteur gekannt", griff Paul die letzte Bemerkung überrascht auf.

Justizrat Detmers nickte bejahend: „Ich habe anläßlich einiger beruflicher Verpflichtungen seine Bekanntschaft gemacht“, sagte er. „Nicht, daß ich oft mit ihm gesprochen hätte – aber er war immer bemüht, ein höfliches und einwandfreies Verhalten an den Tag zu legen. Das ist in meinem Beruf nicht unbedingt selbstverständlich, wenn man auf verschiedenen Seiten streitet.“

„Hm. Sobald das Gespräch auf den Steuerinspecteur kommt, beteuern alle Leute, wie außerordentlich höflich und korrekt er immer gewesen ist. Ich muß zugeben, je öfter mir das versichert wird, desto verdächtiger wird mir der Mann“, bemerkte Paul.

„Leute, die sich einschmeicheln und stets nur vernünftig handeln, sind mir auch unsympathisch“, gab der Justizrat zu. „Aber solange sie damit niemandem etwas antun ...“

„Dann möchte ich auch nichts daran aussetzen. Aber wenn jemand Vernunft schon von seinen Kindern erwartet und die eigene Korrektheit auch zum Maßstab für andere bestimmt, dann ist mir das nicht ganz geheuer.“

„Haben Sie solches Verhalten bei Herrn Scharnhorst festgestellt?“ fragte Herr Detmers.

„Ja“, sagte Paul. „Ich bin ihm einmal auf einer Schuitenfahrt begegnet – da gab es eine unerfreuliche Szene mit einem jungen Burschen.“

„Hm ...“, brummte der Justizrat leise. „Lassen Sie mich Ihnen einen freundschaftlichen Rat geben: Seien Sie mit Äußerungen wie diesen lieber vorsichtig. Die Menschen in einer so kleinen Stadt meinen, sich gegenseitig genau zu kennen. Wenn sie glauben, daß der eine oder andere Nachbar ein ehrenwerter, respektabler Bürger ist, dann bleiben sie bei dieser Meinung – erst recht, wenn derjenige, der das Gegenteil behauptet, ein Fremder ist wie Sie. Also gehen Sie mit unserem Steuerinspecteur lieber nicht so hart ins Gericht. – Aber wenden wir uns doch den Lebenden zu“, sagte er unvermittelt, und seine Miene hellte sich wieder auf. „Was halten Sie davon, wenn Sie mich einmal in Norden besuchen? Wenn Sie mein Haus schon nicht photographieren wollen, dann können Sie es doch wenigstens zeichnen. Meine Tochter würde sich sicherlich auch sehr freuen, Sie bei uns begrüßen zu können – sie hält Sie nämlich immer noch für einen Dichter! Warten Sie, ich will Ihnen meine Anschrift aufschreiben.“

* * *

Der Eifer der drei Fräuleins auf dem Wall war nur von kurzer Dauer gewesen. Obwohl ihre Zeichnungen noch weit vom Stadium der Vollendung entfernt waren, hatten sie gemeinschaftlich ein anderes Blatt zu bezeichnen begonnen, das sie kichernd zerknüllten, als Paul sich ihnen näherte.

„Wo ist denn Fräulein Wilken hingegangen?" fragte er.

„Die wollte kurz nach ihrer kranken Mutter sehen. Sie wohnt ja gleich hier um die Ecke. Ihre Sachen hat sie dort drüben hingelegt."

Paul nahm die fertige Arbeit und begutachtete sie kurz. Dann, nach einem Blick zu Albrecht hinüber – der noch unverändert an seinem Platz saß und angestrengt zu zeichnen schien –, beschloß er, Marie Wilken entgegenzugehen. Er wollte gerade zur Kleinen Kirchstraße hinuntersteigen, als er sie schon zurückkommen und mit zusammengezogenen Augenbrauen mit sich selber reden sah. Sie bemerkte Paul und lachte errötend.

„Nanu, Sie machten aber gerade ein mürrisches Gesicht!"

„Ach ... ich habe mich über meine Mutter geärgert. Hundertmal habe ich ihr schon gesagt, sie soll das Fenster nicht sperrangelweit aufmachen – eine Lungenentzündung würde sie sicher nicht überstehen. Sie ist krank und muß fast immer im Bett liegen, und da wollte ich nur schnell nach ihr sehen."

„Oh, Sie brauchen über Ihr Kommen und Gehen keine Rechenschaft abzulegen. Ich war nur in Sorge, Sie träfen vielleicht zufällig Frau Scharnhorst und erwähnten ihr gegenüber mein gedankenloses Gerede über den Tod ihres Mannes. Aber das täten Sie aus Feingefühl sicher ohnehin nicht, und wahrscheinlich haben Sie auch gleich gemerkt, daß der Gedanke an Selbstmord natürlich Unsinn ist."

„Ich hätte sicher nichts gesagt, nein – vielleicht hatten Sie aber doch recht, daß man die Möglichkeit nicht ganz vergessen darf. Mein Eindruck hat nicht viel zu sagen, und schließlich war Herr Scharnhorst manchmal ein sehr unberechenbarer Mensch ..."

„Ja ... Nun, alle Einzelheiten wird man wohl doch nie herausfinden. Und wie gesagt – ich möchte auf keinen Fall irgendwelche unnötige Unruhe verursachen. Es ist nur, wenn man wie ich so hautnah etwas miterlebt hat, dann macht man sich schon seine Gedanken ..."

Sie waren fast bei den anderen angekommen.

„Ach, übrigens, ich bin Ihnen sehr dankbar, daß Sie nicht Ihre Drohung wahrgemacht und mich mit abgebildet haben. Ich habe Ihre Zeichnung schon gesehen."

Paul schlug vor, zum Sammeln zu blasen und in einer Teestube die Ergebnisse des Nachmittages gemeinsam zu betrachten. Auf diesen letzten Punkt legte er immer viel Wert, stellte er doch für gewisse Kursteilnehmer den einzigen Anlaß dar, sich Mühe zu geben.

„Albrecht, wir gehen!" riefen die drei Mädchen und winkten, worauf der Jüngling hastig seine Sachen zusammenpackte und herüberkam.

„Ich bin gerade fertig geworden!" erklärte er.

* * *

Friedrich war müde von seiner Arbeit nach Hause gekommen und saß zusammengesunken mit einem Buch in Pauls gemütlichem Ohrensessel.

„Was ist dir denn Komisches widerfahren", fragte er, als Paul grinsend durch die offene Zimmertür hereinkam.

Der ließ sich der Länge nach auf sein Bett fallen, machte es sich bequem und entwarf ein lebendiges Bild von den dreien auf der Decke, wie sie entsetzt die Maikäfer aus den Haaren klaubten, und den glücklich türmenden Kosaken. Seine Munterkeit übertrug sich zusehends auf Friedrich.

„Die Neue ist übrigens eine sehr reizende Person", sagte er dann. „Eine Marie Wilken, die Nachbarin und beste Freundin von unserer Frau Steuerinspecteur. Ich habe versucht, von ihr etwas über eventuelle Feinde Herrn Scharnhorsts in Erfahrung zu bringen, indem ich nach Schwierigkeiten mit irgendwelchen Leuten fragte, die ihn in den Freitod getrieben haben könnten. Das war dumm von mir. Hoffentlich kann sie den Mund halten, sonst ist ein Gerücht mehr im Umlauf."

„Das kann sie bestimmt."

„Ich glaube es eigentlich auch, denn ein Plappermaul ist sie nicht. Und wenn doch – wie mir der Justizrat Detmers berichtete, spricht man sowieso schon bis Norden von uns."

Die Abendbrotzeit rückte näher, und Frau Rosenbohm kam herauf und erkundigte sich, ob sie noch etwas von dem Gemüseeintopf wollten, der aufgewärmt immer besonders gut schmecke. Sie, Frau Rosenbohm, könne sich dann geradezu hineinsetzen.

Das war nun so eine Sache. Ein „Nein, danke" würde gewiß so ausgelegt werden, daß ihnen der Eintopf nicht geschmeckt hatte. Also bestellte jeder einen Teller – *einen* Teller.

Beim Essen erfuhr Paul von der Wirtin, daß die Beisetzung des Steuerinspecteurs für den kommenden Vormittag festgelegt worden war. Das bereits fertig ausgehobene Grab hatte es ihn schon ahnen lassen. Leider würde er nicht daran teilnehmen können – seinen Stundenplan hatte er längst im Kopf. Für eine Beurlaubung schien ihm eine ausreichende Begründung zu fehlen, obwohl er sich für die anwesenden Menschen schon interessierte. Aber Friedrich zeigte Neigung, hinzugehen. Er sagte, es sei in den letzten Jahren in Beamtenkreisen richtig in Mode gekommen, sich für Beerdigungen oft ganz Fremder freizunehmen und an der anschließenden Teetafel möglichst viel Teekuchen zu verzehren. So würde es nicht weiter auffallen, wenn er sich nach der finsteren Gestalt im Friedhofsgesträuch umschaute, die sehen wollte, ob der Steuerinspecteur auch wirklich unter die Erde käme. –

Solche finsteren Gestalten gab es nur in Romanen, das wußte Paul. Dennoch wartete er am nächsten Mittag ungeduldig im „Weißen Bären" auf Friedrich und seinen Bericht.

Als Friedrich endlich kam, machte er allerdings ein Gesicht, als habe sich nichts wesentlich Neues ergeben.

Wie sie schon vermutet hatten, hatte sich die halbe Stadt, darunter auch einige hochgestellte Persönlichkeiten – teils aus Neugier, teils aus Gewohnheit und teils aus echter Anteilnahme am Schicksal des ehrbaren Mannes und seiner jungen Witwe – dem Trauerzug angeschlossen, der sich am Vormittag unter dem Geläut der Kirchenglocken zum Friedhof begeben hatte. Mit Blumengebinden feierlich geschmückt, war der Sarg auf einem Wagen der Prozession vorangefahren, bis er vor dem Torgebäude von vier Trägern aufgenommen und zur Grabstelle getragen worden war. Dort hatte der Pfarrer ein letztes Mal den Charakter und das Auftreten des Verblichenen gewürdigt und nach dem Gebet der Witwe mit leisen Worten die Unterstützung und Hilfe der Kirche angeboten. Friedrich berichtete, daß die junge Frau dem Kirchenmann mit belegter Stimme gedankt und anschließend mit leerem Blick die Beileidsbekundungen der Traugäste entgegengenommen habe. Tränen, sonst die üblichen Begleiter von Verzweiflung und Niedergeschlagenheit, seien ihr aber weder in der Kirche noch am Grabe gekommen.

Die Totenfeier habe dann im Anschluß an das Begräbnis im Piqueurhof am Westertor stattgefunden. Friedrich hatte sich an der Teetafel unter die Schar der Beamten gemischt, sich aber seinen Stuhl so zurechtgerückt, daß er den Tisch der engsten Angehörigen des Verstorbenen gut einsehen konnte. Ein unbekannter Finsterling, der sich in der Trauergesellschaft nach etwa geäußerten Verdachtsmomenten hatte umhorchen wollen, sei aber auch hier nicht aufgetaucht, berichtete er. Der kleine Kreis der Familie, der neben der Witwe noch zwei jüngere Brüder des Toten mit ihren Familien, die Mutter, Onkel und Tante und zwei Kusinen der Hinterbliebenen zählte, habe weitgehend isoliert gesessen und sei von den meisten Gästen nur bei der Verabschiedung und nur in steifer Förmlichkeit angesprochen worden. Insgesamt habe die Teetafel lediglich Friedrichs Abneigung gegenüber solchen Totenfeiern vergrößert, die er mit äußerst zwiespältigen Gefühlen betrachtete. Das Bild einer essenden, trinkenden und schwatzenden Gesellschaft schien ihm kaum zum Trost der Trauernden zu gereichen. So habe er sich auch schon bald erhoben und davongemacht, um Paul zu treffen.

„Damit sind wir also noch immer so klug wie zuvor", sagte Paul grüblerisch, als sie den „Weißen Bären" verließen.

Friedrich zuckte mit den Schultern. „Weißt du, allmählich glaube ich schon nicht mehr an unsere Theorie", sagte er. „Wahrscheinlich gibt es eben doch für alles eine ganz einfache, natürliche Erklärung."

„Ein Mord wäre ja eine einfache und natürliche Erklärung für alles", entgegnete Paul. „Nur weil sie unschön ist, muß sie ja nicht auch unwahrscheinlich sein."

„Ich weiß nicht. Mischen wir uns nicht sowieso in Sachen ein, die uns nichts angehen?"

„Das finde ich nicht. Wenn ein Mord geschieht, geht das jeden etwas an. Und wir sind nun einmal in die Angelegenheit hineingeraten und wissen einiges. Da haben wir eine besondere Pflicht, meinst du nicht?"

„Doch, schon. Aber wir haben doch überhaupt nichts Handfestes vorliegen – außer der Sache mit den Mühlenflügeln. Und können wir uns da nicht auch täuschen?"

„Kann sein. Aber ich glaube es nicht. Allerdings weiß ich auch nicht, wie wir uns darüber Gewißheit verschaffen können. Wir müssen wohl darauf warten, daß der Zufall uns etwas in die Hände spielt ..."

Siebtes Kapitel

Verärgert zerknüllte Paul Franzius ein Blatt Papier und warf es zu den anderen Kügelchen, die bereits auf dem Fußboden verteilt lagen. Es war Sonntagvormittag, und er hatte sich aus Langeweile und um die Zeit bis zum Mittagessen totzuschlagen an seinen Tisch gesetzt und angefangen, kleine Karikaturen von seinen Kollegen anzufertigen, die er seinem nächsten Brief an die Familie beifügen wollte. Doch eine anständige Zeichnung wollte ihm heute einfach nicht gelingen – wie denn auch, wenn einem der herzhafte Duft aus Frau Rosenbohms Küche lockend in die Nase stieg! gab er der guten Wirtin die Schuld.

Er wischte sämtlichen Schreib- und Zeichenkram beiseite, rückte seinen Stuhl näher ans Fenster und legte die Füße hoch. Es war ihm inzwischen ein liebgewordener Zeitvertreib, von seinem Zimmer aus das Leben auf dem großen Platz zu beobachten, wenn Kindergeschrei und Pferdegetrappel zu ihm heraufdrangen. Zwischen sonntäglichem Gottesdienst und Mittagessen aber waren von den sonst so zahlreichen Spaziergängern nur einige Herren zu sehen, die sich zu einem Frühschoppen von zu Hause fortgestohlen hatten, während ihre Frauen schwitzend vor dem Herdfeuer standen. Als Paul allerdings den Blick über die Häuserfassaden auf der anderen Marktplatzseite schweifen ließ, erspähte er in einer der schmalen Zwischengassen eine Handvoll Gestalten. Er sah genauer hin und erkannte, daß es sich um einige Jungen seiner Schule handelte. Sie hatten sich zu einem Kreis formiert und die Köpfe zusammengesteckt. Hin und wieder schaute der eine oder andere vorsichtig um die Ecke und versicherte sich, daß kein ungebetener Zuhörer sie belauschte.

Kurz darauf setzte sich der kleine Troß in Bewegung. Die Jungen marschierten quer über den Platz auf das Rosenbohmsche Haus zu, und ihnen voran machte Paul nun den wilden, ungebändigten Haarschopf Wrobels, ihres Anführers, aus. Vor dem Hause angelangt, sammelte der Hauptmann seine Garde noch einmal um sich und hielt eine letzte, geflüsterte Ansprache. Dann trat er vor die Tür und klopfte an.

„Was wollt ihr denn schon wieder hier, ihr Stromer – etwa wieder den ganzen Sonntagskuchen aufessen?“ hörte Paul Frau Rosenbohms Stimme forschend fragen. „Gleich ist Mittagszeit, und ihr solltet lieber nach Hause gehen und kräftig von den Kartoffeln und dem Gemüse essen, das eure Mütter für euch gekocht haben – das ist viel gesünder. Immer die süßen Sachen naschen!

Wenn ihr so weiter macht, dann fallen euch bald alle Zähne aus. Aber wer nicht hören will, der muß fühlen – so hat es meine Mutter schon immer gesagt."

„Wir wollen zu Herrn Groth", sagte einer der Jungen.

„Zu Herrn Groth?" wiederholte Frau Rosenbohm. „Na, das hätte ich mir ja gleich denken können. Was setzt er euch überhaupt für Flausen in den Kopf, hm? Spioniert ihr etwa für ihn die Leute aus oder ... klaut ihr etwa für ihn? Wundern würde es mich nicht. Wahrscheinlich habt ihr es auf mein silbernes Teestövchen abgesehen und versucht nun heimlich, euch in mein Haus zu schleichen."

„Nein, wir wollen nur mit Herrn Groth sprechen."

„So? Ich traue euch aber nicht, ihr Halunken. Ihr seid eine ganz gefährliche Bande!"

„Wir wollen wirklich nur Herrn Groth sprechen."

„Aber Herr Groth ist überhaupt nicht da. Er treibt sich wieder irgendwo herum und heckt Unfug aus – genau wie ihr."

„Dann wollen wir zu Herrn Franzius."

„Wie ...? Zu Herrn Franzius? Ja, aber ... Also, von Herrn Franzius hätte ich nicht gedacht, daß er soviel Unsinn im Kopf hat – ich bin sehr enttäuscht. – Oder hat euer Besuch vielleicht etwas mit der Schule zu tun? Natürlich, jetzt verstehe ich! Ihr habt Fragen wegen eurer Hausaufgaben! Wenn das so ist, will ich euren Lehrer gleich einmal für euch rufen – *Herr Franzius!*"

Paul erschien am oberen Treppenabsatz.

„Haben Sie mich gerufen, Frau Rosenbohm? Ah, sicher ist das Essen schon fertig", sagte er gespielt ahnungslos.

„Nein, nein", gab die Wirtin zurück, „da müssen Sie sich noch ein wenig gedulden, Herr Franzius. Ein paar Ihrer Schüler sind hier und möchten Sie sprechen."

„Oh! Schicken Sie sie doch bitte hoch zu mir", sagte Paul, und an die Jungen gewandt: „Kommt herauf, Jungs!"

„Sonst können sie sich ja auch alle in die Stube setzen, da ist doch viel mehr Platz ...", warf Frau Rosenbohm eilfertig ein, doch Paul lehnte das Angebot dankend ab, denn er wußte, daß die Witwe nur allzu gerne mithören wollte, was die Bande denn wohl genau von ihm wollte.

Die Jungen stiegen einer nach dem anderen die Treppe zu ihm hinauf und ließen sich ein wenig zögernd in sein Zimmer führen. Paul legte das Zögern zunächst so aus, daß die Schüler trotz seiner schon mehrmals bewiesenen Freundschaft ein mulmiges Gefühl dabei verspürten, das Zimmer eines Lehrers zu betreten.

„Setzt euch ruhig auf das Bett, ich habe es sowieso noch nicht gemacht", sagte er und ließ sich selbst wieder auf seinem Stuhl nieder.

Die Jungen folgten der Einladung und setzten sich, ohne das aufgetürmte Federbett zu berühren, auf die äußerste Bettkante. Nur Wrobel blieb stehen. Unschlüssig, wie er das Gespräch beginnen sollte, kratzte er sich am Kopf.

„Na, dann erzählt mir mal, was euch zu mir führt", half Paul nach und erntete einen dankbaren Blick. „Wegen eurer Hausaufgaben seid ihr doch wohl nicht gekommen, oder?"

„Nein, unsere Aufgaben haben wir fast alle schon gemacht", versicherte der Anführer schnell. „Wir kommen wegen dem Rätsel."

„Es heißt wegen *des Rätsels!*" berichtigte ihn einer seiner Freunde, aber die bösen Blicke der Kameraden geboten ihm zu schweigen.

Wrobel konzentrierte sich wieder auf seine Worte.

„Wir haben nämlich was gefunden", erklärte er vorsichtig, hielt inne und fragte dann ganz unvermittelt: „Ist denn Herr Groth wirklich nicht da?"

Jetzt begriff Paul, warum sie nur widerwillig zu ihm hereingekommen waren.

„Ach so", sagte er deshalb in ernstem Ton, „ihr habt eine Entdeckung gemacht, die mit dem wertvollen Gegenstand des unbekannten Herrn zusammenhängt, und wißt nicht, ob ihr mich ins Vertrauen ziehen dürft."

Wrobel nickte.

„Hm, das verstehe ich natürlich. Dann ist es wohl besser, wenn ihr hier auf Herrn Groth wartet und ihm alles erzählt. Er muß jeden Augenblick wiederkommen."

Fragend schaute sich der Wortführer zu seinen Freunden um.

„Ich muß gleich nach Hause, Wrobel", erklärte einer von ihnen und fügte überzeugend hinzu: „Wenn ich wieder zu spät zum Essen komme, dann gibt's 'ne schöne Tracht. Und dann ist erstmal Schluß für mich mit suchen und draußen spielen und so."

Ein anderer pflichtete ihm bei. „Außerdem hat Herr Groth doch gesagt, daß wir Herrn Franzius alles sagen können, weil er ihn zum Schweigen verpflichtet hat."

„Na gut", meinte Wrobel. „Eigentlich ist es ja auch gar nichts Richtiges, was wir gefunden haben."

Umständlich machte er die oberen Knöpfe seiner Jacke auf, die er bis zum Hals geschlossen hatte, und zog ein kleines, sorgfältig gewickeltes Paket hervor. Er legte es zu Paul auf den Tisch und faltete das Papier auseinander.

„Das haben wir gerade in einer Löschwassertonne gefunden", sagte er.

Paul sah sich den Gegenstand an und nahm ihn behutsam auf. „Eine Brille?" fragte er erstaunt.

„Ja", bestätigte Wrobel. „Der eine Bügel ist ganz verbogen, sehen Sie? Und es fehlt sogar ein Glas."

„Und ihr habt sie in einer Tonne gefunden? Weshalb glaubt ihr denn, daß sie etwas mit dem Fall des versteckten Gegenstandes zu tun hat?"

„Na, weil es doch im Rätsel heißt: *Ins Wasser hinab gesenkt an der Ecke*. Da haben wir uns gedacht, damit ist vielleicht eine von den Löschwassertonnen gemeint, die überall in der Stadt herumstehen, falls es irgendwo brennt. Und nach dem Gottesdienst sind wir los und haben in allen Fässern nachgeguckt, ob etwas drinnen ist – natürlich nur die, die an einer Hausecke oder Straßenecke standen."

„Und wo hat das Faß gestanden, in dem die Brille war?"

„Am Ende von der Wallstraße, da, wo man an den Mühlenwall kommt – Croon hat sie herausgefischt."

„Hm ..."

Paul betrachtete den geheimnisvollen Fund eingehend. Die Jungen auf dem Bett hielten es dort nicht mehr aus, kamen herüber und umringten ihn zusammen mit Wrobel gespannt. Offenbar erwarteten sie, daß er, der Erwachsene, nach kurzem Blick über alles Wissenswerte würde Auskunft geben können – etwa so, wie der Kaufmann Blohm sofort wußte, wieviele Lakritzstangen man bekam, wenn man sein Geld auf den Tisch legte. Paul indes sah im Augenblick auch nichts weiter als eine Brille mit verbogenem Bügel und fehlendem Glas.

„Ist das etwa der wertvolle Gegenstand?" fragte Wrobel. Deutlich war die Enttäuschung herauszuhören. Wochenlang waren Abteilungen der Kosaken dem Schatz auf der Spur gewesen, einmal sogar nachts, wochenlang war für sie alle der Augenblick der Entdeckung der letzte, große Gedanke vor dem Einschlafen gewesen – und nun sollte eine gewöhnliche, kaputte Brille alles sein? Nein, das konnte, das durfte nicht sein!

„Nun, immerhin ist das Gestell vergoldet und obendrein sehr fein gearbeitet", überlegte Paul laut. „Es werden viel wertlosere Sachen gestohlen. Also, wenn ich als Junge so einen Fund gemacht hätte ..." Er wollte für alle Fälle schon einmal die Enttäuschung dämpfen. Doch mitten im Satz fiel ihm ein, daß die Brille gar nicht der gesuchte Gegenstand sein konnte, weil dieser ja irgendwo im Stadtgraben gefunden werden sollte. Und erst hier wurde ihm wieder klar, daß ja überhaupt alles nur ein Spaß von Friedrich war! Ihm entfuhr ein Lacher über seine eigene Dummheit, dem er nur mühsam den Anschein plötzlichen Hustens geben konnte. Die Jungen blickten ihn erstaunt an, doch zum Glück wendeten sie sich gleich von ihm ab – Friedrich hatte an den Türrahmen geklopft.

„Tag, Jungens. Gibt es etwas Neues?" fragte er ernsthaft und klopfte Paul kräftig den Rücken. „Besser?"

„Danke, danke. Ah. – Diese wackeren Burschen haben etwas gefunden." Er reichte ihm die Brille.

„Oh. Die sieht aber traurig aus. Es ist doch nicht eine von deinen?"

„Nein. Sie glauben, es sei vielleicht der Schatz, nach dem sie suchen."

„Wir haben sie in einer Wassertonne gefunden, weil es doch hieß: *Ins Wasser hinab gesenkt an der Ecke*", erklärte Wrobel, „und da haben wir gedacht ..."

„Da habt ihr mal wieder viel zu voreilig gedacht", unterbrach Friedrich ihn. „Ihr habt doch erst den halben Lösungssatz. Es kann ja ebensogut eine Ecke vom Großen Fischteich gemeint sein oder sonst etwas."

„Vom großen Fischteich? Da kippen die Leute doch immer ihren Müll rein!"

„Auf unseren Schatz?" fragten die anderen erschrocken.

„Mein Vater auch noch letzte Woche", bestätigte Croon. Nachdem seine Kameraden ihm erklärt hatten, was sie von seinem Vater hielten, griff Friedrich wieder ein.

„Ich sagte ja nur, es könnte so sein. Ich glaube es aber eigentlich nicht. Warum wartet ihr nicht einfach ab, bis ihr den ganzen Text kennt?" fragte er, weil er fürchtete, sie würden durch ihn noch zu irgendwelchen wirklichen Dummheiten verleitet. Bei allem Spaß an der Sache wollte er doch keinen ertrunkenen kleinen Jungen auf dem Gewissen haben. „Dann hättet ihr Janssen – oder wer es war – auch das Bad im Hafen erspart."

Paul wandte sich vertraulich flüsternd an die Jungen und zeigte mit dem Daumen auf Friedrich: „Neulich hat er mir noch erzählt, er wäre als Junge genauso gewesen."

„He, was soll das! Du untergräbst meine Autorität."

„Wirklich, Janssen hat gesagt, das hat ihm gar nichts ausgemacht. Und er trägt jetzt einen Orden, den Gramberg hat machen müssen!" versicherte Wrobel.

Auf so viele schlagende Argumente wußte Friedrich freilich nichts zu erwidern. Er zuckte mit den Schultern. „Macht, was ihr wollt!"

Dann schlug er sich mit der Hand vor die Stirn.

„Ach, das hätte ich fast vergessen! Ich habe ja noch was für euch. Es kam schon gestern mit der Post."

Er ging hinüber in sein Zimmer, während Paul mit einer ahnungslosen Geste anzeigte, daß er keine Vorstellung hatte, was jetzt käme, und kehrte gleich darauf mit einem prachtvoll versiegelten Umschlag zurück.

„An die Schulplatzkosaken", las er in amtlichem Ton, als wolle er fragen, ‚Ist hier vielleicht jemand von den Schulplatzkosaken?', und übergab den Brief Wrobel. Dieser ergriff ihn behutsam mit beiden Händen, machte große Augen und drehte sich langsam zu seinen Kameraden um.

„Mach auf!" sagte einer.

„Los!" ein anderer.

Doch Wrobel rührte keinen Finger. Für alle sichtbar focht er in seinem Innern einen schweren Kampf aus. Langsam schüttelte er den Kopf.

„Nein, das geht nicht. Erst, wenn alle dabei sind. Alle müssen die gleiche Chance haben, als erster die richtige Antwort zu sagen. Alle müssen die gleiche Chance haben", wiederholte er traurig, aber auch ergriffen von seinem selbstlosen Entschluß.

Das sahen die anderen ein.

„Geht die Uhr da richtig?" fragte plötzlich einer von ihnen bestürzt. Es war derselbe, der vorhin von der schönen Tracht gesprochen hatte.

„Nein – sie geht immer fünf Minuten vor."

„Dann schaff ich's vielleicht gerade", stieß er erleichtert aus. „Wrobel –", und weg war er.

„Danke, Herr Groth", sagte Wrobel aufrichtig in bezug auf den Brief. „Ich glaube, wir müssen jetzt alle. Was ist mit der Brille – sollen wir die Ihnen hierlassen?"

„Ach, die ist für eure Requisitenkiste", meinte Friedrich, aber Paul war anderer Meinung.

„Warte mal. Ich würde sie gerne noch ein bißchen hierbehalten, sie interessiert mich. Ich würde gerne wissen – habt ihr sie geputzt oder abgewischt oder etwas ähnliches damit gemacht?"

„Nein, gar nicht. Bloß in das Papier gewickelt, in dem ich meine Angelhaken hatte."

„Hm ... gut. Danke. Vielleicht möchte ich herausforschen, wem sie gehört, mal sehen. Sie ist nämlich noch ziemlich blank und hat bestimmt nicht lange im Wasser gelegen. Wer weiß – vielleicht gibt es einen Finderlohn für euch", fügte er als Trost hinzu, denn immerhin enthielt er den Jungen eine Brille mit vergoldetem Gestell vor, die obendrein sehr fein gearbeitet war und für die der Optiker eventuell noch einen ordentlichen Preis bezahlt hätte.

„Du versuchst, die Brille irgendwie mit dem Tod des Steuerinspecteurs in Verbindung zu bringen, stimmt's?" fragte Friedrich, als die Bande abgezogen war und sich draußen in alle Winde zerstreut hatte.

„Wenn du wüßtest, wo sie sie gefunden haben, würdest du dir auch Gedanken machen", entgegnete Paul und wurde dabei ganz eifrig. „Croon hat sie aus einer Tonne nahe bei der Mühle gefischt – am Ende der Wallstraße. Ihr blankes Aussehen beweist, daß sie nicht lange darin lag. Da ist es doch durchaus ein zulässiger Gedanke, daß unser Mörder sie in der fraglichen Nacht dort hineingeworfen haben könnte. Begreifst du nicht, was für ein ungeheuer wertvolles Beweismittel wir damit in den Händen hätten?"

„Du meinst, der Steuerinspecteur hat ihm vor seinem Tod noch eins auf die Brille gegeben?"

„Ja. Ich stelle es mir so vor. Der Brillenträger trifft Herrn Scharnhorst bei der Mühle – eher ein Zufall als absichtliches Abpassen, denn dieser ist viel später unterwegs als sonst. Es kommt – sagen wir, noch unten – zu Tätlichkeiten, bei denen die Brille zu Bruch geht. Der eine verfolgt den anderen nach oben und schließlich auf die Galerie, womit auch endlich die Frage beantwortet wäre, wieso sie dort hinaufsteigen. Der Brillenträger löst die Bremse – und als sein Gegner schließlich tot auf dem Pflaster liegt, kriegt er es mit der Angst zu tun und wirft das Beweisstück in das erste Faß, an dem er vorbeikommt. Eigentlich war das gar nicht so dumm – normalerweise wäre sie dort nie gefunden worden. Na ja, vielleicht beim nächsten Stadtbrand."

„Schön und gut – aber man könnte doch niemals jemanden aufgrund der Tatsache verurteilen, daß seine Brille ungefähr zum Zeitpunkt eines nicht einmal ganz nachgewiesenen Mordes kaputtging und in der Umgegend des Tatortes in ein Faß geworfen wurde. Außerdem will mir verdächtig scheinen, daß just in dem Augenblick, in dem wir auf den großen Zufall warten, der uns weiterbringt, eben jener eintritt – du verstehst."

„Ja. Nun, ein klarer Beweis seiner Schuld wäre es sicher nicht. Aber er würde immerhin ganz schön ins Schwitzen geraten, zu erklären, warum er seine zwar kaputte, aber deswegen doch nicht wertlose Brille in eine Löschwassertonne geworfen hat. Warum sollte man das tun, wenn nicht, um sie zu verbergen?"

Friedrich machte eine ratlose Geste. „Ich trage keine Brille."

„Aha. Deshalb übersiehst du wahrscheinlich auch, was dieser Fund für Möglichkeiten eröffnet. Erstens – wo ist das fehlende Glas? Stell dir vor, wir finden die Scherben direkt bei der Mühle oder sogar auf der Galerie. Das würde ausreichen, jemanden zu verurteilen."

„Wenn man desjenigen erst einmal habhaft wird. Aber ich ahne schon ..."

„Ganz recht. Zweitens – in einem Städtchen wie Aurich dürfte es doch kein Problem sein, den Besitzer einer einigermaßen markanten Brille ausfindig zu machen. Kennst du die Optiker in der Stadt? Wenn nicht, wird uns Frau Rosenbohm sicher gerne ausgiebig Auskunft geben."

* * *

Als am Montag kurz vor Mittag die Schulglocke läutete, sich unter vielerlei Geschrei und Geschubse die Klassenräume des Lyceums auf den Kirchplatz entleerten und sich die Schüler des Gymnasiums mit vor die Brust gespannten oder ungestüm durch die Luft kreisenden Büchertaschen und Beuteln in alle Richtungen davonmachten, da hätte vielleicht ein zufälliger Beobachter in den Augen dreier Jungen, die ungewöhnlich still nebeneinanderherschritten, einen seltsam schimmernden Glanz erkennen können.

Der kleine Trupp schlug zielstrebig den nördlichen Weg ein, querte die kreuzende Kleine Kirchstraße und traf bald auf den hohen Stadtwall, dessen leicht gekrümmtem östlichen Verlauf sie folgten. Am Ende des Walles kam eine große Mühle in Sicht, deren Flügel mühsam durch die fast windstille Luft kreisten. Kurz bevor die Jungen die Mühle erreichten, setzten sie sich an den Fuß des Walles und zogen einer wie der andere Schuhe und Socken aus. Während die Schuhe gleich wieder an die entsprechenden Füße zurückkehrten, wurden die Socken von geschickter Hand so ineinandergestopft, daß ein rundes, wollenes Knäuel entstand. Dann setzten die Jungen ihren Weg fort und traten das Knäuel vor sich her, bis sie auf den freien, kopfsteingepflasterten Mühlenhof gelangten. Dort rollten die zweckentfremdeten Socken unter den aufmerksamen Blicken der Jungen über den Boden – von einem zum anderen, bald hierhin, bald dorthin.

Aus dem weit geöffneten Mühlentor kam mit klappernden Hufen ein alter Gaul hervor, der einen mit prallen Säcken und einem nicht minder prallen Bauern beladenen Leiterwagen ins Freie zog. Der Müller folgte dem Gefährt, schaute mürrisch zu den Jungen hinüber, entdeckte aber in ihrem Spiel nichts, das ihn dazu bewegen mußte, es zu unterbinden, und unterhielt sich mit seinem Kunden.

Ihr Gespräch wurde aber unterbrochen, als das Sockenknäuel mit gezieltem Tritt in der Durchfahrt der Mühle landete und von den Jungen erst nach eifrigem Suchen zwischen zwei Säcken wiedergefunden werden konnte. Schimpfend jagte der Müller die Störenfriede fort und rief ihnen nach, sich einen anderen Platz zum Spielen zu suchen – nicht wissend, daß ihr Interesse für das Ballspiel längst erloschen war.

Statt dessen galt ihre Aufmerksamkeit nun einem unauffälligen Mann, der sich zwischen den Wallbäumen ein ruhiges Plätzchen auf einer Bank gesucht hatte und scheinbar abwesend in einem mitgebrachten Büchlein las. Mit ihm wechselten sie einige wenige Worte und liefen dann eilig davon.

Es dauerte eine Weile, bis sich auch der Mann von seinem Platz erhob und ohne große Hast den Wall hinabstieg. Gemütlich folgte er der breiten Straße, die von Norden her den Auricher Marktplatz erschloß, und setzte seinen Gang stetig fort, bis er den Eingang des Hauses Nr. 11 am Markt erreicht hatte. Dort schlich er sich leise in den Flur und die Treppe hinauf in sein Zimmer, holte aus einer Schublade eine kaputte Brille hervor und verließ das Haus wieder, noch ehe ihn die Bewohnerin bemerken und zum Mitessen bewegen konnte.

Gesättigt verließ Paul Franzius eine gute Dreiviertelstunde später den „Weißen Bären" und schaute hinauf zur Kirchturmuhr. Bevor er am Nachmittag zu einem wohlhabenden Papierfabrikanten gehen mußte, der ihn um eine Porträtzeichnung seiner Gattin gebeten hatte, war noch Zeit genug, der Spur der geheimnisvollen Brille zu folgen und den hiesigen Optikern einen Besuch abzustatten. Frau Rosenbohm hatte ihm beim Frühstück die Namen zweier Herren genannt, die in Aurich einen Konkurrenzkampf um die brillentragende Kundschaft führten, und so

Karl Anton Beer –
Verkauf und Reparaturen
von Brillen und von Uhren

ging Paul ihrer Wegweisung nach, bis er an ein schmales, spitzgiebeliges Häuschen gelangte, dessen gesamte Breite über der Tür von einem Schriftzug eingenommen wurde. *Karl Anton Beer, Uhrmachermeister und Optiker,* stand in großen Lettern daran, und etwas kleiner: *Verkauf und Reparaturen von Brillen und von Uhren.* Paul drückte die Nase an eines der Fensterchen, doch in der Dunkelheit des Raumes konnte er nicht viel mehr als die wenig sorgfältig verteilten Auslagen ausmachen. Er ging zum Eingang und öffnete, vom Klingeln eines schwachen Türglöckchens begleitet, die Ladentür.

Tick–tack–tick–tack begrüßten ihn in allen nur denkbaren Tönen und Klängen große und kleine, alte und neue, teure und preiswerte Uhren: Wanduhren, Taschenuhren, Tischuhren, Standuhren und Kuckucksuhren in kunstvollen Gehäusen und Dosen, mit schwingenden Pendeln, schweren Gewichten und ratternden Gehwerken – und alle bezeugten sie monoton und unerbittlich tickend das Schwinden der Zeit.

„Hallo, ist jemand da?" rief Paul in den Laden hinein, als sich auch auf das zweite Läuten des Glöckchens niemand einstellte und der vollgestopfte kleine Raum verwaist blieb. Kurz darauf wurde ein alter, staubiger Vorhang beiseite gezogen, der den Verkaufsraum von einem dahinterliegenden Räumchen abtrennte, und ein hagerer, älterer Mann erschien.

„Oh, guten Tag, mein Herr", sagte er freudig überrascht, „ich habe Sie gar nicht hereinkommen hören – entschuldigen Sie."

„Das macht nichts", gab Paul höflich zurück, „ich habe mir in der Zwischenzeit Ihre schönen Uhren angesehen."

„Ja, es sind wunderbare Stücke darunter, nicht wahr?" sagte der Mann stolz und wühlte sich hinter einem vollgepackten Verkaufstresen hervor.

„Insgesamt sind es einhundertneunundsechzig Stück – und alle gehen auf die Minute genau! Sehen Sie sich zum Beispiel dieses herrliche Exemplar der Frieslanduhr an ..." Er zeigte Paul eine Wanduhr mit üppiger Ornamentik und aus Blei gegossenem Zifferblatt.

„Achten Sie auf die feine Ausarbeitung der beiden Seeweibchen an den Seiten. Oder hier dieser Wiener Regulator – ich habe ihn erst letzten Monat hereinbekommen. Er hat ein vorzügliches Gehwerk mit ganz geringer Reibung und benötigt deshalb nur ein ganz leichtes Zuggewicht. Sie werden kaum eine Uhr finden, die eine ähnliche Ganggenauigkeit aufweisen kann, wenngleich man als Laie beim Kauf gut aufpassen muß, wenn man nicht bloß ein Imitat erwerben möchte.

Dies ist ein altes Stück aus dem frühen achtzehnten Jahrhundert: eine Dreißigstunden-Langkastenuhr, noch in ganz schlichtem Gehäuse und mit nur einem Zeiger – sehen Sie? Zwischen den Zahlen sind nur die Viertelstunden, nicht die Minuten eingeteilt! Später hat man solche alten Uhren nachträglich mit einem Achttage-Gehwerk ausgerüstet und dabei für das Aufzugsloch das Zifferblatt durchbohrt und beschädigt. Es ist eine Schande, sich an diesen edlen Arbeiten zu vergreifen und sie Pfuschern in die Hände zu geben.

Ah – und dieses hier sind zwei französische Uhren aus der Zeit Ludwig XIV. Das Gesicht auf den Pendellinsen soll den Sonnengott Phoebus darstellen, weil Schmeichler den König gern mit der Sonne verglichen und sich so seine Gunst erhofften. Haha – da gibt es die Geschichte, daß ein tüchtiger Uhrmacher namens Burdeau dem König einmal eine ganz besondere Ehre erweisen wollte und eine Automatenuhr aus vergoldetem Messing baute, die Ludwig auf seinem Thron und ihm zu Füßen die Könige Europas zeigte. Beim Schlage der vollen Stunde sollten sich die Könige allesamt vor Ludwig verbeugen; aber als die Uhr der Öffentlichkeit vorgeführt wurde, da purzelte Ludwig durch einen Fehler in der Mechanik holterdipolter vom Thron und landete genau vor den Füßen von Englands Wilhelm III. – ausgerechnet, hahaha! Den armen Burdeau hat man daraufhin für eine Nacht in die Bastille gesperrt!"

Lachend zog der Uhrmacher Paul mit sich.

„Hier habe ich noch einige besonders wertvolle Taschenuhren mit Pendelhemmung und diese neueren mit Ankerhemmung, und hier in der Vitrine ein Nürnberger Ei aus dem sechzehnten Jahrhundert. Warten Sie, hier muß doch auch irgendwo eine Schiefe-Ebene-Uhr sein ... leider habe ich sie bis jetzt noch nicht wieder richtig in Gang gebracht.

Aber Sie suchen sicher etwas Zeitgemäßeres, oder?" fragte der Mann in einer plötzlichen Eingebung.

„Eigentlich suche ich im Moment gar keine Uhr", sagte Paul bedauernd und überrascht, daß man ihn doch noch einmal zu Worte kommen ließ. „Ich bin wegen meiner Brille zu Ihnen gekommen ..."

„Ach so, wegen Ihrer Brille, natürlich. Wissen Sie, wenn mich jemand auf meine Uhren anspricht, kann ich mich oft stundenlang über dieses Steckenpferd auslassen, ohne zu merken, wie die Zeit vergeht – trotz der vielen Uhren, haha ... Aber bitte sagen Sie mir doch, was genau ich für Sie tun kann."

Paul zog die kaputte Brille aus seiner Jackentasche und gab sie dem Optiker.

„Ich verlege meine Brille immer an die unmöglichsten Stellen im Hause, und nun habe ich mich versehentlich daraufgesetzt", sagte er. Er wollte vermeiden, den Optiker direkt nach dem möglichen Besitzer zu fragen, um zu verhindern, daß dieser über einen Umweg vom Fund seiner Brille erfuhr und sich – falls er mit dem Mord zu tun hatte – auf kommende Unannehmlichkeiten vorbereiten konnte. Vielleicht streckte er dann sogar die Finger nach seinen Verfolgern aus!

„Ob Sie sie wieder reparieren können?"

„Aber natürlich. Der Bügel müßte begradigt und das fehlende Glas wieder eingesetzt werden, das ist kein Problem."

„Und wie teuer, denken Sie, wird so eine Reparatur werden?"

Der Optiker beäugte das Gestell noch einmal prüfend und machte ein Angebot. Dann meinte er anerkennend: „Ihre Brille ist sehr gut verarbeitet."

„Sehr gut, jawohl!“ stimmte Paul zu. „Ich habe das Gestell bei einem angesehenen Fachmann in Nürnberg anfertigen lassen. Es ist ein einzigartiges Stück.“

Der Uhrenfreund wiegte skeptisch den Kopf hin und her.

„Ich möchte Sie ja nicht kränken, mein Herr, und diese Brille ist wirklich ein sehr schönes Stück“, meinte er, „aber einzigartig ist sie sicher nicht. Ich selbst habe schon einige ganz ähnliche Modelle angefertigt. Um ehrlich zu sein – wenn Sie nicht das Gegenteil sagten, würde ich behaupten, sie *ist* von mir.“

„Das glaube ich nicht“, sagte Paul bestimmt und nahm ihm die Brille schnell aus der Hand.

„O doch“, versetzte der Optiker ein wenig beleidigt, weil man ihn zu unterschätzen schien. „Ohne mich selbst loben zu wollen, ist mein Geschäft in Sachen Uhren und optischen Geräten sicher das erste Haus am Platze – das wird Ihnen jedermann bestätigen können, der etwas vom Fach versteht!“

„Ich will Ihre Fähigkeiten auch gar nicht in Frage stellen. Aber ich bezweifle, daß Sie mir jemanden nennen können, der eine vergleichbare Brille besitzt.“

„Ha, nichts einfacher als das! Warten Sie nur, ich werde meine Bücher zu Rate ziehen.“

Der hagere Mann kroch wieder hinter den Tresen und verschwand hinter dem staubigen Vorhang. Er kehrte mit einem dicken Buch mit der Aufschrift *Verkäufe – Brillen* zurück, schaffte sich ungeachtet der zu Boden fallenden Gegenstände auf dem Verkaufstischchen Platz und schlug das Buch auf.

„So, einen Moment nur ... hier ist jede einzelne von mir angefertigte Brille vermerkt. – Aha, Gestell vergoldet ... dünne Einfassung ... Gelenk Einfach- oder Doppelscharnier? Wie? Gut, doppelt, wie bei Ihrer, damit alles genau stimmt ... da haben wir es!“

Er drehte das Buch zu Paul herum und deutete auf mehrere Namen in der Spalte mit der Bezeichnung *Geliefert an*.

„Und Sie dürfen sicher sein, daß die Brillen dieser Kunden in der Qualität und Verarbeitung einen Vergleich mit der Ihren nicht zu scheuen brauchen und daß sich in der ganzen Stadt kein Mann findet, der sich auf Brillen besser versteht, als ich es tue!“

„Hm ...“, brummte Paul langgezogen vor sich hin, bis er endlich mit lautem Knall den Buchdeckel zuschlug. „Dann will ich Ihnen also glauben und nicht weiter auf der Einzigartigkeit meiner Brille bestehen“, sagte er.

„Darf ich also davon ausgehen, daß Sie mein Angebot annehmen, mein Herr?"

„Das dürfen Sie, jawohl. Allerdings möchte ich vorher doch noch, äh ... ein zweites Angebot einholen, bevor ich mich entscheide. Wenn Sie einverstanden sind, komme ich dann morgen oder an einem anderen Tag noch einmal wieder."

Er steckte die kaputte Brille wieder ein, verbeugte sich freundlich und ließ den verärgert murmelnden Uhrmacher stehen. Was genau ihm der Mann allerdings nachsagte, konnte Paul nicht mehr verstehen, denn im selben Augenblick verabschiedeten in schönstem Einvernehmen alle 169 Uhren im Laden die vierzehnte Stunde des Tages. –

Vor der Ladentür zückte Paul als erstes ein kleines Büchlein, in das er drei Namen schrieb:

L. Frobius, Musicus
K. Warring
S. Boekhoff

Es waren dies diejenigen Personen, die laut Geschäftsbuch des Karl Anton Beer als Besitzer der gefundenen zerbrochenen Brille in Frage kamen. Er war sich nicht ganz sicher, ob in der Kundenspalte *K. Warring* und *S. Boekhoff* gestanden hatte oder *S. Warring* und *K. Boekhoff*, aber er glaubte, die Träger der Namen auch so identifizieren zu können. Der Name Warring war ihm auch schon irgendwo begegnet – ja, es mußte im „Amtsblatt" gewesen sein, als Unterzeichner unter verschiedenen öffentlichen Bekanntmachungen. Demnach handelte es sich wohl um eine bedeutende Persönlichkeit. Mit einem bedenklichen Kopfschütteln steckte er das Büchlein ein.

Trotz dieses glücklichen Ermittlungserfolges mußte er natürlich auch den zweiten Optiker noch besuchen. Dessen schmuckes, mit frischem Tür- und Fensteranstrich versehenes Haus lag schräg gegenüber auf der anderen Straßenseite. Paul hatte also nicht weit zu gehen.

Wie Herr Beer nicht von der Anfertigung und Reparatur von Brillen allein lebte, sondern auch und in erster Linie Uhrmacher war, so war sein Konkurrent Julius Gronewold von Hause aus Goldschmied. Ein vornehmer Herr, der mißmutig ein kleines Päckchen trug, verließ gerade seinen Laden und gab Paul die Klinke in die Hand.

Drinnen war der Inhaber damit beschäftigt, zufrieden Geld in ein Kästchen zu zählen. Er trug einen weißen, frisch gewaschenen und gebügelten Kittel, mit dem er hervorragend in seine Umgebung paßte: Der Laden war sauber, aufgeräumt und im Vergleich zu dem seines Nachbarn geradezu leer. Paul war dankbar, daß Herr Gronewold keinerlei Anstalten machte, seine mit mathematischer Genauigkeit in verschiedenen Schaukästen ausgelegten Schmuckwaren zu preisen.

„Ich muß Sie leider enttäuschen", sagte er statt dessen kühl, als Pauls Brille verloren auf dem großen, polierten Ladentisch lag. „Diese Art von Gestellen fertige ich nicht an, und darum repariere ich sie auch nicht."

„Aber Brille ist doch Brille", erwiderte Paul erstaunt. „Sie sind doch Optiker, oder nicht?"

„Ich kann Ihnen auch nicht sagen, wer solche Brillen herstellt", fuhr er unbeirrt fort und blickte unwillig auf einen unbestimmten Punkt in der Luft.

Na so was, dachte Paul, als er wieder auf der Straße war. Die Herren Gronewold und Beer, obschon Nachbarn und Angehörige derselben Zunft, schienen sich nicht sehr zu mögen – wie anders war die völlige Nichtachtung zu verstehen, mit der sie sich gegenseitig straften?

Er schüttelte sich. Hatte er sich Aurich nicht als Garten des Friedens und der Eintracht erträumt? Statt dessen lauerten hier tiefe Abgründe. Dabei war der Grund für dieses neue Beispiel wahrscheinlich nur, daß die Käuferschaft handwerkliches Können einem polierten Ladentisch vorzog und Herr Julius Gronewold so zweiter Optiker am Platze blieb.

Nun, Paul sollte es recht sein. Immerhin hatte die Reaktion bewiesen, daß die Brille tatsächlich aus der Werkstatt Herrn Beers stammte, und der Kreis seiner Verdächtigen blieb auf drei beschränkt.

Doch nun hieß es erst einmal, sich einem anderen Problem zuzuwenden – wie er es schaffen sollte, pünktlich um halb drei mit seinem Zeichenmaterial bei Herrn Kohn, dem Papierfabrikanten, zu sein. Der Uhrmacher hatte ihm mit seinen tickenden Wunderwerken zuviel Zeit gestohlen. Doch wahrscheinlich war die Frau Gemahlin, deren Bildnis er anfertigen sollte, ohnehin noch nicht mit ihrer Toilette zufrieden.

* * *

Ein ältliches Hausmädchen öffnete, und der Zeichner Paul Franzius trat ein wenig außer Atem in einen geräumigen Hausflur. Es war einer jener Flure, in denen es unabhängig von der Jahreszeit finster, kalt und zugig war. Nachdem das Hausmädchen aufmerksam darüber gewacht hatte, daß er seine Schuhe ordentlich auf der Fußmatte abtrat, wurde er in ein anliegendes Wohnzimmer geführt.

„Einen Augenblick, bitte. Frau Kohn ist noch nicht ganz mit ihrer Toilette fertig."

Alleingelassen, packte er schon einmal sein Handwerkszeug aus. Am Fenster stand ein Tisch mit sechs herangerückten Stühlen, den Paul für seine Arbeit für geeignet befand. Auf ihm legte er seine Sachen zurecht, setzte sich auf einen der harten, geraden Stühle und schaute sich im Zimmer um.

Von den so beliebten Vitrinen, in denen dem Besucher das kostbare Porzellan präsentiert wurde, gab es hier gleich zwei. An der hinteren Wand hingen drei zusammengehörige, nichtssagende Stiche, unter denen das Ledersofa und ein paar Sessel einen hohen Tisch mit einer feinen Klöppeldecke darauf umringten. Nirgendwo lagen irgendwelche Gegenstände des täglichen Gebrauchs – offenbar war dies ein Raum, in dem man nicht wohnte, sondern nur Besuch empfing. Darauf deutete auch die Kälte hin, die die zaghaft hereinscheinende Sonne nicht hatte vertreiben können. In einer Ecke stand zwar ein eiserner Ofen, so ziemlich der einzige Gegenstand im Zimmer, der ein wenig Gemütlichkeit ausstrahlte, doch der war kalt. Paul wünschte sich einen dampfenden Teetopf darauf, aus dem ihm in eine der Vitrinentassen eingeschenkt würde.

Hinter ihm verriet sich durch ihr Ticken eine große Uhr. Er fragte sich, ob es vielleicht eine Dreißigstunden-Langkastenuhr sei, und wollte gerade aufstehen, um einen Blick auf die gerade aufgereihten Bücher im Schrank neben der Tür zu werfen, als die Klinke herunterging und Frau Kohn hereinkam.

Sie war eine Frau von gut vierzig Jahren mit strenger, dunkler Kleidung, strenger Frisur und strengen Zügen. Paul sah gleich, daß es ihm keine Schwierigkeiten bereiten würde, sie zu zeichnen.

„Herr Franzius? Ich freue mich, daß Sie pünktlich sind", sagte sie in strengem Ton. „Denken Sie, Sie werden an diesem Tisch arbeiten können?"

„O ja – ein besseres Licht könnte ich mir gar nicht wünschen."

„Das hat mein Mann auch gesagt. Ich nehme an, das Mädchen

hat Sie gefragt, ob Sie schon Tee getrunken haben. Dann können wir ja gleich anfangen."

Sie nahm am anderen Ende des Tisches Platz und wartete auf Anweisungen. Paul mußte sich fügen, obwohl er jemanden, den er zeichnen wollte, lieber erst im Gespräch – vielleicht bei einer Tasse Tee, auf die er nun gerade Durst verspürte – näher kennenlernte. Er war der Meinung, daß man eigentlich nur einen Menschen, den man in all seinen Wesenszügen gut kannte, wirklich treffend porträtieren konnte.

„Den Kopf bitte ein wenig nach links, zum Fenster – ja, so, danke", sagte er und betrachtete Frau Kohn ein paar Augenblicke, bevor er zum Kohlestift griff. Sie hatte kantige Züge und war sehr blaß – er würde die hellen Gesichtspartien zum Schluß etwas mit weißer Kreide höhen, obwohl es immer schwerfiel, rechtzeitig mit der Anwendung dieses sehr wirkungsvollen Mittels aufzuhören. Die prachtvollen Ohrringe, sicher ihre besten, würde er noch etwas größer darstellen, als sie ohnehin schon waren. Nur der Gesichtsausdruck war im Augenblick allzu starr und verkrampft – obwohl sich auch das gut aufs Papier bringen ließe.

„Sehen Sie ganz natürlich aus dem Fenster", sagte Paul und begann zu zeichnen. „Sie können ruhig sprechen, das stört mich gar nicht. – Ich habe Ihr Porzellan bewundert", fuhr er nach einer Weile fort, denn er konnte sich nicht verkneifen, zu fragen: „Wird es auch benutzt?"

„Nur selten."

Trotz der Aufforderung sprach Frau Kohn nach diesen beiden Worten nichts mehr, und auch ihr Gesicht blieb weiterhin starr wie eine Maske. So eine unnahbare Person, dachte Paul, bis ihm klar wurde, daß es für jemanden wie sie ja eine furchtbare Tortur sein mußte, gezeichnet zu werden. Sich von jemandem stundenlang ins Gesicht blicken zu lassen, der jede Falte gnadenlos abbilden würde ... Wie werde ich aussehen? mußte sie sich fragen. Häßlich? Wie sollte sie dann reagieren? Was für eine Blamage, und immer müßte sie glauben, daß sie wirklich so häßlich ist! Paul hatte sie vollkommen in der Hand, und in ihrer Hilflosigkeit wußte sie nichts anderes zu tun, als wie versteinert zu sitzen und sich keine Regung anmerken zu lassen.

Er hielt inne. War es überhaupt gut so, wie er angefangen hatte? Er zeichnete sie so, wie er für sich selbst jemanden in der Eisenbahn oder auf dem Wochenmarkt gezeichnet hätte – als in allen Merkmalen etwas überspitzten Charakterkopf. Aber um Himmels willen, das war ja überhaupt nicht das, was man von ihm verlangte! Mehr noch, das Ergebnis dürfte das Ehepaar Kohn nie zu Gesicht bekommen!

Er rang mit sich. Zu zeichnen, was man von ihm erwartete – eine geschönte, verklärte Darstellung, die man stolz allen Verwandten und Bekannten zeigen konnte –, hieße, sich für Geld zu verkaufen, seine eigenen Ideale zu verraten. Um keinen Preis wollte er das tun. Aber die Wahrheit abzubilden, eine stocksteife, verbissen dreinblickende, frühzeitig gealterte Frau, war genauso unmöglich.

Doch nach einiger Überlegung sah Paul einen Ausweg. Er wollte eine Rekonstruktion wagen – Frau Kohn, wie sie vor zehn Jahren ausgesehen haben mochte, oder besser vor fünfzehn. Das war immerhin eine künstlerische Herausforderung ersten Ranges, und er brauchte sich keine Vorwürfe zu machen. Herr und Frau Kohn wären die letzten, denen diese kleine Unstimmigkeit auffiele.

Paul grinste in sich hinein und nahm ein neues Blatt. –

Eine gute Stunde war vergangen, als er seine Zeichnung von sich schob und die geschwärzten Finger an seinem Taschentuch abwischte.

„Wenn Sie es wünschen, können wir jetzt Schluß für heute machen. Ich weiß, wie anstrengend es ist, so ohne sich zu rühren auf einem Fleck zu sitzen, und außerdem ist es ganz gut, wenn ich vor der Vollendung noch ein bißchen Abstand gewinne."

Frau Kohn erhob sich ohne jedes Anzeichen von Müdigkeit.

„Ich hatte eigentlich gedacht, Sie würden heute fertig werden", sagte sie von oben herab. „Morgen ist es ausgeschlossen, Sie müßten also schon am Mittwoch wiederkommen."

„Das paßt ausgezeichnet; Dienstag nachmittags habe ich berufliche Pflichten. – Ein Porträt anzufertigen, braucht schon seine Zeit, wenn es nicht nur eine Skizze sein soll ... Wollen Sie und Ihr Mann vielleicht einen Blick darauf werfen, wie weit es bisher gediehen ist?"

„Einen Moment, bitte", antwortete sie und verschwand im Flur. Paul legte dies als ein *Ja* aus. Ihr Mann war vor einer Weile nach Hause gekommen und hatte kurz hereingeschaut, und ihn wollte sie jetzt wohl holen.

„Dann lassen Sie mal sehen", sagte der Papierfabrikant, als er, von seiner Gattin gefolgt, eintrat. Er war ein Mann mit außergewöhnlich langem Gesicht und einer sehr bestimmten Art zu sprechen. Paul schob das Blatt zu ihnen hinüber.

„Ja!" erklang es nach einer spannungsgeladenen Pause in überraschtem Ton. „Das ist meine Frau! Und wie genau getroffen! In diesem Licht habe ich sie schon lange nicht mehr gesehen. – Was sagst du dazu, mein Schatz?"

„Nun ja ...", sagte sie geschmeichelt, und die Wangen der sonst so unterkühlten Frau röteten sich fast ein wenig.

„Eigenartig, daß Sie als Fremder einen so klaren Blick haben. Aber es ist ja bekannt, was man jeden Tag sieht ..." Herr Kohn nahm sich einen Stuhl und setzte sich. „Eigentlich hatte ich das Porträt schon lange selbst machen wollen – doch leider läßt meine Zeit das nicht zu. Und Sie wollen ja auch von etwas leben, nicht wahr? Irgendwann einmal fange ich noch damit an – aber nicht mit kleinen Zeichnungen, wissen Sie, sondern mich faszinieren besonders große historische Darstellungen mit vielen Menschen. Natürlich braucht man dazu große, feste Bögen erster Qualität ... Die meisten Leute glauben ja, sie könnten einfach auf x-beliebigem Papier anfangen zu zeichnen. Aber wie kann wirklich große Kunst ohne erstklassiges Material entstehen? – Nun, ich sitze ja gewissermaßen an der Quelle."

Dann kann ja nichts mehr schiefgehen, verkniff Paul sich zu sagen, während er einen besorgten Blick auf sein gewöhnliches Zeichenblatt warf, das er einmal im Dutzend billiger erstanden hatte.

„Ja, sobald ich mal viel Zeit habe", sagte Herr Kohn zu sich selbst und schien großen Gefallen an dem Gedanken zu finden.

„Ach, was ich noch fragen wollte", wechselte Paul behutsam das Thema, „auf Ihrem Türschild habe ich den Namen *Boekhoff* gelesen" – es war ein Messingschild mit der Aufschrift *Ferdinand KOHN, Kohn & Boekhoff, Papierfabrikant* gewesen – „und da fragte ich mich, ob es wohl derselbe Boekhoff sei, dessen Namen mir heute zufällig ein Augenoptiker nannte, als ich meine Brille zur Reparatur brachte. Er wunderte sich über die Ähnlichkeit mit einer Brille, die er einmal für einen Herrn Boekhoff angefertigt hatte."

„Dann müssen Sie aber eine für einen Lehrer außergewöhnlich teure Brille besitzen", sagte der Papierfabrikant, ohne sich der Taktlosigkeit bewußt zu werden. „Herr Boekhoff ist nämlich ein großer Freund aller möglicher Handwerkskunst und sucht sich bestimmt immer das Beste aus. Das ist seine Schwäche", und Paul merkte an seinem veränderten Ton und dem sich erhebenden Zeigefinger, daß Herr Kohn nun einen Vortrag über ein Lieblingsthema halten würde. „Am liebsten steht er mit hochgekrempelten Ärmeln in der Werkstatt und schöpft das Papier selbst. Er meint immer, er könnte ganze Vormittage bei den Arbeitern verbringen, und die eigentliche Arbeit würde dort getan. Aber ich frage Sie – wo wird das Geld gemacht?"

Paul wußte keine Antwort und machte ein fragendes Gesicht.

„Am Schreibtisch wird das Geld gemacht. Nicht in der Werkstatt, sondern am Schreibtisch. Ich habe das meinem Teilhaber hundertmal gepredigt, aber er meint immer, er könnte ..."

„Zumal eine solche Werkstatt ganz ungeahnte Gefahren birgt", fiel Paul ihm ins Wort, denn ihm stand nicht der Sinn nach einer Vorlesung in Wirtschaftslehre. „Um auf besagte Brille zurückzukommen ... deshalb fragte ich überhaupt: Unten in Nürnberg, wo ich herkomme, hatte ich nämlich einen Bekannten, der ebenfalls in einer Papiermühle arbeitete und Brillenträger war." Hoffentlich fiel niemandem auf, daß er bei seiner Frage ja noch gar nicht gewußt hatte, daß Herr Boekhoff gern selbst mit anfaßte. „Eines Tages fiel ihm seine Brille von der Nase in einen Bottich mit Faserbrei und wurde mit zermahlen."

„Ha – das ist gut! Das sollte ihm auch mal passieren! Das würde ihm hoffentlich eine Lehre sein, und er würde merken, daß er hinter den Schreibtisch gehört!"

„Aber wenn Sie ihn heute noch mit seiner goldenen Brille gesehen haben, wie Sie sagen – dann hat er bisher ja Glück gehabt."

„Oh, da müssen Sie sich verhört haben. Das habe ich sicher nicht gesagt. Mein Kompagnon ist nämlich vor einem halben Jahr aus der Unternehmung ausgestiegen und nach Amerika gegangen, um dort eine neue Fabrik aufzubauen ... Wie ich ihn kenne, nimmt er das Wort *aufbauen* wörtlich, anstatt sich um das Geschäftliche zu kümmern. Das ist sein Fehler. Am Schreibtisch ist es nämlich, wo die wichtigen Entscheidungen getroffen werden. Er behauptet zwar immer, in der Werkstatt würde der eigentliche Wert geschöpft – aber ich habe dann jedesmal geantwortet, nein, in unserer Werkstatt wird kein Wert geschöpft, sondern Papier. Ha – nicht Wert, sondern Papier. Verstehen Sie?"

„Nicht Wert, sondern Papier?" ging Paul aus Höflichkeit auf diesen köstlichen Witz ein, während er innerlich über etwas ganz anderes lachte. Da hatte er sich so geschickte Fragen ausgedacht, und die Antwort hätte ihm jeder geben können.

* * *

Unter einem Häufchen frischer Kartoffelschalen und einem ausgekochten Suppenknochen fischte Paul naserümpfend die letzte Ausgabe des Amtsblattes für die Provinz Ostfriesland aus der Abfalltonne hinter dem Haus, säuberte sie so gut es ging von den Spuren eines Puddings, den er tags zuvor nicht mehr aufzuessen geschafft hatte, und trug sie in Frau Rosenbohms Küche. Als ordnungsliebende Frau hatte seine Wirtin – wie alle ordnungsliebenden Frauen – die Angewohnheit, eine Zeitung, sobald sie gelesen war, wegzuwerfen, damit sie nicht herumläge. Oder sie benutzte die druckfrischen Seiten als Einwickelpapier für ihre Fisch– und Fleischvorräte.

Auf diese Weise an das eigene Zuhause erinnert, breitete Paul das Amtsblatt auf dem Küchentisch aus und sah aufmerksam Seite für Seite durch.

Undank ist der Welt Lohn,

las er schmunzelnd über einem der kleinen Artikel, die zwischen den zahlreichen Bekanntmachungen und Anzeigen auch zu finden waren.

Als ich am neunundzwanzigsten des Letzten gegen sieben Uhr nach des Tages harter und ehrlicher Arbeit müde, doch mit der Mühen gerechtem Lohne mein kleines Geschäft in der Burgstraße hieselbst verließ und wie gewohnt den Weg über den westlichen Stadtwall zu meinem Häuschen einschlug, wurde mir von einem Unbekannten ebendort aufs Übelste mitgespielt. Als ich die Stelle des Walles erreichte, wo dieser am steilsten ist, entdeckte ich einen jüngeren Mann mit einem lahmen Beine, wie mir sein Krückstock vermittelte, der scheinbar ratlos hinunter zum Fuß des Walles schaute. Aus reiner Höflichkeit fragte ich den Mann, ob ich ihm behilflich sein könne, und er antwortete, ihm sei durch eine Achtlosigkeit sein Bündel den Wall hinuntergefallen. Da der Mann einen sehr vertrauenswürdigen und angenehmen Eindruck machte und ich seine Hilflosigkeit erkannte, erbot ich mich, an seiner Statt das Bündel wieder heraufzuholen. Nun hatte ich aber wie stets eine recht unhandliche Tasche bei mir, mit der sich schlecht klettern ließ, da der Wall an dieser Stelle, wie gesagt, sehr steil ist. So bat ich meinerseits den Mann, die Tasche zu halten, bis ich ihm sein Bündel wiederbeschafft hätte.
Doch wie wird einem ehrlichen Bürger in unseren Tagen gedankt, der trotz seines fortgeschrittenen Alters einem Unbekannten be-

hilflich ist? Kaum, daß ich den Fuß des Walles erreicht und das völlig leere Bündel in den Händen hatte, warf der vermeintlich Behinderte seinen Krückstock von sich und suchte auf den flinkesten Beinen mit meiner Tasche und den Einnahmen des Tages das Weite.
Wenn also irgendeinem Mitbürger unserer Stadt eine solch finstere Gestalt von mittlerer Statur und verschlagenem Blicke, die eine unhandliche Tasche mit sich trug, aufgefallen ist und ihm sein Aufenthaltsort bekannt ist, bitte ich ergebenst, mich davon in Kenntnis zu setzen.

F. P. Lohmann, Manufakturwarenhändler, Aurich

Auf wieviele Leute wohl eine so deutliche Beschreibung zutraf, fragte sich Paul. Wahrscheinlich kannte jeder in der Stadt einen jüngeren Mann, den er schon immer für ziemlich undurchsichtig und gerissen gehalten hatte und der auch schon einmal eine Tasche bei sich gehabt hatte.

Zum wiederholten Male sind mir einige Kisten eines ganz besonders raren und köstlichen französischen Weines zugekommen, die ich zu den bekannt günstigen Preisen feilbiete.

Rose, Weinhändler

stand an anderer Stelle zu lesen, und daneben:

Hiermit gebe ich die Auflösung der Verlobung meiner Tochter mit dem Ubbo Rieken zu Moordorf von seiten der Braut bekannt.

Interessenten bitte melden, setzte Paul in Gedanken hinzu, riß sich aber dann gestreng mit sich selbst von den amüsanten kleinen Anzeigen los, nicht zuletzt deretwegen er das Amtsblatt alle paar Tage so freudig erwartete. Eigentlich suchte er ja etwas ganz Bestimmtes auf den wenigen Seiten, nämlich den Namen Warring. Hatte der Mann nicht die Einladung irgendeiner Direktion unterschrieben? Ja, da stand es schon:

Einladung zur Aktionärsversammlung der Treckfahrtsgesellschaft,

unterzeichnet mit den Namen der Direktoren de Vries und Warring. Eine Seite weiter eine andere Bekanntmachung:

... gibt unser Verein in der nächsten Woche im Bankhaus Warring eine interessante Schau europäischer Hartporzellanarbeiten zu besichtigen die Gelegenheit.

Karl Warring, Vorsitzender

Herr Karl Warring war also Bankier und allem Anschein nach eine stadtbekannte Persönlichkeit, die in verschiedenen Komitees führende Ämter und Posten bekleidete. Das konnte natürlich zum einen bedeuten, daß er ein höchst ehrbarer und tadelloser Mann war, zum anderen aber, wenn er dies nur vorgab, daß es Friedrich und er selbst mit ihren Nachforschungen in dieser Richtung nicht leicht haben würden; denn wie hatte Justizrat Detmers doch gesagt: Wenn die Menschen von der Redlichkeit ihnen vertrauter Personen erst einmal überzeugt waren, war es schwer, sie vom Gegenteil zu überzeugen!

Paul saß noch mit nachdenklicher Miene am Tisch und dachte an das Gespräch mit dem freundlichen Mann aus Norden, als er hörte, wie die Haustür geöffnet wurde und Frau Rosenbohm schnaufend von einer Teegesellschaft zurückkehrte, die sie am Nachmittag besucht hatte.

„Ach, hier sitzen Sie, Herr Franzius", rief die füllige Witwe überrascht aus, als sie die Küche betrat. „Ich dachte schon, Sie seien gar nicht zu Hause, so leise, wie es war."

Machte er üblicherweise Krach, wenn er auf seinem Zimmer war?

„Aber sagen Sie mal ... was riecht denn hier so komisch?" Schnüffelnd schaute sich Frau Rosenbohm in der Küche um.

„Ich rieche nichts", erwiderte Paul.

„Aber doch, natürlich!" war sich die Wirtin sicher. „Irgendwas verbreitet hier einen ganz unangenehmen Geruch ..."

Ihr Blick fiel auf das ausgebreitete Amtsblatt.

„Ja, was ist denn das? Haben Sie etwa die alte Zeitung wieder aus dem Abfalleimer herausgeholt? Das ist ja ekelhaft, igitt; und auch noch auf die gute Tischdecke – ich habe sie erst heute morgen aufgelegt! Was sind Sie bloß für ein Ferkel, Herr Franzius!"

Seufzend öffnete Frau Rosenbohm das Küchenfenster und die Tür der Waschküche zum Hof, um die frische Frühjahrsluft hereinzulassen.

„Was wollen Sie denn noch mit dem alten Ding, Sie haben die Zeitung doch längst gelesen."

„Kennen Sie einen Herrn Frobius, der Musiker sein soll?" fragte Paul zurück und lenkte vom Thema ab.

„Den Geigenspieler? Ja, den kenne ich", antwortete Frau Rosenbohm. „Mein Arian konnte ihn nicht leiden, weil er doch diese Geigen nie mochte. Die Männer haben früher immer Witze über Herrn Frobius gemacht – sie sagten, ein Mann müsse mit dem Hammer und nicht mit einer Geige in der Hand sein Brot verdienen – aber die Frauen mochten ihn, weil er sehr galant war und so geschmeidige Finger hatte."

„Wieso *hatte*? Spielt Herr Frobius nicht mehr – oder ist er weggezogen?"

„Nein, nein. Ich meinte nur *hatte*, weil ..."

Frau Rosenbohm überlegte, warum sie *hatte* gesagt hatte, und Paul ahnte, daß die Witwe seit dem Tod ihres Mannes von allem, was sie mit ihm in Verbindung brachte, in der Vergangenheit sprach.

„Wollen Sie morgen sein Konzert besuchen?" fragte sie schließlich.

Paul horchte verwundert auf: „Er gibt morgen ein Konzert? Das wußte ich gar nicht", gab er zu.

„Doch, doch, morgen abend im ‚Schwarzen Bären'. Die Damen meiner Teegesellschaft sprachen davon, hinzugehen – ich natürlich nicht."

„Hm, für mich wäre es eine willkommene Abwechslung von der vielen Zeichnerei ... Ich glaube, ich werde mir Herrn Frobius tatsächlich einmal anschauen ... äh, anhören."

„Haben Sie deshalb die alte Zeitung durchgewühlt, weil Sie nach einem Konzert schauen wollten? Da hätten Sie mich aber auch gleich fragen können."

„Sie haben recht, Frau Rosenbohm – das nächste Mal werde ich Sie wirklich gleich fragen!" –

Friedrich kam pünktlich zur Abendbrotzeit nach Hause und drängte Paul, nachdem er hastig zwei Stück Brot verspeist hatte, ungeduldig, die Rosenbohmschen Räumlichkeiten zu verlassen. Auf seinem Zimmer lauschte er gespannt dem Bericht seines Freundes und erfuhr von der erfolglosen Suche der drei Kosaken nach dem fehlenden Brillenglas bei der Mühle, von Pauls um so erfolgreicherem Besuch beim Optiker Beer und dem Ausscheiden des Papierfabrikanten Boekhoff aus dem Kreis der möglichen Brillenbesitzer. Es ärgerte Friedrich, daß ihm selbst seine Arbeit nicht die nötige Zeit ließ, aktiver an den Nachforschungen teilzunehmen, doch zumindest zu dem Konzert am nächsten Abend wollte er Paul begleiten.

Für diesen Tag allerdings nahmen sie sich vor, das Thema Mühlenmord beiseite zu legen und den Abend mit Kartenspiel und einem Glas von Friedrichs köstlichem Genever zu verbringen. Doch sie waren schon zu tief in die merkwürdige Angelegenheit verstrickt, als daß sie sich hätte verdrängen lassen, und selbst im Schlaf geisterten noch wirre Bilder von geigespielenden Porzellanfiguren und gefährlich kreisenden Uhrzeigern durch ihre Träume.

* * *

Am nächsten Tag wurden wie tags zuvor und wie an jedem Tag zur gleichen Stunde die Flügel der Schultüre aufgestoßen, und eine Flut von Schülern, die Köpfe voller Unsinn, brach ins Freie. Mit dem Wort *Unsinn* wurde zumindest von der unwissenden Erwachsenenwelt ohne Unterscheidung all das belegt, was sich ihrem Zugang entzog: Großartige Vorhaben und Pläne der unterschiedlichsten Art, denen allen gemein war, daß sie von großer Dringlichkeit und unaufschiebbar waren. Freilich mochte es sich hier und da tatsächlich um Unfug handeln, aber um ergötzlichen Unfug, und wenn man es recht bedachte, war es doch gerade dieser Spaß am Nutzlosen, der dem Leben die richtige Würze verlieh.

Ein Kopf verriet durch den abwesend ins Leere gerichteten Blick, daß in ihm – während der Schulstunden! – ein ganz besonderes Bubenstück ausgeheckt worden sein mußte. Er ragte weit über alle anderen hinaus und gehörte dem Zeichenlehrer Paul Franzius.

Froh, nicht wie seine jungen Freunde pünktlich und unbedingt irgendwo zum Mittagessen erscheinen zu müssen, gab Paul unbeschwert dem Drang nach, seinen gefaßten Plan sogleich in die Tat umzusetzen. Er ging zu dem Eisenwarenladen in der Langen Straße, in dem er schon die Nägel für seine Bilder gekauft hatte, und erwarb dort ein verschließbares Geld- oder Schmuckkästchen. Der Ladenbesitzer geleitete ihn zur Tür, doch nicht aus Höflichkeit, sondern nur, um diese zur Mittagspause zu schließen. Wenn nur die Warringsche Bank noch nicht geschlossen hatte, dachte Paul.

Der Bankier Karl Warring hatte in die Zukunft gedacht und in der Ostervorstadt ein repräsentatives, großzügig angelegtes Bankhaus errichtet. Damit mochte er gegenüber der Konkurrenz in der Innenstadt im Nachteil sein, aber es hatte sich erwiesen, daß die Menschen um so weitere Wege in Kauf nahmen, je größer ihr Geldgeschäft war – und gerade an großen Geschäften war es Herrn Warring natürlich gelegen.

Paul hatte sich lange den Kopf darüber zerbrochen, wie er es anstellen könnte, dem Bankier persönlich zu begegnen, denn sein Geschäft war eher klein. Wie er es auch drehte und wendete, er sah nur eine Möglichkeit – Frau Rosenbohm würde als Figur der eigensinnigen, mißtrauischen Witwe herhalten müssen.

Er betrat also die Bank, die ihn mit ihren Säulen zu Seiten des Eingangs und der breiten Treppe mehr als alle anderen Häuser in der Stadt an einen antiken Tempel erinnerte, und fand sich nach einer doppelten Eingangstüre in einer hohen Halle wieder, in der ein farb- und haarloser Wicht hinter einem großen Schreibtisch saß. Ihm trug er sein Anliegen vor: Hier sei ein kleines Kästchen – er stellte es auf den Tisch –, das ihm seine Wirtin anvertraut habe. Sie sei Witwe und eine herzensgute Frau, doch plage sie ihre Mitmenschen seit einiger Zeit mit der krankhaften Furcht, eine Bande von Schuljungen habe es auf ihre guten Schmucksachen, die noch von ihrer Mutter stammten, abgesehen. Fast grenze dies schon an eine fixe Idee. (Wenn schon, dann auch gründlich, dachte Paul.) Keinen Tag länger könne sie den Gedanken ertragen, daß der Schmuck nur darauf warte, aus ihrer Kommode genommen zu werden – in schlafloser Nacht habe sie sich schließlich dazu durchgerungen, ihr Schmuckkästchen bei der Bank in den Tresor schließen zu lassen.

Die Geschichte mußte recht überzeugend geklungen haben. Jedenfalls lächelte das Männchen verständnisvoll und nahm ein Blatt, um eine Empfangsbestätigung auszustellen, wobei es dann Auszüge aus den Allgemeinen Bedingungen deklamierte. Gerade rechtzeitig, als die Feder zum Unterzeichnen eingetaucht wurde, fiel Paul ein, daß seine Wirtin ja auf Herrn Warrings persönlicher Unterschrift bestehe. Von dieser unsinnigen Idee sei sie nicht abzubringen gewesen. So seien sie eben, die alten Leute ... wer habe das nicht schon selbst erlebt?

Mit einem Seufzer schob das kleine Männchen seinen Stuhl von sich und bewegte sich auf eine Tür hinter dem Schreibtisch zu. Nun war Pauls Stunde gekommen. Wie selbstverständlich marschierte er hinterher.

Der Bankier, ein stattlicher Mann um die fünfzig, stand in seinem Arbeitszimmer – oder was es auch immer für ein Raum sein mochte, denn Paul achtete nicht darauf – am Fenster und rauchte. Der Angestellte sagte etwas, und Herr Warring nickte und nahm das Blatt entgegen. Auf dem Tisch lag eine Brille, die er aufsetzte. Ein silbernes Gestell. Kein goldenes. Ziemlich dicke Gläser. Paul grub das Bild in sein Gedächtnis ein, murmelte dann eine Entschuldigung und stahl sich von seinem Platz in der Tür, ohne daß ihn jemand richtig bemerkt hatte.

Eine andere Brille – vielleicht nur eine Zweitbrille für den Fall, daß die erste verloren- oder kaputtging. Paul nahm am Schreibtisch das verschlossene Kästchen noch einmal in die Hände und ließ den Inhalt leise klappern, während er angestrengt überlegte. Nein, sagte er sich schließlich, die von den Jungen bei der Mühle gefundene konnte dennoch nicht Herrn Warring gehören, auch wenn es auf den ersten Blick so aussah, und seufzte erleichtert.

* * *

„Wie?" Erschrocken fuhr Albrecht von seiner Arbeit auf. Der Zeichenkurs hatte sich bei ihm zu Hause im Wohnzimmer versammelt, und auf geheimnisvolle Weise, die Paul gerne ergründet hätte, war es dem kränklichen Jüngling gelungen, seine robuste Mutter bisher fernzuhalten.

„Ob Sie mir mal ganz kurz Ihre Brille leihen würden", wiederholte Paul. „Ich möchte nur ein kleines Experiment durchführen ... es hat nichts mit Ihnen zu tun."

Verwirrt nahm Albrecht seine dicke Brille von der Nase und gab sie Paul. Dieser tauschte sie gegen die eigene, schaute sich kurz um und fand seine Theorien eindrucksvoll bestätigt. Er konnte durch die für ihn viel zu stark vergrößernde Brille kaum etwas erkennen; alles verschwamm, die Augen taten weh, und fast wurde ihm übel. Der Bankier aber hatte am Mittag vor seinen Augen eine ebenfalls recht dicke Brille benutzt, während die gefundene nur eine schwache Vergrößerung aufwies – ergo kam er als ihr Besitzer nicht in Frage.

* * *

„Dann müssen wir ja beinahe davon ausgehen, daß dem Musicus die Brille gehört", sagte Friedrich, als sie am Abend quer über den Marktplatz zum „Schwarzen Bären" gingen. „Eigenartig, aber man kann sich Musiker nur als harmlose Gesellen vorstellen."

„Auch wenn seine Brille bei der Mühle gefunden wurde, braucht er ja nicht gleich der Mörder zu sein", gab Paul zu bedenken. „Außerdem müßten Herr Frobius und der Steuerinspecteur sich eigentlich gegenseitig respektiert haben, wenn er wirklich so ein Mensch ist, wie du sagst ... Aber ich werde ihn ja gleich selbst erleben."

Vor ihnen betraten gerade einige vornehme Herrschaften mit blitzenden Zylindern, die mit einem Zweispänner gekommen waren, den Gasthof. Auch sie selbst hatten ihre besten Sachen angezogen; nur als ihre Wirtin gemeint hatte, ungeachtet des sehr kurzen Weges könnten sie nicht ohne Hut und Mantel gehen, wie sähe das denn aus, hatten sie sich rundweg geweigert. Tief enttäuscht, war Frau Rosenbohm nicht mehr mit bis zur Tür gekommen. Von Friedrich sei sie ein solch unvernünftiges und uneinsichtiges Verhalten ja gewöhnt, aber von Paul ...

Sie bezahlten das Eintrittsgeld und betraten das Gastzimmer, in dem anstelle der Tische nur Stühle in engen Reihen aufgestellt waren. Ihrer gesellschaftlichen Stellung entsprechend hätten sie eigentlich in der hinteren Hälfte Platz nehmen müssen, aber weil dort schon alles besetzt schien und er schließlich auch etwas sehen wollte, setzte sich Paul unbekümmert in die zweite Reihe. Nicht weit von ihnen entdeckte er Herrn und Frau Kohn, die sein freundliches Nicken aber geflissentlich übersahen.

Vorne stand ein großer Flügel, der unter erheblicher Mühe hereingeschafft worden sein mußte. Sonst war noch nichts zu sehen, und so faßten sich Paul und Friedrich in Geduld, während sich auch die vorderen Reihen mehr und mehr füllten.

„Ah, guten Abend, Herr Franzius, Sie sind auch da!" ertönte eine Stimme. Der Angesprochene wandte sich ihr zu und gewahrte ein dickes Männchen mit rotem Kopf, das ihn augenzwinkernd anstrahlte. Herr Pöppelmann! Allem Anschein nach hatte er vergessen, daß er auf seinen Kollegen von der bildenden Kunst nicht gut zu sprechen war.

„Haben Sie kein Programm bekommen? Warten Sie – hier haben Sie eines, hmhm. – Ah, Herr Haferkamp! Schön, daß auch Sie ..." Er sprach schon mit dem nächsten Bekannten, ohne Paul Gelegenheit gegeben zu haben, sich zu bedanken. Auf diese Weise war er bald hier, bald dort und schien ganz in seinem Element und vollkommen glücklich zu sein. Indessen studierten Paul und Friedrich den Zettel, auf dem das Programm ausgedruckt war. Zunächst würden sie eine Sonate von Beethoven mit der Satzfolge *lebhaft – langsam – Scherzo – lebhaft* zu hören bekommen, dann eine Eigenkomposition des Solisten und zum Abschluß ein Capriccio von Paganini. Friedrich tippte mit dem Finger auf die beiden letzten Zeilen des Blattes.

Lambert Frobius, Violine
Gerhard Pöppelmann, Pianoforte

stand dort zu lesen.

In diesem Augenblick betrat der Wirt des „Schwarzen Bären" die Bühne oder vielmehr den Teil des Raumes, der die fehlende Bühne ersetzen mußte. Unablässig nickend, sich verbeugend und nervös die Hände reibend, dankte er für das zahlreiche Erscheinen und drückte die Hoffnung aus, es werde wieder wie beim letzten Mal ein gelungener musikalischer Abend werden, denn ach, um die Kultur sei es im Städtchen doch recht traurig bestellt, und deshalb müsse man den Musikern Herrn Frobius und Herrn Pöppelmann ... hmhm ... den Musikern Herrn Frobius und Herrn Pöppelmann (endlich hatten sie ihr Stichwort verstanden, traten von der Seite herbei und verneigten sich tief), müsse man ihnen also danken. Im übrigen stünden im Anschluß an das Konzert dem geneigten Publikum selbstverständlich die Schankstube und das Kleine Gastzimmer offen.

Ein Kellner drehte im hinteren Teil des Raumes die Lampen herunter, rückte dann einen Notenständer für Herrn Frobius herbei und entzündete die beiden daran befindlichen Kerzen. Der Geiger führte mit ausholender Geste sein Instrument ans Kinn und ließ sich von Herrn Pöppelmann das *a* geben.

„Erst muß er die Geige stimmen. Er läßt sich das *a* geben", sagte ein Wissender so laut, daß es alle peinlich berührte.

Während der Prozedur des Stimmens, die der Musicus nach Pauls Dafürhalten etwas zu sehr ausdehnte, hatte er Zeit, ihn sich in Ruhe anzuschauen. Vieles an ihm war zu lang; die Nase, das Kinn, das blonde, wirre, schon schütter werdende Haar, die Finger. Nur der Hals war eigenartigerweise recht kurz. Sonstige Auffälligkeiten waren die stark hervortretenden Augenbrauen und die tiefe Furche im Kinn. Alles in allem machte er einen leicht fanatischen Eindruck und wirkte auf Paul geradezu wie die Karikatur eines Geigers.

Und – er trug keine Brille! Erst jetzt fiel Paul der Zweck des Konzertbesuchs wieder ein. Er warf Friedrich einen vielsagenden Blick zu. Dieser hatte die Beobachtung schon lange gemacht und nickte zurück.

Endlich schien das Stimmen beendet, und mit einigen hämmernden Akkorden begann das Konzert. Die Geige fiel ein, und ein halbwüchsiger, sorgfältig gescheitelter Junge, wohl ein Musikschüler, trat heran, um dann und wann die Noten umzublättern. Gleich fiel Paul auf, wie Lambert Frobius immer wieder seine Augen zusammenkniff und sich dem Notenblatt so weit wie möglich näherte; offenbar hatte er Schwierigkeiten mit dem Lesen. Wieder wechselten Paul und Friedrich einen Blick – das Bild des harmlosen Musikers schien nicht zu stimmen.

Zu Anfang war Paul die Musik entschieden zu wuchtig; er hatte allerdings den Verdacht, daß das weniger am Stück als an dem Vortrag der Ausführenden lag. Unwillkürlich verspürte er Lust, am nächsten Tag eine Kritik für das „Amtsblatt" zu verfassen. Er würde schreiben, sicher, ein wenig Pathos sei ja immer im Sinne Beethovens gewesen, aber der Solist müsse sich die Frage gefallen lassen, ob er aus dem *Allegro* nicht fast ein *Molto pomposo* gemacht habe. Nicht zufällig strahle das Werk eine beispiellose Milde und innere Gelassenheit aus; sei es doch in der Zeit relativer Ruhe geschaffen worden, in der sich der Komponist mit seiner schweren Krankheit abgefunden hatte. Man lese nur die Briefe aus dieser Zeit an seinen Verleger und langjährigen Freund und Gönner, aus denen, wie der Musikwissenschaftler Gernot Günsel in dreijähriger Forschung herausfand, so deutlich der unnachahmliche Humor des Meisters spricht. Professor Günsel lehrt heute am Bamberger Konservatorium. – Im zweiten Satz dann die verhalten bewegte Lyrik des Hauptthemas, mit der die Violine eine hohe Stufe intimer Beredsamkeit erreicht, bis der Komponist die Triolen des zehnten Taktes mit einem kühnen *Dis* in Frage stellt ... Nur wenige Leser würden es merken, wenn er den Stil aller Kritiken auf diese Weise auf die Schippe nähme und sich obendrein vielleicht noch ein wenig über das Publikum lustig machte.

Das Publikum ... Paul schaute sich um. Schräg vor ihm in der ersten Reihe saß ein alter, weißhaariger Mann in ehrfurchtgebietender Uniform, dem in regelmäßigen Abständen der Kopf auf die Brust sank. Sonst saß alles still und starr und versuchte sich den Anschein intensiven Zuhörens zu geben. Bestimmt war die Hälfte des Publikums nur hier, um gesehen zu werden ... zumindest bei Herrn Kohn war Paul sich sicher, daß die Kennermiene, mit der er das Verstehen der dargebotenen Kunst signalisierte, nur aufgesetzt war.

Mittlerweile waren die Musiker beim dritten Satz, dem *Scherzo*, angekommen. Ob ihr feierlicher Ernst und die Reglosigkeit des Publikums im Sinne des Komponisten waren? Alle augenzwinkernd hineingelegte Heiterkeit wurde hier erdrückt. Paul kam es vor, als erzähle jemand einen Witz, und die Zuhörerschaft analysiere in ernsthaftem Flüsterton die Pointe. Ja, so ein heiteres Stück von Ludwig van Beethoven, das war schon eine ernsthafte Angelegenheit.

Erst im letzten Satz fand er einen Weg, der Musik zuzuhören, ohne daß ihm pausenlos solche Gedanken durch den Kopf gingen. Er schloß die Augen und vergaß für einige Augenblicke, daß vorne der Kollege Pöppelmann am Flügel saß und ein aufgeblasener Musicus die Geige strich. Vom Finale, einem schicksalhaften Ungewitter in Moll, fühlte er sich sogar ein wenig ergriffen, was ihn mit all den Leuten hier wieder ein wenig versöhnte.

„Du hattest recht", sagte er, als der höfliche Beifall verklungen war und die kleine Konzertpause Gelegenheit zum Austausch der Gedanken gab, die sich angesammelt hatten. Es wurden fachkundige Urteile über den Komponisten abgegeben, die man sich am Nachmittag mit Hilfe des Almanachs angeeignet hatte, glaubhafte Berichte weitergegeben über das, was Frau Oltmanns heute beim Schlachter erfahren hatte, und versteckte Blicke zu dem fremden Zeichenlehrer hinübergeworfen, von dem man sich ja so einiges erzählte.

„Er ist wirklich ein eitler Gockel."

„Ja", antwortete Friedrich. „Seine Schüler erzählen, er habe zu Hause einen großen Spiegel, vor dem sie die richtige Haltung einüben müßten. Man munkelt, wenn sie gegangen seien, benutze er ihn auch selbst."

Paul grinste, wurde dann aber ernst.

„Wir dürfen niemandem voreilig etwas von unseren Beobachtungen erzählen. Gerade einen Menschen wie ihn würde ein solcher Verdacht, auch wenn er unbegründet ist, vernichten."

„Das ist wahr. Hier in Aurich würde ihm das ewig anhängen."

„Aber wie soll man es sonst deuten, daß er hier ohne Brille steht und Mühe hat, die Noten zu entziffern? Irgend jemand *hat* auf der Mühle Herrn Scharnhorst getötet. Wenn Lambert Frobius seine Brille dort in das Faß geworfen hat, fällt ein starker Verdacht auf ihn."

„Hm ... Ja, so sieht es wohl aus ..."

Vorne sollte es jetzt offenbar weitergehen. Das Stimmen der Geige kündigte es an. Paul sah auf sein Programm – ach ja, die Eigenkomposition des Solisten. Gespannt setzte er sich zurecht.

Doch als das Stück begann, wich seine Spannung dem Erstaunen, der Verwunderung und schließlich der Ratlosigkeit.

„Was macht er da?" fragte Friedrich.

Jedesmal, wenn Paul eine Melodie wahrzunehmen glaubte, wurde sie auch schon von irgendeiner Schrägheit durchbrochen. Hier wurde nicht Musik gemacht, hier wurden alle aberwitzigen Techniken aneinandergereiht, die je für die Geige erdacht worden waren. Was schon für den Zuhörer anstrengend war, verlangte von dem Musiker völlige Verausgabung – in grotesken Zuckungen quälte er sich und sein Instrument. Erlöse ihn, dachte Paul. Erlöse uns!

Schließlich wurde er erhört.

„Ein schwieriges Stück!" bemerkte jemand hinter ihnen.

„Ich wünschte, es wäre unmöglich", sagte Paul leise zu Friedrich.

„Ist das nicht seine Frau? Frau Frobius?" fragte Friedrich plötzlich. An der Seite drängte sich eine ganz aufgelöste weibliche Person nach vorne, die gerade von draußen hereingekommen sein mußte. In der Hand hielt sie ein kleines ledernes Etui, mit dem sie ihrem Mann aufgeregt zuwinkte.

„Ah ...!" machten Paul und Friedrich fast gleichzeitig. Sie ahnten, was darin war. Und tatsächlich – Frau Frobius redete erklärend auf ihren Mann ein, während dieser eine goldene Brille aus dem Etui nahm und unbeherrscht mit ihr zu gestikulieren begann.

„Ja, jetzt ist es zu spät, jetzt brauch ich sie nicht mehr", war bis in die vorderen Reihen hinein zu vernehmen. „Ich steh hier und sehe nichts! Was glaubst du denn! Die Leute ... Hat man so was je schon gehört." In seiner Erregung fehlten ihm die Worte.

Das also war des Rätsels Lösung. Er hatte seine Brille nur zu Hause liegengelassen, und seine Frau hatte es zu spät bemerkt.

„Was habe ich gesagt?" meinte Friedrich. „Er kann vielleicht einer Sonate von Beethoven Gewalt antun, aber keinem Menschen."

„Aber wer war es dann? Wem gehört die zerbrochene Brille?" fragte Paul ratlos. „Der Optiker hat eindeutig gesagt, er habe nur drei dieser Art angefertigt. Und daß sie aus seiner Werkstatt stammt, daran besteht wohl kein Zweifel."

Sein Freund zuckte nur mit den Schultern. „Aufgepaßt! Es geht weiter."

Wie sein eigenes erstaunliches Stück, so hatte der Geiger auch das Paganinis im Kopf und brauchte nicht auf die Noten zu sehen. Jedenfalls blieb die Brille in seiner Brusttasche, in der er sie geborgen hatte. Auch forderte es ihn nicht minder als das erstgenannte, obwohl man dieser Musik nun durchaus etwas abgewinnen konnte. Sie hatte etwas Geniales. Der gute Herr Pöppelmann hatte seine liebe Not mitzuhalten, auch wenn er nur die Begleitung spielen mußte. Verkrampft saß er über seinen Flügel gebeugt, und der Schweiß rann ihm von der Stirn.

Dem hohen Geräuschpegel zum Trotz war der uniformierte Veteran schon längst vollends eingeschlafen. Er war wohl den Schlachtenlärm gewöhnt. Wenn die Musik ab und zu etwas leiser und zarter wurde, hörte man ihn deutlich schnarchen, doch niemand wagte ihn zu wecken. So blieb er auch sitzen, als das Konzert zu Ende war und alles aufstand, um die Musiker mit einem regelrecht begeisterten Applaus zu feiern. Lambert Frobius verbeugte sich hingebungsvoll und so oft, bis Herr Pöppelmann nicht mehr konnte, und der Musikschüler brachte Blumen. –

„Komm, wir trinken auch noch einen Schluck", sagte Paul, als sich das Große Gastzimmer allmählich leerte und sich die Besucher, die nicht in die dunkle Nacht hinaus verschwanden, auf die übrigen Gasträume verteilten.

„Frau Rosenbohm würde uns zu Hause doch nicht auf unsere Zimmer entlassen, bevor sie nicht haarklein erfahren hätte, wer heute abend alles hiergewesen ist."

Friedrich folgte ihm in die Schankstube, wo der Wirt alle Hände voll zu tun hatte, seine Gäste in der Reihenfolge ihrer gesellschaftlichen Stellung zu bedienen. Wie ein Feldherr stand er hinter seinem Schanktisch, spähte in die Runde und entsandte seine Bediensteten zielgerichtet durch den Raum, wenn er den Herrn Direktor oder die Gattin des Amtsrats unbefriedigt wähnte. Zu ihrem Glück erkannte einer der Kellner Paul als ehemaligen Gast wieder, der seinerzeit (aus Freude über sein neues Zimmer bei Frau Rosenbohm) ein großzügiges Trinkgeld gegeben hatte, und so dauerte es nicht lange, bis Paul und Friedrich zwei überschäumende Biere in den Händen hielten. Sie setzten sich etwas abseits in eine Ecke der nobel eingerichteten Stube, wo sie sich ungestört unterhalten konnten.

„Und nun?" fragte Friedrich trübsinnig und schlürfte an seinem Bier. „Wie es aussieht, hat sich der Optiker doch geirrt und mehr als nur drei Exemplare desselben Modells hergestellt. Immer vorausgesetzt, die Brille stammt tatsächlich aus seinem Laden."

„Er hat sie doch erkannt", erwiderte Paul. „Hätte ich sie ihm nicht gleich aus der Hand genommen, bevor er sie genauer untersuchen konnte, hätte er mir auf den Kopf zugesagt, daß ich lüge und die Brille keinesfalls von irgendeinem Fachmann aus Nürnberg, sondern von ihm selbst angefertigt worden ist. Und bei aller Unordnung in seinem Laden: Seine Bücher waren pingelig genau geführt, und es ging aus ihnen eindeutig hervor, daß er nur drei solche Brillen verkauft hat."

„Wenn aber keinem der drei Verdächtigen die Brille gehört, dann muß Herr Beer eben doch einen Fehler gemacht haben – ob du es nun glauben willst oder nicht."

Paul schüttelte den Kopf. „Nein, genausogut kann es sein, daß *wir* einen Fehler gemacht haben."

„Gut. Und dann weiß ich auch schon, welchen. Nämlich den, zu glauben, daß hier in Aurich ein Mord geschehen ist und wir dazu auserkoren sind, ihn aufzuklären."

„Das habe ich eigentlich nicht gemeint. Wir müssen noch mal überlegen, ob unsere Brille nicht vielleicht doch einem der drei Herren gehören kann!"

„Wieso? Wir haben doch festgestellt, daß keiner von ihnen als ihr Besitzer in Frage kommt. Herrn Frobius' Brille haben wir gerade mit eigenen Augen gesehen, Herr Boekhoff ist nach Amerika ausgewandert, und das sicher nicht ohne seine Brille, und für Herrn Warring wäre die gefundene gar nicht stark genug. Nein – das ganze beeindruckende Ergebnis unserer Nachforschungen ist, daß niemandem die Brille aus der Löschwassertonne gehört." Entschieden schlug Friedrich mit der Hand auf den Tisch und trank zur Bekräftigung seiner Worte sein Glas in einem Zuge aus.

Paul sah nachdenklich in die Runde.

Inzwischen hatten sich auch die beiden Musiker unter das Publikum gemischt, und die Aufmerksamkeit der Damenwelt wandte sich nunmehr dem galant auftretenden Herrn Frobius zu, während die verschmähten Ehemänner die Gelegenheit nutzten, wichtigere Themen als die Gesundheit der Lieben daheim oder die Freuden des näherrückenden Sommers anzuschneiden. Hier rühmte ein Sportsmann die Unbesiegbarkeit seines schnellsten und ausdauerndsten Pferdes, da ereiferten sich zwei Streithähne in Fragen der Politik und dort beklagte ein Greis den Verfall von Anstand und Sitte. Aus einer Ecke ertönte Gelächter über einen gelungenen Witz auf Kosten des eitlen Virtuosen.

Langsam lösten sich Förmlichkeit und Steifheit der Gäste, und die sorgsam gewahrte Distanz zwischen den vornehmen und weniger vornehmen Bürgern der Stadt begann zu schrumpfen. Es war schon eigenartig, was ein wenig Alkohol bewirken konnte, dachte Paul – und mitten in diesen Gedanken hinein brach eine Idee.

„Und wenn es nun eine Lesebrille war?" hörte er sich sagen.

Friedrich sah ihn verwundert an.

„Eine Lesebrille", wiederholte Paul. „Natürlich, das ist doch ganz einfach!"

„Ich verstehe nicht, was du meinst", sagte Friedrich.

Paul schob die Biergläser beiseite und zog seinen Freund zu sich heran.

„Na, stell dir doch einmal vor, die Brille auf Warrings Schreibtisch war nur seine Lesebrille", erklärte er. „Das würde bedeuten, daß er sehr wohl auch eine mit dünneren Gläsern besitzen könnte – für die Ferne! Sieh dir zum Beispiel meine Brille an: Sie ist zur Fernsicht, zum ständigen Gebrauch bestimmt; ich setzte sie eigentlich nur ab, wenn ich mich wasche oder schlafen gehe. Aber viele Leute brauchen noch eine zweite Brille für die Nahsicht, damit sie lesen und schreiben können. Und solche Lesebrillen haben zur Vergrößerung viel dickere Gläser."

„Du meinst, Herr Warring braucht zwei Brillen – eine mit dünnen und eine mit dicken Gläsern?" fragte Friedrich skeptisch.

„Das wäre des Rätsels Lösung", bestätigte Paul. „Ich dachte natürlich anfangs, er schiede aus dem Kreis der möglichen Besitzer unserer Brille aus, weil ich die dicke Brille aus seinem Büro für eine Fernbrille hielt – wie die von Albrecht – und daher die gefundene mit dem dünneren Glas nicht seine sein konnte. Aber ich erinnere mich, daß er ohne Brille am Fenster stand, als sein Angestellter zu ihm ins Zimmer ging, und er seine Brille erst vom Schreibtisch nahm, als er die Empfangsbestätigung für das Kästchen unterzeichnen sollte."

„Bist du sicher?"

„Natürlich."

Friedrich lehnte sich stumm in seinem Stuhl zurück und versuchte, sich Pauls Ausführungen begreiflich zu machen.

„Und was gedenkst du als nächstes zu tun?" fragte er nach einer Weile.

„Wenn sich unsere Vermutung bestätigt und in Herrn Warrings Sammlung wirklich ein besonders schönes, goldenes Paar Augengläser fehlt, müssen wir versuchen herauszufinden, was der gute Mann am letzten Dienstag abend so getrieben hat", antwortete Paul. „Wenn er zur Tatzeit in irgendeiner Versammlung gesessen oder eine Porzellanausstellung eröffnet hat, können wir ihm natürlich getrost seine Brille zurückgeben – wie auch immer sie in das Faß geraten ist; aber wenn nicht ..."

Paul sah Friedrich vielsagend an, aber der schaute nachdenklich und mißmutig in sein leeres Glas.

„He, was ist überhaupt los mit dir?" wunderte sich Paul. „Unsere Entdeckung scheint dich ja nicht gerade vom Stuhl zu reißen."

„Wundert dich das?" gab Friedrich gequält zurück. „Herr Warring ist einer der bekanntesten Männer in der Stadt, und wir versuchen, ihm einen Mord nachzuweisen."

„Na ja, soweit ist es ja noch nicht. Bisher deutet auch noch nichts Konkretes darauf hin, daß die Brille oder ihr Besitzer überhaupt mit dem Mord zu tun haben. Aber wenn zwei äußerst merkwürdige Ereignisse – der Mord an einem Menschen und der Fund einer wertvollen, wohl kaum achtlos weggeworfenen Brille – zur nahezu selben Zeit am nahezu selben Ort geschehen, dann ist es schon ziemlich naheliegend, zwischen beiden eine Verbindung zu suchen."

„Sicher. Aber wenn wir nicht ganz eindeutige Beweise dafür haben, daß Herr Warring mit Herrn Scharnhorsts Tod in Verbindung zu bringen ist, werden wir uns bestimmt nicht sehr beliebt machen – nicht einmal, *wenn* wir welche haben."

„So etwas Ähnliches hat mir der Justizrat Detmers auf dem Friedhof auch schon gesagt. Aber erstens brauchen wir unsere Verdächtigungen ja nicht gleich auf dem Marktplatz zu verkünden, und zweitens kann es doch keinen Unterschied machen, ob ein Mörder ein bekannter Mann ist oder nicht."

„Ich glaube auch nur, daß die Sache allmählich gefährlich wird und uns über den Kopf wächst", versetzte Friedrich.

„Gefährlich? Gerade hast du doch noch bezweifelt, daß an der ganzen Mordgeschichte überhaupt etwas dran ist. Jetzt glaubst du, es könne gefährlich werden?"

„Ich meine nicht die Sache an sich oder den Mörder. Ich meine die unvorhersehbaren Folgen, die eintreten können, wenn wir uns zu sehr mit dem Fall beschäftigen ..."

Paul zuckte mit den Schultern. „Ich weiß zwar nicht, wovon genau du redest, alter Freund, aber ich verspreche dir, daß wir uns in Zukunft sehr vorsichtig bewegen und unserem Mörder nicht die Gelegenheit geben werden, uns ins Jenseits zu befördern. – Na ja", fügte er nach einer Pause kleinlaut hinzu, „da fällt mir gerade etwas ein – weißt du, wo sich die Brille in diesem Augenblick befindet? Bei Herrn Warring! Als ich seiner Bank meinen Besuch abstattete, da tat ich sie in das Kästchen, damit es sich nicht so leer anfühlte. Ich fand großen Gefallen an dieser originellen Idee. Aber wenn er nun schon ein Auge auf uns geworfen hat und es öffnet ...? Dann weiß er, daß wir Bescheid wissen."

„Gerade das meine ich ja! Woher willst du wissen, was das alles nach sich zieht?" fuhr Friedrich auf. „Das kannst du gar nicht überblicken!"

„Na, nun übertreibe mal nicht. Komm, ich bestelle uns noch zwei Bier – das beruhigt."

Er wollte sich erheben, doch Friedrich hielt ihn zurück.

„Unterschätze die Sache nicht, Paul", sagte er leise und eindringlich, „unterschätze sie nicht."

* * *

Paul packte gerade seine Zeichensachen aus und räumte sie an den nächstbesten Platz, als er die Haustür sich mit einem Ruck schließen und Friedrich die Treppe heraufkommen hörte.

„Und?" fragte dieser nach einer müden Begrüßung. „Bist du diesmal fertig geworden?"

„Ja", antwortete Paul und warf wütend den leeren Beutel in die Ecke. „Aber beim nächsten Mal schaue ich mir die Leute genauer an, bevor ich für sie arbeite. Eigentlich habe ich ja ein dickes Fell, aber dieser Frau Kohn ist es gelungen, mich in meinem Stolz zu verletzen. Ich wünschte, ich hätte sie ohne Rücksicht so gezeichnet, wie sie tatsächlich aussieht."

„Warum? Was ist geschehen?"

„Was geschehen ist? Sieh dir an, was da auf dem Tisch liegt."

„Nun – das sieht aus wie Papier ... ein Bleistift und ein Stoß gutes Papier."

„Genau. Ein Stoß Papier und ein Bleistift."

„Und was ist damit?"

„Wenn ich, wenn eine Zeichnung fertig ist und es ans Bezahlen geht, einen niedrigen Betrag nenne, dann muß ich damit rechnen, daß man ihn mir genau auf den Tisch zählt und keinen Heller mehr. Das ist in Ordnung. Nicht sehr großzügig, aber in Ordnung. Aber wenn man es mit einer Herablassung tut, als bezahle man den schon wieder teurer gewordenen Schornsteinfeger aus, und dann selbstgefällig zum Beweis seiner Großmut noch einen Bleistift und ein Dutzend Zeichenblätter, von denen Stapel im Schrank liegen, hinzutut, dann ... dann ist das ... dann fühle ich mich und meine Arbeit nicht ernstgenommen. Versteh mich richtig. Es geht mir nicht ums Geld ..."

„Ich weiß, was du meinst", versuchte Friedrich, ihn zu beruhigen.

„Ah, wenigstens du. Frau Rosenbohm meinte, es sei doch so schönes Papier. *Sehen Sie, es trägt sogar die Firmenaufschrift Kohn & Boekhoff*, hat sie gesagt. *Ich wäre froh, wenn mir jemand solches Papier* ... Aber dann wollte sie es doch nicht haben."

Nachdem er auf diese Weise seinem Ärger Luft gemacht hatte, ließ er sich in seinen Sessel fallen.

„Wie war dein Tag? Ist dir bei der Arbeit ein Einfall gekommen, wie wir etwas über Herrn Warrings Tun am Mordabend herausbekommen können?"

„Nicht direkt ...", antwortete Friedrich zögernd.

„Mir auch nicht. Man könnte zwar unter einem Vorwand die Dienstboten befragen, die es ja sicher gibt – aber das gäbe nur zu leicht Gerede."

„Vielleicht war er im ‚Schwarzen Bären'. Wenn er der Mörder ist, dann könnte er doch sehr gut den Abend zusammen mit dem Opfer verbracht haben. Möglicherweise kam es zu einem Streit ..."

„Moment! Woher willst du denn wissen, daß der Steuerinspecteur an dem Abend im ‚Schwarzen Bären' war?"

Friedrich zuckte mit den Schultern. „Na ja, weil er dort Stammgast war, da ist es doch gut möglich, daß er auch an seinem letzten Abend dagewesen ist. Das läßt sich doch leicht herausfinden, wir brauchen nur den Kellner zu fragen."

Paul sah Friedrich forschend an.

„Hm ... einen Versuch ist es wert, du hast recht."

Er zog die Schuhe aus und schlüpfte in seine bequemen Pantoffeln. „Komm, Frau Rosenbohm hat schon den Kessel aufgesetzt. Ich habe den ganzen Nachmittag nichts getrunken."

* * *

Am nächsten Vormittag war Paul wieder im „Schwarzen Bären". Er fragte nach dem freundlichen Kellner, mit dem er auf gutem Fuße stand, und wurde nach oben gewiesen, wo dieser dem Zimmermädchen den schweren Korb mit der Bettwäsche hinterhertrug. Er traf ihn gerade in dem Zimmer an, in dem er seine erste Nacht in der Stadt verbracht hatte.

Ja, erfuhr Paul auf seine Frage, der bedauernswerte Herr Steuerinspecteur sei am fraglichen Abend im „Schwarzen Bären" gewesen. Daran sei nichts Ungewöhnliches, und er habe auch wie stets ein ordentliches Trinkgeld gegeben. Er habe nicht den Eindruck gemacht, als habe er seinen Tod vorausgeahnt – darüber seien sich alle Bediensteten, die ihn gesehen hatten, einig. Ob er mit jemandem zusammen hiergewesen sei? Ja, mit Herrn Warring – dem Bankier Warring aus der Ostervorstadt. Man habe die beiden ab und zu zusammen hier gesehen.

Friedrich hatte also recht gehabt.

„Haben Sie vielleicht an diesem speziellen Abend eine Meinungsverschiedenheit beobachtet?" fragte Paul weiter. „Einen Streit? Sind sie vielleicht im Unfrieden auseinandergegangen?"

„Hm ... ich habe den Tisch zwar nicht bedient, aber da an dem Abend nicht viel Betrieb war, wäre es mir bestimmt aufgefallen ... Ah! Ich verstehe, was Sie sagen wollen!" Die Stimme des Kellners nahm einen gedämpften, verschwörerischen Ton an. Das Zimmermädchen, das sich ungeniert auf das gerade bezogene Bett gesetzt und die Ellenbogen auf die Knie gestützt hatte, pfiff leise durch die Zähne.

„Nein, nein", sagte Paul beschwörend. „Gar nichts will ich sagen. Es war nur so ein Gedanke, und wenn Herrn Scharnhorsts Begleiter jemand wie Herr – wie war der Name? Warring? – war, dann muß man ihn natürlich fallen lassen."

„Hätte ich geahnt, was noch passiert, hätte ich natürlich genauer hingesehen ... am besten, Sie fragen den steifen Dirks. Der hat die beiden Herren bedient."

„Wo finde ich den?"

„Wahrscheinlich in der Küche – mit Sicherheit irgendwo unten, denn er hat aus dem Krieg ein steifes Bein und steigt nicht gerne Treppen. Er ist nicht sehr gesprächig, aber er taut auf, wenn Sie ihn nach der Franzosentied fragen. Er will Napoleon einmal mit eigenen Augen gesehen haben." –

„... und dann geht der Mann nach Hause und sagt zu seiner Frau: ‚Ha, ich hab am Stammtisch einen neuen Witz gelernt! Gib mal eine Handvoll Bohnen, dann zeige ich ihn dir.' ‚Bohnen hab ich nicht. Nur Erbsen.' ,Erbsen gehen auch. Gib her.' Er nimmt also die Erbsen und legt alle auf einen Haufen – nur eine legt er abseits und fragt: ,Was ist das? Was siehst du hier? Na? Was ist das hier?' ,Weiß ich nicht', sagt die Frau. ,Na, das ist doch ganz klar! Sieht man doch gleich!' sagt der Mann. ,Bonaparte ist das! Hier: Bohn-apart.' Er zeigt auf die einzelne Erbse. ,Siehst du? Bohn-apart!'"

Der steife Dirks, ein alter, klapperdürrer Mann, lachte herzlich. Paul lachte mit, denn dieser Witz war so alt, daß er schon anfing, wieder lustig zu werden. Dann hielt er es für an der Zeit, endlich auf den Bankier und den Steuerinspecteur zu sprechen zu kommen.

Der Alte fuhr fort, Besteck zu putzen, und schüttelte seinen Kopf noch immer über den dummen Mann mit den Bohnen. Erst, als er den Namen Warring hörte, fand er in die Wirklichkeit zurück.

„Hat er seine Brille noch nicht wieder?" fragte er mürrisch. „Sind Sie deswegen hier?"

„Seine Brille? Was wissen Sie über seine Brille?"

„Na, er hat doch an dem Abend, von dem Sie sprechen, seine Brille hier liegenlassen."

„Das ist aber nicht möglich ..."

Der steife Dirks machte darauf ein unwilliges Gesicht, auf dem geschrieben stand, er wisse schon, was er gesehen habe. „Junger Mann – meine Augen sind noch ebensogut wie vor vierzig Jahren, als ich mit ihnen, auch wenn manche es nicht glauben wollen ... "

„Jaja – aber Herr Warring *kann* seine Brille eigentlich nicht hier vergessen haben", gab Paul zu bedenken. „Sehen Sie, ich selbst trage eine Brille und würde beim Aufstehen sofort bemerken, daß sie mir fehlt. Vielleicht war es jemand anderes, jemand, der seine Brille nur zum Lesen braucht?"

„Nein, nein, es war der Bankier Warring und niemand anderes. Ich weiß das genau. Ich brachte ihm den Mantel und öffnete ihm die Tür, und als ich etwas später wieder an der Garderobe vorbeikam, lag dort auf dem Tischchen noch seine Brille – eine mit goldenem Rahmen. Er hatte sie in die Tasche stecken wollen, weil es draußen stürmte und regnete und sie gleich voller Tropfen wäre. Der Herr Steuerinspecteur, der kurze Zeit später ging, nahm sie mit und wollte sie ihm am nächsten Tag geben. Das sagte ich auch Herrn Warring, als er mich später nach ihr fragte."

„Moment – Herr Scharnhorst hat die Brille mit nach Hause genommen? Sind Sie sicher?“

„Ja doch.“

„Wie in aller Welt kommt sie dann in das Faß?“

„… wie bitte?“

„Oh, entschuldigen Sie, ich sprach mit mir selbst. – Hier, nehmen Sie und gönnen Sie sich dafür ein Glas oder stopfen Sie sich ein Pfeifchen. Ich bin Ihnen wirklich dankbar für Ihre Auskunft. Sie haben mich vor mancher Peinlichkeit bewahrt.“

„Hm!“ grunzte der steife Dirks.

Beim Hinaustreten auf den Marktplatz begegnete Paul dem Fräulein van Vossen, doch sein Gruß fiel nur sehr flüchtig aus. „Warring also doch nicht“, murmelte er vor sich hin. „Aber seine Brille … der Mörder fand sie nach der Tat bei seinem Opfer und erkannte sie … und versteckte sie, um ihren Besitzer herauszuhalten …“ Plötzlich blieb er auf dem Gehsteig stehen. „Nein! So kann es nicht gewesen sein. Ich habe doch den Mantel des Toten gesehen.“

Achtes Kapitel

„Was halten Sie davon, wenn wir heute eine halbe Stunde früher Schluß machen?“ fragte der Zeichenlehrer Paul Franzius die Teilnehmer des Nachmittagskurses. „Ich möchte Frau Scharnhorst besuchen und ihr sagen, daß wir sie jederzeit wieder in unserer Mitte willkommen heißen und daß deswegen niemand schlecht über sie reden wird.“

„Da werden Sie kein Glück haben“, meinte Nanni Uphoff, die Kusine, kühl. „Ich habe es auch schon versucht. Eine halbe Stunde habe ich auf sie eingeredet, aber sie saß nur da und sagte kaum einen Ton. Wenn sie partout nicht will, daß man ihr hilft ...“

Von den übrigen Kursteilnehmern wurde er jedoch warm in seinem Vorhaben unterstützt, was allerdings auch an dem Wort *früher Schluß* liegen mochte, dessen Zauber sich niemand, der vor nicht allzu langer Zeit noch die Schulbank gedrückt hatte, entziehen konnte. So schritt er nicht viel später an der Seite von Marie Wilken, die denselben Weg hatte wie er, in Richtung der Kleinen Kirchstraße.

„Es ist furchtbar nett, wie Sie an Frau Scharnhorst denken“, sagte Fräulein Wilken. „Sie freut sich sicher auch über Ihren Besuch. Aber ich bitte Sie – reden Sie mit ihr nicht über den Tod ihres Mannes. Je schneller sie die tragischen Umstände vergißt, desto besser, ganz gleich, ob es nun ein Unfall oder Selbstmord war.“

„Um ehrlich zu sein – ich hatte ihr eigentlich doch ein oder zwei Fragen stellen wollen. Natürlich nur dann, wenn sie nicht gerade in einer niedergeschlagenen Stimmung ist. Meinen Sie nicht, daß es das beste ist, wenn die ganze Wahrheit ans Tageslicht kommt, gerade für Ihre Freundin? Nicht nur, weil es vielleicht Einfluß auf ihr Witwengeld hat, sondern auch, damit sie in Zukunft wieder über den Marktplatz gehen kann, ohne daß die Leute aus Ungewißheit zur Seite schauen. Von Gerechtigkeit ganz zu schweigen.“

Offenbar gaben Pauls Worte Marie Wilken zu denken; jedenfalls sprach sie bis zur Haustür der Scharnhorsts kein Wort mehr.

„Passen Sie auf, daß Sie sich da nicht in etwas verrennen“, sagte sie nur zum Abschied.

Es dauerte eine Weile, bis Cornelia Scharnhorst öffnete. Sie trug ein schwarzes Kleid und war blaß, doch sie lächelte, als sie Paul erkannte.

„Sind Sie nicht bei Ihren Schülern? Heute ist doch Donnerstag.“

„Meine Schüler haben mir freigegeben. Sie haben mich gebeten, Ihnen ihr Mitgefühl auszudrücken.“

„Danke. Kommen Sie herein."

Er wurde ins Wohnzimmer geführt, wo auf einem aufgeklappten Sekretär und auf zwei Stühlen Bücher und ungeordnete Papierstöße lagen.

„Sie waren gerade beschäftigt ...?"

„Nein, nein. Die Sachen liegen da schon seit gestern. Jemand von der Steuerdirektion will kommen und sie abholen."

„Ich ... möchte Ihnen sagen, wie leid es mir tut, die ganze Geschichte. Auch für die Kinder."

Frau Scharnhorst nickte, sagte aber nichts. Sie rückte am Wohnzimmertisch einen Sessel für ihren Gast zurecht und setzte sich selbst. Paul überlegte, wie er behutsam die Sprache auf den Besuch ihres Mannes im „Schwarzen Bären" bringen konnte, doch sie ergriff vor ihm das Wort.

„Ich hörte von Fräulein Wilken, daß Sie sich über den Tod meines Mannes Gedanken machen."

„Das ist richtig. Ich bin zwar nur durch Zufall in die Angelegenheit hineingezogen worden, aber in gewisser Weise spüre ich jetzt eine Verantwortung." Während er das sagte, wurde ihm klar, daß er mit Frau Scharnhorst offen reden mußte.

„Sie sind natürlich die erste, die ein Recht hat, diese Gedanken zu erfahren."

Und ohne es eigentlich beabsichtigt zu haben, berichtete er von der falschen Flügelstellung, von dem niedrigen Galeriegeländer, von der dunklen Nacht, den lautlos auftauchenden Mühlenflügeln und sparte auch die mit einem bloßen Sturz kaum erklärbaren Verletzungen nicht aus. Da die Mühle bei seiner und Friedrichs Ankunft wieder stillgestanden habe, schloß er, sei ein mit Absicht herbeigeführter Tod die einzige Erklärung, so leid es ihm tue und so wenig auch bei einer Untersuchung die Beweiskette für ausreichend angesehen werden würde.

Die junge Witwe war noch blasser geworden. Sie starrte vor sich hin und sagte erst nach einer Weile: „Ich kann dazu nichts sagen. Mein Mann kam etwa um neun Uhr nach Hause und ging erst später als sonst mit dem Hund hinaus, weil es so regnete und stürmte. Ungefähr um zehn, vielleicht etwas später. Aber das habe ich auch schon dem Wachtmeister erzählt. Mehr weiß ich wirklich nicht."

„Wissen Sie, mit wem sich Ihr Mann getroffen hatte?"

„Vorher, im ‚Schwarzen Bären'? Mit dem Bankier Warring, glaube ich."

„Ja. Mit dem Bankier Warring. – Vielleicht können Sie da weiterhelfen. Kurze Zeit war ich davon überzeugt, daß Herr Warring etwas mit dem Tod Ihres Mannes zu tun hat. Seine Brille ist nämlich in einer Löschwassertonne nahe der Mühle gefunden worden. Wenn ein Mann seine goldene Brille in der Nähe des Schauplatzes einer Gewalttat an einem vor Entdeckung fast sicheren Ort zurückläßt, weil sie zerbrochen ist, und derselbe Mann den Abend zusammen mit dem Opfer verbracht hat – dann kann das doch kein Zufall sein, dachte ich. Aber dann habe ich erfahren, daß er die Brille im ‚Schwarzen Bären' liegenließ und Ihr Mann sie mit nach Hause nahm."

Frau Scharnhorst blickte Paul unsicher an.

„Es stellt sich jetzt also eine neue Frage", fuhr er fort. „Wie kam sie von hier zur Mühle?"

„Letzte Woche kam jemand von Herrn Warring und fragte auch nach der Brille", wich sie aus. „Ich konnte nur sagen, ich weiß nichts von ihr ..."

„Frau Scharnhorst. Als wir Ihren Mann fanden, trug er einen ziemlich alten Wettermantel und eine Strickweste darunter. War er mit diesen Sachen auch im ‚Schwarzen Bären'?"

„Natürlich nicht. Er zog sich um, als er nach Hause kam, und nahm später wegen des Wetters den alten Mantel."

„Sehen Sie. Die Brille blieb also aller Wahrscheinlichkeit nach hier zu Hause in den Taschen seiner guten Sachen oder abgelegt auf einer Kommode. Und doch fand man sie später bei der Mühle. Darüber müssen Sie doch irgend etwas wissen."

Frau Scharnhorst sah auf. Ihre Wangen waren auf einmal gerötet, und sie wollte etwas sagen, schien aber noch unschlüssig. Schließlich sprach sie mit mühsam beherrschter Stimme.

„*Ich* habe die Brille in das Faß getan."

Paul nickte.

„Um den Verdacht auf Herrn Warring zu lenken?"

„Ja. Er hat meine Eltern in den Ruin getrieben. Mein Vater hatte als Unternehmer viel Pech gehabt, und als letzten verzweifelten Versuch, wieder zu Wohlstand zu kommen, steckte er alles, was er noch hatte, in eine Emaillewarenmanufaktur. Nach hoffnungsvollem Anfang aber kam die schlechte Zeit der 48er Revolution – und der Bankier Warring, der Geldgeber, ließ ihn fallen wie eine heiße Kartoffel. Wegen seiner unnachgiebigen Forderungen wurde sogar unser Haus versteigert. Da waren meine Eltern froh, als der Steuerinspecteur Scharnhorst mich heiraten wollte und ich gut versorgt sein würde ..." Sie blickte abwesend aus dem Fenster. „Da konnte ich natürlich nichts einwenden. – Als ich dann letzten Mittwoch die Brille noch auf der Kommode liegen fand, habe ich ein Glas zerschlagen und sie bei Dunkelheit in das Faß geworfen und die Scherben auf das Pflaster bei der Mühle. Auf diese Weise sollte der feine Bankier Warring in Schwierigkeiten geraten."

Nach einer kleinen Pause fuhr sie in nüchternerem Ton fort.

„Man hängt keinem Menschen etwas an, das er nicht getan hat, auch wenn man ihn haßt. Man fängt sehr bald an, sich dafür selbst zu hassen. Ich bin erleichtert, daß ich es jemandem mitgeteilt habe."

„Selbstverständlich werde ich es nicht herumerzählen. Es ist ja für niemanden Schaden entstanden, und darum geht es niemanden etwas an. Das heißt ... meinem Freund muß ich natürlich sagen, daß Herr Warring nicht mehr als Täter in Frage kommt. Aber auf ihn ist Verlaß."

Frau Scharnhorst erhob sich, öffnete einen Wandschrank und nahm aus einem Fach ein kleines gerahmtes Porträt.

„Ich erzählte eben von meinem Vater. Das ist er. In den Auricher Unternehmerkreisen denken wohl nicht mehr viele an ihn."

Paul nahm das Bild. Er sah einen strengen Herrn mit Schnurrbart, kleiner Brille und kurzem Haarschnitt. Ungefähr so hatte er sich einen Schulbeamten vom Geiste eines Herrn Schnöter vorgestellt; doch im Gegensatz zu einem solchen hatte Frau Scharnhorsts Vater einen Grund gehabt, ernst und streng dreinzuschauen.

„Er lebt nicht mehr?"

„Nein. Er ist vor zwei Jahren gestorben."

Sie stellte das Bild auf die Anrichte, und Paul stand zum Zeichen, daß er nun endlich all die unerquicklichen Geschichten ruhen lassen wollte, aus seinem Sessel auf.

„Bleiben Sie noch. Ich mache Tee. Sagen Sie nicht, das sei nicht nötig – ich kann jetzt selbst eine Tasse gebrauchen."

„Wenn das so ist – dann darf ich wohl nichts einwenden. Kann ich irgendwie behilflich sein?"

„Sie können die Pumpe in der Hinterküche betätigen – sie geht etwas schwer."

Paul folgte seiner Gastgeberin durch die Diele in die Küche, wo er einen Teekessel ausgehändigt bekam, mit dem er in die benachbarte Hinterküche ging. Dort lag unter einem Ecktisch zusammengerollt der Schäferhund, den er aus der Mühle kannte.

„Na, alter Freund? Ich darf doch einmal Wasser holen? Ich habe die Erlaubnis von deinem Frauchen."

Der Hund erhob keine Einwände, sondern guckte nur verschlafen aus seiner feinen Ecke hervor.

„Hier ist das Wasser", sagte Paul, als er in die Küche zurückkam. „Ihr Hund ist aber ein friedlicher Geselle."

„Ja – mein Mann holte ihn nur manchmal im Winter herein, wenn es stark fror. Deshalb hat er einen großen Respekt vor dem Haus."

„Wie heißt er?"

„Gerhard Johann David."

„Gerhard Johann ...? Ah, ich verstehe. General Gerhard Johann David von Scharnhorst. Erneuerer des preußischen Militärwesens."

„Es war die Idee meines Mannes. Er erzählte es jedem und war sehr stolz auf seinen Hund."

Während sie mit Teedose und -kanne hantierte, sah Paul sich um. Die Küche war sauber und aufgeräumt, machte aber dennoch einen fast ärmlichen Eindruck: Der Stangenofen hatte einen Sprung, die daran aufgehängten Geschirrtücher waren geflickt, aus vielen der Bodenfliesen waren ganze Stücke herausgebrochen, die Wände brauchten dringend einen neuen Anstrich, und das Koch- und Alltagsgeschirr war alt und bunt zusammengewürfelt. Er malte sich zermürbende Auseinandersetzungen um das Haushaltsgeld aus. Wohnzimmer und Diele hingegen waren besser eingerichtet, wenn auch viel zu dunkel und altmodisch für eine junge Frau, die hier fast alle ihre Tage zubrachte, und das Äußere des Hauses machte sogar den Eindruck relativen Wohlstandes.

Herr Scharnhorst schien den Seinen nicht eben mit viel Liebe begegnet zu sein: Seiner Frau gönnte er nichts, nicht einmal, das Bild ihres Vaters aufzuhängen; aus seinem Hund machte er ein parierendes Vorzeigeexemplar, das keinen Mucks wagte und das er sich hielt, um seiner Eitelkeit zu schmeicheln. Viel besser dran waren auch die Kinder nicht, wovon Paul auf der Treckschuite Zeuge geworden war.

Bestimmt würde Cornelia Scharnhorst ihrem Mann nicht lange nachweinen. Wenn je eine Ehe unglücklich gewesen war, dann ihre – soweit er das aus den äußeren Anzeichen schließen konnte. Hatte sie nicht selbst gesagt, sie habe nichts gegen die Heirat mit dem Steuerinspecteur Scharnhorst einwenden können? Und sie schien den Bankier Warring auch nicht für die harte Haltung gegenüber ihrem Vater, die im Grunde rechtmäßig gewesen und über deren Folgen längst Gras gewachsen war, bestrafen zu wollen, sondern vielmehr dafür, daß er der indirekte Urheber dieser Ehe war.

Dieser alte Haß gegen Herrn Warring mußte in der Tat noch sehr lebendig sein, wenn er ein ausreichender Grund dafür war, jemandem völlig Unbeteiligten einen Mord anzuhängen. Das hieß, völlig unbeteiligt war der Bankier eigentlich doch nicht, immerhin hatte er den Abend zusammen mit dem Opfer verbracht. Obwohl natürlich auch erst dadurch das Deponieren seiner Brille möglich geworden war ...

Gerade, als Paul die Entwirrung dieses Gedankenknäuels auf später verschieben wollte, fiel ihm ein merkwürdiger Umstand auf. Woher hatte Frau Scharnhorst denn gewußt, daß ihr Mann nicht bloß verunglückt war? Nur mit diesem Wissen erschien doch der Versuch sinnvoll, jemandem eine Schuld anzuhängen!

„Sie können schon einmal mit dem Tablett hinübergehen", sagte sie in diesem Augenblick. „Vorsicht, fassen Sie es nicht an den Griffen an – einer ist lose."

Er tat wie ihm geheißen. Im Wohnzimmer heil angekommen, nahm er auf einmal ein Geräusch wahr, das ihm merkwürdig bekannt vorkam. Wo hatte er es erst kürzlich gehört ...? Richtig – es war das Kratzen einer Geige.

„Ihr Nachbar ist nicht zufällig Herr Frobius, der Musicus?" fragte er, als Frau Scharnhorst mit der Teekanne hereinkam.

„Nein, aber einer seiner Schüler. Das ist so hier bei uns – wenn das Fenster zum Garten geöffnet ist, und sei es auch nur ein ganz kleines bißchen, dann hört man jeden Ton von nebenan. Manchmal ist es furchtbar. Dann spielt er den ganzen Nachmittag dasselbe."

Paul ging zum Fenster hinüber und warf einen Blick nach draußen. In dem kleinen eingezäunten Garten stand unter zwei alten Obstbäumen ein altes Backhäuschen, das wohl das Heim von Gerhard Johann David war. Paul vermutete, er würde es jetzt nicht mehr beziehen müssen.

„Einen schönen Garten haben Sie. Viel Grün. Das erinnert mich an zu Hause – hierzulande sieht man in den Gärten meist nur schwarze Erde."

„Er ist wohl etwas verwildert. Mein Mann maß allem, was nach hinten hinaus liegt, nicht viel Bedeutung bei ... Er schimpfte oft über den Architekten, der die Wohnstuben dieser Häuser nach hinten hinaus gelegt hat."

Plötzlich wurde ihr bewußt, wie offen sie mit ihrem Zeichenlehrer sprach, und wandte sich schnell wieder den Teetassen zu.

„Sie sollten an den dicken Ast dort eine Schaukel hängen. Die Kinder können doch jetzt nach Herzenslust draußen in den Tag hinein leben ... seit es richtig Frühling geworden ist, meine ich. In der Schule haben schon fast alle kurze Hosen an. – Nur ein bißchen Sahne, bitte. Hmh – danke."

Wie alle Kinder hatten auch die Scharnhorstschen einen sicheren Instinkt entwickelt, wann es etwas für sie zu holen gab. Ein Poltern auf der Treppe war der Beweis dafür. Konrad und seine kleine Schwester kamen herein, sagten artig guten Tag und griffen zielstrebig in die Gebäckdose. Sie wußten genau, wann sie sich mehr als sonst erlauben durften, und die warnenden Blicke der Mutter wurden geschickt ignoriert.

„Wir kennen uns ja", sagte Paul. „Erinnern Sie sich an die Bootsfahrt vor ein paar Wochen? Und Konrad auch aus der Schule, das hat er ja sicher schon erzählt. Du bist in der Sexta, stimmt's?"

„Hm ...!"

„Er ist aber noch ziemlich klein für sein Alter. Ich war eigentlich gar nicht dafür, ihn schon auf das Lyceum zu schicken. Aber jetzt macht es ihm Spaß mit all den anderen Jungen, nicht wahr?"

„Ja ...", meinte der kleine Scharnhorst. Es war ihm deutlich anzusehen, daß ihm irgend etwas auf der Seele brannte. Er druckste herum, und erst als seine Schwester ihn mit einem eindeutigen *Los!* in die Seite stieß, sagte er, was ihn bedrückte.

„Können Sie nochmal den Lebkuchenmann malen? Ich hab es zu Hause versucht, aber ich hab es nicht mehr hingekriegt."

„Den Lebkuchenmann?"

„Ja, den Sie neulich an die Tafel gemalt haben!"

„Ach, du meinst den ...! Du hast sogar einen Zettel mitgebracht. Na, meinetwegen. Aber eure Mutter muß ja denken, ich mache im Unterricht nichts als Unsinn. – Wissen Sie, Frau Scharnhorst, ich habe die Kinder einmal alles zeichnen lassen, was im Garten wächst. Und da konnte ich nicht widerstehen ... Als Kinder haben wir immer einen Mann namens Anton Rübl gezeichnet, und zwar aus einer Mohrrübe – weil er doch Rübl hieß."

Paul zeichnete eine Mohrrübe auf das Blatt und gab ihr unten einen Kragen, dann Augen, Nase, Mund und Ohren, bis sie plötzlich einen ganz lebendigen Gesichtsausdruck bekam.

„Anton Rübl gab es wirklich – er war in Nürnberg ein stadtbekannter Lebemann, kein Lebkuchenmann. Von Lebkuchen habe ich später einmal etwas erzählt."

Der kleine Konrad nahm das Blatt wie einen Schatz an sich, und Paul sah schon – um der Mutter einen Abend voller Streit und Tränen zu ersparen, zeichnete er besser gleich einen zweiten Lebemann.

* * *

Leise schloß sich die Tür hinter einem nachdenklichen Paul Franzius. Fast eine Stunde lang hatte er noch mit Cornelia Scharnhorst zusammengesessen und sich daran erfreut zu beobachten, wie ihre harmlose Unterhaltung und die Ausgelassenheit der Kinder sie belebten. Erst das Erscheinen einer dunkel gewandeten Dame, die die Anwesenheit des jungen Zeichenlehrers im Haus der Trauernden mit unverhohlener Mißbilligung betrachtete, hatte ihn an die Zeit erinnert und ein dankbarer Blick ihn hinaus auf die Straße geleitet.

Natürlich würde er die Angelegenheit mit Herrn Warrings Brille für sich behalten, sagte er sich. Wem nutzte es schon, wenn die unüberlegte Tat dieser unglücklichen Frau ans Licht der Öffentlichkeit kam? Schließlich war niemandem Schaden zugefügt worden, wenn man von dem für einen wohlsituierten Bankier geringen Verlust einer goldenen Brille einmal absah. Und da die Brille nun aus dem Verkehr gezogen war, konnte ihr Besitzer nicht mehr in falschen Verdacht geraten. Nicht einmal die Scherben lagen noch unter der Galerie, sonst hätten die darauf angesetzten Kosaken sie gefunden. Wahrscheinlich waren sie längst mit aufgekehrt worden. – Warum also sollte er ein Wort über die Sache verlieren?

Paul schloß die Augen und atmete tief durch. Bei alledem war ihm klar, daß er es sich zu einfach machte, wenn er Cornelia Scharnhorst glaubte und ihr den langgehegten Haß gegen Herrn Warring als Beweggrund für das Täuschungsmanöver mit der Brille abnahm. Aber er wollte es sich so einfach machen! Er zwang sich, nicht länger an die Ungereimtheiten des Falles Scharnhorst zu denken, sondern an den Schokoladenpudding, den ihm Frau Rosenbohm für den Abend versprochen hatte; Belanglosigkeiten hatten oft etwas sehr Erfrischendes!

Gerade wandte er sich zum Gehen – denn er stand noch vor dem Haus des Steuerinspecteurs in der Kleinen Kirchstraße – da bemerkte er, daß neben ihm die Tür zur Nachbarwohnung ein Stück offenstand, aber sofort zugedrückt wurde, als er hinüberschaute.

Paul blieb stehen und runzelte die Stirn. Sollte ihn da etwa jemand beobachten? Offensichtlich; denn wieder wurde die Tür einen Spalt weit geöffnet, und durch ihn hindurch spähte deutlich erkennbar jemand zu ihm herüber.

„Ist da wer?“ fragte er verwundert, doch niemand antwortete. Wahrscheinlich wollten sich da ein paar Kinder einen Scherz mit ihm erlauben, dachte er und war schon im Begriff weiterzugehen, als ihm bewußt wurde, daß es das Haus Marie Wilkens war, vor dessen schmaler Fassade er stand. Er kam ein paar Schritte näher.

„Hallo – ist jemand zu Hause?“ fragte er noch einmal – und plötzlich erklang eine dünne, krächzende Stimme: „Weg, weg! Gehen Sie weg!“

Völlig verblüfft blieb Paul stehen. War *das* die Stimme eines Kindes?

„Wer ist denn da?“

„Gehen Sie weg, es ist niemand zu Hause. Weg, weg!“ krächzte es wieder.

„Hier wohnt doch Fräulein Wilken“, fragte Paul vorsichtig. „Oder nicht?“

„Ja, meine Marie ...“, kam es leise und zögerlich zurück, dann lauter und hastiger: „Nein, hier wohnt niemand, keine Marie. Sie brauchen gar nicht wiederzukommen.“

Paul überlegte. Ganz allmählich ging ihm ein Licht auf.

„Gut“, sagte er, „wenn Sie es wünschen, dann werde ich jetzt nach Hause gehen.“ Und langsam trat er ein Stück zurück.

Ein undeutliches Gemurmel drang zu ihm heraus. Sein unsichtbares Gegenüber sprach nachdenklich und unsicher vor sich hin. „Ja. Und kommen Sie auch bestimmt nicht wieder?“

„Warum sollte ich?“

„Ja, weil ... Sie wollen doch meine Marie heiraten und mir fortnehmen.“

„Aber nein; wie kommen Sie darauf?“

Einen Moment lang war es still. Dann wurde die Haustür plötzlich geöffnet, und endlich konnte Paul ein Gesicht erkennen: das Gesicht einer kranken, alten Frau.

Ein Schauer lief ihm den Rücken hinunter. Wie alt sie wohl sein mochte? Er hätte es nicht zu sagen vermocht. Alles an dieser bedauernswerten Kreatur schien einfach nur spröde, fahl und tot: die trockene, fleckige Haut, die sich über ihre ausgemergelten Züge spannte, das spärliche Haar – nur mehr in Büscheln wachsender Flaum –, die knöchrigen Hände, die sich kraftlos an der Tür festklammerten. Nur ihre großen, dunklen Augen, so tief sie auch in den Höhlen lagen, signalisierten Leben. Es waren, und das erschreckte Paul am meisten, die Augen Marie Wilkens.

Er fing sich wieder.

„Sie wollen Sie gar nicht heiraten?“ fragte die Alte vorsichtig nach und musterte ihn. „Nein, Sie sehen auch gar nicht wie der Mann aus ...“ Ihr zuvor noch angstvoller Blick wurde ruhiger.

Paul lächelte sie freundlich an. „Sie haben ja gar keine Schuhe an“, sagte er, da ihm die nackten Füße der alten Frau auffielen. „Wollen Sie nicht lieber wieder hineingehen und sich ins Bett legen? Sonst fangen Sie sich noch eine Erkältung ein und sind verschnupft, wenn der Sommer kommt und das Heu und die Blumen wieder duften.“

Die alte Frau ließ ihren Blick von ihm ab und schaute verträumt die Straße zu den nahen Wallbäumen hinauf.

„Ist es denn bald Sommer?“ fragte sie. „Es ist noch so kalt draußen, und ich muß die Fenster zumachen.“

„Der Wind ist noch zu kühl, wenn er von Norden oder Osten kommt. Aber bald wird es schön warm sein. Die Bäume werden von Tag zu Tag grüner!“

„Ja, dann gehen wir wieder spazieren auf dem Wall und ziehen unsere schönsten Kleider an. – Komm, Marie, alle Leute werden gucken, wie hübsch du bist! Ach – die Leute sind dumm. Sie sehen immer nur. Sie sind dumm. Aber ich rede immer mit den Vögeln. Die singen so schön am Morgen, und ich singe auch gern.“ Sie lächelte zaghaft – ihre Augen sahen in eine unerreichbare Ferne.

Pauls Schrecken über den Anblick der gebrechlichen Alten wich einem Gefühl der Beklommenheit. „Sie sollten jetzt wirklich lieber die Tür schließen“, sagte er.

In diesem Moment wurde im Haus eine Stimme laut: „Mutter? Mein Gott, was machst du denn schon wieder? Warum bleibst du nicht im Bett, wie ich es dir sage? Eine Lungenentzündung würde deinen Tod bedeuten. Was machst du bloß an der Tür?“

Erschrocken fuhr die alte Frau herum. „Nein, nein – nicht kommen! Bring mich nach oben, ich will ins Bett gehen.“ Verzweifelt versuchte sie, die Tür zu schließen, bevor ihre Tochter einen Blick nach draußen werfen konnte. Doch Marie Wilken hatte Paul bereits erkannt. Überrascht sah sie ihn an, während sich die Mutter wie ein kleines Kind an sie klammerte.

„Nanu, Herr Franzius! Wollten Sie zu mir?“

Paul schüttelte den Kopf. „Eigentlich nicht“, antwortete er. „Ich komme gerade erst von Frau Scharnhorst, und beim Vorbeigehen muß mich Ihre Mutter mit jemandem verwechselt haben.“

„Er soll weggehen, Marie“, jammerte die Alte.

Marie Wilken seufzte und sah die zitternde Frau traurig an.

„Sie wird Sie durch das Küchenfenster gesehen haben, bitte entschuldigen Sie. Wenn ich nicht aufpasse, macht sie die unvernünftigsten Sachen – läuft im Nachthemd durch das Haus und holt sich irgendwann den Tod. Meine Mutter ist sehr krank, müssen Sie wissen.“

„Ich verstehe; aber Sie brauchen sich wirklich nicht bei mir zu entschuldigen.“

„Danke. Den meisten Menschen ist es unangenehm, meiner Mutter zu begegnen. Wir gehen zwar nur noch selten hinaus – höchstens an den warmen Tagen –, aber wir merken, wie unnatürlich sich die Leute in unserer Gegenwart benehmen, nicht wahr?“ Sie drückte ihre Mutter zärtlich an sich.

„Manchmal ist es schwerer, mit der Krankheit eines anderen Menschen umzugehen als mit der eigenen“, meinte Paul.

Marie Wilken sah ihn scharf an. „Kann man sich einem Kranken gegenüber nicht ganz normal verhalten?“ versetzte sie. Die Sanftheit, mit der sie die Alte im Arm hielt und der harte Ausdruck, mit dem sie sprach, standen zueinander in merkwürdigem Widerspruch.

„Hm, das mag für viele Kranke vielleicht das beste sein, wenn man sie nicht anders behandelt als gesunde Menschen“, sagte Paul, indem er ihren Ton überhörte. „Andererseits würden dann die, die Anteilnahme erwarten, einen für gleichgültig und rücksichtslos halten.“

„Wenn man sich einmal mit einem Menschen beschäftigt, kann man erkennen, ob und wieviel Interesse er benötigt“, sagte Marie Wilken mit Verbitterung in der Stimme; „aber es macht sich doch niemand die Mühe, eine alte, kranke Frau zu verstehen.“

Paul antwortete nicht, und sein Schweigen ließ sie sich wieder fassen.

„Sie kommen erst jetzt von Cornelia, sagen Sie? Haben Sie sie ein wenig aufheitern können?“

„Ich weiß nicht. Vielleicht, ja“, und wieder verdüsterten sich seine Gedanken in der Erinnerung an das, was ihm Frau Scharnhorst gestanden hatte. „Ich glaube, sie wird bald über den Schock hinweggekommen sein. Vielleicht versuchen Sie, sie zur Rückkehr in den Zeichenkurs zu bewegen – es würde sie ein wenig aus ihrer Abgeschiedenheit und ihren schwermütigen Gedanken herausreißen.“

Marie Wilken nickte, und Paul dankte ihr. Er wollte gehen, hielt aber noch einmal inne.

„Ach, übrigens ...", fiel ihm noch ein, „Sie haben nicht zufällig mitbekommen, daß in Frau Scharnhorsts Gegenwart Zweifel an dem Unfalltod ihres Mannes geäußert wurden?"

„Nein. Hat sie jemand verängstigt? Ich habe nichts dergleichen gesagt."

„Nein, nein, es war nur so eine Überlegung. Auf Wiedersehen, Fräulein Wilken, bis Dienstag."

„Auf Wiedersehen."

* * *

Als Paul eintrat, lief Frau Rosenbohm schon wieder geschäftig in der Küche umher, wie sie wohl die Hälfte ihrer Zeit (oder mehr? Er beschloß, einmal ernsthaft darüber nachzudenken!) damit verbrachte, geschäftig in der Küche umherzulaufen. Er setzte sich mit einem Glas Milch an den Tisch und trank es ohne Hast langsam aus.

Frau Rosenbohm baute sich vor ihm auf und stemmte die Arme in die Hüften.

„Sie sind ja heute so still", stellte sie ernst und mit besorgter Stimme fest. „Ist etwas passiert?"

Paul lächelte. „Es war nur ein langer Tag heute", beruhigte er sie, „ich bin wohl ein bißchen müde."

„Na, das wundert mich nicht, wo Sie doch den ganzen lieben langen Tag irgendwo herumrennen und sogar nachts Tote aufspüren – scheußlich. Bleiben Sie ruhig mal ein paar Minuten hier sitzen und denken Sie an nichts."

„Sie haben wieder einmal recht, Frau Rosenbohm. – Ist das in dem Topf mein Schokoladenpudding?"

„Ja. Aber er ist nicht nur für Sie gedacht; Herr Groth soll natürlich auch etwas davon abbekommen."

„Och ... Friedrich ist doch noch gar nicht da. Wenn wir den Pudding jetzt schon essen, braucht er gar nicht zu wissen, daß Sie einen gekocht haben!"

„Das ist aber sehr egoistisch von Ihnen, Herr Franzius!" schimpfte Frau Rosenbohm. Aber dann merkte sie an Pauls Gesicht, daß es wohl ein Scherz hatte sein sollen und ließ ihn zum Vorkosten schon einmal den Kochlöffel abschlecken.

Schweigend sah Paul dem Treiben seiner drallen Wirtin eine Weile zu, und allmählich wurde ihm wieder wohler zumute. Die gemütliche Enge der kleinen Küche und Frau Rosenbohms Hantieren mit dem Abendbrotgeschirr und allerlei appetitlich duftenden Sachen wirkte beruhigend auf ihn. Plötzlich hatte er einen Einfall. Weshalb sorgte er nicht einmal selbst für ein leckeres Essen und unternahm einen Angelausflug in die Umgebung? Tümpel und Teiche mußte es hier genügend geben, und sicher erstreckten sich an den kleinen Wasserläufen, die von den umliegenden Mooren nach Aurich flossen und die Stadtgräben füllten, auch schöne Landschaften, Wiesen und Wälder. Und irgend etwas sollte sich doch immer fangen lassen! Wie er Frau Rosenbohm kannte, zauberte sie aus dem kläglichsten Fischlein noch eine feine Suppe.

„Habe ich noch ein wenig Zeit, bis das Essen fertig ist?" fragte er.

„Noch ein paar Minuten. Aber ... wo wollen Sie denn schon wieder hin?"

„Nur schnell in den Garten. Ich bin gleich wieder da!"

Paul kehrte zurück mit einem langen, kräftigen Ast.

„Jetzt tragen Sie mir auch noch sämtliches Gesträuch ins Haus", klagte Frau Rosenbohm und seufzte resignierend.

„Daraus mache ich mir eine richtige, stabile Angelrute", erklärte Paul, „und dann fange ich uns am Wochenende so einen Fisch ..." Er breitete die Arme aus. „Den Haken und etwas Schnur muß ich natürlich kaufen. Oder wissen Sie, wo ein gefügiges Pferd steht? Ich glaube, der zünftige Angler knüpft sich seine Schnur aus Schweifhaar selbst."

„Damit Sie hinterher jammern, wenn Sie einen Tritt kriegen! Jaja. Lassen Sie das lieber. Aber warten Sie mal ... Im Keller zwischen dem Gerümpel könnte sein, was Sie brauchen. Mein Arian hat nämlich in seinem Laden auch allerlei Krimskrams verkauft, auch Angelzubehör, und es ist möglich, daß unten noch etwas Schnur herumliegt. Nach seinem Tod habe ich das ganze übriggebliebene Zeug einfach in den Keller geschafft, was sollte ich auch sonst damit anfangen?"

Paul klatschte in die Hände. „Ha! Können wir mal nachschauen gehen?"

Frau Rosenbohm zuckte mit den Schultern.

„Wenn Sie wollen ... Es ist aber nicht besonders aufgeräumt da unten, das sage ich Ihnen gleich. Und weshalb sollte ich auch Ordnung halten? Es kommt ja sonst doch niemand dorthin."

Sie führte Paul in die Waschküche und rückte einen Tisch und einen Schemel beiseite. In den Boden war eine hölzerne Luke eingelassen, die Paul zuvor noch nicht aufgefallen war. Er half, sie zu öffnen, und ein stickiger Geruch von faulem Holz stieg zu ihnen empor.

„Das sieht ja beinahe so aus, als führten die Stufen direkt in einen geheimen Gang, durch den man einst hinüber zu den Kammern des alten Schlosses gelangte", staunte Paul und wischte ein paar Spinnweben beiseite. Der Einstieg in Frau Rosenbohms Keller erinnerte ihn an die abenteuerlichen Geschichten von Burgen, Kerkern und Verliesen, die ihm sein Großvater früher vorgelesen hatte.

„Was Sie sich alles ausdenken!" sagte seine Wirtin nüchtern. Sie hatte eine Lampe angezündet, und Paul nahm sie entgegen.

„Dann kann die Expedition ja starten", sagte er und stieg neugierig hinab ins Dunkel.

Der Keller war sehr niedrig, und die schweren Balken, die die Decke unter der Küche trugen, zwangen ihn, gebückt zu gehen, damit er nicht mit dem Kopf anstieß. Alles war mit einer dicken Staubschicht überzogen: die steinernen Bodenplatten, in deren Fugen sich einige Asseln eingerichtet hatten, die Kisten und Kästen, die sicher manch längst vergessenes Geheimnis bargen, die Borde an den Wänden und all die nützlichen und unnützen Dinge darauf, die aus Arian Rosenbohms Warenlager zurückgeblieben waren.

Paul stellte die Lampe beiseite und nahm eine kleine Blechbüchse mit Knöpfen aus dem Regal. Genau das richtige für die Fischköder, freute er sich, entstaubte sie und kippte den Inhalt in eine danebenstehende Vase.

„Es ist nicht besonders aufgeräumt, aber hier unten kommt ja sonst auch niemand hin", wiederholte Frau Rosenbohm hinter ihm in der Befürchtung, er könne sie ganz allgemein für unordentlich halten. Sie war ihm gefolgt, weil das Stöbern in den Hinterlassenschaften ihres Mannes sicher die Gelegenheit bot, die eine oder andere Geschichte über ihn loszuwerden.

„Ihr Mann scheint wirklich alles auf dem Lager gehabt zu haben, was man so zum täglichen Leben braucht", stellte Paul anerkennend fest. „Farbe... Seife ... Wäscheklammern... Briefumschläge ... Schuhbänder ... Nähgarn ... Nägel und Werkzeug, übrigens sehr gutes, Sie sollten es hier nicht verrosten lassen! ... sogar Schrotkugeln!" Staunend ging er die Reihen durch. „Ja", erwiderte Frau Rosenbohm, „er hat das alles nach und nach in sein Sortiment mit aufgenommen, obwohl ich immer gesagt habe, Arian Rosenbohm, was schaffst du all diesen Kram an. Aber so war er: Wenn ein Kunde nach etwas fragte und er hatte es nicht im Geschäft, hatte er es in der nächsten Woche garantiert im Dutzend vorrätig. Anfangs verkaufte er nur die üblichen Kolonialwaren, Kaffee, Tee und Tabak, und dann kamen all diese Sachen hinzu, bis man fast den Überblick verlor. Aber Arian wußte immer genau, was er auf dem Lager hatte und wo er es finden konnte. Und dieses ist ja nur das, was ich nach seinem Tod nicht mehr verkaufen konnte."

Sie begann, mit einem Tuch, das sie aus ihrer Schürze hervorholte, nacheinander alle Dosen, Schachteln und Gläser und was sonst noch in den Regalen stand, abzuwischen und entschwand mit ihren Gedanken in eine Zeit, da ihr Arian noch lebte und in seinem kleinen Kolonialwarenladen seine Kunden bediente.

Paul suchte inzwischen weiter nach Schnur für seine Angel und fand schließlich sogar ein paar Angelhaken mit schönen spitzen Widerhaken. Zufrieden tat er sie in seine Blechbüchse. Wenn er jetzt noch von einem guten Fischgrund erfuhr, konnte einem erfolgreichen Fang eigentlich nichts mehr im Wege stehen!

Plötzlich schrak Frau Rosenbohm zusammen. Von oben waren dumpfe Schritte zu hören, und dann Friedrichs Stimme, die nach ihnen rief.

„Hach, jetzt habe ich das Essen völlig vergessen!" rief sie aus und stellte den zinnernen Bierkrug beiseite, den sie eben bearbeitete.

Paul nahm die Lampe und folgte seiner Wirtin, die die Stufen des Kellers hinauf voraneilte. Unangenehm kribbelten die feinen Staubteilchen, die sie vor ihm mit dem Saum ihres Rockes aufwirbelte, in seiner Nase – und mit einem Mal, klar und deutlich, hatte er die Nacht in der Mühle vor Augen, den Aufstieg zur Galerie, den verwischten Mehlstaub auf den Stiegen ... –

„Was machen Sie denn da unten?" fragte Friedrich kopfschüttelnd, aber ohne großes Interesse. „Nirgends war jemand, und da sah ich dieses Loch."

Als auch Paul oben angekommen und das Tor zur dunklen Unterwelt wieder geschlossen und mit dem Tisch beschwert war, fügte er hinzu: „Da ist jemand für dich – der Französischlehrer."

„Oh! Monsieur Bourrée?"

„Er ist im Wohnzimmer."

Paul fand den Franzosen freundlich lächelnd auf die Lehne eines Stuhles gestützt.

„Entschuldigen Sie – ich war gerade untergetaucht, sozusagen. Was führt Sie zu mir? Doch keine Klagen? Warten Sie – das große Bild, das die Quinta gerade malt, steht im Weg herum. Oder, nein. Die Eltern haben sich beschwert, weil der Baustilkunde-Ausflug etwas länger gedauert hat. Das muß es sein. Ungerecht ist das! Ich habe gesagt, jeder, der möchte, kann nach Hause gehen, aber alle wollten noch das Teehäuschen sehen und haben dafür freiwillig ihre Freizeit geopfert."

Herr Bourrée lachte leise in sich hinein und schüttelte den Kopf.

„Keine Angst – nichts dergleichen. Au contraire. Haben Sie heute abend schon etwas vor?"

„Heute abend? Nein."

„Dann nehmen Sie Ihre besten Sachen aus dem Schrank – Sie sind zu Herrn Schnöters Conversations-Abend eingeladen. Er rechnet fest mit Ihrem Erscheinen."

„... mit meinem Erscheinen?"

Paul hatte bereits davon gehört, daß Direktor Schnöter regelmäßig zwei- oder dreimal im Jahr einen seiner gefürchteten Conversations-Abende veranstaltete. Dazu wurden zwei oder drei Persönlichkeiten aus der Stadt eingeladen sowie einige Lehrer verpflichtet. Diesmal hatte es also auch ihn getroffen.

„Das kommt aber sehr plötzlich."

„Ja – Sie müssen für Herrn Krümler einspringen. Er klagt über Zahnweh."

„Zahnweh, ja?"

„Er sagte aber schon, der Griechischunterricht brauche morgen nicht auszufallen. Dann sei er bestimmt wieder gesund."

„Nun ... was sein muß, muß sein. – Wie spät soll ich da sein? Wann ist das Antreten?"

„Um acht Uhr."

„Dann habe ich ja noch zwei Stunden Zeit zur äußerlichen und seelischen Vorbereitung."

„... von der ich Sie nicht abhalten will. Zumal ich die Zeit auch selbst noch brauche – ich bin nämlich auch eingeladen."

Herr Bourrée öffnete die Tür.

„Ach, da fällt mir noch etwas ein: Es ist ein Abend mit Damen. Herr Schnöter trug mir auf zu sagen, Ihre Wirtin, Frau Rosenbohm, sei auch herzlich eingeladen."

„Frau Rosenbohm?" fragte Paul erstaunt.

„Ja, anstelle Ihrer Gattin, weil Sie ja unvermählt seien. Ich finde das ja etwas ungewöhnlich, wenn ich mir die Bemerkung erlauben darf. Schließlich ist meine Wirtin ja auch nicht ..."

„Es gibt dafür bestimmt eine Erklärung“, sagte Paul grinsend, während sein Kollege auf den Marktplatz hinaustrat. „Also – wir sehen uns heute abend um acht.“ –

Frau Rosenbohm fühlte sich ob des Direktors Einladung geschmeichelt, entschied aber mit ihrem gesunden Menschenverstand, daß sie in dem Kreise fehl am Platze wäre. Außerdem sei an ein rechtzeitiges Fertigwerden gar nicht zu denken, schon wegen ihrer Frisur. Dennoch überlegte sie lange hin und her, welches Kleid sie angezogen hätte, wenn. Das blaue mit dem abgesetzten Kragen, oder das blaue mit dem netten Faltenwurf, das Arian so gemocht hatte? Da war auch noch das von Tante Emma, das war nicht blau, aber das hatte sie seit ... ach, sicher seit dreißig Jahren nicht mehr getragen.

Beim Abendbrot hing Paul seinen Gedanken nach. Noch während er mit Herrn Bourrée gesprochen hatte, war Friedrich mit einer schnell geschmierten Schnitte nach oben gegangen, so daß er jetzt nur durch ein gelegentliches *Ja, So?* oder *Ach!* die Unterhaltung mit Frau Rosenbohm aufrechterhalten mußte. Als er schließlich mit einem Teller Pudding für Friedrich aufstand, sprach sie gerade von der schlimmen Gicht des Schusters Hempel, und hätte man sie gefragt, hätte sie sicher selbst nicht mehr sagen können, auf welchen Umwegen sie von Tante Emmas Kleid dorthin gekommen war.

Friedrich saß halb ausgestreckt auf seinem Bett, und seine Augen verrieten, daß er gerade über etwas nachgedacht hatte, das ihn bewegte. Gleichgültig ließ er sich den Schokoladenpudding auf den Tisch stellen, nahm zur Kenntnis, daß er ohne Klümpchen und Haut sei und hörte die Geschichte der unverhofften Einladung. Paul sah, daß sein Freund mit seinen eigenen Gedanken beschäftigt war und ging hinüber, um sich zu waschen und umzukleiden.

Eine Weile später kam er, sein Hemd zuknöpfend, zurück in Friedrichs Zimmer.

„Was sagst du dazu?“ fragte er. „Herr Warring ist unschuldig. Ich war heute im ‚Schwarzen Bären‘.“

„Unschuldig? Nun, wenn du es sagst ...“

„He, was ist los mit dir? Ein bißchen mehr Anteilnahme an unseren Erkundungen, bitte. Frag wenigstens, warum.“

„Schön. Warum?“

„Weil er tatsächlich im ‚Schwarzen Bären‘ war, seine Brille dort liegengelassen hat und der Steuerinspecteur sie mit nach Hause genommen hat. Damit belastet ihn der Fund seiner Brille natürlich nicht mehr – aber dennoch hat sie offensichtlicher als je zuvor irgendeine Bedeutung. Ich stattete also Frau Scharnhorst einen Besuch ab ..."

„Paul! Du mußt aufpassen, daß du nicht zu weit gehst. Du hast Frau Scharnhorst besucht? Was soll das? Dabei kommt doch nichts Gutes heraus."

Bevor Paul etwas erwidern konnte, drang Frau Rosenbohms Stimme herauf und beendete das Gespräch.

„Herr Franzius! Sie haben doch nicht die Zeit vergessen? Es ist gleich halb acht, und Sie wollten mir noch rasch Ihre Schuhe geben!"

* * *

Eine Stunde später saß Paul zwischen Frau Pastorin Seelmann und dem Stadtarchivar Böök und erhob artig sein Glas auf die kleine Rede Herrn Schnöters, dem seine Begrüßungsworte in eine überschwengliche Würdigung der Bedeutung des Gymnasiums, seines Direktors, der anwesenden Gäste und ihrer Stellung in der Gesellschaft abgeglitten waren.

Viel lieber, als hier zu sitzen, hätte er in Ruhe nachgedacht und Klarheit über Cornelia Scharnhorst gewonnen. Aber was half es? Er beschloß, den Dingen etwas Gutes abzugewinnen und die vielleicht doch ganz interessanten Menschen um sich herum zu studieren. Da saß zunächst einmal, zu des Direktors Rechten an der Längsseite des Tisches, der Amtsrat Klingenborg, gefolgt von Herrn Pöppelmann – als Busenfreund Herrn Schnöters selbstverständlich anwesend – und dessen Gattin, die einen strengen Eindruck machte und ihren Mann fest in der Hand zu haben schien. Neben ihr hatte der Englischlehrer Vietor, ein unterkühlter, vierschrötiger Mann, in steifer Haltung Platz genommen. Auf der anderen Seite saßen aufgereiht der Pastor Seelmann, seine Frau, Paul und die zerbrechliche Figur des Archivars Böök, und am Ende des Tisches hatte Herr Bourrée Platz gefunden.

„Ganz ausgezeichnet, Ihr Likör", sagte die Frau Pastorin gerade und nippte dabei an ihrem Glas. „Ich hätte gar nicht gedacht, daß Sie so etwas im Hause haben, Herr Schnöter."

„O doch", erwiderte der Gastgeber geschmeichelt. „Ich trinke gern selbst welchen. Wissen Sie, ich bin sehr fürs Süße, und die schärferen Getränke vertrage ich ohnehin nicht so gut."

Paul beobachtete, wie Amtsrat Klingenborg, ein Mann von starkem Körperbau mit wildem grauweißen Haar, die Stirn runzelte.

„Greifen Sie nur alle kräftig zu", fuhr der Direktor fort. „Meine Haushälterin versteht sich hervorragend auf das Zaubern von Kleingebäck und Konfekt. Sie ist in einer Konditorei großgeworden."

„Haben Sie schon gehört, daß sich gestern zwei von den Dragonern unerlaubterweise duelliert haben?" fragte der Amtsrat, um das Gespräch auf ein männliches Thema zu lenken. „Diese Schlappschwänze – sie haben beide überlebt. Hm." Niemand schien diese Bemerkung für den Witz zu halten, als der sie gemeint war, und um die Peinlichkeit zu überspielen, nahm er schnell einen Zug aus seinem Weinglas.

„Ich bin froh darüber", sagte der Pastor und überblickte dabei bedächtig die kleine Gemeinde. „Wir hatten erst in der letzten Woche einen gewaltsam zu Tode gekommenen Menschen zu begraben."

„Darüber erzählt man sich ja auch so einiges", nahm Frau Pöppelmann den Faden auf. „Es soll nicht alles mit rechten Dingen zugegangen sein. Sag mal, Gerhard, dieser junge Mann, von dem die Rede war, war das nicht sogar ein Kollege von dir?"

Gerhard machte ein erschrockenes Gesicht, und es war die Frau Pastorin, die geistesgegenwärtig die Situation rettete.

„Die Leute reden so viel – man darf nicht immer etwas darauf geben. Was meinen Sie, was ich erst heute morgen für einen Unsinn von dem Postboten ..."

Nanu, dachte Paul. Warum dieses Ausweichen? Daß man über ihn redete, wußte er seit dem Gespräch mit dem Justizrat Detmers auf dem Friedhof, und er fand es auch verständlich. Vielleicht war es nicht verborgen geblieben, daß er sich noch über die Nacht des Auffindens hinaus für den Unfall des Steuerinspecteurs interessierte. Aber warum sagte dann niemand frank und frei zu ihm, *Herr Franzius, warum tun Sie das?* Verstand man sein Engagement etwa falsch? Hielt man ihn für einen Schnüffler? Er wurde rot bei diesem Gedanken.

Natürlich spielte sein persönlicher Wissensdrang auch eine Rolle – er war eben von der grausamen Tat nicht unberührt geblieben. Insofern waren seine Bemühungen nicht ganz uneigennützig, das gab er gerne zu. Aber war es nicht sogar gut und richtig und eine Pflicht, die Herausforderung anzunehmen, wenn das Verbrechen sonst immer unentdeckt bliebe, weil niemand etwas ahnte? Ja, er tat das einzig Richtige, und er wollte sich von dem heimlichen Geschwätz der Leute nicht davon abhalten lassen.

Die Conversation war unterdessen bei der Feststellung angelangt, daß alles nicht mehr so sei wie früher. Die Frau Pastorin beklagte die Verrohrung des schönen Stadtgrabens am Ostertorplatz und die Wegnahme des Walles beim Hafen, die nun, wie der Stadtarchivar zu berichten wußte, vielleicht nicht einmal durch die Anpflanzung einer Allee wettgemacht werden sollte. Herr Schnöter vermißte bei den Schülern den Eifer seiner eigenen Generation, und der Archivar fand, daß durch die moderne Treckschuiten- und Schnelldroschkenfahrt alle Beschaulichkeit verlorengegangen sei. Der Amtsrat nahm dies zum Anlaß, einen Vortrag über die wirtschaftliche Bedeutung des allgemeinen Fortschritts zu halten, was zur Folge hatte, daß sich alle Träumer ihrer sentimentalen Anwandlungen gründlich schämten.

Schließlich ging man auf die hohe Politik über. Englischlehrer Vietor hatte Karl Marx' Kommunistisches Manifest gelesen und erhitzte sich für dessen Ideen, was alle peinlich berührte, und der Amtsrat fragte Herrn Bourrée nach seiner Meinung zu Frankreichs Haltung im Krimkrieg. Diese jedoch mußte sich der Franzose erst erklären lassen, um dann unsicher mit den Schultern zu zucken und zu sagen, er sei ein alter Mann und verstehe nichts von Politik.

Als sich irgendwann das Gespräch an der vorderen Tischhälfte gemeinsamen Bekannten zuwandte, sannen die ausgeschlossenen drei Lehrer und der Stadtarchivar Böök einige Minuten vor sich hin, bis Paul das Schweigen brach. Nur, um etwas zu sagen, fragte er, ob ihm jemand erfolgversprechende Fischgründe in der Umgegend empfehlen könne.

Niemand konnte, aber der Archivar, ein hilfsbereiter Mann, wußte jemanden, der Paul gerne fachkundigen Rat geben würde.

„Mein Mitarbeiter kennt jedes lohnende Gewässer im Umkreis von zehn Meilen. Wann immer seine Frau ihn läßt, ist er mit seiner Angelrute unterwegs. Letzte Woche sprach er noch ganz begeistert von einer Kuhle in Plaggenburg, in der Potterde abgegraben wurde."

„Potterde?"

„Ja – Topferde, Ton. Vielleicht ist das etwas für Sie. Ich werde ihn einmal fragen."

„Oh, das ist nicht nötig. Ich kann meine Angel auch einfach irgendwo auswerfen."

„Dann müssen Sie aber aufpassen, daß Sie keinen Ärger mit einem Besitzer kriegen. Nein, nein, ich werde ihn fragen – für mich ist es kein Aufwand und für ihn eine Freude. Sie müßten mir nur sagen, wo Sie wohnen. – Ach – am Markt, Nr. 11? Das ist doch bei der guten Frau Rosenbohm!"

Da man nun auch an dieser Seite des Tisches eine gemeinsame Bekannte gefunden hatte, mangelte es für die nächste halbe Stunde nicht an Gesprächsstoff, und das Gleichgewicht war wiederhergestellt. –

Wider Erwarten war es für Paul doch noch ein ganz angenehmer Abend geworden. Erst als man sich anschickte zu gehen und sein Blick auf die vor ihm über die Schwelle gleitenden Röcke der Damen Pöppel- und Seelmann fiel, wurde er wieder an den Mehlstaub in der Mühle erinnert und daran, worüber er dringend nachdenken mußte.

Eine klare Frühlingsnacht war zum Nachdenken genau das richtige, entschied er. Nach der Verabschiedung begann er einen langen Marsch durch die Dunkelheit.

Er ging zuerst auf der Straße nach Emden bis zum Judenfriedhof, kehrte dort um und umrundete die Stadt im Norden.

Keine Menschenseele war unterwegs. Ein abnehmender Mond stand am sternenübersäten Firmament und blickte hinab auf den einsamen Wanderer, dem er gerade soviel Licht spendete, daß er den Weg nicht verlor. Tiefschwarz zeichneten sich Büsche und Bäume auf den Felder und Äcker umgrenzenden Wällen gegen den nachtblauen Himmel ab.

Paul geriet auf einen schlechten Feldweg und versank mit den Schuhen im Morast, ohne sich jedoch darum zu kümmern. Er war zu dem Schluß gekommen, den er gefürchtet hatte – und der ihm eigentlich schon klar gewesen war. Vor ihm tauchte das Bild Cornelia Scharnhorsts auf, wie sie, in ein hübsches Kleid gewandet, auf dem Kopf einen Strohhut, vor ihrem Hause stand; an ihrer Seite ihr Mann, höflich vor jedermann den Zylinder lüftend, daneben die beiden Kinder, artig und zu keinerlei Klagen Anlaß gebend. Fürwahr ein schöner Anblick für den flüchtigen Betrachter, dem Farbe, Form und Komposition des Bildes gefielen. Aber mußte man, um es richtig zu interpretieren, um seinen Gehalt zu erkennen, nicht auch auf Feinheiten achten? Auf Details, die für die Aussage des Ganzen doch so wichtig sein konnten? Wenn man genauer hinsah – erkannte man in den Zügen der Frau dann nicht Resignation? Hatte die Bravheit der Kinder nicht etwas ausgesprochen Stumpfes und Unnatürliches an sich, und folgte dem freundlichen Gruß des Vaters nicht allzu oft ein gestrenger Seitenblick auf die Seinen? – Genügte schon die Versicherung, der Künstler sei ein angesehener Mann, um sein Werk meisterhaft zu nennen?

Eine stille Wut kroch in Paul empor, Wut auf einen Mann, der ihm nichts getan, den er nicht einmal persönlich gekannt hatte. O ja, Cornelia Scharnhorst hatte ein Motiv, ihren Mann zu töten – das Leben als Staffage eines Mannes führen zu müssen, der keinerlei Verständnis für die Interessen und Wünsche seiner viel jüngeren Frau aufbrachte, mit ansehen zu müssen, wie die eigenen Kinder zu leb- und phantasielosen Puppen erzogen wurden, weil der Vater die Brücke zu seiner Kindheit nicht mehr zu schlagen wußte, und sich bei alledem der Unaufmerksamkeit und Oberflächlichkeit der Mitmenschen bewußt zu sein, deren Interpretation des Bildes so hoffnungslos falsch war, war Grund genug.

Ein breiter, ausgefahrener Weg kreuzte seinen eigenen. Rechter Hand schlummerte nicht weit entfernt die kleine Stadt hinter ihren Gräben und Wällen, und vor ihm erhob sich der Umriß einer reglos stehenden Bockwindmühle. Die Außenmühle, erinnerte er sich. Der Stich von ihr, den Friedrich ihm am Tag nach dem grausigen Fund gezeigt hatte, war es gewesen, der sie überhaupt erst auf die Fährte eines Mörders gesetzt hatte.

Die Hände in den Taschen vergraben, lenkte Paul seinen Schritt westwärts Richtung Aurich. Daß Frau Scharnhorst über den Tod ihres Mannes nicht unglücklich war, hatte er spätestens beim Verlassen ihres Hauses sicher gewußt. Schon die Erinnerung an den Vorfall auf der Treckschuite hatte ihn aufmerksam gemacht, und Friedrichs Schilderung ihrer Gefaßtheit bei der Beisetzung hatte ihn ahnen lassen, was ihm an diesem Nachmittag schließlich bestätigt worden war. Jedoch an diesem Punkt weiterzudenken, hatte sich Paul geweigert, bis ihm der Zufall erneut einen unübersehbaren Hinweis vor Augen geführt hatte und er den sich aufdrängenden Schlußfolgerungen nicht mehr hatte ausweichen können. Der Rocksaum von Frau Rosenbohm, der vor ihm über die Kellertreppe gestrichen war und dabei den Staub darauf verwischt hatte, hatte ihm unfreiwillig eine schon fast verdrängte Beobachtung in den Sinn gerufen. In jener Nacht, als er an der Spitze des kleinen Haufens Neugieriger zur Mühlengalerie hinaufgestiegen war, hatte ihnen der verwischte Mehlstaub bewiesen, daß jemand nicht lange vor ihnen die Stiegen emporgeklettert war. Doch erst Friedrich war es aufgefallen, daß die Spur nicht von bloßen Fußtritten herrühren konnte: Die feine, weiße Mehlschicht war auf dem Treppenabsatz und den Kanten der Stufen wie aufgewischt gewesen!

Für diese Spur im Staub fand er keine andere Erklärung als die, daß sie ebenfalls von dem Saum eines Rockes stammte. Frau Scharnhorst hatte nicht nur ein ausreichendes Motiv für einen Mord, auch die Umstände des Verbrechens wiesen mit ausgestrecktem Zeigefinger auf die unglückliche Frau hin. Ihr Rock erklärte die Spuren in der Mühle, ihr Wissen um den späten Ausgang ihres Mannes erklärte das Zusammentreffen mit dem Mörder, das so kein Zufall mehr war, ihre zierliche Gestalt und geringe Körperkraft erklärten den Gebrauch der Mühlenflügel als Mordwaffe – und ihre Person als Mörderin erklärte auch das Täuschungsmanöver mit der Brille. Alle Teile des Mosaiks paßten zusammen, und doch mochte er immer noch nicht glauben, was ihm das fertige Bild zeigte.

Langsam ging Paul seinen Weg. Er erreichte die ersten Häuser der Ostervorstadt. Eine Pferdetränke markierte das Zusammentreffen von südlicher und östlicher Stadtzufahrt, um die herum sich eine Handvoll Gasthöfe angesiedelt hatte. „Zum Weißen Schwan", „Wappen von Oldenburg", „Wappen von Hannover" und „Zum Schwarzen Adler" waren ihre klangvollen Namen. Paul konnte sich gut vorstellen, daß die zahlreichen Bauern, die an den Markttagen nach Aurich kamen und ihre müden, durstigen Gäule an den trüben Tümpel führten, einem jeden der Wirte sein Auskommen bescherten. Doch jetzt war alles menschenleer. Etwas abseits lag verlassen ein großer Teich, und seine stille Oberfläche glänzte im Licht des Mondes.

Gab es nicht irgend etwas, das ihn in seiner Hoffnung, Cornelia Scharnhorst sei doch unschuldig, bestärken konnte? Ihr Geständnis, die Brille des Bankiers Warring selbst in die Löschwassertonne geworfen zu haben, bewies ihm, daß sie vom gewaltsamen Tod ihres Mannes gewußt hatte. Nur dann ergab ihre Geschichte, sich an dem Mann, der sie indirekt in ihre unselige Ehe getrieben hatte, rächen gewollt zu haben, einen Sinn, denn nur dann konnte sie überhaupt berechtigt gehofft haben, Herr Warring geriete durch den Fund seiner Brille in Verlegenheit. Den Haß gegen den Gläubiger ihres Vaters nahm ihr Paul aber als einzigen Grund für ihr Tun nicht ab. Viel wahrscheinlicher war es, daß sie durch das Manöver mit der Brille nur von sich selbst ablenken wollte.

Dennoch sagte ihm sein Gefühl, daß diese uneigenständige Frau keine planende Mörderin sein konnte. Jede ihrer Äußerungen, jede ihrer Gesten vermittelte ihm den Eindruck eines still in sein Schicksal ergebenen Menschen, der unfähig war, einem Unrecht entgegenzutreten. Waren es denn nur seine Sympathie für die unglückliche Frau, das Mitleid mit ihr und ihren Kindern und am Ende das Verständnis für eine verzweifelte Tat, die ihn so fühlen ließen, und war sie in Wirklichkeit gar nicht so hilflos, wie sie schien? –

Es war sehr spät geworden, als Paul endlich den Marktplatz erreicht hatte. Verloren und unschlüssig stand er vor einem eckigen Gebäude, das trotz seiner Größe und des imposanten, mit dem Auricher Stadtwappen verzierten Dreiecksgiebels beinahe unauffällig in die östliche Häuserzeile eingefügt war. Das Atmen war ihm auf dem Marsch schwergeworden, aber er achtete nicht darauf. Unten in der Wachstube des Rathauses brannte noch Licht, und hinter den Gardinen huschte ein flüchtiger Schatten umher.

Wenn er doch nur Friedrich wecken und ihn um seinen Rat fragen könnte! Aber sein Freund schwankte schon seit Tagen zwischen Desinteresse und übertriebener Vorsicht hin und her, wenn es um ihre Nachforschungen ging, und angesichts seiner Gereiztheit vom Abend sah Paul ein, daß er seine Entscheidung allein treffen mußte.

Fröstelnd sah er immer noch zu den beiden erleuchteten Fenstern hinüber, hinter denen einer der beiden Auricher Wachtmeister sicher fleißig seinen Dienst versah. Kleine Diebstahlsdelikte mochten zu klären sein, Fälle von mutwilliger Zerstörung zu untersuchen und ab und zu Streitigkeiten zu schlichten; an den Tod des Steuerinspecteurs dachte sicher niemand mehr...

„Kann ich Ihnen helfen?"

Paul fuhr herum. Der flackernde Schein einer Laterne fiel ihm ins Gesicht, und der strenge Blick eines Mannes mit einem Feuerhorn musterte ihn.

„He, haben Sie die Sprache verloren? Wollen Sie zu Herrn de Buhr?" fragte der Nachtwächter bohrend.

„Nein, nein", sagte Paul langsam. „Ich bin auf dem Weg nach Hause."

* * *

Am nächsten Tag sah man Paul Franzius in ungewohnt düsterer und grüblerischer Stimmung. Seine Wirtin, die Witwe Rosenbohm, rätselte, warum ihr sonst stets gutgelaunter Mieter beim Frühstück nicht einen einzigen Scherz machte; die Schüler der Sexta wunderten sich darüber, daß ihr Zeichenlehrer ganz vergaß, seine Skizzen an der Tafel hier und da mit lustigem Beiwerk zu verzieren; und Hermine, die Frau Rosenbohm gern *Mientje* nannte, machte es ganz traurig, daß der nette junge Herr weder ein Papierschiffchen auf ihrem Putzeimer auf große Fahrt schickte noch kritisch mit dem Finger über die Möbel fuhr und dabei unbekümmert laut die Stimme der Hausherrin nachmachte.

Doch als Friedrich ihm am Samstag nachmittag das Briefchen eines Herrn Erdwiens mit der Empfehlung eines guten Angelplatzes gab, nahm Paul dies als Zeichen, seine Aufmerksamkeit wieder dem Leben und dem Frühling um sich herum zuzuwenden. Er war im tiefsten Innern ohnehin davon überzeugt, dem Nachtwächter die richtige Antwort gegeben zu haben.

Neuntes Kapitel

Paul starrte mit Unbehagen auf die gut fünfzig sich munter ringelnden und windenden fetten Mehlwürmer, die ihm ein Kosak gebracht hatte. Die sollte er also auf den Haken spießen? Er drückte den Deckel auf die Dose, in der Hoffnung, er möge halten, und steckte sie in die Tasche.

Hatte er sonst alles? Seine improvisierte Angelrute, einen alten Eimer, ein Stück Rosinenkuchen zum Frühstück, für alle Fälle Papier und Zeichenstift – es konnte losgehen. So leise wie möglich zog er die Haustür ins Schloß.

Noch kaum jemand war an diesem Sonntag morgen so früh um fünf auf den Beinen. Diese Langschläfer, dachte er mit einem Gefühl der Überlegenheit. Überall waren die Vorhänge noch zugezogen und die Schornsteine ohne Rauch. Nur hinter einem Fenster sah er einen Kopf – ein kleiner Junge war schon aufgewacht und langweilte sich nun. Paul winkte gutgelaunt hinauf und schulterte im Vorübergehen die Angel und tat, als marschiere er mit seiner Pike in die Schlacht, doch sein Zuschauer starrte ihn bloß staunend mit großen Augen an.

Außer ihm selbst waren nur ein paar müde vom Mausen heimkehrende Katzen und ein einzelner Mann unterwegs, der eilig ein frühes Ziel ansteuerte. Paul fiel die tief ins Gesicht gezogene Mütze auf. Oder kehrte auch er gerade heim, so verstohlen, von einem nächtlichen Stelldichein?

Häuser und Straßen lagen so still und friedlich da, wie er sie noch nie gesehen hatte. Für gewöhnlich herrschte schon rege Betriebsamkeit, wenn er aufstand ... jetzt fiel ihm auch ein, wo er das Wort *Langschläfer* erst kürzlich gehört hatte. Frau Rosenbohm nannte ihn oft so.

Ungesehen verließ er die Stadt durch das ehemalige Nordertor. Als er über die weite Fläche des Pferdemarktes schritt, fiel ihm der erste, noch blasse Sonnenstrahl ins Gesicht.

Er folgte der Chaussee, die in Richtung Nordosten nach Esens und Wittmund führte. Eine Weile hatte er die Straße für sich allein, bis ein Bauernwagen, unterwegs zum Melken, vor ihm einbog. Das Gefährt fuhr so langsam, daß Paul es bald erreicht hatte. Auf sein freundliches *Moin!* antwortete der Bauer vom Bock herunter brummig mit der Frage, ob er ihn ein Stück Weges mitnehmen könne, doch Paul lehnte dankend ab und ließ den Wagen hinter sich.

Was rumpelte da plötzlich hinter ihm? Der Bauernwagen hatte ihn wieder eingeholt! Das Pferd, ein alter Grauschimmel, schien aus irgendeinem Grunde munter geworden zu sein und hatte einen Schritt zugelegt. Paul wollte an den Wegesrand treten, doch der Bauer rief ihm zu, er solle weitergehen. Er gehorchte, fand aber keinen großen Gefallen an dieser Fortbewegungsart.

Da dämmerte ihm etwas. Er musterte mißtrauisch den Eimer in seiner linken Hand.

„He, Pferd! Wenn du denkst, da ist etwas in meinem Eimer, dann irrst du. Er ist leer! Siehst du? Leer!"

Das Pferd machte einen langen Hals und war nicht so schnell zu überzeugen.

„Wiedergahn!" rief der Bauer und saß lachend auf seinem Bock. „Immer wieder!"

Glücklicherweise trennten sich die Wege bald; beim Dorfkrug des der Stadt vorgelagerten Fleckens Sandhorst bog der Wagen ab. Als Paul so durch die sich zaghaft begrünende, liebliche Wallheckenlandschaft wanderte, in der noch schwer der Morgennebel lag, kam ihm plötzlich ein Lied in den Sinn.

„Es zog am Maienmorgen früh
ein Bursch frisch in den Wald ..."

Aus jedem Busch zwitscherten und sangen die Vögel, und unwillkürlich fiel er in ihr Konzert ein.

„... und hieb in einen Eichenbaum
die Axt wohl mit Gewalt –
die Axt wohl mit Gewalt.

Sein Liebchen kam mit kühlem Trunk
und seinem Frühstücksbrot;
er lag still unterm Eichenbaum
der ihn geschlagen tot –
der ihn geschlagen tot.

Man fand sie leblos neben ihm
im Griff noch Beiles Schneide
und machte aus dem Eichenbaum
die Bretter für sie beide –
die Bretter für sie beide."

Fröhlich pfeifend ging er seines Weges. Er kam an ein hölzernes Gatter, hinter dem sich ein paar magere Schwarzbunte versammelt hatten, wohl weil sie glaubten, er käme mit seinem scheppernden Eimer zum Melken. Dieser Unglückseimer! Er machte kurz halt und hielt mit den Rindviechern Zwiesprache. Wie das Gras sei, fragte er, und was hier so für Leute vorbeikämen auf der Landstraße. Doch nach dem leeren Glotzen zu urteilen, verstanden sie nur die hiesige Mundart.

Beim Fortsetzen seines Weges sah er ein paar Schritte vor sich am Straßenrand etwas im Sonnenlicht blitzen. Er bückte sich und hob es auf. Es war ein Teelöffel – ein silberner sogar. Er mußte lachen. Wenn er vom Mond gefallen wäre, hätte er gleich gewußt, wohin ihn der Zufall geworfen hatte. Wo anders konnte er gelandet sein als in Ostfriesland?

Was tat er nun mit dem Ding? Am besten, er hinge ihn gut sichtbar in eine Astgabel, für den Fall, daß der Eigentümer seinen Löffel etwa suchen sollte. Doch leider hatte gerade hier der Landbesitzer alles Strauchwerk auf dem Wall hinuntergeschnitten. Ein großer Bauer mußte das sein, der so viele Strauchbesen für das Ausfegen seiner Dreschdiele brauchte. Ach was, dachte Paul, wer kümmert sich schon um einen verlorenen Teelöffel. Und weil er selbst sich über diesen landestypischen Fund freute, steckte er ihn in die Tasche und sagte sich, er werde ihm vielleicht Glück beim Angeln bringen.

Endlich kam er an die alleinstehende tote Eiche, an der er vor dem Dörfchen Plaggenburg rechts in einen Feldweg einbiegen sollte.

Der Weg gefiel ihm. Er war zertrampelt, zerfahren und von Pfützen übersät, aber die mit Brombeerhecken und Vogelbeerbüschen bewachsenen Wälle zu beiden Seiten machten ihn zu einem malerischen Hohlweg. Hinter der ersten Biegung wähnte sich Paul wie von einer fremden Welt verschluckt. Gerade an solchen ganz gewöhnlichen Orten empfand er immer wieder besonders deutlich den Unterschied zu südlichen Gefilden. Alles war anders hier, bis in die Kleinigkeiten. Die von den Feldern gesammelten Steine waren andere, das Gras am Wegesrand, in dem sie lagen, war von einem anderen Grün. Das Wasser floß nicht wie zu Hause in klaren Bächen, sondern stand braungrün in Gräben und auf Feldern und Wegen. Überall roch es leicht nach Moos und Moder, und Büsche und Bäume schienen selbst jetzt im Frühling von verschlafener Schwermut. Doch all das besaß auch einen ganz eigenen Reiz, gerade an einem Morgen wie diesem. Die Luft stand vollkommen still, und die Sonne gab den Nebelbänken auf den Feldern ein unwirkliches Leuchten. Ein darin lautlos vor sich hin hoppelnder Hase erschien Paul wie ein Fabelwesen. Von fern krähte ein Hahn.

Der Feldweg endete, und Paul trat durch den Torbogen zweier Eichen auf ein Stück offenes Land. Vor ihm lag, von Erdhaufen umgeben, eine große, dunkle Wasserfläche – die Kuhle, in der die Potterde gewonnen wurde. Er stapfte näher. In das Ufer war eine schiefe Ebene gegraben, in der zwei parallele Bretter nach unten verliefen. Oben stand ein einfacher, flacher Schlitten, auf dem, so vermutete er, die schweren, mit Tonerde gefüllten Körbe über die Bretterbahn nach oben gezogen wurden. Zur Zeit war allerdings der Wasserstand so hoch, daß zwischen den steilen Wänden dieses Aufzugs das Wasser schwappte. Wenn man im Sommer hier wieder graben wollte, mußte der Wasserspiegel noch ordentlich fallen. Beim Herumgehen um die Kuhle entdeckte er dann auch einen hölzernen Brunnenschacht, der wahrscheinlich dazu diente, den Grundwasserspiegel künstlich abzusenken.

Er kam an ein zweites Gewässer, das mit seinen bereits reich begrünten Ufern schon vom Erdloch zum Teich geworden war. Hier hatte der Besitzer nach dem Abbau der Potterde eine Fischzucht für seinen Kochtopf begonnen und war dann gestorben. Wie Pauls Gewährsmann weiter geschrieben hatte, war der Erbe ein gutmütiger Mann ohne jedes Interesse an den Fischen, und da das nicht jeder wußte, stellte die Kuhle einen Geheimtip ersten Ranges dar.

Suchend ging Paul am flachen Ufer entlang und fand im Gras einen Stein, der feucht in der Morgensonne glänzte und ihm ein günstiger Platz zum Auswerfen der Angel schien. Er legte sie beiseite und tauchte seinen Eimer in das undurchsichtige, braune Tümpelwasser; schon bald sollten darin ein paar dicke Fische schwimmen!

Um aber die Angelrute erfolgversprechend auszuwerfen, mußte zunächst einmal der Köder präpariert werden. Er kramte die Dose mit den Würmern aus seiner Tasche. Die Vorstellung, einen der weißen Gesellen auf den Haken zu schieben, behagte ihm gar nicht, auch wenn ihm der Lieferant versichert hatte, einen besseren Köder werde er nicht finden. Eine Rosine aus Frau Rosenbohms Kuchen tat es sicher auch – schließlich brauchte ja nicht gleich der größte Fisch im Teich anzubeißen. Wenn er aber andererseits schon zu zimperlich war, einen Wurm aufzuspießen, wie sollte er dann erst einen Fisch vom Haken kriegen?

Er gab sich einen Ruck, befestigte einen Haken an der Schnur und fuhr damit ohne hinzugucken durch die Dose. Er erwischte gleich zwei der fetten Tierchen und warf die Angel hurtig aus. Das kleine Stück trockener Baumrinde, das er als Schwimmer auf die Schnur gesteckt hatte, fiel Wellenringe werfend aufs Wasser. Würmer und Haken waren nicht mehr zu sehen.

Zufrieden setzte sich Paul auf den Stein und rückte sich bequem zurecht. Ja, ein Angelausflug war an diesem Sonntagmorgen genau das richtige, sagte er sich zum wiederholten Male, während er die auf dem Wasser ruhende Rinde beobachtete. Die Strahlen der aufsteigenden Sonne wärmten schon ein wenig, und in ihnen tanzte über dem Teich ein Schwarm winziger Mücken. Wenn ab und zu der Vogelgesang abebbte, war eine fast völlige Stille um ihn her. Ebenso still lag das Wasser, in dem sich ein paar Erlen spiegelten, die sich am gegenüberliegenden Ufer angesiedelt hatten. Hinter dem nächsten Wall schoben sich die Rücken einiger grasender Kühe langsam in gleicher Richtung über die

Angelausflug nach Plaggenburg

Weide. Dahinter begann ein dunkler Wald. Eine menschliche Behausung war nicht zu sehen, nicht einmal ein rotes Dach in der Ferne.

Paul genoß die friedliche Stimmung des erwachenden Tages. Das erste Mal seit fast zwei Wochen war der ungewöhnliche Todesfall, mit dem er in Berührung geraten war, in den Hintergrund gerückt. Seine Konzentration galt allein dem Stückchen Holz am Ende der Schnur, das ihm anzeigen sollte, wann sich ein Fisch an seinem Köder zu schaffen machte. Wenn keiner der ausgesetzten Karpfen, dann vielleicht ein fetter Hecht. Der im Angeln beschlagene Kosak jedenfalls wollte im letzten Sommer irgendwo hier einen kapitalen Zwanzigpfünder an Land gezogen haben (wobei zu bedenken war, daß sicher auch kleine Fischersleute schon wußten, wie man übertrieb). Für den Anfang war er natürlich auch mit einem Aal oder einer Schleie zufrieden, die es überall geben sollte, damit er die Geheimnisse erst einmal erproben konnte, in die ihn sein Wurmlieferant eingeweiht hatte: Wie man dem ersten Ziehen gefühlvoll nachgab, um dann mit ruckartigem *Anhieb* den Haken fest ins Maul des Fisches zu treiben, wie man ihn anlandete und anfaßte, um den Haken zu lösen ... Außerdem war ihm angeraten worden, den gefangenen Fisch nicht unbedingt gleich am selben Tage zu verzehren, sondern ihn eine Weile in klarem Wasser zu halten, damit er seinen leichten Modergeschmack verlöre. Die Vorstellung, seinen Fang in Frau Rosenbohms Badewanne auszusetzen, erschien ihm sehr verlockend.

Mittlerweile waren die ersten Käfer und Spinnentiere aus dem Erdreich und unter Halmen hervorgekrochen. Sie krabbelten respektlos über Pauls Schuhe oder versuchten, in das Schlaraffenland seines im Grase liegenden Brotbeutels einzudringen, den er aus der Tasche genommen hatte. Auch die Mücken hatten ihn für sich entdeckt. Eine setzte sich hartnäckig immer wieder auf seine Hände, die die Angel hielten und auf denen er sie der Erschütterung wegen nicht erschlagen konnte. Doch irgendwann kam sie nicht mehr wieder. Vielleicht hatte das Rotkehlchen sie gefressen, das sich frech neben Paul auf ein paar vertrockneten Disteln niederließ, um zu sehen, wer da säße.

Von seinem Stein aus konnte er durch das Uferschilf hindurch die andere Kuhle mit ihren Erdhalden sehen. Er konnte sich gut vorstellen, wie dort im Sommer, wenn das Land trockenfiel, gearbeitet wurde. Wenn er die Augen ein bißchen zusammenkniff, glaubte er fast, gelb beschmutzte Gestalten Stich um Stich alte Weidenkörbe füllen zu sehen und das schmatzende Geräusch der

Spaten zu hören. Oben an dem Aufzug stünde im Geschirr ein Pferd, das sich gerade ausruhte, während die vollen Körbe von dem Schlitten auf einen Wagen geladen würden. Daneben stützte sich der Großvater vom nächsten Hof auf seinen Stock und sähe, die Stummelpfeife im Mund, daß alles mit rechten Dingen zuging. Auf einem umgestürzten Holztrog hätte bereits einer sein Frühstück begonnen und schenkte sich genießerisch aus einem Teekessel ein, dessen Inhalt zu klar flösse, um Tee zu sein, und den Trinkenden verdächtig fröhlich machte ...

Paul stellte gerade fest, daß er bei dieser Vorstellung selbst schon Appetit auf sein Frühstück bekam, als er ganz deutlich zwei Schritte hörte. War eine Figur aus seiner Phantasie lebendig geworden?

Da, wieder. Diesmal drei. Es waren ganz eindeutig raschelnde, verhaltene Schritte. Ein wenig erschrocken sah er sich um. Da umschlich ihn doch jemand! Von seinem tiefen Standpunkt aus konnte er mit den Augen das dichte Weiden- und Brombeergestrüpp am Teichrand nicht durchdringen. Angestrengt horchte er. Nach einer Weile wieder die Schritte, ganz nah, dann Stille.

Fast bekam er es schon mit der Angst zu tun, als sein Blick endlich an der Amsel hängenblieb, die dort drüben unter dem Busch im Laub scharrte. Scharren, Verharren schien ihr Motto. Ungläubig starrte er den schwarzen Vogel an. Er hätte schwören können ... beschämt wandte er sich wieder seinem Schwimmer zu. Ihm war doch tatsächlich ganz warm geworden. Aber einem Stadtmenschen wie ihm konnte die Natur natürlich leicht einen Streich spielen.

Und was war das nun wieder? Paul merkte auf. Hatte sich nicht soeben der Schwimmer ganz leicht nur, aber merklich bewegt? Schwache Wellen gingen von ihm aus. Gebannt starrte Paul auf das Schiffchen. Nichts. Wahrscheinlich hatte sich unter Wasser nur ein Halm an der Schnur verfangen. Ob er einmal nachschauen sollte ...? Nein, besser nicht; falls sich tatsächlich ein Fisch für den Köder interessierte, würde er ihn dadurch verjagen. Er mußte Geduld haben und still sitzen bleiben.

Und wenn nun die beiden Mehlwürmer überhaupt nicht mehr da waren? Er wußte, daß man sie eigentlich ordentlich der Länge nach auf den Haken schob. Da er jedoch die schnellere Methode bevorzugt hatte, konnten sie natürlich leicht beim Auswerfen abgefallen sein. Es kostete ihn viel Mühe, diesen beunruhigenden Gedanken zu verdrängen.

Eine Hummel summte träge durch die Luft, setzte sich unbekümmert auf die Angelrute, krabbelte ein Stück daran hinunter und schwirrte über Pauls Kopf hinweg wieder davon. Vom nahen Waldrand erscholl das Hämmern eines Spechts, und auf einer benachbarten Wiese ging wenig später ein Storch nieder. Doch Paul ließ sich von alledem nicht ablenken und behielt den Schwimmer fest im Auge. Knapp unter der Oberfläche war doch eben ein Schatten vorbeigehuscht? Und tatsächlich: Plötzlich begann das Rindenschiffchen zu erzittern. Das trübe Wasser wurde unruhig, und langsam setzte sich der Schwimmer in Bewegung. Erwartungsvoll nahm Paul die Rute fester in den Griff. Die Rinde verschwand, die dünne Schnur aus Arian Rosenbohms Kolonialwarenlager spannte sich, und deutlich spürte er das Gewicht, das an ihr zog. Am anderen Ende der Angel hing wahrhaftig ein Fisch!

Wie es ihm eingeschärft worden war, gab er die Schnur kurz frei, um dann mit einem kräftigen Ruck zu ziehen. Zur Sicherheit gleich noch einmal. Doch beim zweiten Male fühlte er schon gar keinen Widerstand mehr. Er zog die Schnur aus dem Wasser, und alles, was im Gras vor seinen Füßen landete, war ein leerer Haken. Verflixt! Was hatte er falsch gemacht?

Betrübt sah der glücklose Petrijünger auf die dunkle Wasserfläche, die sich allmählich wieder beruhigte und unbewegt wie zuvor das Spiegelbild des Morgenhimmels zeigte. Da war ihm sein erster Fang also durch die Lappen gegangen. Er ärgerte sich weniger über das entgangene Mittagsmahl als über sein Ungeschick – vielleicht hatte er zu früh gezogen. Ob es wohl ein Karpfen gewesen war? Nun, zwischen ihnen war das letzte Wort noch nicht gesprochen. Irgend etwas wollte und mußte er nach Hause bringen, und wenn es nur ein Stichling war (obwohl er nicht wußte, ob man die essen konnte). Immerhin hatte er jetzt Gewißheit, daß es hier tatsächlich etwas zu fangen gab – er hatte sich schon leise gefragt, ob der Freund des Stadtarchivars Böök den Geheimtip nur deshalb so bereitwillig gegeben hatte, weil der Teich längst leergefischt war.

Vor einem neuen Versuch aber wollte er erst einmal seine Frühstückspause einlegen. Der Stein war ganz schön hart geworden, die Mücken lästig, und er wollte sich ein wenig die Beine vertreten und umsehen. Schon wieder guter Dinge, legte er die Angelrute beiseite und nahm, während in seiner Phantasie der Fisch größer und größer wurde, ein Stück Rosinenkuchen aus dem Beutel.

Beim Herumgehen auf der feuchten Wiese hüpfte bei jedem zweiten Schritt vor seinen Füßen ein Frosch auf. Mit dem Kuchen in der Hand kam er an einen alten, durchgefaulten Scheuerpfahl, aus dem schon Pilze wuchsen, und überquerte einen schnurgerade von der Tonkuhle her gezogenen Graben. Offensichtlich diente er dazu, das aus dem Schacht heraufgeholte Wasser wegzuführen.

Bei dem Gedanken an Wasser fiel Paul der alte Trog bei dem Aufzug ein, nach dem zu sehen Herr Erdwiens ihn gebeten hatte. Und da es keine anderen Punkte gab, zu denen sich ein Spaziergang lohnte, ging er noch einmal zu der Tonkuhle hinüber.

* * *

Eine fröhliche kleine Melodie erfüllte den dunklen Schankraum des „Blauen Hauses". Durch die geöffneten Türen und Fenster strömte der lebendig frische Duft des Frühlings herein und vertrieb den muffigen Geruch von Tabaksqualm und Bier. Das junge Mädchen, das von der Stimmung dieses wunderschönen Morgens angesteckt ein Liedchen summte, sah prüfend über die glänzenden Flächen der gerade gewischten Tische und ließ seinen Putzlappen in eine Schüssel mit Seifenlauge gleiten. Dann machte es sich daran, die schmutzigen Gläser des Vorabends abzuwaschen. Ab und zu warf es dabei einen Blick zu der Eckbank am Fenster hinüber.

Als Friedrich Groth erwachte und die Augen öffnete, neigte ihm ein schon fast verwelktes Sträußlein Blumen die schwergewordenen Köpfe entgegen. Ein Luftzug erfaßte ihn, daß ihm eine Gänsehaut über den Rücken lief. Seine Glieder und Gelenke schmerzten von der harten Unterlage, auf die er gebettet war, und ein gleichmäßig dumpfes Hämmern machte sich in seinem Schädel bemerkbar.

Er setzte sich auf und faßte sich müde an die Stirn.

„Da sind Sie ja endlich wach", sagte jemand mit rücksichtsvoll gedämpfter Stimme.

Friedrich wandte sich ihr zu und entdeckte hinter einem Tresen ein Mädchen, das ihn freundlich anlächelte. Auffordernd deutete es auf ein Glas Wasser, das neben den Blumen vor ihm auf dem Tisch stand.

„Trinken Sie, es ist noch schön kalt."

Friedrich ließ das Glas unbeachtet. Er stand auf und griff nach seiner Jacke, die ordentlich über einem Stuhl hing. „Sie hätten mich wecken sollen", sagte er tonlos.

„Das habe ich versucht", antwortete das Mädchen. Mit tropfenden Fingern kam es hinter dem Schanktisch hervor. „Aber Sie haben so fest geschlafen, daß ich den Wirt gebeten habe, Sie hier liegen zu lassen – es war sonst sowieso kein Gast mehr da, und Sie in Ihrem Zustand einfach in die Nacht hinauszuschicken, wäre sicher gefährlich gewesen."

Sie trocknete die Hände an ihrer Schürze ab und sah ihn mitfühlend an. „Haben Sie starke Kopfschmerzen? Wenn Sie wollen, hole ich Ihnen etwas aus der Hausapotheke."

Friedrich schüttelte den Kopf. „Sagen Sie mir lieber, was ich noch bezahlen muß", murmelte er, indem er ihrem Blick auswich und nach seiner Geldbörse fingerte.

„Nichts", erwiderte das Mädchen. „Sie haben darauf bestanden, alles sofort zu bezahlen, obwohl ich Sie ja auch kenne."

„Na, schön", brummte Friedrich. „Dann kann ich ja jetzt wohl gehen." Er streifte seine Jacke über und steckte den gezückten Geldbeutel wieder ein. Dann verschwand er ohne ein weiteres Wort zur Tür hinaus. Das Mädchen sah ihm verwundert und ein wenig gekränkt nach und fragte sich, was den jungen Mann außer einem ordentlichen Kater wohl sonst noch bedrückte. –

Friedrich Groth achtete nicht auf die Menschen, die ihm an diesem Tage schon so früh entgegenkamen. Mit gesenktem Haupt und leerem Blick schlich er über den Marktplatz nach Hause. Die Gedanken schwirrten wirr durch seinen Kopf, unfähig, gefaßt und geordnet zu werden. Es ging ihm schlecht, und ganz allmählich begann sich dazu ein Gefühl der Beklemmung in sein Bewußtsein zu drängen.

Als er die Wohnungstür hinter sich ins Schloß zog, steckte Frau Rosenbohm ihren Kopf aus der Stubentür und sah ihn vorwurfsvoll an. Aber Friedrich hatte keine Lust, ihr irgendeine Erklärung für sein frühes Aufsein an diesem Sonntag morgen zu geben. Er zweifelte ohnehin nicht daran, daß sie bereits bemerkt hatte, daß ihr Mieter die ganze Nacht über nicht im Hause gewesen war. Also wünschte er ihr lediglich, so freundlich es ihm möglich war, guten Morgen und ließ sie kopfschüttelnd stehen.

Auf seinem Zimmer suchte er sich eine Hose, Socken und ein frisches Hemd heraus. Die Kleider, die er trug, waren zerknittert und rochen unangenehm nach Wirtshaus und Schweiß. Er fühlte sich klebrig und schmutzig. Auf dem Waschtisch in einer Ecke seines Zimmers stand eine Kumme mit Wasser. Ohne zu zögern tauchte er seinen Kopf hinein. Das kalte Naß weckte ihn endlich richtig auf. Frisch rasiert und gekämmt trat er kurze Zeit später auf den Flur hinaus. Das Klappern von Tellern und Töpfen klang durch das Treppenloch zu ihm herauf. Vor dem Gottesdienst und kaum, daß sie gefrühstückt hatte, bereitete Frau Rosenbohm schon das Mittagessen vor. Richtig, heute sollte es gebratenen Fisch geben. Schon früh um fünf hatte Paul aufstehen wollen, um einen Angelausflug zu unternehmen. Er hatte sich eigens dafür eine Ausrüstung zusammengesucht und einen guten Fischgrund beschreiben lassen.

Pauls Zimmertür stand offen. Wie durch einen Nebelschleier trat Friedrich in den hellen, kleinen Raum in Frau Rosenbohms Haus, den sein Mitmieter bewohnte. Ein ächzendes altes Bett, ein zerkratzter Schrank, ein wackliger Tisch mit Stuhl, eine Kommode mit Waschkrug und -schüssel und der abgewetzte Ohrensessel waren die Einrichtung, und nichts paßte so richtig zueinander. Trotzdem – oder gerade deshalb – war das Zimmer sehr gemütlich. An den Wänden hingen Zeichnungen und Bilder, und überall lagen und standen irgendwelche Dinge des täglichen Gebrauchs herum: stapelweise Papier, Zeichengerät, eine Staffelei, eine Schachtel mit Nägeln, ein Hammer, ein Teller und ein Glas, Bücher, achtlos auf das Bett geworfene Kleidungsstücke, ein Hausschuh ... Paul legte nicht viel Wert darauf, Besuchern ein ordentlich aufgeräumtes Zimmer zu präsentieren. Ein Zimmer wirkte lebendiger und einladender, wenn man sah, daß es bewohnt war; vielleicht verbrachten sie deshalb die meisten Abende, die sie beim Kartenspiel oder redend zusammensaßen, hier.

Von unten drangen noch immer die scheppernden Geräusche herauf, die von Rosine Rosenbohms ständiger Geschäftigkeit zeugten, doch Friedrich nahm sie nicht mehr wahr. Er hielt einen Zettel in den Händen, der zwischen all den anderen Dingen auf Pauls Tischchen am Fenster gelegen hatte. Er faltete ihn auseinander. Zügig überflogen seine Augen die handgeschriebenen Zeilen – und plötzlich setzte, viel stärker noch als zuvor, das Hämmern in seinem Kopf wieder ein, und die Angst, die er verspürte, hatte endlich einen Namen. Dann stürzte er aus dem Zimmer.

* * *

Der Angelplatz an dem Fischteich in Plaggenburg lag verlassen. Ungehindert konnten die Krabbeltiere in das offene Kuchenpäckchen dringen, denn der Besitzer war nicht zurückgekehrt. Die Sonne war höher gestiegen, und das taufeuchte Gras hatte sich aufzurichten begonnen. Ab und zu war von der Tonkuhle her ein Plätschern oder ein schwacher Ruf zu hören, was aber den tiefen Frieden nicht stören konnte.

Die Erbauer der sinnreichen Einrichtung zum Heraufschaffen der Potterde hatten an stabilem Material nicht gespart. Der Schlitten und seine Gleitbahn waren für die Ewigkeit gebaut, und die beiden Seitenwände waren gegen Abrutschen mit einer Verschalung versehen und mit einer dicken Bohle gegeneinander abgestützt worden. Doch sie hatten nicht geahnt, daß jemand diese Bohle je als Brücke würde benutzen wollen.

Paul kamen die Momente wie Ewigkeiten vor. Wie lange war es her, daß er mit seiner Angel auf dem Stein am Fischteich gesessen hatte? Und erst sein Aufbruch am Morgen aus seinem Zimmer. Seine Ankunft als Zeichenlehrer in der kleinen Stadt schließlich schien ihm längst vergangener Zeit anzugehören. Dunkel erinnerte er sich an eine Angelegenheit mit einem Toten und einer Mühle, die er sehr wichtig genommen hatte.

Mit seltsamer Klarheit hingegen sah er die Dinge um sich herum. Die schwachen Wellen, die er selbst aussandte, schwarz über ihm das abgebrochene Ufer vor weiß vorüberziehenden Wolken, die aus dem Wasser ragende grüne Bohle, an der er sich festhielt. Die von beiden Seiten herabrutschenden Erdmassen und Bretter hatten ihn in so unglücklicher Lage eingeklemmt, daß er seinen Kopf nur mit großer Mühe gerade über dem Wasser halten konnte. Er keuchte stoßweise in der von der Anstrengung ausgelösten Atemnot. Die Bohle war naß und glitschig, und er spürte, wie seine Kräfte langsam nachließen. In absehbarer Zeit würde er mit Mund und Nase unter Wasser geraten.

Sollte das alles gewesen sein? Sechsundzwanzig Jahre und dann Schluß? Was war mit den Ländern, die er durchwandern wollte, mit der vollkommenen Malweise, die ihm vorschwebte, die er aber noch nicht gefunden hatte? Mit der besseren Welt, die er aufbauen helfen wollte, und den unzähligen Tagen, die zu pflücken waren? Warum hatte er so vieles auf später verschoben? Viel zu oft hatte er Vorteil und Vernunft über das eigene Empfinden gestellt und war zu leise getreten. Warum hatte er zugelassen, daß ein anderer Elise Riethmann aus der Rathausgasse eroberte? Warum hatte er Professor Rotenfels nicht ins Gesicht gesagt, seine

Ansichten seien Unsinn? Wie dumm war er gewesen. Diese Gedanken kehrten immer wieder, aber mehr und mehr kam ihm all das eigentlich auch unwichtig vor.

Die Kälte von Schlamm und Wasser war einer angenehmen Gefühllosigkeit gewichen. Zu Anfang hatte er noch verzweifelt versucht, sich zu befreien, dann war die Angst in ihm hochgekrochen. Jetzt hatte er sich fast mit seinem Schicksal abgefunden, und es schien ihm auch gar nicht mehr so schlimm. In dieser friedvollen Umgebung, fern der Wirklichkeit, einzuschlafen, hatte sogar etwas Verlockendes. Eigenartig, daß ihm vorher gar nicht die Schönheit des goldübergossenen Weihers aufgefallen war. Alles war durchflutet von Licht und Wärme, und die Vögel hatten noch nie so schön gesungen. Überall war Leben, Zirpen, Übermut und Glockenklang. Tanzten da im Nebel nicht ein paar stromernde Kinder vorüber? Die Wälder an den Ufern flüsterten geheimnisvoll, und lautlos und ohne Wellenschlag zog ein Boot seine Bahn über das Wasser. Hatte er eigentlich den Besuch bei Herrn Detmers abgesagt? Unter den Fischen würde er sicher gute Kameraden finden. In ihrem Garten schiene jeden Tag die Sonne. Leise sang jemand ein Lied, ganz nah. Wenn er hinunterschaute aus seinem Baumhaus, konnte er seine Schwester sehen, wie sie ihre schmutzige Puppe in der Gießkanne wusch. „Hier ist er", hörte er eine Stimme. Seine Schwester hörte auf zu singen, und der Vater kam mit dem Rohrstock über den Rasen und blieb unter seinem Versteck stehen. Paul war aus seinen Träumen gerissen.

„Hier ist er!" rief Friedrich. „Kommen Sie! Wenn Sie Ihren Fuß hier hinsetzen, können Sie mich festhalten."

Paul fühlte sich unter den Schultern gepackt, doch das zentnerschwere abgerutschte Erdreich wollte seine tauben Glieder nicht freigeben.

„So geht es nicht. Sie müssen hier mit anfassen!" sagte Friedrich, und zu Paul: „Wir haben nichts zum Graben. Wir müssen dich rausziehen."

Die Antwort war nur ein ergebenes Stöhnen. Bei diesem Versuch gelang die Befreiung, wenn auch ein Schuh von Paul verlorengegeben werden mußte. Doch daran störte sich im Augenblick niemand. Mit vereinten Kräften half man ihm die Schräge hinauf auf festen Boden, wo er kraftlos auf den Schlitten sank.

Keiner wußte, was er sagen sollte, und die Retter mußten auch erst einmal zu Atem kommen. Paul und Friedrich tauschten einen langen Blick.

„Wie kommst du hierher?" fragte Paul schließlich.

Friedrich schüttelte den Kopf und zuckte mit den Schultern.

„Es war eine Ahnung. Dieser Mann hat mich dann auf seinem Wagen mitgenommen, obwohl er eigentlich zur Stadt hineinfahren wollte. Sonst wäre ich noch gar nicht hier."

Der hilfsbereite Plaggenburger tippte verlegen an seine Mütze. „Hör Fründ was so in Fohrt, dor kunn woll 'n Mallör passeert wesen. Un dat geiht doch nich an, dat hier bi uns in Plaggenbörg een versuppt. Dat kann man doch nich tolaaten, doch ick." Er schüttelte bedächtig den Kopf. „Nee, dat kunn ick nich."

„Komm", sagte Friedrich nach einer erneuten Pause. „Geht es wieder? Wir wickeln dich in eine Pferdedecke und bringen dich nach Hause."

„Ich glaube, ich habe mich ein wenig schmutzig gemacht", sagte Paul und versuchte ein Grinsen. „Du übrigens auch."

* * *

Frau Rosenbohm, die sich gerade anschickte, das Haus zu verlassen und zum Gottesdienst zu gehen, schlug die Hände über dem Kopf zusammen, als sie ihre Mieter zur Tür hereinkommen sah. Mit ihrem klaren Blick für das Notwendige aber hatte sie gleich die Ärmel hochgekrempelt und feuerte den Ofen in der Waschküche bis zur Rotglut, um Paul ein heißes Bad zu bereiten.

„Wie ist das denn passiert?" fragte sie Paul, der frierend dasaß und wartete.

Ja, wie war das passiert? Er hatte die Brücke über den Aufzug kaum betreten, als er merkte, daß sie nachgab, doch da war es schon zu spät gewesen.

„Ich bin ins Wasser gefallen, und die Ufer brachen ein", begann er, noch unschlüssig, ob er davon erzählen sollte, daß er mit etwas weniger Glück nicht so lebendig hier in der Waschküche säße.

„Ja, ja", fiel sie ihm gleich ins Wort, „Sie sind unvorsichtig gewesen und zu nahe ans Ufer getreten. Aber Sie mußten ja unbedingt angeln gehen. Und wer wäscht nachher alles wieder sauber? Frau Rosenbohm. So, fassen Sie mal mit an. Ein Kessel noch, dann haben Sie genug Wasser."

Das Wasser ergoß sich in dampfendem Schwall in die Zinkwanne.

„Sie hätten dem Mann aber nicht so viel zu geben brauchen", fuhr sie mit ihrer gutgemeinten Rüge fort. „Er hat Sie doch nur hergefahren. Wenn er nur nicht alles im Wirtshaus läßt. Ich kenne solche Leute. – Ach, ein Handtuch brauchen Sie noch. Ich hole Ihnen eins, und Ihren Morgenmantel. Die Seife ist dort drüben."–

Paul saß in der Wanne und versuchte angestrengt, das Erlebte gründlich der Reihe nach zu überdenken, doch die Wärme, die feuchte Luft und die Erschöpfung machten ihn müde. Er kam nur bis zu der Frage, warum er eigentlich über die Bohle hatte gehen wollen, dann war die Konzentration dahin. Nahe daran einzuschlafen, schreckte er wieder auf, weil er glaubte, immer noch im Wasser der Tonkuhle gefangen zu sein.

Frau Rosenbohm kam herein und hielt in der Hand einen blanken Gegenstand.

„Der war in Ihren Sachen", sagte sie. „Einer von meinen ist es nicht. Sie werden doch nicht Silber stehlen bei anderen Leuten?"

Es war der Teelöffel, den er gefunden hatte.

„Nein, er lag auf der Straße. Geben Sie ihn mir? Danke."

„Wissen Sie übrigens, daß Herr Groth die ganze Nacht nicht zu Hause war? Und als ich eben oben war, hörte ich durch die Tür, wie er mit sich selber sprach. Sie sollten ihn sich einmal vorknöpfen. Wissen Sie, was ich glaube? Er ist unglücklich verliebt."

„Meinen Sie?" Paul war ganz in die Betrachtung des Löffels versunken.

„Ich wüßte keine andere Erklärung. Nun ja." Da ihre Mutmaßungen offensichtlich auf kein großes Interesse stießen, kehrte seine Wirtin mit einem Achselzucken in die Küche zurück.

Der Teelöffel. Ob er ihm Glück gebracht hatte in seiner Tasche? Er hatte ihn als Talisman eingesteckt, um einen fetten Karpfen an die Angel zu kriegen, nicht ahnend, daß es um viel mehr gehen würde.

Jetzt schwamm er selbst in Frau Rosenbohms Badewanne und nicht sein großer Fang.

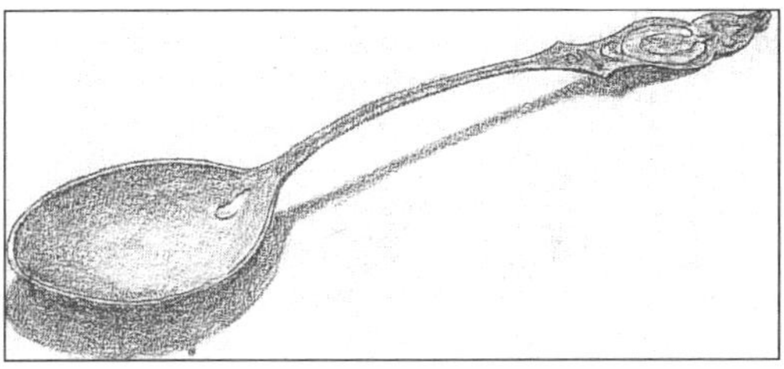

Der Glücksbringer

Zehntes Kapitel

„Ich habe längst gemerkt, daß Sie nicht mehr schlafen", sagte Frau Rosenbohm und suchte nach einer freien Stelle auf Pauls Schreibtisch, um ihr Tablett abstellen zu können. „Herrje, daß Sie auch immer so unordentlich sein müssen. Können Sie Ihre Sachen denn nicht an einen festen Platz legen? Alles liegt kreuz und quer durcheinander, da verliert man doch völlig den Überblick."

Sie zog mit ihrer freien Hand die Vorhänge beiseite und schob mühsam ein Fenster hoch.

Paul blinzelte in das hereinfallende Licht.

„Nanu", murmelte er vor sich hin, „riecht es hier nicht nach heißem Tee und ..." er schnüffelte, „frischem Marmeladenbrot und Schinken? Ah, Frau Rosenbohm, Sie sind es, ich habe Sie gar nicht hereinkommen hören. Was tragen Sie denn da mit sich herum?"

„Sie brauchen gar nicht so zu tun, Sie Faulpelz. Den ganzen Sonntag haben Sie verschlafen, und nun ist es schon fast wieder zehn Uhr. Wollen Sie Ihr ganzes Leben im Bett verbringen?"

„Hm ... ein sehr verlockender Gedanke. Aber ich glaube, ich würde mich so ganz alleine in diesem Zimmer langweilen. Wenn man mir allerdings ein Bett auf den Marktplatz unten stellen würde ..."

„Das würde Ihnen gefallen!"

„O ja, das würde es. Aber was sagten Sie da gerade? Schon fast zehn Uhr? Da hätte ich ja längst in der Schule sein müssen. Warum haben Sie mich nicht aus den Federn gejagt?"

„Ich hätte Sie schon herausgeholt. Aber Herr Groth war ja der Meinung, wir sollten Sie lieber schlafen lassen. Und Sie müssen gar nicht so tun, als hätten Sie nicht absichtlich verschlafen."

Paul setzte sich in seinem Bett auf und grinste.

„Aber ich habe mir einen gräßlichen Schnupfen eingehandelt", sagte er und nieste zur Bestätigung einmal kräftig.

„Früher hat man sich nicht so einfach einen Schnupfen leisten können", versetzte Frau Rosenbohm ungerührt. „Als mein Arian noch lebte, sind wir beide jeden Morgen in aller Herrgottsfrühe aufgestanden – egal, ob es einen von uns hier oder da zwickte. Schließlich hat sich die Arbeit im Geschäft und im Haushalt nicht von alleine erledigt, wenn man einfach im Bett geblieben ist. Nur am Sonntag haben wir es uns manchmal geleistet, etwas länger im Bett zu bleiben, aber nur herumliegen und faulenzen, das konnten wir gar nicht."

Sie setzte ihr Tablett auf Pauls Knie ab und nahm die Teekanne zur Hand.

„Ah!“ machte Paul genießerisch, als das goldbraune Getränk dampfend in seine Tasse floß.

„Wenn die Tage auf dem Krankenlager so aussehen, weiß ich nicht, ob ich morgen schon wieder einen harten Arbeitstag ertragen kann.“

„Unterstehen Sie sich“, schimpfte die Wirtin. „Wenn Ihre Kollegen erfahren, daß Sie hier fröhlich und munter im Bett liegen und ich Sie auch noch verwöhne ... was sollen die dann denken?“

„Apropos: Haben Sie Herrn Schnöter eigentlich schon Bescheid gegeben – daß ich heute nicht komme, meine ich?“

„Dieser Herr Schnöter!“ rief Frau Rosenbohm mit jäher Heftigkeit und setzte die Teekanne so unsanft auf das Tablett zurück, daß der Tee in der Tasse überschwappte. „Reden Sie nur nicht von dem! Ja, ich war heute morgen da. Und Sie glauben ja nicht, was dieser unverschämte Kerl mich gefragt hat!“

„Nun ...?“

„Ja, was glauben Sie wohl! Einen Antrag gemacht hat er mir! Er hat sich nicht geschämt, mir einen Antrag zu machen! Stellen Sie sich das vor! Als wenn ich meinem Arian je so was antun könnte!“ Immer noch fassungslos hob sie die Hände.

Paul lachte in sich hinein.

„Um ehrlich zu sein, Frau Rosenbohm“, gestand er, „ich habe schon so was kommen sehen ... aber würde Ihnen der Titel denn nicht gefallen? Dann wären Sie *Frau Direktor Schnöter*.“

„Ach, seien Sie still!“

Verärgert angelte sie unter dem Bett nach Pauls zweitem Pantoffel, während der amüsiert den Kopf schüttelte und sich genüßlich über eine Scheibe deftigen Schinkens hermachte.

Sein Appetit war wenigstens schon wieder ganz in Ordnung. Kaum zu glauben, daß erst gestern ein Stück Rosinenkuchen beinahe seine Henkersmahlzeit gewesen wäre. Schon heute, gerade einen Tag danach, schien ihm das Erlebte wieder so fern, daß es sich von einem Traum der vergangenen Nacht kaum unterscheiden ließ. Seine Erschöpfung war einer eigenartigen Ruhelosigkeit und Aufgedrehtheit gewichen, und die Gedanken, die ihm in der Gefangenschaft der nassen Erdmassen gekommen waren, hatte er bereits jetzt wieder verdrängt. Nur der einzelne, von Frau Rosenbohm sorgfältig geputzte Schuh neben dem Kleiderschrank und seine kalte, rote Nase zeugten noch davon, wie knapp er mit dem Leben davongekommen war.

Als sich Paul eine zweite Tasse Tee einschenkte, erschien plötzlich ein Gesicht im Türrahmen.

„Ah, guten Morgen, Mientje", begrüßte er Frau Rosenbohms fleißige Putzhilfe, die schüchtern ins Zimmer hereinlugte. „Darf ich dir auch einen Tee anbieten? Du müßtest allerdings mit meiner Tasse vorliebnehmen oder deinen Putzeimer herüberreichen – ich bin heute gar nicht auf Besuch eingestellt. Aber sonst ist der Tisch reich gedeckt: Ei und Speck und Brot und hier, leck're Brombeerkonfitür'!"

„Das ist aber Johannisbeer."

„Was? Nicht Brombeer? Na, das ist doch ... Frau Rosenbohm, wie kann so etwas passieren? Ich hatte extra Brombeermarmelade verlangt. Johannisbeerkonfitür' ... das ist eine Silbe zuviel, das macht mir ja meinen ganzen schönen Vers kaputt!"

„Sie sind heute morgen überhaupt nicht zu ertragen, Herr Franzius", schimpfte die Wirtin und bemühte sich vergeblich, ein böses Gesicht aufzusetzen. „Und du, Mientje, solltest dich schämen, einfach in das Schlafzimmer eines Herrn zu spazieren. Wolltest du nicht die Stubenfenster putzen?"

Das Mädchen errötete.

„Ich wollte doch nur sagen, daß unten ein Herr Erdwiens ist, der Herrn Franzius sprechen möchte", sagte es verlegen.

„Ein Herr Erdwiens?" fragte Paul nach. „Nanu. Schicken Sie ihn mir bitte herauf, Frau Rosenbohm? Ich ziehe mir schnell den Morgenmantel über."

„Passen Sie doch auf das Tablett auf, Sie werfen es noch herunter!" Frau Rosenbohm rang die Hände. „Hach, was ist heute bloß mit Ihnen los. Komm, Mientje, wir gehen lieber nach unten. – Ein Herr Erdwiens, sagtest du? Was kann er denn wohl wollen ...?"

Kurz darauf klopfte es an Pauls Tür, und ein kleiner, recht unglücklich aussehender Mann trat herein. Paul reichte ihm die Hand.

„Sie sind Herr Erdwiens?" fragte er. „Bitte setzen Sie sich doch."

„Nein, nein, lassen Sie nur", winkte der kleine Herr ab und drehte seinen Hut unsicher in den Händen. „Ich komme nur auf einen Sprung zu Ihnen herein, um mich nach Ihrem Befinden zu erkundigen. Ich hörte von Ihrem Unfall und dachte mir, Wilhelm, du hast den jungen Mann dorthin geschickt, also frage ihn, wie es ihm geht."

„Vielen Dank; ich habe lediglich eine kleine Erkältung."

„Ah, da bin ich ja beruhigt. Wissen Sie, meine Frau hat mich nämlich schon beschimpft, wie ich die Leute bloß zu diesem fürchterlichen Tümpel schicken kann, wo doch dort weit und breit keine Menschenseele anzutreffen ist. Aber ich habe ihr erklärt, daß das ja gerade das Schöne daran ist, nicht wahr, und habe gar nicht weiter auf ihr Gemeckere gehört."

Paul nickte. „Sie sagen, Sie haben von meinem Mißgeschick gehört?" fragte er nach.

„Ja, ja, gestern vormittag im ‚Weißen Schwan'. Ein Bauer erzählte, daß er Sie am Morgen aus der Plaggenburger Kuhle gezogen hätte. Da habe ich mir natürlich Vorwürfe gemacht, weil der Mann davon sprach, es wäre um ein Haar unglücklich ausgegangen."

Er sah zerknirscht zu Boden.

„Ach was", beschwichtigte Paul, „Sie wissen ja, wie gerne die Angler übertreiben; und dieser Bauer war ja sozusagen einer, nicht wahr? Haha ..."

Herr Erdwiens lächelte dankbar. „Ich hoffe nur, Sie haben durch dieses Erlebnis nicht die Lust am Angeln verloren. Es ist eine so beruhigende und erfrischende Beschäftigung. Man sitzt nur einfach da und wartet. Niemand stört und niemand drängt einen, etwas Nützliches zu tun ..."

Paul pflichtete ihm bei und fragte sich, ob wohl alle passionierten Angler eine Frau Erdwiens zu Hause zurückließen.

„Aber vorerst werde ich mich wohl ein wenig zurückhalten", fügte er hinzu. „Ich habe mich, glaube ich, auch nicht sehr geschickt angestellt."

„Am Anfang denkt jeder, er brauche nur mit der Angelrute zu winken, und schon sprängen ihm die Fische von selbst in den Eimer; und wenn sie merken, daß dem nicht so ist, verlieren sie schnell den Mut. Aber keine Sorge: Mit ein wenig Geduld hat noch jeder seinen Fisch an Land gezogen."

„Ehrlich gesagt, bereitet mir etwas anderes mehr Sorge. Ich habe mit meinem Fehltritt immerhin die ganze Schlittenbahn dort verschüttet. Hoffentlich ist der Schaden, den ich angerichtet habe, nicht allzu groß ..."

„Nun, es dürfte nicht so schwierig sein, die Bahn wieder freizuschaufeln, wenn das Wasser gefallen ist. Aber sagen Sie, wie ist denn das überhaupt passiert? Sie sind doch nicht auf die Brücke getreten?"

„Doch, als ich mir Ihren Trog ansehen wollte."

„Himmel, da hätten Sie ja tatsächlich tot sein können! Weshalb wollten Sie denn ausgerechnet *darüber* gehen?"

„Sie baten mich doch, nach dem Trog zu schauen, und es war der kürzeste Weg."

„Ja, aber schrieb ich Ihnen denn nicht, Sie sollen um den Aufzug herum und auf keinen Fall über die Brücke gehen? Ich weiß nicht, ob sie noch nicht fertig war, jedenfalls lag sie nirgendwo fest auf. Ich selbst hätte das gar nicht gemerkt, aber der Besitzer sagte mir, man dürfe nicht hinübergehen. Sie würde nur vom Druck der Wände gehalten, und es müsse alles zusammenbrechen, sobald jemand daraufträte. – Habe ich es nicht geschrieben? Ich hätte schwören können, daß ich es in meinem Schreiben ausdrücklich bemerkt hätte."

Herr Erdwiens schüttelte betroffen den Kopf.

„Vielleicht hat meine Frau ja wirklich recht, wenn sie behauptet, ich würde allmählich alt." –

Paul stand am Fenster und sah dem freundlichen kleinen Mann hinterher, der sichtlich geknickt über den Marktplatz davonschlich. In der Hand hielt er den Brief, den ihm der Archivar am Sonnabend hatte zukommen lassen.

Hochverehrter Herr Franzius!

Herr Böök berichtete mir von Ihrer Suche nach einem lohnenden Fischgrund in der Nähe und bat mich, Ihnen ein paar Zeilen zu schreiben. Ich komme seiner Bitte mit Freuden nach.
Die Empfehlung, die Ihnen der Kollege bereits gegeben hat, ist eine ausgezeichnete. In Plaggenburg gibt es eine ehemalige Potterdekuhle, in der ein guter Freund von mir bis zu seinem Tode eine kleine Fischzucht betrieben hat. Da sie seinem Sohn inzwischen gleichgültig ist, darf ich Ihnen das Gewässer zur Nutzung ans Herz legen. Auch als Anfänger können Sie dort einen ordentlichen Karpfen herausholen.
Folgen Sie einfach der Chaussee nach Wittmund und biegen Sie an der weithin sichtbaren toten Eiche vor Plaggenburg rechts in den Weg ein. Am Ende kommen Sie an eine Kuhle, die noch in Betrieb ist, und dahinter an den Fischteich.
An der ersten Kuhle steht hinter der Brücke dort ein alter Trog zum Bewässern einer Gleitbahn, den ich umgedreht und gefüllt habe, um demnächst Köderfische hineinzusetzen. Wenn er das Wasser gehalten hat, können auch Sie Weißfische für mich hineintun, wenn Sie welche fangen. Ich wäre Ihnen sehr verbunden.
Petri Heil – Ihr sehr ergebener W. Erdwiens

Paul setzte sich auf das Bett. *... steht hinter der Brücke dort ein alter Trog*, las er noch einmal. Jetzt wußte er, warum er ohne weiteres über die Bohle hatte gehen wollen. Mit diesem Satz im Hinterkopf, den er als Wegweiser verstanden hatte, obwohl er nur eine Ortsbeschreibung hatte sein sollen, war er blindlings drauflosmarschiert. Dabei war das Holz womöglich weder ein Steg noch eine Brücke gewesen – sondern nur eine Strebe zum Abstützen der Seitenwände! Natürlich, ohne Herrn Erdwiens irrtümliche Bezeichnung hätte er die Bohle gar nicht für eine Brücke gehalten. Dieser unscheinbare Brief hatte ihn fast ins Verderben geschickt.

Er faltete ihn wieder zusammen und wollte ihn im Papierkorb verschwinden lassen – da fiel ihm etwas auf. Zum erstenmal bemerkte er, daß der Zettel ungewöhnlicherweise nicht genau in der Mitte, sondern ein Stück unterhalb geknickt worden war. Der untere und obere Blattrand lagen nicht übereinander. Paul faltete das Blatt wieder auseinander und erkannte nun, daß der Briefbogen nicht das übliche Blattformat besaß, sondern etwas kürzer war. Jemand hatte vom unteren Blattrand ein Stück abgeschnitten!

Pauls Hirn begann zu arbeiten. Was bedeutete das? War dem Verfasser des Schreibens ein häßlicher Tintenfleck auf das Papier getropft, oder hatte er sich verschrieben und kein neues Blatt benutzen wollen? Hatte er deshalb kurzerhand einen Teil des Bogens abgetrennt? Oder hatte auf diesem fehlenden Stück etwa ein Postskriptum, eine letzte Bemerkung gestanden, von der Herr Erdwiens hätte schwören können, sie niedergeschrieben zu haben? Aber wer sollte ... wer konnte dann überhaupt ...?

Es durchzuckte Paul wie ein Blitz. Eine Hitzewelle überrollte ihn, und er hielt die Luft an. Auf wackligen Beinen ging er aus dem Zimmer und auf die Türe auf der anderen Seite des Flures zu. –

Als Frau Rosenbohm am Mittag nach ihm schaute, lag Paul zusammengerollt in seinem Bett und schlief. Erst gegen Abend wachte er wieder auf.

„Wie geht es dir?" fragte Friedrich Groth, der bewegungslos am Fenster stand.

„Der Schnupfen ärgert mich ein bißchen", antwortete Paul.

Über den Häusern der gegenüberliegenden Marktseite stand hell leuchtend die Abendsonne und tauchte den Himmel in rote und gelbe Farben. Eine geraume Weile war es still im Zimmer.

„Ich muß dir etwas erzählen", brach Friedrich schließlich das Schweigen. „Es geht um den Brief von Herrn Erdwiens und deinen Unfall gestern."

Paul nickte langsam. „Ich weiß", sagte er.

* * *

Direktor Hinrich Schnöter, Schulleiter des Auricher Lyceums, war an diesem Morgen in gereizter und ungnädiger Stimmung. Diesen Anschein hatte es jedenfalls, als Paul ihn im Gang traf und sich vorsichtshalber in aller Form für seinen Krankheitstag entschuldigte. Überrascht von der schroffen Abfuhr, die er bekam, blieb er ratlos stehen. Hatte er den Direktor persönlich beleidigt?

„Tja, Herr Franzius", sagte jemand in seine Verwirrung hinein. Herr Pöppelmann, der offensichtlich alles mitangehört hatte, trat von der Seite an ihn heran. „Herr Schnöter ist sehr ungehalten."

„Habe ich etwas falsch gemacht?" fragte Paul.

„Es sieht ganz so aus. Sie werden sich wohl in irgendeiner Sache nicht richtig verhalten haben, junger Freund."

Herr Pöppelmann schüttelte ernst seinen runden Kopf.

„Ich muß ja auch sagen, Ihr Verhalten in letzter Zeit ... das war bei Licht betrachtet nicht immer ganz korrekt. Sie sollten sich schon einmal fragen, ob Sie es sich nicht manchmal ein bißchen zu einfach machen – hmhm."

„Wovon reden Sie?"

„Nun, Herr Schnöter wird schon seinen Grund haben, nicht wahr? Wie gesagt, er ist ziemlich ungehalten und war schon gestern nicht gut auf Sie zu sprechen. Den besonderen Anlaß kenne ich allerdings nicht. Entschuldigen Sie mich jetzt bitte."

Seinerseits ungehalten ließ er seinen jungen Kollegen stehen. Mit einem in Ungnade Gefallenen wollte er sich nicht gemein machen. –

In der ersten Stunde fand Paul zu stillen Mutmaßungen bezüglich Herrn Schnöters Unwillen keine Zeit. Er behandelte sein Lieblingsthema *Licht und Schatten*, wozu er, um schwarz auf weiß zeichnen zu können, einen großen Bogen Papier an die Tafel geheftet hatte, den es mit anschaulichen Beispielen zu füllen galt.

Mit Befriedigung verfolgte er, wie es ihm gelang, die Aufmerksamkeit seiner Schüler langsam zu fesseln – Gramberg, der Maler der Kosaken, machte sich sogar Notizen. Auf besondere Resonanz stieß der krönende Abschluß, ein Bildnis der Witwe Rosenbohm, wie sie, vom eigenen Nachtlicht beleuchtet, zu Bett schlurft.

In der zweiten Stunde dann waren alle mit der Aufgabe beschäftigt, einen Gegenstand ganz ohne Linien, nur durch seine Schattenflächen darzustellen. Paul hatte sich auf der Fensterbank niedergelassen und blickte über die Köpfe. Der Wurmspezialist war nicht dabei; er war in einer anderen Klasse, aber er hatte sicher schon gehört, daß Paul nichts gefangen hatte.

War es möglich, daß seit seinem Angelabenteuer erst zwei Tage vergangen waren? Wieder kam es ihm kurz so vor, als habe er von allem nur in einem Buch gelesen. Aber dann fiel sein Blick auf das zusammengeknüllte Stück Papier, mit dem seine Finger schon seit einer Weile spielten. Er hatte es tags zuvor in Friedrichs Abfallkorb gefunden und kannte den knappen Wortlaut darauf inzwischen auswendig:

Betreten Sie die Brücke nicht. Sie liegt gar nicht richtig auf, und es ist ein Wunder, daß dort noch niemand umgekommen ist!

Friedrich war es gewesen, der die als Postskriptum angefügte Warnung Herrn Erdwiens' abgetrennt hatte – nur ihm als Überbringer des Briefes war dazu die Gelegenheit gegeben, so daß der Weg zu seinem Papierkorb nicht weit gewesen war.

Noch bevor Paul ihm etwas hatte vorwerfen können, hatte er es aus freien Stücken gestanden. Aber Paul war sicher, daß ihm Friedrich nicht die ganze Wahrheit sagte. Natürlich konnte auch das verständliche Zögern desjenigen, der ein unangenehmes Geständnis zu machen hatte, diesen Eindruck hervorgerufen haben, doch um Friedrichs wenig schlüssiges Gestammel von einem verunglückten Spaß zu glauben, hatte er von seinem Freund eine viel zu hohe Meinung. Nein, ein Spaß hatte es ganz sicher nicht sein sollen, dafür war die Gefahr, in die ihn die Unterschlagung des Hinweises bringen mußte, einfach zu offensichtlich gewesen – und ein leichtsinniger Streich paßte auch gar nicht zu Friedrich.

Friedrich hatte aber noch etwas gesagt. Er hatte Paul erneut gemahnt, endlich die Finger vom Todesfall des Steuerinspecteurs Scharnhorst zu lassen, und diese Mahnung, auch wenn sie nicht in direktem Zusammenhang mit dem Unfall an der Potterdekuhle gefallen war, begann Paul nun endlich ernst zu nehmen. Bisher hatte er sich Friedrichs Stimmungswandel in dieser Angelegenheit nicht zu erklären vermocht und es wohl auch gar nicht recht versucht. Er kannte seinen Freund inzwischen jedoch zu gut, als daß er sein Verhalten als eigenwillige Laune abtun konnte. Es konnte nicht sein, daß Friedrich sich plötzlich seiner Abneigung gegen jedwede Art von Neugier besann oder sich um das Wohlgefallen seiner Mitbürger scherte. Paul zweifelte nicht länger an einem engen Zusammenhang zwischen dem Mord an Herrn Scharnhorst und dem Anschlag auf sein Leben: Es war einfach nur die konsequente Folge von Friedrichs Versuchen, ihn in seinem Wissensdrang zu bremsen. Aber was konnte hinter der Sache stecken, daß ein charakterfester Mensch sogar den Tod eines Freundes in Kauf nahm?

Paul setzte sich zurück an sein Pult. Vielleicht war es ja wirklich besser, die Nase aus allem herauszuhalten und gerade als Fremder nicht den Frieden der Stadt zu stören. Friedrichs Vorhersage, die ganze Sache würde ihnen allmählich über den Kopf wachsen, war ja auf erschreckende Art und Weise bereits Wirklichkeit geworden, und wer wußte, was noch alles kommen mochte.

Und nun auch noch das rätselhafte Gebaren Herrn Schnöters. Konnte er sich durch das Fehlen am Montag allein den Unmut des Direktors zugezogen haben? Es war doch kein besonderer Tag gewesen. Da mußte mehr dahinterstecken. Paul versuchte, sich Dinge auszudenken, die in den Augen eines Herrn Schnöter sündhaft waren. Viel Angenehmes fiel ihm ein ...

Nun, bald würde er sicher mehr erfahren. Einstweilen rief ihn die Pflicht in Form eines aufzeigenden Fingers.

Kurz vor Ende der Stunde klopfte es an die Tür, und der Pedell Reimers steckte seinen Kopf herein.

„Entschuldigen Sie – ich soll Ihnen etwas vom Direktor ausrichten. Sie möchten sich bitte nach der Stunde im Kollegiumszimmer einfinden, er hat mit Ihnen zu reden."

„Aber ich bin doch immer nach der Stunde im Kollegiumszimmer."

Der Pedell zuckte mit den Schultern.

„Ich soll es Ihnen nur ausrichten."

Paul bedankte sich und wandte sich an seine Schüler.

„Ich habe ein reines Gewissen. Ich habe weder heimlich geraucht noch die Wände beschmiert. Aber wenn ich in den Karzer komme, dann müßt ihr mich heraushauen." –

„Herr Franzius. Ich warte schon. Ich habe ein ernstes Wort mit Ihnen zu reden. Kommen Sie mit in mein Arbeitszimmer, da haben wir mehr Ruhe. Ihre Sachen können Sie hierlassen."

Herr Schnöter schritt voran, und Paul, der ihn weit überragte, kam sich wie ein gescholtener kleiner Sextaner vor, als er ihm folgte. Die Kollegen taten, als bemerkten sie nichts von der Szene. Nur Herr Bourrée nickte aufmunternd.

Wortlos ging es aus dem Hintereingang, über den rückwärtigen Schulhof und in die Direktorenwohnung. Dann endlich, als sie sich Auge in Auge gegenübersaßen (Herr Schnöter in seinem tiefen Sessel und Paul auf dem harten Besucherstuhl), kam der Direktor zur Sache.

„Ihr Privatleben geht mich ja nichts an", sagte er und machte eine kurze Pause, um seine Worte zurechtzulegen. Das stimmt allerdings, dachte Paul und wettete, der nächste Satz begänne mit *aber*.

„Aber wenn durch Ihr Verhalten die ganze Lehranstalt in Verruf gerät ... dann fühle ich mich befugt und verpflichtet ... jawohl, verpflichtet ... einzuschreiten. Es ist meine Pflicht, Ihnen weitere Aktivitäten in dieser Richtung zu verbieten."

Der Direktor setzte eine strenge Miene auf und schlug beim letzten Wort bekräftigend mit der flachen Hand auf die Tischplatte.

„In dieser Richtung? Was meinen Sie? Entschuldigen Sie, aber langsam möchte ich gerne auch einmal erfahren, wovon überhaupt die Rede ist!" Auch Pauls Geduld hatte Grenzen. Wenn man ihm etwas nachsagte, dann wollte er sich wenigstens zur Wehr setzen können!

„Nun, das müßten Sie doch am besten wissen. Oder meinen Sie, es sei in Ordnung, mit einer Witwe anzubändeln und so den verstorbenen Gatten zu beleidigen?"

Paul verstand nichts mehr. Es war doch nicht Frau Rosenbohm gemeint?

„Erst gestern habe ich von der Geschichte gehört, die schon in der ganzen Stadt herum ist. Sie und Frau Scharnhorst sollen sich, als ihr Mann noch lebte, in der Kirche zugewunken haben. In der Kirche! Vor aller Augen in der Öffentlichkeit! Und dabei hatten Sie mir persönlich versprochen, sich der Achtung der guten Sitten zu befleißigen!"

Die Schwere des Vergehens raubte dem Direktor für einen Augenblick die Sprache.

„Dann, als Herr Scharnhorst auf so tragische Weise ums Leben gekommen war, haben Sie Ihre Stellung als Leiter des Zeichenkurses mißbraucht, um der jungen Witwe den Hof zu machen: Sie haben schamlos ihre Hilflosigkeit ausgenutzt, indem Sie sie zu Hause besucht und einen ganzen Nachmittag bei ihr verbracht haben."

Überwältigt von der Schändlichkeit seines Zeichenlehrers fiel Herr Schnöter in seinen Sessel zurück. Paul saß mit hochgezogenen Augenbrauen kerzengerade da. –

Die große Pause war vorüber, und der Schulhof lag verlassen. Ein paar Spatzen hüpften auf der Suche nach Schulbrotkrumen umher. Sie flogen auf, als sich die Tür des Direktorenhauses öffnete. Diesmal ging Paul voran, und ihm folgte kleiner denn je und mit rotem Kopf Herr Schnöter. Es sah aus, als habe sein Zeichenlehrer ihm deutlich die Meinung gesagt.

* * *

„Schmeckt es Ihnen etwa nicht?"

Paul saß zurückgezogen in einem Winkel des „Weißen Bären" und stocherte abwesend in dem reich aufgehäuften Gemüse auf seinem Teller. Der schnauzbärtige Wirt, der seine Frage mit pikiertem Unterton gestellt hatte, stemmte die Hände in die Hüften. Kaum je hatte ein Gast gewagt, sich über das Essen in seinem Hause zu beschweren, und immerhin führte er sein Lokal nun schon fast dreißig Jahre. Aber eine Meinung über die Herren Lehrer des städtischen Gymnasiums hatte er sich ohnehin längst gebildet.

„Oh – doch, natürlich", antwortete Paul; und um seine Worte zu unterstreichen, stopfte er sich eine Gabel voll in den Mund.

„Dann ist es ja gut", brummte der Wirt. Er zupfte das Tuch über seinem Unterarm zurecht und kehrte hinter die Theke zurück.

Paul war viel zu sehr mit seinen Gedanken beschäftigt, als daß ihn die Empfindlichkeit seines Verköstigers stören konnte. Selbst sein Ärger über Herrn Schnöter war bereits wieder verflogen. Dessen zusammengereimte und an den Haaren herbeigezogene Anschuldigungen, die ihn mehr verwundert als beleidigt hatten, hatten ihn aber auf einen ganz neuen Gedanken in Verbindung mit Frau Scharnhorst gebracht.

Während er nun schon eine halbe Ewigkeit auf seinen Erbsen und Möhren herumkaute, stand ihm das Bild seiner Wirtin vor Augen. Mit hochgerollten Ärmeln stand sie vor seiner Wanne in der Waschküche, und er hörte ihre Worte: *Wissen Sie, was ich glaube? Er ist unglücklich verliebt.*

Oft schon hatte sie durch ihre nüchterne Art, die Dinge zu betrachten, den Nagel auf den Kopf getroffen, wo Paul der Blick auf das Naheliegende von allzuviel schlauen Gedanken verstellt war. Wenn sie nun recht hatte mit ihrer Vermutung?

Konnte das Friedrichs undurchschaubares Verhalten erklären? Seine Veränderung und Abkehr? Seine düsteren Warnungen und Voraussagen? Und konnte es ihn schließlich in eine solche Zwangslage bringen, einen Freund opfern zu wollen?

Ja, all das war möglich – unter einer Voraussetzung: Er liebte die Mörderin des Steuerinspecteurs!

Je länger Paul darüber nachdachte, desto sicherer war er: Frau Rosenbohm und Herr Schnöter hatten ihn mit der Nase auf die Wahrheit gestoßen. Welcher andere Grund war denkbar für Friedrichs Verhalten? Irgendwann mußte er, lange vor Paul, Frau Scharnhorsts Schuld entdeckt haben, und seitdem war er mit allen Mitteln bemüht, sie und ihr Geheimnis vor Entdeckung zu bewahren. Und es war am Ende so einfach! Da kam jemand und gab ihm einen offenen Brief mit einer Warnung vor Lebensgefahr in der Nachschrift. Es forderte keine Vorbereitungen, kein Überlegen, kein Abwägen – nur eine schnelle Entscheidung. Er brauchte nur eine Schere zu nehmen, und es war geschehen. Die Versuchung war zu groß. Augen zu, vergessen. Und bei allem hatte der arglose Angler, der am Sonntag morgen aufbrach, ja immer noch eine gerechte Chance gehabt.

Obwohl er dies alles nun so vor sich ausgebreitet sah, konnte Paul noch zu keinem Schluß darüber kommen, wie er sich nun Friedrich gegenüber verhalten sollte. Natürlich war sein Freund tief beschämt und verabscheute sich selbst. Er hatte Paul selbst aus dem Wasser gezogen und später aus freien Stücken ein Geständnis abgelegt, was ihm sicher nicht leichtgefallen war. Doch einfach über alles hinwegzugehen und zu verzeihen, war nicht leicht.

Er wollte es auf später verschieben, sich darüber klarzuwerden. Er schob Teller und Besteck endgültig von sich, und ein eilfertiger Kellner kam, es wegzutragen.

Im Gasthaus „Zum Weißen Bären" war das Mittagsgeschäft noch nicht richtig angelaufen, denn es war noch verhältnismäßig früh. In den rückwärtigen Räumlichkeiten hörte man eine Frauenstimme mit jemandem schimpfen, der allem Anschein nach mit schmutzigen Schuhsohlen in die Küche geschlichen war und sich am Schlagrahm für das Früchtedessert zu schaffen machte. Der Wirt kritzelte mit einem Stück Kreide *Heute vorzüg-*

liche Spargelsuppe aus eigenem Anbau auf eine Tafel und hängte sie draußen vor die Tür. Am Fenster zog mit seinem Klepper ein alter Vater vorbei, der vom Hafen eine Wagenladung Mist für den Garten abgeholt hatte.

Paul winkte den Bediensteten zum Bezahlen heran und erinnerte sich daran, mit welchen Vorstellungen er vor wenigen Wochen aus seiner Heimatstadt in das beschauliche kleine Städtchen Aurich aufgebrochen war.

„Hat es Ihnen nicht geschmeckt?“ fragte der Kellner. Wie sein Arbeitgeber führte auch er das umwölkte Gesicht seines Gastes zuallererst auf eine Unzufriedenheit mit dem Essen zurück.

Paul winkte ab. „Doch, doch“, sagte er. „Ich habe nur gerade an etwas denken müssen. Ob sich der Herrgott wohl auch etwas anderes vorgestellt hat, als er die Erde schuf?“

„Das weiß ich nicht“, antwortete der Kellner stur und zuckte mit den Schultern. „Darüber habe ich noch nie nachgedacht.“ Er ließ das gereichte Trinkgeld in seine Hosentasche gleiten, dankte dem merkwürdigen Herrn Lehrer und versuchte am Klingen der Münzen zu erkennen, wieviel er wohl bekommen hatte.

Elftes Kapitel

„Danke, Herr Franzius", sagte auch Fräulein Heeren, als ihr Paul zwei Stunden später höflich den Vortritt gewährte.

„Oh, Marie – was für eine hübsche Wohnung Sie haben! Und alles so schön hell! Nicht wie bei diesen altmodischen Leuten, bei denen immer alles dunkel sein muß. Ich habe Papa auch schon hundertmal gesagt, er solle endlich den ganzen alten Kram zu Hause rauswerfen und neue Möbel anschaffen – freundlicher und heller. Trotzdem schleppt er fortwährend irgendwelche Sachen an, die er irgendwo günstig erstanden hat, und stopft damit alles voll – dabei ist es meistens richtiger Plunder, und die Leute sind froh, daß ihnen noch jemand Geld dafür gibt. Aber wenn ich mal einen neuen Hut gebrauche, dann wird er plötzlich geizig und sagt, ich sei ungenügsam und verwöhnt. Aber schließlich kann ich ja nichts dafür, daß ich so erzogen worden bin!"

„Wirklich sehr hübsch, Ihre Wohnung, Fräulein Wilken", pflichtete Paul seiner Vorrednerin bei. „Ich hoffe nur, Sie haben die gute Tischdecke vor unseren Farben in Sicherheit gebracht!"

„Das habe ich, ja", versicherte die Gastgeberin. „Geben Sie mir Ihre Jacke und gehen Sie geradeaus durch. Ich hole nur schnell den Kuchen aus dem Ofen, damit er noch ein wenig abkühlen kann."

Paul nahm seinen Beutel und folgte der pummeligen Friederike ins Wohnzimmer. Seine Zeichenschüler waren bereits vollzählig versammelt. Die drei jungen Mädchen begrüßten sich gegenseitig mit einem Küßchen und schnatterten aufeinander ein, als hätten sie sich ein Jahr lang nicht gesehen; Albrecht, der die Begrüßungsszene aus den Augenwinkeln verfolgt hatte, saß in sich zusammengesunken und mit hochrotem Kopf auf einem Stuhl – und in einem Sessel am Fenster packte Cornelia Scharnhorst gerade ihre Sachen aus.

„Es freut mich, Sie wieder in unserer Mitte zu sehen, Frau Scharnhorst", hieß Paul sie willkommen.

Die Witwe lächelte ein wenig schuldbewußt. „Marie hat mich darum gebeten. Sie sagt, ich dürfe mich nicht im Haus verstecken und müsse wieder damit beginnen, zu tun, was mir Spaß macht. Und das Zeichnen in Ihrem Unterricht hat mir immer sehr gefallen."

Sie wirkte zwar noch immer sehr blaß, doch seit ihrem letzten Zusammentreffen schon lebendiger und wacher. Ihr Haar war weniger streng frisiert, und ein weißes Tuch, das sie sich passend zum dunklen Kleid um die Schultern geschlagen hatte, verlieh ihr ein frisches Aussehen.

Paul wollte noch etwas sagen, aber ihm fiel nichts ein. Er nickte deshalb nur kurz und suchte sich einen Platz, an dem er sich selbst ausbreiten konnte. Der große Stubentisch war bereits freigeräumt, und um ihn herum waren Stühle und Sessel plaziert worden.

Als er sich in dem Raum umsah, der wie das Wohnzimmer des Nachbarhauses nach hinten hinaus lag und in einen schmalen, langgestreckten Garten schaute, verfing sich sein Blick an einem Bild, das in einem zierlichen Rahmen über dem Sofa hing. Es zeigte einen kräftigen, aufrechtstehenden Mann in roter Dragoneruniform und eine junge Frau in einem Sessel, deren Beine in eine Decke gehüllt waren. Wenn auch der Maler mit grobem Pinselstrich gemalt hatte, so hatte er doch gewissenhaft jedes Detail in sein Werk aufgenommen: die Orden auf der Brust des Mannes, die Verzierungen am Kleid der Frau, und auch den dünnen Stock, der an eine Lehne des Sessels gestützt stand.

„Meine Mutter war schon damals krank", hörte Paul eine leise Stimme neben sich. Marie Wilken war an ihn herangetreten, ohne daß er es bemerkt hatte. Sie glich dem abgebildeten Modell wie ein Ebenbild.

„Der Mann ist Ihr Vater?"

„Ja. Er diente im Kürassier-Regiment und wurde 1829 nach Aurich versetzt. Ich war damals gerade geboren. Vater ist dann gestorben, als ich zwölf war, und von da an wurde es mit Mutter immer schlimmer. Ich mußte mich schon als Kind sehr um sie kümmern – so ist es bis heute."

„Haben Sie Geschwister, die Ihnen dabei behilflich sind?"

„Nein. Und wie gesagt, wir sind gebürtig nicht von hier und haben daher auch sonst keine Verwandten am Ort."

Sie lächelte gezwungen, und Paul nickte in ehrlicher Bewunderung.

Unterdessen hatte sich die Aufregung des Hinsetzens und Sicheinrichtens gelegt, und erwartungsvolle Blicke ruhten auf ihm und Marie Wilken.

„Der Kuchen riecht gut", sagte Nanni Uphoff bedeutungsvoll in den Raum hinein.

„Nein, nein", bestimmte Paul. „Das haben Sie sich so gedacht. Erst wird gearbeitet. Überhaupt, Fräulein Wilken – Sie verderben die guten Sitten. Ein bißchen Gebäck hätte vollkommen genügt. Nun meint Fräulein van Vossen beim nächsten Mal, sie müsse auch einen Kuchen haben. Und schließlich treffen wir uns nur noch zum Essen und Schwatzen."

„Gute Idee. Wer ist dafür?" Nanni Uphoff hob ihren Finger in die Höhe und schaute sich um.

„Nein – das war doch kein Vorschlag!" sagte Albrecht, war aber verunsichert.

„Wirklich nicht? Bist du sicher?"

„Hach!" machte der Jüngling und wurde rot. „Ihr seid ja ..." Er verstummte, und seine Altersgenossinnen kicherten.

„Albern, das ist das Wort!" half Paul, bemüht, nicht mitzulachen. „Frau Scharnhorst geht gleich wieder, und recht hat sie."

Er überlegte kurz.

„Eigentlich wollten wir uns ja heute an etwas Farbiges heranwagen", sagte er dann und zuckte die Schultern. „Aber dazu muß man natürlich ganz bei der Sache sein. Vielleicht sollten wir lieber eine Perspektiveübung machen und dabei einmal nach den mathematischen Grundlagen fragen."

Erschrockene Stille. Doch Clasina van Vossen hatte ihn durchschaut und tat, als packe sie ihre Malutensilien wieder ein.

„Nein, nein", sagte Paul hastig. „Ich habe doch selbst keine Lust dazu. Es besteht doch niemand darauf, hoffe ich?"

Nach diesem Geplänkel (das in immer neuen Abwandlungen schon fester Bestandteil des Zeichenkurses geworden war) konnte man nun endlich zur schöpferischen Tätigkeit schreiten. Paul hatte rote Tulpen mitgebracht, für die er sich von der Gastgeberin eine Vase erbat. Marie Wilken bedankte sich, ordnete die Blumen in die Vase, stellte sie auf eine Kommode neben der Tür und setzte sich wieder auf ihren Platz.

„Äh ... Sie haben mich falsch verstanden, glaube ich", sagte Paul zögernd. „Ich habe die Blumen zum Malen mitgebracht." Er stand auf und stellte sie auf einen Stuhl im Licht am Fenster. Dann machte er auf den Komplementärkontrast zwischen roten Blüten und grünen Stengeln und Blättern aufmerksam und forderte seine Schüler auf, ihn aufs Papier zu bringen. –

Tiefes Schweigen herrschte in Marie Wilkens Wohnzimmer, ein seltener Zustand an den Zeichennachmittagen. Der Tisch war übersät mit Tiegeln und Töpfchen, Mischtellern, Wassergläsern für die, die mit Aquarellfarben malten, und Farblappen. Paul hatte eben eine Inspektionsrunde beendet, bei der wieder einmal viele gute Ratschläge vonnöten gewesen waren. Jetzt saß er abseits in einem Sessel und betrachtete Cornelia Scharnhorst, die vor dem hellen Hintergrund des sonnenbeschienenen Gartens über ihr Blatt gebeugt saß. Er hielt es durchaus für vorstellbar, daß sich Friedrich in die ahnungslose junge Witwe verliebt hatte; schließlich fand ja sogar er selbst sie so sympathisch, daß er ihre Tat für sich behielt. Wenn Friedrich nur nachgedacht und offen mit ihm gesprochen hätte! Paul war ein wenig enttäuscht über so wenig Vertrauen.

Ja, eine anziehende Person war sie, mußte er sich eingestehen. Dazu kam sicher noch das Mitgefühl, das man für Leute empfand, die in der Klemme saßen ... Aber hatte er sich ihr gegenüber anders verhalten als zum Beispiel gegenüber seinen übrigen Zeichenschülerinnen? Welchen Grund hätte es dafür geben sollen, mit ihr weniger freundlich als mit Hermine, Frau Rosenbohm oder den Damen auf dem Conversations-Abend umzugehen? Wer hatte nur den schmutzigen Verdacht ersonnen, er nutze ihre Lage zu irgend etwas aus? Er hatte zwar beschlossen, nicht viel darauf zu geben, und er glaubte auch nicht, daß das Gerücht in der ganzen Stadt herum war, wie Herr Schnöter gesagt hatte – aber das Heimliche dieser Verdächtigung machte ihn wütend.

Clasina van Vossen schaute von ihren Tulpen auf. Forschend sah sie zu Paul hinüber, der gerade in sein Taschentuch geschnaubt hatte und es wieder verstaute.

„Stimmt es, was man sich erzählt?“ fragte sie. „Daß Sie beim Angeln ins Wasser gefallen sind? Sie niesen heute ziemlich oft.“

„Fast ertrunken wäre er“, informierte Fräulein Heeren in gut hörbarem Flüsterton ihre Freundin.

„Leugnen ist wohl zwecklos“, antwortete er, seine Worte abwägend. „Aber ich möchte darauf hinweisen ... äh ... es war nicht meine Schuld. Ich konnte gar nichts dafür.“ Ein Restchen Stolz hatte schließlich auch er.

„Dann hat Sie wohl ein groooßer Fisch im ehrlichen Kampf hineingezogen?“ bohrte Nanni Uphoff, die keine Spur von Feingefühl besaß. Die anderen hatten an Pauls Stimme längst gehört, daß Späße fehl am Platze waren.

„Nein. Es waren unglückliche Umstände.“

Frau Scharnhorst, die scheinbar ganz in ihre Arbeit versunken war, kam ihm zu Hilfe.

„Wie bekomme ich ein Grün, das weniger grell ist?“ fragte sie, ohne den Blick zu heben.

„Mischen Sie eine Pinselspitze Zinnober hinein. Und Weiß. Dann sieht es natürlicher aus.“ Er stand auf und warf einen Blick über den Tisch.

„Fräulein Uphoff, um Himmels willen – was haben Sie denn da gemacht?"

Vor der Genannten lag ein einheitlich grün bemaltes Blatt mit drei roten Flecken in der Mitte.

„Ja, ich weiß es auch nicht", war die ärgerliche Antwort. „Ich habe den Hintergrund grün angemalt, und plötzlich waren die grünen Stiele gar nicht mehr zu sehen."

„Nun, immerhin ist ein eindrucksvoller Farbkontrast übriggeblieben ... Und das Auge wird nicht von überflüssigen Feinheiten abgelenkt."

„Meinen Sie?" fragte die Künstlerin. Schnell versöhnt, zog sie das von sich geschobene Bild wieder heran. „Ja, das habe ich mit Absicht so gemacht."

„Zweifellos", murmelte Albrecht. Diesmal hatte er die Lacher auf seiner Seite. Das kam nur selten vor, und vor Freude machte er einen Klecks.

* * *

„War das nicht der Türklopfer?" fragte Clasina van Vossen.

Paul war dankbar für die Unterbrechung, denn er war gerade laut gedrängt worden, das Lied vom kleinen Bollerwagen aus seiner Kindheit vorzutragen, von dem er unbedachterweise erzählt hatte.

„Geht bitte jemand öffnen?" rief Marie Wilken aus der Küche. Er stellte seine Tasse ab und stand auf.

Vor der Tür stand Friedrich.

„Leider öffnet nur der Hofmeister", sagte Paul. „Komm herein, es wird gerade gemütlich."

„Gemütlich?" fragte Friedrich verdutzt und folgte.

„Ein neues Mitglied!" rief Nanni Uphoff, als sie ins Wohnzimmer kamen. „Herr Franzius, warum haben Sie uns nichts davon erzählt?"

Friedrich blickte erstaunt in die Runde, verstand aber dann und machte eine abwehrende Bewegung.

„Nein, nein! Ich bin vollkommen unbegabt."

„Das ist bei uns kein Hindernis", sagte Albrecht leise, doch seine Anspielung wurde überhört.

„Kommt, wir rücken zusammen! Bestimmt ändert er seine Meinung noch."

„Eigentlich wollte ich gar nicht ..."

„So – es ist Platz genug."

Verwirrt und gegen seinen Willen setzte Friedrich sich in das Sofa.

„Achten Sie nicht auf sie, die ist immer so", weihte Friederike Heeren ihn in vertraulichem Ton ein, während Marie Wilken, die aus der Küche hereingekommen war, ohne jedes Zeichen einer Begrüßung Teetasse und Kuchenteller vor ihn stellte.

„Ihr zeichnet ja gar nicht", wandte er sich an Paul.

„Oh – damit sind wir fertig. Die Ergebnisse liegen dort drüben. Dies ist der gesellschaftliche Teil."

„Ah. Erzähltest du nicht", fragte er, ohne bei der Sache zu sein, „von trockenem Gebäck und ernsthaften Gesprächen über die Kunst?"

Paul nickte. „Ich erinnere mich. Aber dies ist eine Ausnahme."

„Wir feiern Albrechts Geburtstag", sagte Nanni Uphoff.

Der Genannte verschluckte sich. „Was?"

Friedrich lachte mit, aber Paul sah, daß seinen Freund etwas bedrückte. Es war die Sorge, noch keinen Grund für sein Erscheinen genannt zu haben, vermutete er.

„Was führt dich her?" fragte er einfach. „Gibt es bei Frau Rosenbohm heute keinen Tee? Nein, unmöglich. Eher versiegen sämtliche Brunnen der Stadt."

Oder hatte ihn die Befürchtung hergetrieben, er, Paul, werde vor den anderen Kursteilnehmern Frau Scharnhorst anklagen? Friedrich schien nicht erwartet zu haben, eine fröhlich herumalbernde Runde anzutreffen. In diesem Fall konnte er natürlich jetzt nicht die Wahrheit sagen.

„Nein, nein. Ich wollte dich nur abholen", war seine Antwort.

„Ah! Das ist nett von dir. Aber vorerst bin ich noch nicht abkömmlich. Ich muß noch über meine Schäfchen wachen."

„Dann passen Sie auf, daß keine Zigeuner kommen", riet Clasina van Vossen. In der Woche zuvor nämlich war in Wiesens ein Schaf auf der Weide geschlachtet worden, was eine Sondersitzung des dortigen Gemeinderates, strenge Verweilverbote für das fahrende Volk – denn zweifellos waren es die Zigeuner gewesen – und viel Gerede zur Folge gehabt hatte. In der Zeitung hatte gestanden, daß sich etwas ändern müsse.

„Mein Onkel hat gesagt, diese Zigeuner seien ein ganz durchtriebenes Volk und man müsse sich vor ihnen in acht nehmen", bemerkte Fräulein Heeren. „Wenn man nicht aufpaßt, stehlen sie, was sie in die Finger bekommen. Sie sollen sogar manchmal kleine Kinder verschleppen, um ihnen das Rauben und Stehlen beizubringen. Und dann haben sie dunkle Geheimnisse und bringen jeden um, der sie verrät! Jedenfalls hat mir mein Vater verboten, mich nahe bei den Wagen der Schausteller aufzuhalten, die Sonnabend am Markttag hier auftreten."

„Sind das denn überhaupt Zigeuner, die da kommen?" fragte Fräulein van Vossen.

„Ist doch egal – es sind fahrende Leute, die kein Haus haben und deren Kinder nicht einmal zur Schule gehen müssen, sagt mein Onkel."

Frau Scharnhorst meldete sich zu Wort. „Haben Sie es noch nicht gehört? Herr Blohm erzählte es heute morgen ganz beiläufig. Der Bauer hat das Schaf selbst geschlachtet, weil er die Zigeuner nicht im Dorf haben wollte. Es kam heraus, als er dem Untersuchungsrichter ein Stück Braten anbot, um zu beweisen, was für ein zartes Lamm es gewesen war."

„Und was geschieht jetzt?" fragte Marie Wilken so heftig, daß ihre plötzliche Wut alle überraschte. „Er zahlt eine Strafe, aber die Gerüchte bleiben."

„Natürlich", stimmte Paul zu. „Ein Körnchen Wahrheit wird schon daran sein, wird jeder denken." Unwillkürlich kam ihm wieder die Geschichte in den Sinn, die angeblich über ihn und Frau Scharnhorst im Umlauf war.

„Gehen Sie Sonnabend auch auf den Markt?" wollte Nanni Uphoff wissen, die solche ernsten Betrachtungen langweilten. „Herr Hippen kommt wieder mit seinem tanzenden Pferdchen, und die Schausteller werde ich mir auf jeden Fall auch ansehen. Es soll einen Mann geben, der Säbel verschluckt, und einen Wilden, den sie in einem Käfig gefangenhalten müssen! Und dann ist natürlich die Auktion mit der Versteigerung der Kiste."

„Auf die Auktion geht mein Vater", sagte Friederike Heeren verdrießlich. „Und dann schleppt er wieder irgendwelche Sachen an und stopft damit alles voll."

„Was für einer Kiste?" hakte Paul nach.

„Ach, es wird immer als Höhepunkt eine verschlossene Truhe mit unbekanntem Inhalt versteigert", erklärte Clasina van Vossen.

„Im Zusammenhang mit einer verschlossenen Truhe hat sich einmal in Nürnberg etwas zugetragen", sagte Paul vor sich hin. „Vielleicht taucht sie hier auf dem Markt wieder auf..."

Nanni Uphoff hob hellhörig den Kopf. „In Nürnberg? Was war denn da?"

„Ach, gar nichts", winkte er ab. „Ich sollte es lieber nicht erzählen."

„Doch, ich will es jetzt wissen!"

Paul seufzte. „Also gut", sagte er und beugte sich vor.

„Als der Vater meines Vaters noch ein Kind war, da kam eines Tages ein zerlumpter alter Mann in unsere Stadt. Er reiste mit einem kleinen, offenen Gefährt, das ein abgemagertes Maultier zog. Der Alte kehrte in ein Wirtshaus ein und bat um ein Tellerchen Suppe für sich und einen Eimer Wasser und etwas Heu für sein Maultier, obwohl er kein Geld zum Bezahlen hatte. Der Wirt gab ihm trotzdem, was er haben wollte, und fragte interessiert, was denn in der hölzernen Truhe mit dem schweren Schloß bewahrt sei, die auf dem Wagen des Alten stand; doch der antwortete, es ginge niemanden etwas an.

Später am Abend setzten sich einige Männer an den Tisch des Fremden und gaben ihm reichlich Wein und Bier zu trinken. Ihre Absicht war es natürlich, hinter das Geheimnis der Truhe zu kommen. Sie drängten ihn so lange, bis er schließlich mitteilsam wurde. In der Truhe, verriet er, befände sich eine der entsetzlichsten Gefahren für ein menschliches Wesen, das Haupt einer der Gorgonen, das Haupt der Medusa! Seit vielen Jahren sei die Truhe nicht mehr geöffnet worden, und das sei gut. Denn wer das Antlitz der Medusa je zu Gesicht bekäme, erstarre auf der Stelle zu Stein!

Mit einer solchen Erklärung hatte niemand gerechnet. Man wußte nicht, was man davon halten sollte und zerstritt sich. Den einen war der Schrecken gehörig in die Glieder gefahren. Sie wollten lieber nichts mit der Sache zu tun haben. Die anderen bezeichneten sie als Schauermärchen und verlachten den Alten. Aber sicher, ob an dem Zauber nicht doch etwas Wahres war, war niemand – und so genau wissen wollte es eigentlich auch keiner.

So wäre der alte Mann wohl bald wieder in Vergessenheit geraten, wenn man nicht am nächsten Morgen eine unheimliche Entdeckung gemacht hätte. Der Stall, in dem er und sein Maultier genächtigt hatten, war leer; sie hatten irgendwann in der Frühe lautlos und unbemerkt die Stadt verlassen. Doch genau an dem Platz, an dem am Abend zuvor das Gefährt mit der geheimnisvollen Truhe abgestellt worden war, stand aufrecht und gerade ein großer, massiver Felsblock, den keine fünf Männer bewegen konnten!"

Paul lehnte sich in seinen Sessel zurück und betrachtete zufrieden die Wirkung seiner Erzählung. Die drei Freundinnen sahen ihn mit großen Augen an, und Albrecht saß mit offenem Mund da. Selbst Friedrich hatte für kurze Zeit seinen sorgenvollen Gesichtsausdruck verloren.

„Sie wollen uns doch hoffentlich keine Angst machen?" fragte Cornelia Scharnhorst mit einem Lächeln.

„So ein Blödsinn – ein Kopf, der einen zu Stein werden läßt", versetzte Nanni Uphoff spöttisch.

„Das sagten die Nürnberger anfangs auch, bis ein angesehener Bürger in dem Felsen die erstarrten Gesichtszüge eines jungen Wanderburschen zu erkennen glaubte, der sich an jenem Abend im Wirtshaus über die Angst der Leute lustig gemacht hatte ..."

Nanni Uphoff rümpfte die Nase. „Das haben Sie ja bloß alles erfunden", stellte sie entschieden fest.

„Warten Sie doch erst einmal ab – die Geschichte hat ja noch einen Schluß: Jahre später kam es heraus, daß der Wirt das ganze Schauspiel selbst inszeniert hatte, um seinem Gasthof mehr Zulauf zu verschaffen. Es gibt ihn übrigens heute noch – den *Steinernen Wandergesellen*. Gelehrte hatten schon längst zu bedenken gegeben, ein *Blick* der Medusa, nicht der *Anblick*, mache zu Stein, und seit Perseus ihr den Kopf abgeschlagen, sei dieser der anerkannten Auffassung nach ohnehin unschädlich. Das einfache Volk aber, das gruselige Geschichten gerne glaubte, war erst zu überzeugen, als der Steinmetz, der die Gesichtszüge in den Felsblock gemeißelt hatte, auf dem Sterbebett alles verriet."

„Ich weiß nicht", meinte Clasina van Vossen nach einer Pause, „ob ich mich jetzt noch traue, auf den Markt zu gehen, wenn es dort Wilde und unheimliche Truhen gibt. Aber wenn mich jemand begleiten und beschützen würde – wie Herr Groth –, dann hätte ich bestimmt keine Angst."

Die Mädchen kicherten, und Friedrich lachte gezwungen mit. Nur Marie Wilken blieb ernst, und sie sah auch nicht das Belustigende an Pauls Geschichte.

„Es ist dasselbe wie mit dem Bauern aus Wiesens", sagte sie aufgebracht. „Gewisse Leute glauben, sie könnten sich alles erlauben, wenn es nur zu ihrem Vorteil ist."

Erst durch die überraschte Stille wurde der Gastgeberin die übertriebene Schärfe ihrer Reaktion bewußt. Sie senkte den Blick und trank hastig ihren Tee aus.

„Wer hat Lust, *Stille Post* zu spielen?" fragte Nanni Uphoff, nicht müde werdend, das trockene Thema erneut beiseite zu schieben.

„O ja!“ Clasina van Vossen klatschte in die Hände. „Albrecht fängt an.“

Der Jüngling sah erschrocken auf. „Äh ... aber ich ...“, stotterte er, „ich weiß gar nicht wie das geht.“

„Ach, *Stille Post*, das kennt doch jeder. Du mußt mir irgendwas ins Ohr flüstern, zum Beispiel, *Ich finde Nanni nett ...*“

„He!“ (Sagte Nanni Uphoff.)

„... und ich sage es Friederike leise weiter. Sie sagt es Herrn Groth und der Nanni und so weiter. Und wer als letzter an der Reihe ist, der muß laut sagen, was ihm zugeflüstert wurde, und wenn zwischendurch jemand was Falsches verstanden hat, dann kommt am Ende heraus, *Ich finde Nanni fett*.“

„Heee!“

Albrecht zog mit sichtbarem Unbehagen die Nase kraus. Für Spiele hatte er nichts übrig – und für solche schon gar nicht. Was er auch sagen mochte, die Mädchen würden es doch wieder so zu drehen wissen, daß ihm der Spott sicher war.

„Mir fällt aber nichts ein“, sagte er deshalb schwunglos.

„Ach, du Spielverderber! Dann muß Herr Groth anfangen.“

„Wie –?“

„Sie müssen sich etwas ausdenken und weitersagen, und am Schluß kommt was ganz anderes dabei raus“, faßte Nanni Uphoff zusammen.

Friedrich stand unvermittelt von seinem Platz auf.

„Bitte entschuldigen Sie, aber ich möchte jetzt wirklich wieder gehen“, erklärte er kategorisch. „Trotzdem vielen Dank.“

„Ooch. Immer, wenn es gerade gemütlich wird, muß jemand gehen“, quengelte die pummelige Friederike. „Sie haben ja noch nicht einmal Ihren Kuchen probiert.“

„Wie spät haben wir es denn? Schon nach fünf Uhr? Da muß ich schleunigst die Kinder von ihrer Oma abholen, bevor sie ihr das ganze Haus auf den Kopf gestellt haben.“ Frau Scharnhorst packte eilig ihre Sachen zusammen, und die anderen folgten, teils mit langen Gesichtern, ihrem Beispiel.

„Dann haben Sie herzlichen Dank für Ihre vorzügliche Bewirtung, Fräulein Wilken“, sagte Paul und erhob sich. „Die Blumen dürfen Sie natürlich behalten. – Wo treffen wir uns das nächste Mal?“

„Ich glaube, ich bin an der Reihe, Sie alle einzuladen.“

„Natürlich nur, wenn wir es Ihnen zumuten dürfen.“

„Aber ja. Es macht mir nichts aus“, versicherte Frau Scharnhorst.

Nacheinander drängten alle in den Hausflur und an die Garderobe. Die Mädchen verabschiedeten sich wortreich, und Paul öffnete die Wohnungstür. Helles Tageslicht fiel in den düsteren Flur. Das schöne Wetter und die Farben des nahenden Sommers mußten eigentlich jeden Künstler hinaus ins Freie locken. Gerade für seine Schüler wäre es die beste Übung, sich so oft wie möglich mit dem Malblock in die Natur zu wagen.

Er wollte dies eben vorschlagen, als ein erschrockener Ausruf ihn sich umdrehen ließ. Nanni Uphoff stand mit vor den Mund gepreßter Hand hinter ihm. Er folgte ihrem Blick.

„Huch – wer ist das denn?" Clasina van Vossen faßte Paul am Arm. In einem Winkel des Flures saß zusammengekauert eine zitternde Gestalt. Halb versteckt hinter einer Kommode schaute sie angstvoll zu ihnen auf.

„Mutter, was willst ...?" Bevor Marie Wilken weitersprechen konnte, klammerte sich die alte Frau an ihre Beine.

„Bleib, Marie, du darfst mich nicht alleine lassen", wimmerte sie. „Die Leute sollen weggehen, der Mann darf dich nicht mitnehmen."

Es war die gleiche Szene, die Paul ein paar Tage zuvor schon erlebt hatte, und wieder schockierte ihn, wie eine Krankheit dem Menschen die Würde rauben konnte. Im Empfinden der eigenen Hilflosigkeit bestimmte wohl nurmehr die Furcht das Denken der Alten, den einzigen Menschen zu verlieren, den sie hatte und den sie so nötig brauchte.

Cornelia Scharnhorst war die erste, die ihre Untätigkeit überwand. „Sie müssen aufstehen, Frau Wilken", sagte sie fürsorglich und half ihrer Freundin, die schmächtige Gestalt wieder auf die Beine zu bringen.

„Danke – es ... es geht schon", stammelte Marie Wilken. Sogar sie schien für den Augenblick erschrocken und reagierte nicht so selbstverständlich wie beim letzten Mal, obwohl sie sich jeden Tag mit den Gebrechen ihrer Mutter auseinandersetzen mußte. Bestürzte es sie, wieviele Fremde diesmal Zeugen ihres bedauernswerten Zustandes wurden?

„Was ist denn nur mit dir los, Mutter? Ich habe dir doch schon gesagt, daß ich dich nicht einfach alleinlassen würde. Du vergißt immer alles gleich wieder." Ein leichtes Beben lag in ihrer Stimme.

„Aber das ist der Mann, der bei dir war, und er hat gesagt, er will dich heiraten!"

„Ich sage dir doch – zum Donnerwetter, Mutter, jetzt ist endlich Schluß." Marie Wilken wandte sich, ohne ihn anzusehen, an Paul. „Bitte entschuldigen Sie, es ist mir sehr unangenehm, daß meine Mutter so feindselig auf Sie reagiert. Sie muß sich eingeredet haben, Sie verfolgten ... irgendwelche Absichten, ich weiß nicht –"

„Ich glaube, sie meint gar nicht Herrn Franzius", sagte Albrecht und rückte ungelenk die Brille auf seiner Nase zurecht. „Sie meint Herrn Groth."

* * *

„Sie meinte dich", sagte Paul und starrte die Treppe hinauf, wo Marie Wilken mit ihrer Mutter verschwunden war. „Natürlich, sie meinte dich."

Frau Scharnhorst und die vier jüngeren Zeichenschüler waren gegangen, ohne den Vorgang verstanden zu haben und ohne daß ihnen überhaupt etwas aufgefallen war – außer, daß ihr Lehrer von dem Zwischenfall erstaunlicherweise am meisten aus der Fassung gebracht und an seinem Platz an der Tür festgewurzelt schien. Vollkommen geistesabwesend stand er noch dort. Friedrich wagte nicht, irgend etwas zu sagen, und schaute düster drein.

Endlich kam Marie Wilken wieder herunter.

„Sie sind noch da", sagte sie ohne Überraschung, aber mit kaum verborgener Abwehr in der Stimme.

Paul erwachte aus seiner Erstarrung und räusperte sich.

„Setzen wir uns wieder ins Wohnzimmer. Dort können wir am besten reden."

Weder sie noch Friedrich brauchte zu fragen, worüber. Sie setzten sich an den Tisch, auf dem noch die Teller und Tassen standen.

Paul wartete darauf, daß jemand etwas sagte, sah aber nur in starre, bleiche Gesichter.

„Bis vor zehn Minuten habe ich geglaubt", wich er schließlich dem eigentlichen Punkt aus, „Friedrich habe meinen Tatendrang beenden wollen, weil er Frau Scharnhorst vor Entdeckung schützen wollte. Frau Scharnhorst nämlich habe ich für die Mörderin ihres Mannes gehalten. Aber Ihre Mutter bewies eben, daß

Friedrich *Sie* liebt – auch wenn Sie alles taten, es wieder als Hirngespinst hinzustellen wie neulich an der Tür, als sie mich für Friedrich hielt."

Kein Widerspruch, keine Veränderung in den Mienen, nicht einmal ein Atemzug war zu hören. Einige Augenblicke gingen vorüber.

Dann endlich ließ Marie den Kopf sinken.

Friedrich schien zu einem Entschluß gekommen zu sein, denn er sagte mit ausdrucksloser Stimme: „Erzählen Sie, was Sie mir erzählt haben."

Paul sah seinem Freund an, wie schwer er sich mit diesen Worten tat – es mußte eine abscheuliche Situation für ihn sein. Marie erhob jedoch keine Einwände. Ihre Gereiztheit war verschwunden – vermutlich hatte sie begriffen, daß sie Paul ganz ausgeliefert war und ihre einzige Hoffnung darin bestand, daß er wie Friedrich schwieg. Sie lehnte sich mit undurchdringlichem Gesicht zurück.

„Herr Scharnhorst hat es nicht anders verdient", sagte sie kalt. „Er hatte es sich zur Lebensaufgabe gemacht, ein geachteter Bürger zu sein. Seine Frau und seine Kinder dienten ihm nur zur Selbstdarstellung, und jedes eigene Leben außerhalb dieser Pflichterfüllung hielt er für überflüssig. Selbst für das tägliche Leben gestand er Cornelia nur das Allernötigste zu, es sei denn, es handelte sich um Sonntagskleider oder ähnliches, und dann hielt er sich für wer weiß wie großzügig. Für alles mußte sie um Erlaubnis fragen. Aber sie wagte kaum noch, um etwas zu bitten oder zu widersprechen – sie hatte große Angst vor den Streitereien mit ihrem Mann." Maries blasses Gesicht bekam wieder Farbe, und das, was sie sagte, brachte sie von neuem in Wut.

„Nicht, daß es lauten Streit gegeben hätte. Das hätte es für sie vielleicht noch erträglich gemacht. Nein, Herr Scharnhorst liebte die leise, viel wirkungsvollere Art der Auseinandersetzung, bei der er am Ende immer recht behielt und seine Frau sich dumm und erniedrigt vorkam. Da die Wohnstuben in diesen Häusern nach hinten hinaus liegen, konnte ich, wenn die Fenster offen waren, oft alles mithören, auch die leisesten Worte. Natürlich hätte ich auch so gemerkt, wie es drüben stand – sie sprach zwar mit niemandem darüber, aber daß sie nicht glücklich war, hätte jeder sehen können, wenn es nur jemand hätte sehen wollen. So ist das hier in der Stadt. Wenn nur das äußere Bild stimmt – für die Abgründe dahinter interessiert sich keiner. Keiner!" Unbeherrscht ließ sie die Kuchengabel, mit der sie gespielt hatte, zurück auf den Teller fallen. Paul wußte nicht, wie er auf diesen Ausbruch reagieren sollte, und sagte nichts.

„Herr Scharnhorst war ein Musterbeispiel für diese oberflächliche Eitelkeit. Und auf nichts war er so erpicht, als in den sogenannten besseren Kreisen in gutem Ruf zu stehen. Zum Beispiel schmeichelte er sich bei Herrn Warring ein und hielt ihn für seinen Freund. Daß ich nicht lache! Welcher Bankier gibt sich schon mehr als nötig mit einem kleinen Beamten ab? Im Grunde sind sie alle nicht besser. Er war nur besonders schlimm, weil er mit erbarmungsloser Gründlichkeit seine Grundsätze auch seiner Familie aufzwang. Aber auch sonst denkt jeder nur an sich selbst und sein Ansehen und an das, was die Leute sagen. Überall werden selbstgerechte und salbungsvolle Reden auf die eigene Großherzigkeit gehalten, während die Schwachen in Wirklichkeit links liegengelassen werden und man sich einen Dreck um sie schert. Blind sind sie alle vor Eifer, sich selbst zu beweihräuchern, sich und ihre ebenso wohlanständigen Nachbarn. Es wird Zeit, daß einmal alles aus den Fugen gerät!"

Die plötzliche Stille brachte Marie zur Besinnung. Sie hatte sich derart in Rage geredet, daß sie einige Augenblicke brauchte, um zu dem zurückzufinden, was sie eigentlich erzählen wollte. Doch Paul hatte auch ihrem Abschweifen aufmerksam zugehört.

„An jenem Abend konnte ich wieder einen Streit durchs Fenster mitanhören", fuhr sie in nüchternerem Ton fort. „Es ging um Ihren Zeichenkurs – eigentlich sogar mehr um Sie selbst, um den jungen Zeichenlehrer. Nicht, daß Herr Scharnhorst ernsthaft eifersüchtig gewesen wäre. Nein, viel mehr Bedeutung hatte für ihn, es könnten Gerüchte über seine Frau entstehen und seinen guten Ruf beflecken. Es endete damit, daß er ihr kurzerhand verbot, den Zeichenkurs weiter zu besuchen. Später, als er im ‚Schwarzen Bären' war, ging ich hinüber zu Cornelia und gab offen zu, am Fenster gelauscht zu haben. *Das darfst du dir nicht gefallen lassen,* sagte ich zu ihr. *Du mußt dich wehren!* Aber sie war ganz kleinlaut und antwortete, das könne sie nicht, und ich könne das nicht verstehen, und eigentlich sei ja auch alles ganz in Ordnung. Daß das nicht stimmte, war schon an ihren verweinten Augen zu sehen. Außerdem saß sie auf Kohlen und drängte mich zu gehen, bevor ihr Mann nach Hause käme. Das tat ich dann auch, aber mit dem festen Vorsatz, den Unmenschen noch an diesem Tage zur Rede zu stellen. Cornelia wollte zwar nichts davon hören, aber das konnte mich von meinem Entschluß nicht abbringen. Die beste Gelegenheit dazu war sein Spaziergang auf dem Wall, der jeden Abend stattzufinden hatte. Nicht etwa um des Hundes willen, o nein, sondern aus Prinzip."

Ihrem gehässigen Ton nach zu urteilen, hatte sie ihre Tat noch keine Minute bereut. Paul bemerkte, wie Friedrich mit besorgter Miene zu ihm herübersah.

„Ich sah ihn aus dem Gasthaus nach Hause kommen und zog mir schon meinen Mantel über. Aber ich mußte lange warten. Es stürmte und regnete, und ich glaubte schon, er käme gar nicht mehr, als ich ihn lange nach der üblichen Zeit in einer Regenpause endlich mit seinem Hund vor die Tür treten sah. Da es längst dunkel war, zündete ich noch schnell eine Lampe an, mit der ich ihm folgte. Beim Nordertor hatte ich ihn eingeholt. Ich sprach ihn an und sagte, ich müsse mit ihm reden, aber er war sehr abweisend und verlangsamte nicht einmal seinen Schritt. Trotzdem versuchte ich, höflich und zurückhaltend zu bleiben, denn schließlich wollte ich ja etwas erreichen. Ich bat ihn ohne Umschweife, sich das Zeichenkursverbot doch noch einmal zu überlegen. Seine einzige Reaktion darauf war, zu bemerken, es sei ja eigenartig, daß ich davon wisse, und er werde seiner Frau am besten auch gleich den Umgang mit mir verbieten. Da platzte mir der Kragen, und ich sagte, es sei eine Schande, wie er seine Frau behandle. Inzwischen waren wir bei der Wallmühle angekommen, deren Tor weit offenstand. Friedrich hat mir von dem Mühlenknecht erzählt, der es für die Jungen offengelassen hatte. Das war ein Zufall. Sonst hätte alles gar nicht passieren können. – Es hatte wieder zu regnen angefangen, und wir stellten uns in der Durchfahrt unter, wo die eigentliche Auseinandersetzung erst begann. Ich erklärte ihm unverblümt, was ich von ihm hielt, und er schrie, vor hundert Jahren wäre ich als Hexe verbrannt worden. Dann sagte er plötzlich nichts mehr und band seinen Hund an einen Wagen, der dort stand. Ich sah in seinen Augen blinde Wut und bekam es mit der Angst zu tun. So schnell ich konnte, stieg ich mit meiner Laterne die Treppen hinauf. Ich dachte nicht, daß er hinterherkommen würde – wenn er es doch täte, dann wäre ich gefangen. Und ich hörte ihn hinterherkommen. Mir blieb nichts anderes übrig, als immer höher zu klettern. Erst auf dem Galerieboden, während seine Schritte sich im Dunkeln langsam heraufftasteten, kam mir mit einem Male eine Idee. Ich ging hinaus auf die nasse Galerie und löste die Bremse der Mühlenflügel. Herr Scharnhorst hatte keine Lampe, und ich hoffte aus tiefster Seele, daß die Flügel ihn erschlagen würden, wenn er mir bis hierhin folgte. Er kam auf die Galerie, und ich gelangte auf der anderen Seite zurück zur

Tür, vorbei an einem Flügel, der sich langsam in Bewegung setzte."

„Woher wußten Sie, wie man eine Mühlenbremse löst?" fragte Paul. Er war hin- und hergerissen zwischen Mitgefühl für Opfer und Täterin und hoffte, nicht doch noch auf Anzeichen für eine geplante Tat zu stoßen.

„Das weiß fast jedes Kind hier in der Stadt. Man sieht es ja überall. Außerdem waren wir früher mal mit unserem Lehrer in der Wallmühle."

„Wir auch", beeilte sich Friedrich, ihr beizupflichten. „Daher kannte ich überhaupt die Bezeichnung *Sackpfeife* für das Rätsel."

„Als ich unten aus der Mühle kam, lag er schon auf dem Pflaster", nahm Marie den Faden wieder auf. „Ich fiel fast über ihn. Mein erster Gedanke war, einfach wegzurennen, aber dann fielen mir die Flügel ein. Wenn ich sie wieder anhielte, würde jeder es für einen bloßen Sturz von der Galerie halten – für einen Unfall. Niemand würde an eine zweite Person denken, die damit zu tun hätte. Ich ging also noch einmal hinauf. Dann machte ich, daß ich nach Hause kam."

Paul atmete tief durch. Da er noch in derselben Nacht am Schauplatz gewesen war, sah er das Geschehen vor sich, als sei er dabeigewesen. Ein kalter Schauer lief ihm über den Rücken.

„Es war Notwehr", erklärte Friedrich. „Es war keine kühle Berechnung. Nie hätte sie das mit voller Absicht getan."

„Das glaube ich gerne ..."

„Ich habe keinen Augenblick Mitleid mit ihm gehabt", fuhr Marie dazwischen.

„Ihre Ehrlichkeit ehrt Sie. In manchen Augen wird die übrige Geschichte dadurch vielleicht glaubhafter, aber seien Sie vorsichtig damit. Nicht jeder muß so denken."

„*Niemand* denkt so", warf Friedrich ein.

„Wissen Sie übrigens", fuhr Paul fort, „daß es letztendlich doch ein Fehler war, die Mühle wieder zum Stillstand zu bringen? Hätte sie sich in der Nacht noch gedreht, hätten wir nie die zweite Person ins Spiel gebracht, die sie angehalten haben mußte. Es hätte tatsächlich alles nach einem Unfall ausgesehen."

Marie zuckte mit den Schultern. Es war ihr vollkommen gleichgültig, was gewesen wäre, wenn. Paul fühlte sich dadurch auf den harten Boden der Tatsachen zurückgeholt – hinter den nüchternen Zusammenhängen des Falles befand sich immer noch eine Reihe von Tragödien. Aber eines wollte er noch wissen.

„In den Zeichenkurs sind Sie nur gekommen, um mir auf den Zahn zu fühlen, ob wir etwas von der Wahrheit ahnten, nicht wahr? Daß Friedrich und ich den Toten gefunden hatten, werden Sie schon am nächsten Morgen gehört haben – die ganze Stadt sprach ja davon."

„Ja. Es gab keine günstigere Gelegenheit; und an Cornelias Stelle teilzunehmen, war ein guter Vorwand."

„Und hatten Sie Erfolg? Wahrscheinlich konnten Sie in mir lesen wie in einem offenen Buch. Aber wenn ich mir auch Gedanken über Sie gemacht habe – im Grunde war ich bis gerade eben noch vollkommen ahnungslos."

„Sie fragten, ob sich Herr Scharnhorst in irgendwelchen beruflichen Schwierigkeiten befunden hätte, die ihn zum Selbstmord getrieben haben könnten. Das war natürlich Unsinn. Schwierigkeiten haben die Leute, mit denen ein Steuerinspecteur zu tun hat, nicht er selbst. Außerdem hatte er als Beamter eine sichere Stellung. Ihre Frage zielte also in Wahrheit auf mögliche Feinde ab, und mir war klar, daß Sie nach einem Mörder suchten. Außerdem ließen Sie den Gedanken an Selbstmord so schnell fallen und betonten, damit ich Cornelia nicht damit beunruhigte, so deutlich, er sei natürlich ganz abwegig, daß der Vorwand nicht zu übersehen war."

Paul schwieg. Es schmerzte, vor Augen geführt zu bekommen, wie durchschaubar man doch gerade dann war, wenn man sich für besonders schlau hielt. Hätten dabei nicht gerade die ersten Eindrücke von Marie ihm schon viel über sie sagen können? Ihr leichter Silberblick hatte ihr zwar von Anfang an etwas Undurchschaubares verliehen, aber daß die Rolle der gewandt plaudernden jungen Frau nur gespielt war, hätte er aus der allzu großen Beherrschtheit ersehen können, und mehr noch aus den gelegentlichen Augenblicken, in denen die Beherrschung versagte und verbitterte Ansichten zum Vorschein kamen.

Ihre außergewöhnlichen Ansichten – er konnte sie sich nur so erklären, daß Marie der eigenen frühen Selbständigkeit nicht gewachsen gewesen war. Wenn sie auch die Pflege der Mutter mit erstaunlicher Geduld zu bewältigen schien, so mußten doch Einsamkeit, Nichtachtung, Hochmut und vielleicht Verweigerung von Hilfe sie eigenbrötlerisch und verbittert gemacht haben. Um nicht vollkommen ins Abseits gedrängt zu werden, hatte sie gelernt, ihre Ellenbogen zu gebrauchen. Es gehörte keine große Kunst dazu, sich ihre Geschichte soweit zusammenzureimen. Auch daß sie und Friedrich, dem selbst am Bestehenden vieles nicht paßte, in gewisser Weise geistesverwandt waren, fügte sich schlüssig ins Bild. Aber ganz schlau wurde er aus Marie doch nicht. Er fragte sich, ob ihr gelegentlicher Scharfsinn nur Zufall war oder ob er sie im ganzen unterschätzte.

„Ich muß mich jetzt um meine Mutter kümmern", sagte Marie, und es schien ihr gleichgültig, was Paul mit seinem Wissen nun anfangen würde. „Es ist schon über ihre gewohnte Zeit."

Paul erhob sich. „Entschuldigen Sie. Es ist schnell spät geworden. Ich danke Ihnen, daß Sie alles noch einmal erzählt haben."

Zusammen mit Friedrich ging er zur Haustür. „Keine Angst", hörte er ihn hinter sich leise zu Marie sagen.

* * *

Schweigend gingen Paul und Friedrich nebeneinander her. In alle Himmelsrichtungen strebten emsige Mütter mit letzten Einkäufen und müde Familienväter mit dunklen Aktentaschen heimwärts. Paul versuchte, in die Gesichter der Leute zu sehen, in denen sich die Freuden und Ärgernisse des abgelaufenen Arbeitstages widerspiegelten. Ein jeder war mit seinen eigenen Gedanken beschäftigt, doch wo man einander begegnete, war immer ein freundlicher Gruß oder eine höfliche Geste.

„Weshalb bist du eigentlich wirklich gerade zu uns herübergekommen?" fragte Paul. „Doch nicht, um mich abzuholen."

„Deinen Zeichenkurs", sagte Friedrich, „ich hatte ihn einfach vergessen. Als ich heute nachmittag von der Arbeit kam, Frau Rosenbohm fragte, wo du bist, und sie mir sagte, du seiest bei Fräulein Wilken in der Kleinen Kirchstraße, da traf es mich wie ein Schlag. Ich glaubte sofort, jetzt wüßtest du Bescheid, und ohne lange zu überlegen, lief ich los, um Marie beizustehen. Daß du nur wegen des Unterrichts bei ihr warst, hat Frau Rosenbohm nicht erwähnt, und ich war so voreingenommen, daß ich keinen Augenblick daran gedacht habe."

„Seit wann weißt du, daß es Marie getan hat?" fragte Paul weiter.

„Seit Herrn Scharnhorsts Beerdigung", sagte er, „der Zylinder hat sie verraten."

Paul sah ihn verständnislos an, und Friedrich lächelte schwach.

„Du erinnerst dich doch an Herrn Scharnhorsts Zylinder", erklärte er.

„Den sich die Jungen unter den Nagel gerissen haben?"

„Ja, genau den. Herr Scharnhorst hatte ihn am Abend seines Todes auf und ihn beim Sturz von der Galerie verloren. Die Kosaken haben ihn als Trophäe heimlich mitgehen lassen."

„Wir maßen ihm keine Bedeutung bei. Er war ziemlich ramponiert, und niemand hätte etwas damit anfangen können."

„Stimmt; der Zylinder hat auch erst dadurch eine Bedeutung erlangt, daß er *nicht* mit den übrigen Sachen des Steuerinspecteurs zurückgegeben worden ist. Als ich nach der Beisetzung Herrn Scharnhorsts mit zur Teetafel in den Piqueurhof gegangen bin, saß ich zufällig ganz in der Nähe von Marie und konnte den Gesprächen an ihrem Ende des Tisches sehr gut folgen. Sie wurde von irgendwelchen Schwätzerinnen umlagert, die sie nach jeder einzelnen Regung im Trauerhaus befragten – wie Frau Scharnhorst die Nachricht aufgenommen habe; ob die Kinder nach ihrem Vater gefragt hätten und was nun aus ihnen werden sollte; was der Wachtmeister genau gesagt hätte und ob man schon wisse, was der Steuerinspecteur in der Mühle gewollt hätte. Es war ja allgemein bekannt, daß Marie als Nachbarin und Freundin der Witwe beistand und in ihrem Hause ein- und ausging. Sie versuchten, ihr jede Kleinigkeit aus der Nase zu ziehen, und um nicht unhöflich zu erscheinen, gab sie ihnen hier und da Auskunft – ich konnte sehen, wie schwer es ihr fiel, sich im Zaume zu halten und die Weiber nicht einfach sitzen zu lassen! – Jedenfalls versuchten sie sich auszumalen, wie der Steuerinspecteur auf das Pflaster geschlagen ist und welch unerfreulichen Anblick er abgegeben haben mußte. Ob er denn überhaupt richtig zu erkennen gewesen wäre, fragte die eine, und Marie antwortete ungehalten, nach ihrem Wissen habe Herr Scharnhorst äußerlich nur ein paar Hautabschürfungen und Kratzer davongetragen, aber sein Mantel sei zerrissen und die Krempe seines Zylinders zur Hälfte abgetrennt gewesen."

Paul runzelte die Stirn. Doch noch bevor er begriffen hatte, was Friedrich überhaupt meinte, sah er Frau Rosenbohm vor ihrem Haus zu ihnen herüberwinken.

„Komm, bevor wir sie wieder verärgern und wir keinen Nachtisch bekommen", sagte er deshalb und zog Friedrich mit sich. –

Frau Rosenbohm stellte bei Tisch keine Fragen. Die Schweigsamkeit ihrer Mieter war ihr inzwischen nichts Neues mehr. Wenn sie auch nicht wußte, welche Spannungen zwischen Paul und Friedrich bestanden, so merkte sie doch, daß Zurückhaltung ihrerseits in diesem Falle das beste war. Sie hoffte nur, es möge sich bald alles wieder zum Guten wenden, als beide nacheinander nach oben verschwanden. –

Friedrich saß an seinem Schreibtisch über eine große Grundrißzeichnung gebeugt, aber Paul sah, daß er sie gar nicht wahrnahm. Er setzte sich auf einen anderen Stuhl und wartete eine Zeitlang, bis Friedrich den Kopf hob.

„Wenn Marie von der Beschädigung an Herrn Scharnhorsts Zylinder wußte, mußte das für dich bedeuten ..."

„... daß sie den Toten zu Gesicht bekommen hatte, bevor die Jungen den Hut weggenommen haben. Danach kann ihn niemand mehr bei Herrn Scharnhorst gesehen oder mit ihm in Verbindung gebracht haben. Ich habe den Zusammenhang zunächst auch gar nicht begriffen; aber als ich den Piqueurhof verließ, sah ich einige der Kosaken um das Haus herumstromern und durch die Fenster lugen. Erst da wurde mir bewußt, was Marie gesagt hatte."

Friedrich senkte den Kopf und fuhr langsam fort. „Ich habe hin- und herüberlegt, ob das alles überhaupt sein konnte, ob es nicht irgendeine andere Möglichkeit gab, woher Marie von dem Hut wissen konnte. Ich versuchte mir einzureden, sie habe sich ausrechnen können, daß Herr Scharnhorst einen Zylinder getragen hat, der beim Sturz beschädigt worden ist; aber daß sie dabei rein zufällig auf eine abgerissene Krempe gekommen sein sollte, schloß diese Möglichkeit wohl aus. Ich dachte mir, vielleicht hat sie den Hut bei den Jungen gesehen und sie nach seiner Herkunft gefragt, oder sie haben ihn sogar zurückgegeben; aber ein Junge, den ich heranwinkte, versicherte mir, ihr Anführer habe ihn bisher nur auf einer geheimen Versammlung aufgehabt, und er sei in einem sicheren Versteck. Schließlich sagte ich mir, gut, hat sie also den Toten noch vor den Jungen an der Mühle entdeckt und es aus irgendwelchen Gründen für sich behalten – der Zylinder bewies ja nicht, daß sie auch die Mörderin war! – Aber selbst das konnte ich nicht ohne Argwohn glauben, und so bin ich zu ihr gegangen."

„Wann?"

„Gleich am nächsten Tag, am Sonntag vormittag, als die Jungen mit der Brille bei dir waren. Ich habe sie vor ihrem Haus abgefangen, als sie aus der Kirche kam. Zuerst wollte ich sie gar nicht direkt auf die Sache ansprechen – ich wußte eigentlich gar nicht, was ich sagen sollte. Aber sie wußte natürlich inzwischen, daß ich mit dir zusammen Nachforschungen zu Herrn Scharnhorsts Tod betrieb, und hatte bereits aus dir herausbekommen, daß wir dabei an Mord dachten. Ich sprach sie schließlich doch auf den Zylinder an und fragte, woher sie von der Art der Beschädigung daran wisse. Sie sagte, sie habe nach den Untersuchungen die Kleidungsstücke des Steuerinspecteurs für Frau Scharnhorst entgegengenommen, und dabei sei ihr die abgetrennte Hutkrempe aufgefallen. Das war natürlich gelogen, und ich sagte ihr auf den Kopf zu, warum."

„Und wie hat sie reagiert?"

„Sie hat einen Augenblick nachgedacht, dann gelacht und mir unverblümt erklärt, sie habe Herrn Scharnhorst auf dem Gewissen." Friedrich erschauderte bei der Erinnerung daran. „Ich hatte inständig gehofft, sie würde mir eine andere Erklärung geben können. Wahr oder unwahr – ich hätte ihr alles glauben wollen. Doch sie war voller Wut auf den Mann und all die Leute, die ihn für einen anständigen Menschen gehalten haben."

Paul hörte Friedrich genau zu, und der merkte plötzlich, welches Bild er von Marie Wilken zeichnete.

„Du mußt nicht denken, sie hätte ihn mit vollem Bewußtsein getötet", versicherte er schnell.

„Wie lange kennst du Marie schon?" fragte Paul.

„Schon seit ich ein Kind war", sagte Friedrich. „Aber ich habe nie mit ihr gesprochen, außer einem *Guten Tag* oder einem *Moin* auf der Straße. Sonst hat man sie auch nur selten irgendwo gesehen, meistens mußte sie sich wohl um ihre Mutter kümmern."

Paul nickte. Was Friedrich sagte, paßte in seine Theorie, daß sich Marie Wilken an den Rand des gesellschaftlichen Lebens gedrängt fühlte und ihre Verbitterung über die Mitmenschen zum größten Teil aus ihrem Außenseiterdasein resultierte. Er konnte sich auch vorstellen, wie schwer es für Friedrich gewesen sein mußte, all die Zeit, die er sie offenbar schon liebte, keinen Zugang zu ihr gefunden zu haben. Einem verschlossenen Menschen wie ihm fiel es ohnehin nicht leicht, auf andere Menschen zuzugehen und ihnen Einblicke in seine Gefühlswelt zu verschaffen – doch da Marie zu gesellschaftlichen Anlässen gar nicht oder nur selten erschien, hatte sich ihm nicht einmal die Gelegenheit geboten, sie näher kennenzulernen. Die Unerreichbarkeit seiner Liebe mußte schwer auf ihm gelastet haben, zumal er wahrscheinlich nie mit jemandem darüber gesprochen hatte. Nicht einmal ihm, Paul, gegenüber hatte er ein Wort darüber verloren ... Oder doch?

Er erinnerte sich an eine kaum bemerkenswerte Szene: An den Abend nach dem Mord, als sie nach ihrem Besuch im „Blauen Haus" über den Stadtwall nach Hause gegangen waren. Sie waren durch die Kleine Kirchstraße gekommen und hatten zu den schmalen, aneinandergedrückten Häuschen hinübergeschaut. Friedrich hatte in Gedanken versunken bemerkt, daß sie noch Licht brennen habe, und Paul hatte geglaubt, er habe von Cornelia Scharnhorst gesprochen und lediglich die Fenster der Nachbarhäuser miteinander verwechselt. Aber Friedrich hatte tatsächlich Marie Wilken gemeint.

Mit etwas mehr Aufmerksamkeit hätte er schon viel früher auf Friedrichs Geheimnis stoßen können, aber sein Kopf war von anderen Dingen einfach zu voll gewesen.

„Du mußtest befürchten, ich könne ebenfalls herausbekommen, daß Marie Herrn Scharnhorsts Tod verursacht hatte – daher plötzlich deine Versuche, mich in der Angelegenheit zu bremsen", fuhr Paul fort.

„Was sollte ich anderes machen?" fragte Friedrich. „Ich wußte nicht, wie du auf die Wahrheit reagieren würdest. Ich sagte Marie, sie solle sich keine Sorgen machen, ich würde dich schon irgendwie dazu bringen, die Finger von der Sache zu lassen. Zunächst hatte ich zwar keine Idee, wie ich das anstellen sollte, aber dann brachten die Jungen noch am selben Tag die Brille, und ich dachte, damit wärest du zumindest auf eine falsche Spur zu führen. Du dachtest auch sofort selbst an einen Zusammenhang zwischen der Brille und dem Toten, und also unterstützte ich dich in deinem Glauben; ich war ja ganz sicher, die Brille hatte mit dem Mord nichts zu tun."

„Warum ändertest du dann nach dem Konzert im ‚Schwarzen Bären' doch deine Meinung? Plötzlich wolltest du mich davon abbringen, die Brillenspur noch weiter zu verfolgen."

„Weil plötzlich Herr Warring ins Spiel gebracht wurde. Es war mir natürlich klar, daß die Brille jemandem gehören mußte, und normalerweise wäre mir völlig egal gewesen, wen du bei deiner Suche aufgespürt hättest; wie gesagt – ich war mir sicher, die Brille spielte keine Rolle und würde nicht zu Marie führen. Aber ausgerechnet der Bankier Warring, ein hochgeschätzter, einflußreicher Mann! Wenn du ihn weiter belauert hättest, hätte es nicht lange gedauert, bis er dahintergekommen wäre, daß er in einen Mordfall hineingezogen werden sollte. Er hätte keine Mühen gescheut, seine Ehrenhaftigkeit zu beweisen; er hätte so lange eine Untersuchung gefordert, bis die Umstände von Herrn

Scharnhorsts Tod restlos aufgedeckt und sein Ansehen wieder hergestellt worden wäre. Und das hätte für Marie die allergrößte Gefahr der Entdeckung bedeutet. Glaube mir, Paul: Ich habe alles versucht, dich von weiteren Nachforschungen abzuhalten, auch weil ich wußte, welchen Ärger es dir einbringen würde, einen Mann wie Herrn Warring zu beschuldigen. Du weißt nicht, was so was in einer Kleinstadt für Folgen haben kann! – Aber du achtetest nicht auf meine Bedenken und Warnungen; ohne triftigen Grund warst du einfach nicht zurückzuhalten!

Ich habe daran gedacht, dir alles zu erzählen", fuhr Friedrich endlich fort. „Ich wußte, daß du mein Freund bist und es eine Möglichkeit geben mußte, daß du mich verstehst. Aber ich hatte furchtbare Angst, du könntest Marie trotzdem verraten."

Paul lehnte sich langsam in seinem Stuhl zurück.

Es war jetzt nicht mehr schwer für ihn zu begreifen, wie groß Friedrichs Verzweiflung gewesen sein mußte, als ihm der Zufall durch die Hand des braven Herrn Erdwiens die vielleicht einzige und letzte Möglichkeit bot, Marie vor Entdeckung zu schützen. Der Ausweg schien so leicht, und alles, was er tun mußte, war, die Warnung vor dem Überqueren der Brücke abzuschneiden und nicht mehr daran zu denken. – Allein letzteres war ihm nicht gelungen, und Paul sah, welche Qual Friedrich das Bewußtsein seiner Schuld bereitete, obwohl er ihn im letzten Moment doch vor dem sicheren Tod bewahrt hatte.

„Du sagtest vor ein paar Tagen, du seiest bei Frau Scharnhorst gewesen wegen der Brille. Wie ist sie denn nun in die Löschwassertonne geraten?" fragte Friedrich.

„Frau Scharnhorst selbst ist es gewesen. Nach dem, was Marie erzählt hat, denke ich, sie wußte, wer für den Tod ihres Mannes verantwortlich war."

„Davon hat Marie mir nichts gesagt!"

„Wahrscheinlich hat sie es auch selber nicht gewußt. Frau Scharnhorst hat von Anfang an daran gezweifelt, daß ihr Mann Opfer eines Unfalls geworden ist, da bin ich sicher. Jemand wie er kletterte nicht mitten in der Nacht unbefugt auf eine Mühle, niemand wußte das besser als sie. Marie war am selben Abend noch bei ihr gewesen und hatte angekündigt, Herrn Scharnhorst zur Rede zu stellen. Daß Marie es damit ernst meinte, konnte Frau Scharnhorst ebenfalls wissen, und so brauchte sie nur eins und eins zusammenzuzählen. Vielleicht hat sie Marie sogar ihrem Mann folgen oder später zurückeilen sehen. – Auf jeden Fall hatte sie dann wohl dieselbe Idee wie du, nämlich ihre Freundin vor einer Entdeckung ihres Verbrechens zu bewahren. Sie fand Herrn Warrings Brille, die ihr Mann auf der Kommode abgelegt hatte, und schaffte sie in das Löschwasserfaß bei der Mühle. Im Falle einer genaueren Untersuchung hätte man auf dem Mühlenhof ein paar Glassplitter gefunden und schließlich die auf der Flucht beseitigte Brille; und der Bankier wäre in Verdacht geraten, den Steuerinspecteur nach einer Auseinandersetzung getötet zu haben. So in etwa ist es dann ja auch gekommen, bloß, daß der Verdacht gegen Herrn Warring weiteren Nachforschungen natürlich nicht standhalten konnte – aber das konnte Frau Scharnhorst vorher kaum alles durchplanen."

„Hat sie dir das alles gestanden?"

„Ja. Allerdings nannte sie, um Marie nicht zu verraten, eine alte Geschichte zwischen Herrn Warring und ihrem Vater als Grund dafür, warum sie es getan hat. Ich glaubte natürlich, sie wolle von sich selbst ablenken. Das Täuschungsmanöver und alle Umstände des Falles deuteten darauf hin, daß *sie* ihren Mann auf die Mühle gelockt hatte, beziehungsweise darauf, daß es eine Frau gewesen sein mußte. Erinnerst du dich an unsere Verwunderung darob, daß der Mehlstaub auf dem Boden so breit verwischt war? Das konnte eigentlich nur von einem Rocksaum herrühren, der über die Bretter strich – ich kam darauf, als Frau Rosenbohm vor meiner Nase den Staub auf ihrer Kellertreppe aufwirbelte! Frau Rosenbohm war es dann auch, die mich zum ersten Male auf das fehlende Verbindungsstück zwischen dem Mord und deinem Verhalten brachte. Sie meinte, du wärest verliebt."

„*Frau Rosenbohm* sagte das?"

„Unsere gute Wirtin, jawohl. Du tust ihr übrigens sehr unrecht, wenn du sie nur für neugierig und aufdringlich hältst. Sie mag uns nämlich sehr, glaube ich. Es macht ihr Spaß, uns im Hause zu haben – und für seine Kinder interessiert man sich eben."

Paul kehrte zum eigentlichen Thema zurück: „Bis vorhin war ich dann auch eigentlich der Meinung, du versuchtest Frau Scharnhorst zu schützen. Es erschien mir die einzig passende Erklärung zu sein. An Marie habe ich zu keinem Zeitpunkt gedacht."

„Du meinst, wenn ich heute nicht bei ihr erschienen wäre, wärst du nie auf sie gekommen?" fragte Friedrich mit kaum verborgener Bitterkeit.

„Wahrscheinlich nicht", gab Paul zu. „Vor ein paar Tagen, nachdem ich bei Frau Scharnhorst gewesen war, verwechselte mich ihre Mutter mit jemandem, vor dem sie sich ängstigte, weil er ihr die Tochter wegnehmen und heiraten wollte. Sie reagierte dabei auf mich genauso wie heute auf dich, und obwohl Marie ihr Gerede als Hirngespinst hinstellen und auf mich beziehen wollte, war mir plötzlich alles ganz klar. Wenn du derjenige warst, vor dem sich die alte Frau fürchtete, dann mußte Marie diejenige sein, die du liebtest. Marie und nicht Frau Scharnhorst!"

Friedrich zuckte resignierend mit den Schultern. „Ihre Mutter muß uns belauscht haben, als ich ein zweites Mal bei ihr war. Marie fragte mich, warum ich das alles überhaupt für sie täte und nicht zur Polizei ginge oder mich gar nicht darum kümmerte. Was konnte ich darauf antworten? Mir fiel nichts ein, und jede erfundene Erklärung wäre wohl auch unglaubwürdig gewesen. Und so gab ich, ehe ich mich versah, zu, daß ich sie liebte. – Ich glaube, ich hätte es nicht gesagt, wenn ich nicht auch eine Zuneigung ihrerseits gespürt hätte. Jedenfalls war ich plötzlich nicht mehr Herr meiner Sinne. Ich sagte, ich wolle sie beschützen – vor der Polizei, vor dir, vor der ganzen Welt, wenn es sein müßte. Niemand solle ihr etwas antun können, wenn sie mich nur heiraten und auf sie aufpassen lassen würde. Es brach einfach aus mir heraus, ohne daß ich etwas dagegen hätte machen können oder wollen, verstehst du das?"

Paul verstand, und Friedrich fuhr gefaßter fort.

„Marie blieb sehr reserviert. Sie beruhigte mich wieder, und ich entschuldigte mich für mein Benehmen. Aber sie lächelte und meinte, es wäre sehr schön für sie zu wissen, was ich für sie empfände. Ich müsse ihr aber schon ein wenig Zeit lassen, dieselben Gefühle für mich zu entwickeln. – Die ganze Szene erscheint mir noch immer völlig unwirklich, Paul – aber so war es."

Fast unbemerkt war es im Hause inzwischen düster geworden. Die letzten Strahlen der untergehenden Sonne beschienen noch schwach den Abendhimmel, doch in Friedrichs Zimmer waren nur noch die Umrisse dunkler Schatten zu erkennen. Friedrich saß reglos über den Schreibtisch gebeugt, und Paul war dankbar, sein Gesicht nicht erkennen zu können. Er dachte darüber nach, was er jetzt tun sollte; er dachte an die kranke, alte Frau, die auf die Hilfe ihrer Tochter angewiesen war, und an Friedrich, dem er längst verziehen hatte. Cornelia Scharnhorst hatte er nicht verraten wollen – konnte er da Marie Wilken guten Gewissens ausliefern? Eine Beklommenheit stieg in ihm empor, aber er wußte, daß er Friedrich eine endgültige Antwort geben mußte.

„Bist du dir in Marie wirklich sicher?" fragte er.

„Ich liebe sie", sagte Friedrich.

Zwölftes Kapitel

Es war Sonnabend, der Tag des großen Marktes. Von nah und fern fuhren die Bauern mit ihren Wagen in die Stadt ein. Das Vieh war bereits auf dem Pferdemarkt vor dem Nordertor aufgetrieben, doch auch an allen anderen Orten war die Luft erfüllt von Hufschlag, Wiehern, Rufen, Brüllen, Lachen, Schimpfen und Zuprosten. Über allem lag eine Stimmung freudiger Erwartung.

Auf das hintere Ende eines der Wagen hatte sich ein blinder Passagier geschwungen und ließ die Beine baumeln. Auch in seinem Gesicht stand die Vorfreude geschrieben, aber es war nicht die Vorfreude auf einen guten Handel, auf Freunde und Bekannte oder das Wirtshaus, sondern auf die Schaustellertruppe, die inmitten des allgemeinen Marktgeschehens ihre Sensationen darbieten sollte. So was hatte es nicht einmal im letzten Jahr gegeben!

Wrobel, denn kein Geringerer als der Anführer der Schulplatzkosaken war der so billig Reisende, hatte für seinen Vater einen Botengang erledigen müssen, und obwohl er zu Fuß viel schneller wieder zurückgekommen wäre, ließ er sich die Gelegenheit, heimlich mitzufahren, natürlich nicht entgehen. Doch kaum, daß er den Ostertorplatz erreicht hatte, sprang er ab und ging von hinten auf einen langen Jungen zu, der angestrengt die Straße hinuntersah, und schlug ihm auf die Schulter.

„Mann! Wo kommst du denn her? Ich hab dich gar nicht gesehen!“

„Ich bin auf einem Wagen mitgefahren. Aber jetzt komm, wir holen die anderen ab.“

„Wohin zuerst?“

„Weberknecht.“

Im Laufschritt ging es stadteinwärts und dann in die Wallstraße. Vor dem dritten oder vierten Haus blieben sie stehen, und Wrobel wollte gerade den Klopfer betätigen, als sein Begleiter ihn anstieß und nach oben zeigte. Ein Gesicht war dort hinter der Scheibe erschienen. Die wilden Grimassen, das heftige Kopfschütteln und den vor den Mund gelegten Zeigefinger deuteten sie so, daß sie nicht klopfen sollten. Geistesgegenwärtig verschwanden sie von Tür und Fenstern und drückten sich in den nächsten Zwischengang.

Eine Minute später kam Weberknecht heraus.

„Was ist?“ fragte Wrobel.

„Ach, ich soll mit meinen doofen Kusinen hingehen. Ich hab jetzt einfach gesagt, ich hole sie ab – das gibt natürlich nachher 'ne schöne Abreibung, aber egal. Hier – das hab ich aus der Sparbüchse von meiner Schwester mit einem Stück Papier herausgekriegt!" Er zeigte ein paar Münzen. „Ich geb's ihr halt mal wieder", sagte er ohne große Überzeugung und steckte sie zurück in die Tasche.

„Gut, jetzt weiter. Erst zu Siebels, dann zu Janssen."

„Welcher Janssen? Johann oder der Rote?"

„Johann. Der Rote ist in Grambergs Gruppe."

„Dann los!" –

Bei Siebels sah es ernst aus. Als sie am Gartenzaun dreimal wie ein Kuckuck riefen (denn mit Herrn Siebels war nicht gut Kirschen essen), raschelte es in den Rhododendren, und hervor kam mit traurigem Gesicht ihr Kamerad.

„Ich kann nicht mitkommen", sagte er. „Heute vormittag habe ich Stubenarrest. Ich hab hier auf euch gewartet, aber gleich muß ich wieder rauf, sonst wundern die sich, wie still ich bin. Und heute nachmittag muß ich mit meinen Eltern auf den Markt."

„Gar nichts zu machen?" fragte der Anführer teilnahmsvoll. Mit den Eltern, das war natürlich übel, das verdarb einem allen Spaß.

Siebels schüttelte nur betrübt den Kopf. Aufmunternd schlugen seine Freunde dem Unglücklichen über den Zaun hinweg auf den Rücken. „Nimm's nicht so schwer. So was kann jeden mal treffen." Insgeheim aber war jeder froh, nicht selbst der Pechvogel zu sein. „Sollen wir dir was mitbringen? Lakritz?"

„Laßt nur. Ich weiß, ihr meint's gut ..."

„Tja ... wir müssen jetzt ..."

Still gingen die drei zurück auf die Straße und ließen den armen Siebels mit ehrlicher Betroffenheit zurück. –

Als sie sich dem Haus von Janssen näherten, hörten sie durch das offene Fenster die laute Stimme des Vaters.

„Als ich so alt war wie du", sagte er gerade, „da gab es kein Geld für irgendwelche Vergnügungen. Ich hätte gar nicht gewagt zu fragen! Geld für irgendwelche Vergnügungen, das gab es gar nicht. Und wenn ich etwas brauchte, dann habe ich es mir selbst verdient."

„Nun gib dem Jungen schon was, Heinz", war die Mutter zu vernehmen. Eine Weile war es still, und dann drang eine dritte Stimme deutlich auf die Straße.

„Das ist ja bloß ein Stüber!"

„Genügt dir das nicht? Auch noch undankbar, was? Hat man so was schon gehört?"

„Geh jetzt", sagte die Mutter.

„Da gebe ich ihm einen ganzen Stüber, und er..."

Sie gingen hinüber zur Tür, die schon einen Augenblick später geöffnet wurde. Janssen kam heraus und sah überrascht in die Gesichter seiner Kameraden.

„Wißt ihr, was ich gekriegt hab?" fragte er in klagendem Ton. „Einen Stüber!"

„Mach dir nichts draus", beruhigte Wrobel ihn. „Wir legen zusammen." –

Bei dem letzten, den sie abholen mußten, dem dicken Backhus, gab es keine Schwierigkeiten. Er war von außerhalb und wohnte auf Kost und Logis bei der Schreiberswitwe Schomerus, die gerne ab und zu einen trank, wie er erzählte, und bei der er kommen und gehen konnte, wie er wollte. Es war dies der Gegenstand unausgesetzten Neides aller, die mit wachsamen und ewig sich sorgenden Eltern geschlagen waren, und das waren viele.

Sie kamen auf den Marktplatz. Die Schausteller hatten bereits ein kleines, oft geflicktes Zelt aufgestellt, aber mit den Vorstellungen noch nicht begonnen. Wahrscheinlich saßen sie im Inneren ihrer Wagen.

„Wir sind zu früh", stellte einer fest. „Was machen wir jetzt?"

„Ob das auch Zigeuner sind? Wie die, die das Schaf gestohlen haben?" wollte Weberknecht wissen.

„Ich glaube nicht. Die hier können Kunststücke, und meine Oma hat gesagt, Zigeuner sind schmutzig und können nichts."

„He!" sagte Wrobel. „Ich finde, die Zigeuner, die sind gar nicht so schlecht. Und die haben das Schaf gar nicht gestohlen. Hast du schon mal in einem Wagen gewohnt und bist immer unterwegs gewesen? Oder deine Oma?"

Wrobel sah in vier leuchtende Gesichter.

„Wieso? Das ist doch prima! Abends irgendwo anhalten und ein Feuer machen und Fische braten..."

„Ja, aber wenn du Zigeuner bist, dann darfst du nirgendwo bleiben, und alle machen die Türen zu, wenn du kommst, das meine ich. Und du hast nichts zu essen."

Die anderen wurden nachdenklich. „Gar nichts?"

Er überlegte. „Na ja, außer den Fischen. Und darauf könnt ihr euch verlassen: Wenn ich Hunger hätte, dann würde ich wirklich einfach was klauen!"

Das glaubten sie ihm aufs Wort. Wenn der Wrobel etwas sagte... Überhaupt hatte er recht. Wieder einmal war klar geworden, daß man das, was einem die Erwachsenen erzählten, nicht einfach glauben durfte.

Um sich die Zeit zu vertreiben, schlenderten sie zwischen den Marktständen und den immer zahlreicher werdenden Besuchern umher. An den Fischbänken hielten sie sich die Nasen zu, aber bei der dicken Zuckerwarenfrau roch es um so besser. Sie hätten gerne schon etwas gekauft, aber sie wußten nicht, was sie noch für den Eintritt bezahlen mußten. So begnügten sie sich damit, gelangweilt Kleider und Töpfe, Holzschuhe, Werkzeug und landwirtschaftliche Geräte anzusehen.

Von einem großen Karren herunter wurden Kartoffeln verkauft.

„Zwei Stüber, und ich esse eine davon roh auf", sagte Janssen, der oft verrückte Ideen hatte.

Die anderen blieben sofort stehen und nahmen ihn beim Wort. Der Betrag wurde eingesammelt und Weberknecht zur Verwahrung gegeben. Janssen wurde es mulmig zumute, aber er dachte an die zwei Stüber.

„Was ist schon dabei", sagte er und versuchte, seiner Stimme einen gleichgültigen Klang zu geben. „Aber nicht so eine dicke!"

„Doch, eine ganz normale Dicke!"

„Und du darfst sie nicht waschen, nur den Dreck ein bißchen abkratzen!"

Ein geeignetes Exemplar war schnell ausgeguckt und unauffällig abgezweigt. Sie suchten sich einen ruhigen Ort, und nun galt es. Janssen mußte noch daran gehindert werden, mit seinem Ärmel mehr als nur die lose Erde zu entfernen, aber dann biß er hinein. Wrobel, der Lange, Weberknecht und Backhus bogen sich vor Lachen.

Er schaffte die Kartoffel halb. Dann wurde er von einem Augenblick auf den anderen weiß wie eine Wand.

„Mir ist ... schlecht", preßte er hervor und ließ den Rest auf das Kopfsteinpflaster fallen. Die Wette war verloren.

Als sie kurze Zeit später zwei andere kleine Gruppen von Kosaken trafen, konnte er schon mitlachen. Aber Kartoffeln, die aß er drei Wochen nicht.

Endlich verbreitete sich die Kunde, daß es drüben beim Zelt losgehen sollte. Und richtig, über dem Eingang wurde eben eine Stoffbahn entrollt, auf der stand *Attila* und groß darunter *der Wilde*. Daneben stellte ein sehr dicker Mann eine umgedrehte Holzkiste auf den Boden und kletterte hinauf. Weberknecht entdeckte ein Seil, das zwischen zwei der Wohnwagen gespannt war.

„Wetten, es gibt eine Seiltänzerin?" sagte er.

„Oder sie wollen Wäsche trocknen", meinte Backhus.

Der dicke Mann auf der Holzkiste war vollkommen kahlköpfig, hatte aber einen prächtig aufgezwirbelten Schnurrbart. Sein einziges Kleidungsstück war eine rote Hose, deren Träger sich über dem glänzenden Bauch kreuzten. Jetzt hielt er einen Gegenstand in die Luft und rief: „Eisenstange!“

„Das schafft er nie“, flüsterte der lange Jan und sah gebannt zu, wie der Glatzköpfige unter ächzend hervorgestoßenen Lauten versuchte, sein Werkzeug zu verbiegen.

„Wohl schafft er das“, erwiderte ein kleinerer Junge. „Wir waren gerade bei den Wagen, und auf einem stand drauf, das ist der stärkste Mann der Welt!“

„Stärker als Herr Buß, der Schmied? Der hat letzten Sonntag im ‚Schwarzen Adler‘ alle im Armdrücken besiegt, die sich getraut haben. Mein Vater hat mich mitgenommen, ich habe es selbst gesehen.“

„Aber so eine Eisenstange wie die da, das schafft der nie.“

Vorne hielt der Mann mit der roten Hose triumphierend die krumme Stange in die Höhe, und ein freundlicher Applaus honorierte seine Vorführung.

„Jetzt schweres Kette von Eisen!“ rief er als nächstes und holte ein rostiges Exemplar hervor. Nach einigen vergeblichen Versuchen riß er sie krachend auseinander.

„Mann, der ist wirklich stark!“ staunte der Lange.

„Wir haben zu Hause im Schuppen auch noch so 'ne Kette rumliegen – da spiel ich nachher den Starken Mann mit“, meinte Weberknecht.

„Wenn man so stark ist wie der“, überlegte Janssen, der oft verrückte Ideen hatte, „dann braucht man sich nichts mehr sagen zu lassen und nicht mehr zur Schule zu gehen. Dann kann man seine Eltern und die Lehrer einfach hochheben.“

Ein hagerer Mann mit gestrenger Miene drehte sich zu ihnen um.

„Na, wenn das eure Eltern hören würden“, sagte er tadelnd und mit erhobenem Zeigefinger. „Wer sich mit seinen Mitmenschen nicht anständig verständigen kann und seine Ansichten mit den Fäusten vertritt, wird es im Leben nie zu bürgerlichem Ansehen bringen. Der wird von den anderen ausgestoßen und früher oder später im Gefängnis landen. Oder er wird mit einem Wagen von Stadt zu Stadt ziehen und den Leuten irgendwelche Kunststückchen vorführen müssen. Wollt ihr das etwa?“

Die Jungen sahen ihn verwundert an, trauten sich aber nicht zu antworten.

„Außerdem sind das natürlich alles nur Taschenspielertricks, die hier vorgeführt werden", sprach er weiter und machte eine wegwerfende Handbewegung. „Die Kette hatte ein schwaches Glied, und das Eisen ist vorher weichgeglüht worden, damit es sich besser biegen läßt."

„Und warum hat er sich dann nicht die Finger verbrannt, hm?" fragte plötzlich ein zweiter Herr neben ihm.

„Wie?" fragte der erste überrascht. „Ah, Kruse, natürlich; das hätte ich mir ja denken können, daß du es wieder besser weißt."

„Wie schön, daß du das einsiehst, Röske."

„Willst du mich etwa vor den Kindern hier bloßstellen? Ich sage, daß es Betrug ist – die Stange und die Kette sind vorher präpariert worden!"

„Das sagst du, weil du nicht einmal einen morschen Stecken zerbrechen kannst, der nicht vorher angesägt worden ist."

„Was?"

„... der nicht vorher angesägt worden ist, jawohl!"

„Na warte, mein Lieber, ich werde dir zeigen, wie ich mit einem morschen Stecken umgehe ..."

Wütend traten die Männer aufeinander zu und packten sich bei den Kragen. Just in diesem Moment schlüpfte ein flinkes, gerade einmal vier Fuß großes Mädchen zwischen sie.

„Eine Gabe für die Artisten, bitte", sagte es freundlich und hielt den Herren eine klimpernde Dose unter die Nase.

„Für diese faulen Tricks auch noch bezahlen?" empörte sich der Hagere. „Das fehlte gerade noch!"

„Ja, das sieht dir ähnlich, alter Gauner: Wenn es ans Bezahlen geht, suchst du das Weite."

„Ich? So eine Unverschämtheit! Wer ist es denn, der immer so plötzlich nach Hause muß, wenn die Runde im Wirtshaus an ihn kommt, wer ist denn das?"

„Du natürlich, das weiß doch die ganze Stadt!"

„Ha, dir werde ich es zeigen, Possenreißer! – Hier hast du einen ganzen Silbergroschen, Mädchen."

„Danke schön."

„Einen Silbergroschen? Du alter Geizhals! – Von mir bekommst du zwei Silbergroschen, so!"

„Vielen Dank."

„Ach ja, wirft der feine Herr wieder einmal mit Geld um sich. Man muß sich ja wundern, wo du soviel herbekommst, daß du es den Zigeunern in den Rachen stopfen kannst; aber man erzählt sich da ja so einiges ..."

„So? Was, bitte schön, erzählt man sich denn, hm?“

„Daß du deine Kunden betrügst, du Halsabschneider!“

„Ich soll meine Kunden betrügen? Da hört sich doch wohl alles auf. Ich zahle sogar noch drauf, wenn ich mein gutes Brot an die Leute verschleudere. Ich bin ein geachteter Geschäftsmann, jedermann in der Stadt kennt mich! Aber ein alter Knickerpüt wie du bin ich nun einmal nicht.“

„Ich ein Knickerpüt? Ich bin noch nie in meinem Leben irgendwem etwas schuldig geblieben – hier hast du einen zweiten Groschen, Kind!“

Das Mädchen hielt dankend seine Dose hin, und eine weitere Münze fiel klingend hinein. Zufrieden ließ es von den Streithähnen ab und wandte sich an Wrobel und seine Freunde, die die beiden Herren längst vergessen hatten.

„Und was gebt ihr?“ fragte es.

Wrobel sah betrübt auf die blinkende Büchse. „Was muß man denn bezahlen?“ fragte er.

„Das ist freiwillig“, antwortete ihm das kleine Mädchen.

„Freiwillig?“

„Ja, jeder gibt soviel, wie er will – so wie ihm die Vorstellung gefällt.“

Wrobel nickte verständig und schaute hilfesuchend zu seinen Kameraden, die sehr still geworden waren. Bezahlen, wenn man gar nicht viel Geld hatte, das war schon doof; aber freiwillig bestimmen, wieviel man gab, das machte überhaupt keinen Spaß. Gab man zu wenig, war man ein alter Geizkragen, gab man zuviel, konnte man sich weniger leckere Sachen von der Zuckerwarenfrau kaufen. Aber einfach weggehen und sagen, die Vorstellung würde einem gar nicht gefallen, das ging schon gar nicht, darüber waren sich alle im klaren. Und so hofften sie insgeheim nur, ihr Anführer würde sich nicht allzu großzügig zeigen, wie es sonst unbestritten seine Art war.

„Also gut“, sagte Wrobel, nachdem er eine Weile überlegt hatte, „der Starke Mann, der war schon toll. Ich schlage vor, jede Gruppe bezahlt einen Stüber.“

Die anderen nickten zustimmend, und Weberknecht und seine Schatzmeisterkollegen sammelten folgsam den genannten Betrag ein und taten ihn in die Dose. Das geschäftstüchtige kleine Mädchen sagte jedesmal höflich danke schön und war schon bald wieder in der kleinen Menschenmenge verschwunden.

Auch der Starke Mann war inzwischen von seiner Kiste heruntergestiegen und schweren Schrittes davongegangen. An seiner

Statt war ein großer, dünner Mann mit schmalem Oberlippenbärtchen und langem, dunklem Umhang erschienen – der Schwertschlucker. Strähnen wallenden, schwarzen Haares fielen ihm abenteuerlich in die Stirn und über die wilden, lauernden Augen. Um seinen Bauch war eine breite, rote Schärpe geschlungen, und an seiner Seite prangte der reich verzierte Griff eines langen Degens.

„Der sieht toll aus – wie ein echter Edelmann", flüsterte ein Junge mit feuerrotem Haarschopf bewundernd, und ein ehrfürchtiges Raunen ging durch die Menge, als sich der dünne Mann seine Waffe mit nach hinten geneigtem Kopf langsam in den Rachen schob.

Wrobel drehte sich um und blickte in betroffene und ratlose Gesichter. „Habt ihr auch einen Degen in eurem Schuppen?" fragte er, an Weberknecht gewandt.

Dem Schwertschlucker folgte ein Jongleur, dann ein Drehorgelspieler mit einem kleinen schwarzen Hund (der sich im Takt der Musik drehen konnte!) und schließlich die Seiltänzerin, ein zierliches Mädchen in einem weißen Kleid, mit weißem Schirmchen und weißer Schleife im Haar.

„Meine doofe Schwester", sagte Janssen geringschätzig und tippte sich mit dem Finger an die Stirn, „hat neulich auch Seiltänzerin gespielt. Sie hat ein altes Tau auf den Boden gelegt und so getan, als ob sie ganz tief runterfallen könnte." Er schüttelte den Kopf. „Nee, wirklich – was die Mädchen manchmal für verrückte Ideen haben!"

Die anderen gaben ihm vielstimmig recht; doch als die junge Akrobatin ein ums andere Mal leichtfüßig über das zwischen den Wagen straff gespannte Seil balancierte und dabei geschickt einige Kunststücke vollführte, klatschten auch sie in heimlicher Bewunderung laut in die Hände.

„Und was machen wir jetzt?" fragte Weberknecht, während sich die Zuschauergruppe vor dem Zelt der Schaustellertruppe allmählich auflöste.

„Wir könnten uns von dem restlichen Geld Kuchen und Süßigkeiten kaufen", schlug Backhus vor, aber Wrobel schüttelte den Kopf.

„Lieber erst später", sagte er. „Wir haben gerade schon so viel für die Vorstellung bezahlt. Und wenn wir jetzt schon alles ausgeben, können wir nachher nicht mehr bei der Verlosung mitmachen. Und außerdem: Wenn unsere Eltern uns hier treffen und fragen, wieviel Geld wir noch haben und es sehen wollen und wir schon alles rausgeworfen haben, dann gibt es bestimmt wieder 'ne ganze Menge Ärger!"

„Wart ihr denn schon beim Wilden drin?" fragte Gramberg, der mit seiner Gruppe mittlerweile auch aufgetaucht war.

„Noch nicht. Was kostet denn das?"

„'nen halben Stüber für jeden."

„Habt ihr etwa bezahlt?" schaltete sich ein kleines Bürschchen mit Brille ein. „Da kann man doch hinten rein – unter der Zeltplane durch!"

„Hast du das schon ausprobiert?"

„Natürlich, Wrobel. Da hinten kann einen keiner beobachten, höchstens der alte Huismann von seinem Wohnzimmer aus – aber der ist vorhin in den ‚Schwarzen Bären' rübergegangen, und da bleibt er meistens bis Mittag."

„Fabelhaft, dann sparen wir ja 'ne Menge Geld ein! Los – mir nach!"

Sofort setzte sich der Troß von inzwischen über fünfzehn verschwörerisch dreinschauenden Jungen in Bewegung. Vorsichtig schlichen sie um das bunte, oft geflickte Zelt herum, und der Kleine mit der Brille zeigte seinen Kameraden, wo er mit sicherem Instinkt einen geheimen Einstieg gefunden hatte.

„Hier haben sie vergessen, die Plane im Boden zu verankern", erklärte er mit wichtiger Miene und in dem klaren Bewußtsein, mit seiner Entdeckung einen großen Beitrag für die Gemeinschaft geleistet zu haben.

„Gut", flüsterte Wrobel. „Wir können natürlich nicht alle gleichzeitig hineingehen, das würde auffallen. Ich schlage vor, Weberknecht, Janssen, der Lange und ich gehen zuerst, und wenn wir wieder draußen sind, die nächsten vier."

Die anderen waren einverstanden, und der Anführer hob lautlos die Plane. „Los, Weberknecht!" Aber der Angesprochene machte ein unsicheres Gesicht.

„Was ist denn los mit dir? Glaubst du, uns könnte jemand sehen?"

„Nein, das nicht –", kam es zögerlich. „Aber... was ist, wenn mich der Wilde packt, wenn ich meinen Kopf da durchstecke?"

„Mensch, bist du doof!" fiel der Kleine übermütig ein. „Der ist doch in einem Käfig, den lassen sie doch nicht frei darin rumlaufen!"

„War ja bloß ein Witz", sagte Weberknecht nicht sehr überzeugend und verärgert, daß er sich das nicht selbst hatte denken können; und mutig kroch er voran. –

Im Zelt war es dunkel. Zumindest erschien es den vieren so, die sich in dem engen Raum zwischen der Zeltwand und einer kleinen Bühne mit einem großen, verhüllten Kasten darauf wiederfanden. Von dem gedämpften Licht des Zeltinneren drang nur wenig in diesen Winkel, und das war gut so – das bereits zur nächsten Vorstellung hereinströmende zahlende Publikum hätte sonst ein hervorstehendes Bein oder einen geduckten Kopf nicht übersehen können.

„Drin sind wir", raunte Wrobel seinen Freunden zu. Das weitere war Routine für die Kosaken, im Alltag oft geprobt.

„Hier ist er!" rief der Lange laut und erhob sich. „Ich habe ihn gefunden!" Er hielt einen kleinen Ball in die Höhe.

„Er hat ihn gefunden!" rief Wrobel ebenso laut. „Kommt zurück!"

Wie selbstverständlich mischten sie sich unter das Volk, das das kleine Zelt schon fast ausfüllte.

„Heda!" rief ein dicker Mann im schwarzen Frack, der sie auftauchen gesehen hatte. „Weg da von dem Käfig!"

„Mensch, klar – das ist der Käfig!" sagte Weberknecht leise zu den anderen.

Wrobel nickte. „Der Wilde hätte uns greifen können – einfach so", meinte er betroffen und machte die entsprechende Handbewegung.

Im Zelt gab es keine Bänke, wohl aus dem einfachen Grunde, daß so auf den paar Quadratfuß mehr Leute Platz fanden. Noch ging von einigen Kleinwüchsigen, die hinten standen, Unruhe aus, als auch schon der Dicke im schwarzen Frack das Podium erklomm und mit großer Geste zu sprechen begann.

„Sehr verehrtes Publikum! Ihnen ist eine große Sensation angekündigt worden – und Sie werden nicht enttäuscht nach Hause gehen. Ich darf sagen, es ist eine *einmalige* Sensation. Ein Wesen aus einer fremden Welt, das Sie das Grausen lehren wird!"

Er faßte an den zugedeckten Käfig, aus dem kein Laut zu vernehmen war, und senkte seine Stimme.

„Das fleischgewordene Böse, werden Sie sagen – nun, ich werde Ihnen nicht widersprechen."

„Wißt ihr, wer das ist?" fragte Wrobel wispernd seine Kameraden. „Das ist der Starke Mann!"

Die anderen guckten skeptisch, aber dann nickten sie erstaunt. Natürlich! Der Redner da vorne, der die feinen Sachen und einen Zylinder trug und richtiges Deutsch konnte, war genauso dick wie der Starke Mann und hatte genau das gleiche Gesicht mit genau dem gleichen Schnurrbart – bloß, daß unter seinem Hut dichtes, schwarzes Haar hervorschaute.

„... aus dem dunkelsten Afrika", schloß er gerade, wieder laut geworden, seine Ankündigungen, „Attila, der Wilde!"

Und mit einem Ruck riß er die Decke von dem Käfig.

Atemlose Stille. Zwei große, glühende Augen starrten in die bewegungslose Menge. Dann begann das schwarze Wesen markerschütternd zu schreien und tobsüchtig an den Gitterstäben zu rütteln. Weißer Schaum trat aus seinem Mund, und das Stroh des Käfigs stob durch die Luft.

„Ist der klein", sagte Janssen, seine Enttäuschung nicht verbergend.

Eine Weile trieb der Wilde es in dieser Manier, dann schien er sich ein wenig zu beruhigen, so daß der Starke Mann wieder zu Wort kommen konnte.

„Ja, liebe Leute, nicht zu nahe, nicht zu nahe an den Käfig! Ihr seht, Attila ist von der Tollwut besessen, und er würde sich gern ein kleines Mädchen greifen!"

Erschrocken schrien einige kleine Mädchen und ihre Mütter auf, aber der Redner hob beschwichtigend die Hände. „Keine Angst, kein Grund zur Sorge! Habt ihr schon mal jemanden gesehen, der *solche* Eisenstäbe verbiegen kann?"

Das beruhigte das Publikum, und so fuhr er damit fort, in nunmehr wissenschaftlichem Tone zu erklären, tatsächlich ernähre man sich unter den Wilden fast ausschließlich von Menschenfleisch. Umgekehrt werde man, habe man die überall verbreiteten Seuchen überlebt, früher oder später selbst zum Fraße. Das hier zu bewundernde Exemplar sei nur durch Zufall vor dem hungrigen Zugriff eines stärkeren Nachbarn gerettet worden und äße bis zum heutigen Tage nur rohes Fleisch.

Unterdessen hatte sich Attila auf sein Stroh gesetzt und begnügte sich damit, zwischen den gefletschten Zähnen hindurch zu zischen und mit den Augen zu rollen. Alle Kinder starrten ihn gebannt an, Frauen und Mädchen hielten den Mund unter den Händen verborgen. Nur die Männer gaben sich betont unbeeindruckt und redeten beruhigend und erklärend auf die Frauen ein.

Jetzt, da man den Wilden in Ruhe betrachten konnte, fiel erst der Ring in seiner Nase auf. Die einzige Kleidung, die er trug, war ein zerrissener Lendenschurz.

Die Rede wandte sich abschließend einigen grausigen Anekdoten zu, die sich um Blasrohre und aufgespießte Köpfe drehten. Dann wurde noch einmal betont, um welch wahrhaft große Sensation es sich hier handele. Die Leute applaudierten, und die Vorstellung war vorbei.

Als die vier Kosaken aus dem Zelt kamen, unschlüssig, ob der Wilde sie nun beeindruckt hatte oder nicht, wurde gerade ausgerufen, man könne nun bis zum nächsten Vortrag Attila den Wilden zum halben Preis betrachten.

„Schlecht war er nicht", meinte der lange Jan. „Aber Janssen hat recht: Ein richtiger Wilder, der muß größer sein. Sonst hat man ja gar keine Angst davor!"

„Ich wette, Backhus wird mit ihm fertig", stimmte Janssen ihm zu. „Wenn der ihn in den Schwitzkasten nimmt..."

„Ist doch egal. Wir haben nichts bezahlt, da können wir auch nicht meckern", schloß Wrobel das Kapitel ab.

Backhus stieß wieder zu ihnen, denn mit dem Einsteigen ins Zelt wollten er und die, die den Wilden auch noch nicht gesehen hatten, bis zur nächsten Vorstellung warten. Er wollte wissen, wie es gewesen war, aber die anderen sagten nur: „Gut" und nickten, denn sie wollten ihm den Spaß nicht verderben.

„Laßt uns mal gucken, was es bei der Verlosung zu gewinnen gibt", schlug der lange Jan vor. Auf dem Weg zu dem Stand des Losverkäufers sahen sie, wie der Starke Mann in seiner roten Hose gerade auf die Kiste kletterte.

Der Hauptgewinn war ein Teeservice aus chinesischem Porzellan. Das wollten sie gar nicht haben. Aber Wrobel entdeckte zwischen den übrigen Preisen einige Trillerpfeifen, die sie gut gebrauchen könnten, wie er meinte.

„Als Signalpfeifen! Wenn jeder so eine Pfeife hätte..."

„Klar!" Weberknecht war gleich begeistert. „Einmal pfeifen: Es kann losgehen. Zweimal pfeifen: Die Luft ist rein. Dreimal pfeifen: Achtung, Gefahr!"

Plötzlich merkten sie, daß jemand hinter ihnen stand. Es war Herr Franzius, der Zeichenlehrer. Er hatte die Hände in den Taschen und fragte: „Na, alles klar bei euch?... Gebt mir mal einen Tip, was sich hier besonders lohnt."

Wrobel überlegte. Sollte er den Wilden empfehlen?

„Waren Sie schon beim Wilden drin?" fragte er.

„Ja, war ich. Ihr auch? Also, um ehrlich zu sein, ich war ja enttäuscht, wie klein er ist."

„Und es gibt hier auch leckere Kartoffeln!" rief Weberknecht, aber sein Lachen erstickte, weil Janssen ihm den Arm umdrehte. Herr Franzius grinste, obwohl er den Spaß nicht verstand, und wünschte noch weiterhin soviel Vergnügen. Als er weitergegangen war, stieß der Lange plötzlich Janssen und Weberknecht an, ruhig zu sein, und wies auf den Rücken eines Mannes mit breitem Kreuz.

„Ja, das war er gerade", war von dort zu vernehmen. „Unglaublich, daß man ihn so herumlaufen läßt und keiner was tut."

„Na, wenn man ihm nichts nachweisen kann ..."

„Als wenn es da noch was nachzuweisen gibt!"

Der mit dem breiten Kreuz spuckte auf den Boden, und sein Gegenüber murmelte etwas, das sie nicht verstehen konnten. Wrobel bedeutete den anderen mit einer Kopfbewegung, ihm hinter den Stand zu folgen.

„Habt ihr gehört?" fragte er dort. „Das war wieder der Quatsch mit Herrn Scharnhorst!"

„Aber Herr Franzius kann ihn nicht umgebracht haben! Ich war selbst dabei, wie wir ihn und Herrn Groth aus dem Bett geholt haben!" erklärte Weberknecht aufgebracht.

„Ja, ja, wir wissen das. Du hast es uns schon zwanzigmal erzählt. Und außerdem würde Herr Franzius nie so was tun!"

Seine Kameraden pflichteten ihm von ganzem Herzen bei.

„Was ist", fragte Janssen nach einer Weile des Schweigens. „Geht einer von euch zur Wahrsagerin rein? Sie hat jetzt ihren Wagen offen."

„Ach, nur einer, das bringt nichts."

„Wir könnten uns beim Piqueurhof die Sachen für die Auktion ansehen."

„Da ganz hin? Außerdem ist die Auktion erst heute nachmittag, dann ist es lustiger."

„Wißt ihr noch, wer letztes Jahr die Truhe gesteigert hat?" fragte Janssen.

„*Er*steigert meinst du. Ja, das war der Wirt vom ‚Weißen Bären'. Und es waren nur Bücher drin!" erinnerte sich Wrobel.

„Ach", meinte Weberknecht, „darum also soll sein Sohn unbedingt aufs Gymnasium – damit der die Bücher wenigstens liest!"

Sie lachten.

„Wir könnten zu der Frau mit dem Käse gehen", schlug Backhus vor, der Hunger hatte. „Vielleicht läßt die uns mal probieren."

Damit waren alle einverstanden. –

Die Frau mit dem Käse war indes gar nicht darüber erfreut, daß sich das Häuflein Leibe reibender Jungen ausgerechnet an ihrem Stand herumdrückte. Sicher führten sie irgendwelchen Unfug im Schilde, dachte sie sich, denn sie kannte Jungen in diesem Alter schließlich – die hatten immer irgendwelchen Unsinn im Kopf und schreckten die Kundschaft ab. Deshalb hielt sie es für klug, jedem von ihnen ein würziges Stück Käse in die Hand zu drücken und sie damit davonzuschicken.

Genüßlich schmatzend trödelten die Kosaken über den Markt. Jetzt, am späten Vormittag, wurde es auf dem Platz immer voller. Tische und Bänke waren vor den Gasthäusern aufgestellt, und an den Verkaufsständen herrschte reger Betrieb. Vom Pferdemarkt kamen zufriedene Viehhändler und Bauern, um ihre erfolgreichen Geschäfte zu begießen, und das Zerstreuung suchende Publikum ließ sich von der Atmosphäre des Markttages willig einvernehmen; unverbindliche Gespräche und Fachsimpeleien wechselten bald mit täglichem Klatsch und Tratsch, und die Stimmung stieg allmählich an.

Die Jungen kamen wieder am Zelt der Schaustellertruppe vorbei, wo die zweite Vorstellung gerade zu Ende war. Von der Kiste herunter hielt jemand die Zuschauer an, nicht den höchst interessanten Vortrag über Attila den Wilden, den Schrecken aus dem tiefen Afrika, in wenigen Minuten zu verpassen. Backhus, der den Wilden noch nicht gesehen hatte, machte sich auf, und die anderen beschlossen, draußen auf ihn zu warten.

Schaustellerwagen auf dem Marktplatz

Sie hatten kaum zwei kleine Mädchen von ihren Plätzen auf einem Heuhaufen vertrieben und es sich selbst dort gemütlich gemacht, als sie ihren Freund auch schon wieder auftauchen sahen. Er kam allerdings nicht hinter dem Zelt hervor, um das herum er verschwunden war, um sich unerlaubten Eintritt zu verschaffen, sondern aus demselben heraus. Backhus hing mit unglücklichem Blick und sehr unangenehm am Hemdkragen gepackt am Arm des Starken Mannes.

„Ist es denn zu glauben? Ja, ist es denn zu fassen?" rief der gewichtige Herr (jetzt wieder mit Anzug, Hut und Haartracht) und schob Backhus und einen zweiten Jungen mit ziemlich verheulten Augen, den er ebenfalls im Griff hielt, vor sich her. „Da haben sich doch diese leichtsinnigen Bengelchen am Käfig des wilden Attila zu schaffen gemacht!"

Die Leute, die gerade vorbeikamen, blieben erstaunt stehen und sahen zu ihnen hinüber.

„Bitte, meine Damen und Herren, sehen Sie sich diese armen Teufel an. Um ein Haar wären sie durch die Hand eines gefährlichen Monstrums um ihr junges Leben gekommen. Sie können von Glück reden, daß ich gerade im rechten Moment zugegen war, um sie vor den Klauen Attilas zu retten! – Habt ihr denn das Schild nicht gelesen: Nicht an den Käfig treten? Man sollte euch die Hosen strammziehen! – Sehr verehrtes Publikum, Attila der Wilde ist ein unberechenbares Wesen, das eher einem Tier als einem Menschen gleicht und das von unseren Formen zivilisierten Zusammenlebens, von Sitte und Moral nichts weiß. Er stammt aus einer Welt, in der es Recht und Ordnung nicht gibt und in der sich der Stärkere gegen den Schwächeren durchsetzt!" Er schüttelte seine Gefangenen. „Eine Kreatur wie Attila den Wilden hat noch kaum ein Mensch je zu Gesicht bekommen, und wenn doch, so kann er froh sein, mit dem Leben davongekommen zu sein. Und deshalb verspreche ich Ihnen nicht umsonst eine wahre Weltsensation, wenn Sie nähertreten und sich Attila den Wilden ansehen. Für einen besonders günstigen Eintrittspreis können Sie erleben, wovon Ihr Nachbar noch nie in seinem Leben gehört hat, und hören kostenlos einen höchst interessanten Vortrag über den Schrecken Afrikas. Aber bleiben Sie bitte in sicherem Abstand vom Käfig entfernt, denn Sie werden sehen, Attila hat die Tollwut und wird sich jeden fassen, der ihm zu nahe kommt."

Ein Ausdruck von Furcht und Neugier spiegelte sich in den Gesichtern der Umstehenden, und der dicke Mann sah zufrieden in die Runde.

„Habt ihr noch nie von der Tollwut gehört, ihr Taugenichtse? Wenn ihr gebissen worden wäret!“ fuhr er die Jungen noch einmal an, bevor er sie vom Pranger entließ. „Eure Eltern sollten euch den Hintern versohlen!“ Dann stellte er sich an den Eingang des Zeltes und kassierte den Eintritt für die Vorstellung.

Kleinlaut kehrte Backhus zu seinen Freunden zurück. Da er von außerhalb kam und die Schreiberswitwe Schomerus es mit der Pflicht seiner Überwachung nicht so genau nahm, hatte er keine weiteren Konsequenzen aus dem eben Erlebten zu befürchten. Es ärgerte ihn nur maßlos, erwischt worden zu sein. Bei seinem mitgefangenen Kameraden lag der Fall hingegen etwas anders: Noch bevor er im Gewimmel der Leute untertauchen und das Weite suchen konnte, wurde er abermals von eiserner Hand am Ärmel gepackt und unnachgiebig davongezogen.

Backhus und die anderen sahen ihm mit ernsten Mienen nach.

„Das gibt 'ne schöne Tracht“, murmelte Wrobel mitleidvoll. „Wie konnte das denn überhaupt passieren?“

Backhus stopfte die Hände in die Taschen. „Na ja, Loose und ich sind ins Zelt rein und haben hinter der Bühne gewartet, daß es losgeht. Aber es dauerte so lange, und da dachten wir, wir können schon mal einen Blick riskieren, wie der Wilde so aussieht. Wir haben nur das Tuch vom Käfig ein bißchen hochgehoben, und dann kam auch schon der Dicke.“

„Hm. Das war Pech. Habt ihr den Wilden denn wenigstens gesehen?“

„Ja, ganz kurz. Aber so wild fand ich ihn gar nicht.“

„Wieso? Hat er gar nicht seine Zähne gezeigt und nach euch gegriffen?“

„Nö. Er hat nur dagesessen und uns angeguckt.“

„Da habt ihr ja wirklich Glück gehabt, sonst hättet ihr jetzt Schaum vor dem Mund und alle würden vor euch weglaufen.“

„Mann, das wäre doch grandios! Dann könnte man einfach ... He, hoppla, da kommt ja Croon. Was ist denn mit dem los?“

Die Blicke aller wandten sich dem Jungen zu, der schnaufend auf sie zuhielt.

„Hast du ein Gespenst gesehen?“ fragte Wrobel grinsend. „Warum rennst du so?“

„Ich hab euch überall gesucht“, keuchte Croon atemlos, „ihr müßt sofort mitkommen. Schnell!“

„Warum? Ist etwas passiert?“

„Noch nicht. Los, kommt!“

Wrobel machte ein ratloses Gesicht und nahm die Verfolgung seines Kameraden auf, der schon wieder davoneilte.

Im Galopp ging es zwischen Buden, Ständen, Tischen und Bänken hindurch quer über den Platz auf dessen Nordwestende zu; wütend schimpften ihnen die angerempelten Marktbesucher nach. Eine dichte Traube von Menschen tauchte plötzlich auf, die sich um irgend etwas herum versammelt zu haben schien. Croon steuerte zielstrebig die Freitreppe eines imposanten Bürgerhauses an, auf der sich bereits eine Meute anderer Jungen drängte, und schwang sich die Stufen empor. Wrobel folgte ihm dicht auf den Fersen.

„Was denn?“ prustete der Bandenführer hervor.

Croon atmete tief und wies mit ausgestrecktem Zeigefinger über die Köpfe der Leute. Die aufgebrachte Menge umringte drei kräftige, finster dreinblickende Männer, die einen vierten, jüngeren Mann mit Brille umstellt hatten und ihm den Weg versperrten.

Wrobel erschrak. „Mensch, das ist ja Herr Franzius!“ entfuhr es ihm.

In der Menge wurden Stimmen laut: „Verprügeln sollte man ihn“, rief jemand; „Totschlagen!“ ein anderer. Und zustimmendes Gemurmel ging durch die Reihen.

„Was ist denn hier los, Croon?“ flüsterte Wrobel erregt.

„Weiß ich selber nicht –“

„Willms?“

„Die sagen, er habe Herrn Scharnhorst umgebracht. Jetzt wollen sie ihm an den Kragen!“

„Das gibt's doch nicht!“

„Sie haben sich ihn geschnappt, als er aus der ‚Traube‘ kam. Ich habe gehört, wie sie ihn Mörder genannt haben, weil er doch bei der Leiche gestanden hat, als Wachtmeister de Buhr kam.“

„Und was sagt Herr Franzius dazu?“

„Daß Herr Groth bei ihm gewesen ist und man ihn fragen kann. Und daß Doktor Goldberg bezeugen kann, daß da die Leiche sowieso schon längst tot war. Aber die meinen, dann ist Herr Franzius eben wieder zurückgekommen, um zu gucken, ob Herr Scharnhorst richtig tot ist, und was hat er mitten in einer stürmischen Nacht sonst draußen zu suchen, wenn er nicht was im Schilde geführt hat. Und Herrn Groth hat er nur mitgenommen, um ihm den Ahnungslosen vorzuspielen.“

„Aber das stimmt nicht. Herr Franzius und Herr Groth waren nur da, weil wir sie geholt haben. Wir müssen ihm helfen!“

„Klar, aber wie? Er hat das Herrn de Buhr damals doch ganz anders erzählt, damit die Schatzsuche geheim bleibt. Nämlich, daß er und Herr Groth uns zufällig auf der Straße getroffen haben und nachgeguckt haben, ob da wirklich ein Toter liegt, wo wir sagen. Wenn wir jetzt sagen, das stimmt gar nicht, dann ist er ein Lügner, und sie glauben ihm überhaupt nichts mehr. Außerdem hört uns doch sowieso keiner an, weil wir Kinder sind und davon nichts verstehen."

„Die verpassen uns eine Ohrfeige und sagen, wir sollen den Mund halten, Willms hat recht."

Wrobel verstand. „Aber wir können nicht zulassen, daß die Herrn Franzius verprügeln – das geht nicht!" sagte er entschieden.

„Was willst du tun?" fragte Willms.

„Habt ihr nach dem Wachtmeister geschickt?"

„Ich war da, aber die Wachstube ist leer", gab Croon Auskunft. „Sind beide wohingerufen worden."

„Verdammt." Wrobel dachte angestrengt nach.

„Dann müssen wir uns was einfallen lassen, um ihn zu befreien."

„Hast du eine Idee?"

„Hm ... wir müßten die Leute irgendwie ... Mann, das könnte klappen! Wenn ihr alle mitmacht ...?"

„Klar!" klang es dutzendfach.

„Aber es könnte nachher ein paar blaue Flecken auf dem Hintern geben –"

„Davon haben wir sowieso schon genug!"

„Und wir müssen was von unserem Geld ausgeben; es wird nämlich was zu Bruch gehen, damit auch alles richtig echt aussieht –"

„Her damit!"

„Also gut, dann ist es beschlossen. Mir nach!"

* * *

Paul Franzius wischte sich den Schweiß von der Stirn. Die drei Männer hatten ihn rückwärts gegen einen Tisch gedrängt und bliesen ihm mit ihrem Atem den Geruch von Bier und Schnaps ins Gesicht. Einer von ihnen, ein ungemütlicher Hüne von gewalttätigem Aussehen, versetzte ihm ab und zu einen Rippenstoß. Viel mehr als von diesen dreien aber fühlte sich Paul von den Wortführern bedroht, von denen sie augenscheinlich angestiftet worden waren, und von dem immer noch anwachsenden Publikum, das sich mit kalten Blicken an seiner hilflosen Lage weidete. Er gewann mehr und mehr den Eindruck, als solle hier ein regelrechtes Standgericht über ihn gehalten werden.

„Warum hätte ich so was tun sollen?“ rief er verzweifelt. „Das ergibt doch gar keinen Sinn!“

Ein kleiner, bürgerlich gekleideter Mann mit dünnem Bart und stechendem Blick, dem er in der Stadt schon oft begegnet war, hatte die Anklage übernommen.

„Die Bürger dieser Stadt sind wachsamer, als Sie glauben“, sagte er. „Glauben Sie, niemand hätte bemerkt, wie Sie vom ersten Tage an ein Auge auf die junge Frau des Steuerinspecteurs geworfen haben? Hier kennen die Leute einander, und das wußten Sie noch nicht, als Sie in der Kirche in schamloser Weise der verheirateten Frau Scharnhorst zugewunken haben. Aber wir alle haben es gesehen.“

„Das wird doch erlaubt sein“, wandte Paul kraftlos ein.

„Es zeigt, wie skrupellos Sie sind“, rief der Ankläger zornig und streckte den Zeigefinger aus. „Und ganz und gar nicht erlaubt ist es, einer Zeichenschülerin, die Ihnen ausgeliefert ist, den Hof zu machen! Noch dazu, wenn diese Schülerin verheiratet ist und Sie für Ihre Arbeit bezahlt werden! Von *uns* bezahlt werden!“

In der Menge wurde Entrüstung laut. So klar hatten viele die Sache noch gar nicht gesehen. Paul, der geglaubt hatte, diese unsinnigen Vorwürfe seien einzig im Kopfe Herrn Schnöters ersponnen, machte einen Versuch, dagegenzuhalten.

„Nichts davon ist wahr! Fragen Sie die übrigen Zeichenschüler. Wir sind miteinander umgegangen, wie man unter erwachsenen Menschen miteinander umgeht!“

Einzelne Lacher machten ihm die Zweideutigkeit seines letzten Satzes bewußt. Ohnmächtig ließ er den Kopf sinken.

„Und nach Ihrer verabscheuungswürdigen Tat haben Sie gar die Kaltblütigkeit besessen, sich der armen Witwe im Trauerhaus aufzudrängen, um an das Ziel Ihrer Wünsche zu gelangen. Eine ehrenwerte Dame, die Sie dabei überrascht hat, hat uns davon berichtet. Was haben Sie dazu zu sagen?“

Fassungslos schüttelte Paul nur den Kopf.

„Der Wachtmeister hat gesagt, es gäbe keine Beweise gegen Sie und keinen Grund zum Handeln“, ergriff der Nachbar des ersten Sprechers das Wort. In sein vierschrötiges Gesicht stieg die Zornesröte, und es sah aus, als müsse ihm jeden Augenblick der gestärkte Kragen platzen. „Aber ich frage Sie: Wie erklären Sie es, daß Sie ein paar Tage später unter verdächtigem Verhalten Ihre Brille, der ein Glas fehlte, bei Herrn Beer reparieren lassen wollten?"

„Der Kobus von der Mühle hat beim Fegen unter der Galerie die Scherben gefunden", setzte ein Dritter erklärend hinzu. „Ohne Zweifel ist Ihre Brille in Stücke gegangen, als Sie den Steuerinspecteur von der Mühle gestoßen haben."

„Ich ... Es war nicht meine Brille, mit der ich bei Herrn Beer war. Das schwöre ich! Sie hatte mit Herrn Scharnhorsts Tod nichts zu tun ... es ist eine andere Geschichte", brachte Paul wenig überzeugend hervor und verstummte. Mit eisigem Schweigen wartete man ab, ob er noch mehr zu seiner Verteidigung vorzubringen hatte, aber es kam nichts mehr.

„Nun, eindeutiger geht es wohl kaum", sagte der Kleine spitz und hakte seine Daumen in die Westentaschen. „Wozu braucht es da Beweise?"

Er schaute sich um.

„Was machen wir mit ihm?"

„Wenn Sie es wagen!" erklang es drohend aus der ersten Reihe. Niemand anders als Frau Rosenbohm hatte sich nach vorne gearbeitet. Nun trat sie in die Mitte und schwang ihre Einkaufstasche, als wolle sie alle damit hinwegfegen. Nie hatte Paul sie so empört gesehen.

„Sie sollten sich alle was schämen! Dieser junge Mann hat ein reineres Gewissen als ihr alle zusammen! Oh, wenn Arian hier wäre!"

Einen Augenblick schien es, als habe sie mit ihrem Auftritt einige zur Vernunft gebracht, aber dann brach ein unheilverkündendes Lachen los.

„Geh nach Hause, Oma! Wir machen hier etwas unter Männern aus!"

„Ihr seid ja alle betrunken!" rief sie noch, wurde aber von der Menge, die in Bewegung geraten war, hinweggedrängt. Sein Wächter packte Paul am Kragen, und ein paar durch den Alkohol und die Reden mutig Gewordene rollten ihre Hemdsärmel hoch. Ein rohes Ei traf Paul an der Schulter, und er fühlte, von hinten festgehalten, wie ihm jemand die Brille aus dem Gesicht nahm.

Da geschah es.

Ein kurzer, wilder Schrei ertönte im Rücken der erregten Leute, die augenblicklich verstummten und sich fragend umschauten.

Von irgendwoher waren Rufe zu hören und erneut ein Schrei, und gleich darauf drängte sich ein etwa zwölfjähriger Junge durch die Menschen nach vorne.

„He, was ...?"

Noch ehe sich ein Herr über ihn entrüsten konnte, war der Bursche auch schon mit einem Satz auf eine Bank und weiter auf einen Tisch gesprungen. Gläser fielen zu Boden und gingen klirrend entzwei.

„Ja, bist du denn vollkommen irrsinnig, Rabauke?" rief der Vierschrötige mit dem rotem Kopf, aber der Junge kehrte sich nicht daran. Er führte sich auf wie toll, hüpfte von Tisch zu Tisch und wieder hinunter, fuhr sich kreischend durch das ohnehin zerzauste Haar und schnitt eine so furchterregende Fratze, daß eine Frau, die, gar nicht zimperlich, bei Pauls Bestrafung zugegen sein wollte, entsetzt vor ihm zurückwich. Dann blieb er direkt vor dem breitschultrigen Hünen stehen, der Paul am Kragen hielt. Eine weiße Masse lief ihm über das Kinn.

„Was soll das?" grunzte der Koloß. Zwei weit aufgerissene Augen starrten ihn an – und plötzlich traf ihn ein gemeiner, hinterhältiger Fußtritt genau am Schienbein. Er krümmte sich und mußte den Zeichenlehrer loslassen. Der Junge lief teuflisch lachend davon.

Dies alles passierte so schnell und unerwartet, daß niemand auf die Idee gekommen war, den Übeltäter aufzuhalten. Und bevor jemand sein Erstaunen überwunden hatte, war schon ein nächster Junge da.

„Sie sind am Käfig gewesen, sie sind am Käfig gewesen!" rief er aufgeregt, zeigte in Richtung des Zeltes und zog wahllos einen Herrn am Rock.

„Verdammt noch eins, was ist denn los mit euch? Seid ihr von allen guten Geistern verlassen? Laß mich gefälligst los!"

„Aber sie sind am Käfig gewesen!"

„Wovon redest du?"

„Von den anderen. Sie sind in das Zelt rein, wo der Wilde drin ist, und er hat sie gebissen."

„Was?"

„Sie sind plötzlich ganz komisch und laufen überall ... Da! Da sind sie!"

Ein dritter und ein vierter Junge stürzten durch die Gasse, die sich gebildet hatte, beide offenbar von Sinnen, denn sobald die Augen auf sie gerichtet waren, rissen sie einander an den Jacken, fielen zu Boden und wälzten sich in wildem Kampfgetümmel.

Noch zwei Jungen erschienen und von einer anderen Seite ein weiterer, und allen quoll dasselbe weißliche Zeug aus den Mundwinkeln. Einer warf sich für sich alleine röchelnd auf das Pflaster, trommelte mit den Fäusten und trat mit den Beinen um sich.

Endlich begann man zu begreifen. Plötzlich kamen Angst und Schrecken auf.

„Mein Gott, sie haben ja Schaum vor dem Mund!" rief eine helle Stimme.

„Dieser Wilde hat die Tollwut, ich habe es selbst gesehen!"

„Das ist mein Junge. Um Himmels willen, mein Junge!"

„Wir müssen sie einfangen, bevor sie noch andere anstecken!"

„Zum Arzt mit ihnen, schnell!"

„Da ist noch einer – hinterher!"

Entsetzte Rufe und aufgeregtes Stimmengewirr fielen ineinander, alles lief umher, und inmitten des ganzen Trubels bot eine ganze Bande verschworener Schuljungen immer übermütigere Veitstänze und Grimassen dar.

Ihr Lehrer aber hatte sich längst aus dem Staube gemacht.

Dreizehntes Kapitel

Mit langsamen, unentschlossenen Schritten trat Paul Franzius aus dem prachtvollen Warringschen Bankhaus ins Freie. In der Hand hielt er ein kleines blechernes Kästchen. Ohne sich irgendwo aufzuhalten, war er vom Markt hierhergeeilt und ungeachtet der Bedenken des grauen Männchens bis zu dem Bankier vorgedrungen. Aber was hatte es ihm genützt? Nichts, gar nichts.

„Warten Sie!“ hörte er jemanden hinter sich. „Ich muß Ihnen noch etwas sagen!“ Es war Herr Warring. Ohne auf seine Bankierswürde zu achten, hatte er Paul im Laufschritt eingeholt.

„Herr Franzius. Ich wäre Ihnen sehr verbunden, ja, ich möchte Sie sogar verpflichten, nicht ein Sterbenswort von dem Fund meiner Brille zu verraten. Sie verstehen, schon alleine dies könnte meinem Ruf und dem meiner Bank empfindlichen Schaden zufügen.“ Er wischte sich mit einem kleinen Tuch einige Schweißperlen von der Stirn. „Ich kann mir gar nicht denken, wie sie dorthin gelangt sein kann, in das Faß bei der Wallmühle, wie Sie sagen. Ich bin mir sicher, sie im ‚Schwarzen Bären‘ liegengelassen zu haben. Irgendein Witzbold muß sie mitgenommen und dort hineingeworfen haben ... Sagen Sie nur niemandem etwas davon. Ich möchte nicht mit dem undurchsichtigen Todesfall in Verbindung gebracht werden.“

„Oh, ich werde es für mich behalten. Es hätte mir nur sehr geholfen, wenn Sie mir Ihre Brille zu meiner Entlastung zur Verfügung gestellt hätten ...“

„Sie müssen das verstehen! Sie haben nichts zu verlieren, ich hingegen ...“ Er tupfte sich abermals die Stirn.

„Sagen Sie, warum haben Sie mir die Brille eigentlich nicht gleich zurückgegeben, wenn Sie herausgefunden hatten, daß sie mir gehört, sondern sie in dieses Kästchen geschlossen?“ fragte er dann.

„Ich war mir zu dem Zeitpunkt nicht sicher, ob Sie nicht eine Rolle spielten in den Geschehnissen jener Nacht“, antwortete Paul.

„Sehen Sie! Genau die Frage würde sich jeder stellen. Ich kann Ihnen nicht helfen.“ Er sah Paul durchdringend an. „Selbst wenn Sie unschuldig sind. Ich kann es mir einfach nicht leisten! Ich muß an meine Bank denken. – Ich kann mich also auf Sie verlassen?“

Paul nickte.

* * *

Zum wiederholten Male ertappte sich Paul Franzius dabei, daß er sich erst verstohlen umsah, bevor er auf das Trottoir hinauswagte. Aber es war niemand da, der auf ihn lauerte. Keiner der Passanten beachtete ihn weiter oder machte gar Anstalten, ihn zu bedrängen, obwohl sich noch zwei Tage zuvor die halbe Stadt, wie es ihm vorgekommen war, gegen ihn gerichtet hatte.

Paul schloß die Ladentür hinter sich und machte sich eiliger als sonst auf den Heimweg. Er trug ein kleines Bündel bei sich, das er mit beiden Händen umschlungen hielt, damit es sich nicht öffnete.

Wahrscheinlich hatte es nur durch die besondere Stimmung des Markttages und die enthemmende Wirkung des Alkohols so weit kommen können, daß man ihm gemeinschaftlich ans Leder gewollt hatte. Den meisten Schaulustigen, die dabeigestanden hatten, war die Sache im nachhinein wohl selbst unangenehm. Aber allein die Tatsache, daß sich Gerüchte und eigentlich ganz bedeutungslose Vorkommnisse so hatten verselbständigen können, daß offener Haß gegen ihn ausgebrochen war, hatte Paul mit Angst erfüllt. Obwohl er vom Justizrat Detmers, von Friedrich und sogar von Herrn Schnöter ausreichend gewarnt worden war und ihn seine täglichen Beobachtungen zur Vorsicht hätten mahnen müssen, hatte er das Ausmaß des Kleinstadttratsches und seine Folgen erheblich unterschätzt.

Zwei Nächte lang hatte er kaum Schlaf gefunden. Wie nur war der Verdacht entstanden, er hätte den Steuerinspecteur Scharnhorst getötet, und wie konnte er sich erhärten? Daß es überhaupt einen Mord gegeben hatte, hatte er selbst in Umlauf gebracht – er erinnerte sich an jenen Abend im „Blauen Haus", als Friedrich und ihn ein kleiner, dicker, weißgesichtiger Mann bei der Suche nach der Bedeutung der Mühlenflügel ganz offensichtlich belauscht hatte. So hatte die Geschichte um den toten Mitbürger – die längst in den kuriosesten Abwandlungen durch die Stadt geisterte – neue Nahrung gefunden: Haben Sie schon gehört? Dieser neue Lehrer hat irgend etwas von einem Mord getuschelt. – Was Sie nicht sagen. Wie kommt er denn wohl darauf? – Nun, vielleicht weiß er mehr, als er dem Wachtmeister erzählt hat! – Glauben Sie, er hat etwas zu verheimlichen? – Das will ich nicht gesagt haben. Aber zutrauen würde ich es ihm, schließlich ist er ja nicht von hier.

In dem überschaubaren Verband einer Kleinstadt gab es Anonymität nicht. Man traf seinen Nachbarn jeden Tag – bei der Arbeit, auf der Straße, im Geschäft, im Wirtshaus – und zeigte reges

Interesse an seinen Geschicken, wenn sie aus dem Rahmen des Alltäglichen fielen oder auch nur so gedeutet werden konnten. Da es in der Abgeschiedenheit der Provinz außerdem oft an interessanten Themen und Ereignissen mangelte, fanden die tückische Krankheit des Herrn Hinz und die auffällige Garderobe der Frau Kunz mehr Beachtung als anderswo. Das war ganz natürlich – und auch Paul selbst konnte sich nicht davon freisprechen, sich an den Spekulationen um den Kaufmann Blohm und die Frau des Schneidermeisters Mügge hier und da beteiligt zu haben. Bald hörte ein jeder, daß der Zeichenlehrer Paul Franzius von einem Mord wußte, und unter diesem Gesichtspunkt beobachtete und bewertete man sein Tun. Ein an sich bedeutungsloser, freundlicher Gruß in Frau Scharnhorsts Richtung bekam später plötzlich einen Sinn zugesprochen, genauso der Besuch im Haus der Witwe. Man suchte nach einem Motiv für eine Ermordung des Steuerinspecteurs, also wurde auch eines gefunden. – Ich habe mir gleich gedacht, daß dieser Franzius ein Auge auf die arme Frau Scharnhorst geworfen hat. Sie ist jung und hübsch und in seinem Zeichenkurs! – Aber ihren Mann hätte sie nie verlassen; sie waren eine so zufriedene Familie. Wenn man sie sonntags zusammen spazierengehen sah ... ach, herrje! – Da siehst du es: Er hat sich nur Chancen ausrechnen können, wenn Herr Scharnhorst aus dem Wege geräumt war!

Auf dem Conversations-Abend bei Herrn Schnöter hatte sich Paul noch darüber gewundert, daß die Bemerkung Frau Pöppelmanns alle so peinlich berührt hatte und man schnell darüber hinweggegangen war. Jetzt wußte er, daß die damals in Umlauf gebrachte Geschichte über ihn schon viel verfälschter gewesen war, als er angenommen hatte. Man hatte Stille Post gespielt.

Ein anderer Gedanke kam ihm jetzt, da ihm all das wieder und wieder durch den Sinn ging. Standen diese Überlegungen nicht in krassem Widerspruch zu dem, was er über die Scharnhorsts erfahren hatte? Die Familie, in der der Vater die Seinen durch strenge Gebote einengte und zu willenlosen Kreaturen erzog? Wenn jeder mit Argusaugen über den anderen wachte, hätte dann nicht auffallen müssen, daß hier mitten unter ihnen eine junge Frau todunglücklich war?

Nein; es war nur auf den ersten Blick ein Widerspruch.

Herrn Scharnhorsts Bestreben war es gewesen – und darin lag im Grunde das ganze Unglück –, vor seinen Nachbarn uneingeschränkt als ehrenhafter, untadeliger Mann dazustehen. Man kannte ihn nur als jemanden, der sich immer korrekt zu betragen wußte, höflich den Hut zog und darauf achtete, daß weder er selbst noch seine Frau oder Kinder je Anlaß zu Ärger boten. Ein solches Benehmen schmeichelte den Mitbürgern, so daß niemand ihm Fehlverhalten oder Bösartigkeit überhaupt zutraute. Daß er seine engsten Angehörigen weniger respektvoll behandelte, war undenkbar. Die übertriebene Achtung der Menschen vor dem äußeren Schein trübte ihren kritischen Blick – sie sahen nur das, was sie sehen wollten.

Paul aber war zunächst einmal ein Fremder, der seine Rechtschaffenheit erst beweisen mußte. Und der Vorrat an Ansehen und Anerkennung, den er in den wenigen Wochen seiner Anwesenheit hatte sammeln können, war noch viel zu knapp, um einen harten Winter zu überdauern. –

Ohne sich irgendwo aufgehalten zu haben, erreichte er das Haus, in dem er nun seit knapp sechs Wochen wohnte. Hinter den geschlossenen Fenstern des oberen Stockwerks standen auf der Fensterbank keine Blumen mehr; sie zierten jetzt Friedrichs Fenster. Als Paul die Haustür öffnete, verspürte er einen dicken Kloß im Hals.

Er fand Friedrich in dessen Zimmer.

„Wenn unsere Schatzsucher den wertvollen Gegenstand ihres Auftraggebers gefunden haben, gib ihnen dies als Belohnung." Er öffnete das Bündel, das er mitgebracht hatte, und mehr als dreißig Trillerpfeifen, alle, die er hatte bekommen können, kamen zum Vorschein. „Sie haben es verdient."

„Ich habe gehört, daß es einfach nur Schlagsahne gewesen ist, die sie sich um den Mund geschmiert haben", sagte Friedrich. „Die Leute haben zuerst wirklich geglaubt, es sei Schaum und ihre Kinder hätten die Tollwut. Aber dann ist die Sache schnell aufgeflogen."

Paul lächelte. Die Befreiungsaktion der Bande hatte ihn in höchster Not vor dem Zorn seiner Richter in Sicherheit gebracht. Denn ohne Marie Wilken preiszugeben, hatte er sich auf dem Markt nicht wirksam verteidigen können. Nicht einmal im nachhinein konnte er etwas zu seiner Entlastung tun; Herrn Warrings Brille stand ihm nicht zur Verfügung, und Cornelia Scharnhorsts Fürsprache, wenn er sie von ihr erbäte, würde so ausgelegt, daß sie selbst nicht so schuldlos war, wie man bisher geglaubt hatte.

Der Arm des Gesetzes konnte ihn zwar nicht belangen, dazu fehlte jeglicher Beweis. Aber Paul konnte auch seine Unschuld nicht beweisen, und das wog fast ebenso schwer.

„Du willst also wirklich abreisen?“ fragte Friedrich, nachdem sie eine Weile stumm auf die Pfeifensammlung geschaut hatten.
Paul nickte. „Ja, morgen früh.“

* * *

Die Schnelldroschke Norden–Bremen sollte um sieben Uhr vom Markt abfahren. Frau Rosenbohm gab Paul einen großen Beutel mit Verpflegung für unterwegs, für den sie wieder ihre halbe Vorratskammer geplündert haben mußte. Schon um halb sechs Uhr war sie aufgestanden und hatte ihnen ein Frühstück bereitet, das aber fast unberührt geblieben war. Jetzt, da es Zeit wurde aufzubrechen, gab sie ihm noch viele gute Ratschläge und Wünsche mit auf den Weg und mußte so tun, als sei ihr ein Staubkorn ins Auge geraten.

Paul ließ ihr einige kurze Entschuldigungsschreiben für Kunden da, von denen er Aufträge angenommen hatte, die er nun nicht mehr erfüllen konnte, und einen Brief mit ein paar Worten an seinen Zeichenkurs. Die Kündigung seiner Stellung hatte er schon einen Tag zuvor eingereicht; Herr Schnöter hatte sie ohne sichtbare Regung angenommen. Eine Verabschiedung von seinen Schülern hatte der Direktor Paul untersagen müssen. Nach den jüngsten Vorfällen konnte er im Interesse der Eltern und seiner Anstalt diesem Wunsch nicht entsprechen. Monsieur Bourrée war der einzige Kollege gewesen, der sich nicht in Geschäftigkeit geflüchtet und ihm die Hand gegeben hatte.

Die Droschke war pünktlich zur Stelle. Ein Dienstmann war Paul behilflich, sein Gepäck zu verstauen, während vorne zwei frische Pferde eingespannt wurden. Der Kutscher kletterte auf seinen Bock.

„Wenn Sie bitte einsteigen wollen, mein Herr“, forderte der Bedienstete Paul höflich auf und hielt die Wagentüre offen.

Ein molliges, rotwangiges Geschöpf begrüßte ihn fröhlich, als er sich hineinschwang: „Guten Morgen, Herr Franzius!“

„Oh, guten Morgen, Fräulein Detmers.“ Es war die Tochter des Justizrates aus Norden, die neben zwei weiteren Herrschaften bereits im Wagen saß und sich freute, wiedererkannt zu werden.

„Sie verreisen diesmal ohne Ihren Vater?“

„Nur für ein paar Tage. Ich besuche meine Tante und meinen Onkel in Oldenburg. Vater ist zu beschäftigt, um mitkommen zu können.“

Draußen erklang der Ruf des Kutschers, und der Wagen fuhr ab. Schaukelnd und klappernd fand das Gefährt den Weg hinaus auf die Landstraße. Der Kirchturm und die Wallmühle erhoben sich über die Dächer der Stadt. Links und rechts des Weges zogen die Fassaden der Vorstadthäuser an den Reisenden vorbei. Schnell wurden es weniger, und bald schon beherrschten wallumsäumte Felder das Bild.

Sie waren erst ein paar Minuten unterwegs, da wurde die Droschke plötzlich wieder langsamer und blieb schließlich ganz stehen. Erstaunt spähten die Insassen nach draußen, um zu sehen, was los war.

Der Kutscher trat zu ihnen an die Tür. „Bitte einen kurzen Moment um Geduld, die Herrschaften – geht gleich weiter. Liegt ein ganzer Haufen Gesträuch auf dem Wege."

„Na, das fängt ja gut an", bemerkte der Herr neben Paul ungehalten. „Beeilen Sie sich, Mann!"

„Da hat sich wohl jemand einen üblen Scherz erlaubt", meinte die zu ihm gehörende Dame.

Paul blickte durch das Fenster zu einem niedrigen, baumbestandenen Wall etwas abseits der Straße hinüber. Wenn er sich nicht täuschte, ragte dort über das dichte Strauchwerk eines Busches ein verbeulter Zylinderhut!

Er täuschte sich nicht. In der nächsten Sekunde erschien ein lausbubenhaftes Gesicht hinter dem Busch, dann noch eins und noch eins, und dann erscholl ein markerschütterndes Kampfgeschrei. Eine Meute wilder Kosaken sprang auf den Wall, ließ die Mappen und Büchertaschen über den Köpfen kreisen und brüllte und jauchzte, was die Kehlen hergaben.

„So eine Frechheit", entrüstete sich der Herr. „Die sollten lieber zusehen, daß sie zur Schule kommen und etwas Anständiges lernen!"

Jetzt stellten sich die Jungen in einer Reihe am Straßenrand auf und winkelten den rechten Arm zu soldatischem Gruß. Derjenige, den der viel zu große Hut als den Hauptmann auswies, zog einen knittrigen Zettel aus der Tasche und begann, etwas in Richtung des Wagens zu verkünden.

„Achtung, Achtung, dies ist eine wichtige Mitteilung! Wir, die tapferen Schulplatzkosaken, geben hiermit feierlich bekannt, daß Herr Zeichenlehrer Franzius wegen seinem Mut... seines Mutes und obwohl er schon so alt ist, ab sofort zum Ehrenmitglied ..."

Er konnte seine Ausführungen jedoch nicht zum Abschluß bringen, denn der Kutscher unterbrach seine Arbeit und wollte einen der Wegelagerer beim Ohr fassen. Augenblicklich stoben die Jungen auseinander und wurden ein paar Schritte weit schimpfend verfolgt.

„Das sind die anständigsten Burschen, die Sie finden können", entgegnete Paul dem Mitreisenden mit belegter Stimme, „und ich hoffe, sie bleiben, wie sie sind."

Der Herr sah ihn ärgerlich an und schüttelte den Kopf. Paul achtete nicht weiter auf ihn. Er sah den Jungen nach, die sich über die taunassen Wiesen in Sicherheit brachten.

„Finden Sie nicht auch, daß die Luft heute ganz besonders angenehm duftet?" fragte Fräulein Detmers verträumt, als die Fahrt wiederaufgenommen worden war. „Das wird sicher ein herrlicher Tag – genauso, wie Sie ihn damals beschrieben haben, als Sie hergekommen sind!" Sie machte eine Pause und dachte einen Augenblick nach.

„Und Sie sind bestimmt kein Dichter?"

„Nein, bestimmt nicht."

Vierzehntes Kapitel

Die Sonne schien vom Himmel herunter in den weiten Garten eines großen, efeuumrankten Hauses. Unter den noch kahlen Ästen eines Birnbaumes saß schlummernd ein junger Mann auf einem Korbstuhl und träumte in den Tag hinein. Den kräftiger werdenden Wind, der ihm in Schüben durchs Haar strich, nahm er kaum wahr. Wieder hatte der Frühling Einzug gehalten, waren Frost und Schnee gewichen und die kalte Jahreszeit vergangen. Mensch und Tier lebten auf, und Bäume und Pflanzen streckten ihre Triebe nach dem wärmenden Lichte. Doch im Augenblick zogen dunkle Wolken auf.

„Schläfst du?" fragte eine freundlich aussehende Frau, die vom Hause gekommen war und einen Moment lang schweigend auf den jungen Mann herabgeblickt hatte.

Er öffnete die Augen. „Oh, Mutter. Nein, ich habe mir nur ein paar Minuten Ruhe gegönnt."

„Es zieht ein Schauer heran, du solltest besser ins Haus kommen. Außerdem ist Herr Hofbauer gekommen, um zu sehen, was sein Bild macht. Er hält deinen Vater gerade in Beschlag."

„Oh, nein. Ich habe ihm doch gestern erst gesagt, er müsse sich ein paar Tage gedulden. Hast du ihm verraten, daß ich da bin?"

„Nein; aber ich finde, du solltest dich trotzdem kurz um ihn kümmern, er ist extra vom anderen Ende der Stadt zu uns herausgefahren. – Hier ist übrigens ein Brief für dich – aus Aurich."

„Aus Aurich? Von wem denn?"

„Das einfachste wird sein, du siehst nach", sagte die Frau und gab ihrem Sohn den Umschlag. Dann kehrte sie zum Haus zurück.

Mein lieber Herr Franzius!

Ich schreibe ja sonst nie, und früher hat so was immer mein Arian gemacht. Aber von diesem traurigen Ereignis müssen Sie natürlich Nachricht bekommen, zumal Sie ja auch recht gut mit ihm befreundet waren, und da trifft es Sie sicher ebenso sehr wie mich, obwohl sonst unter den Leuten eigentlich keine große Trauer oder Betroffenheit zu spüren war. Das hat mich erzürnt. Ich gehe jetzt einen Monat lang in Schwarz, damit es nicht so aussieht, als weine ihm gar niemand eine ehrliche Träne nach.

Der arme Herr Groth. Und dabei hatte alles so gut ausgesehen für seine Zukunft, obwohl ich ja zuerst mehr als skeptisch war, als er so plötzlich die Marie Wilken heiratete und von mir wegging. Die beiden Zimmer standen eine ganze Zeit leer, aber in Ihrem wohnt jetzt ein Tertianer, vielleicht kennen Sie ihn. Er heißt Backhus und wohnte vorher bei der Witwe Schomerus in der Nürnburger Straße, wo es so verheerend gebrannt hat. So habe ich jetzt oft das Haus voller Bengel, die mir all meinen Teekuchen aufessen! Aber er ist ein guter und ein praktischer Junge. Er hat mir eine Trillerpfeife gegeben, mit der ich ihn zum Essen rufen kann, ohne mich heiser rufen zu müssen.

Ich wollte es erst gar nicht glauben, als Hermine mir am Dienstag berichtete, Herr Groth sei ums Leben gekommen. Es hörte sich auch so unglaublich an und war so unnötig passiert! Er hat die Luke zum Dachboden auf den Hinterkopf bekommen, als er für seine Frau dort etwas verstauen wollte. Der arme Herr Groth! Er war ein guter Mensch, auch wenn man manchmal nicht recht wußte, woran man mit ihm war.

Es wird Ihnen sicher nur ein schwacher Trost sein, aber ich habe gleich einen schönen Kranz bestellt und auch Ihren Namen daraufsetzen lassen. Ich war mir sicher, das war in Ihrem Sinne. Und sein Grab hatte unseren Kranz auch bitter nötig! Es war ein schrecklicher Tag. Mich hatte das alles so sehr mitgenommen, daß ich gar nicht in der Verfassung war, zur Teetafel zu gehen.

Wie sehr würde ich mich freuen, Sie wieder hier in Aurich zu sehen! Sie könnten auch sofort wieder bei mir unterkommen. Ein paar gute Erinnerungen werden Sie trotz allem doch hoffentlich an unsere Stadt behalten haben, obwohl dieser traurige Brief natürlich viel davon zerstört. Aber ich sagte zu mir, Rosine, du mußt dem Herrn Franzius schreiben, das bist du ihm und Herrn Groth schuldig. Ich weiß, die Nachricht wird Sie ebenso niedergeschlagen machen wie mich, und ich hoffe nur, sie trifft Sie nicht gerade in einer fröhlichen Stunde. Im Zweifelsfalle stärken Sie sich mit einer ordentlichen Tasse Tee, das hat mich auch wieder auf die Beine gebracht.

Ihre oft an Sie denkende Rosine Rosenbohm

* * *

Die näherrückende Wolkenfront hatte sich vor die Sonne geschoben, und erste Regentropfen fielen auf das Papier in Pauls Händen. Die Nachricht seiner Vermählung war das einzige, was er in den Monaten nach seiner Abreise von Friedrich gehört hatte. Er hatte sich damals gefragt, ob Marie Wilken seinen Freund tatsächlich aus Liebe oder aus falsch verstandener Dankbarkeit geheiratet hatte, oder ob sie sich durch eine Heirat nur seine Verschwiegenheit hatte sichern wollen. Vergeblich hatte er versucht, sie zu durchschauen. Konnte er sich sie als Friedrichs Ehefrau vorstellen, und konnte sie es selbst? Konnte jemand wie sie es überhaupt ertragen, von jemandem abhängig und ihm durch sein Wissen ausgeliefert zu sein? Jetzt in seinem Schmerz fuhr Paul dieser unbehagliche Gedanke sofort wieder durch den Kopf, und für einen Augenblick quälte ihn die Frage, ob es seine Pflicht war, ihm nachzugehen.

Seine Unsicherheit währte nur kurz. Wenn er sich nicht um den Tod des Steuerinspecteurs Scharnhorst gekümmert hätte, wenn er nicht nachgeforscht hätte, wie ein Mann von der Galerie einer Mühle hatte stürzen können, säße er jetzt mit Friedrich zusammen in der Rosenbohmschen Küche und tränke Tee. Wem diente es, wenn er nach Aurich fuhr und klärte, ob sich die Bodenluke nur durch einen Zufall gelöst hatte oder durch Absicht – der Gerechtigkeit? War sie soviel wert, wenn sie niemanden interessierte?

Paul steckte den Brief in seinen Umschlag zurück und atmete tief durch. Dann machte er sich auf den Weg, seinen lästigen Besucher zu begrüßen.

Aus der Bibliothek Ostfriesland

Die anspruchsvolle Reihe von Soltau-Kurier-Norden

Die Titel gibt es beim Verlag und überall im Buchhandel

Kriegsalltag in Ostfriesland

Johann Haddinga

Wie war es wirklich in Ostfriesland während des Krieges? Die Bevölkerung litt unter den Bomben, der Diktatur und den unendlich vielen Mängeln im Alltagsleben.

184 S., DM 28,80
ISBN 3-928327-12-7

Stunde Null
1944–1948 Ostfrieslands schwerste Jahre

Johann Haddinga

Bomben auf Emden, wirtschaftliche Not, Schwarzmarkt – eine beeindruckende Dokumentation der schwersten Jahre.

232 S., DM 36,00
ISBN 3-922365-76-0

Von reichen Polderbauern und armen Moorhahntjes

Jürgen Hoogstraat

Der Autor spürt der Lebenswelt ostfriesischer Preußen nach, wie sie sich in kaum denkbaren Kontrasten gegen Ende des 18. Jahrhunderts darstellt.

112 S., DM 18,80
ISBN 3-928327-15-1